Proie facile

Du même auteur
dans la même collection

Cœurs solitaires (nº 144)
Les Étrangers dans la maison (nº 201)
Scalpel (nº 228)
Off Minor (nº 261)
Les Années perdues (nº 299)
Lumière froide (nº 337)
Preuve vivante (nº 360)

John Harvey

Proie facile

Traduit de l'anglais
par Jean-Paul Gratias

Collection dirigée par
François Guérif

Rivages/noir

Titre original : *Easy Meat*

106, bd Saint-Germain – 75006 Paris

ISBN : 2-7436-0852-8
ISSN : 0764-7786

Les vers extraits de « Tami Jane Tells Him What Has Been On Her Mind For a Long Time », d'Albert Baker, utilisés dans le chapitre 16, figurent dans le recueil *The Sound of Wings* (Slow Dancer Press, Londres, 1995).

1

– Si jamais je t'attrape, espèce de petit salopard, je te tords le cou !

Tels furent les derniers mots que dit Norma Snape à son plus jeune fils ce jeudi-là. Comme beaucoup d'autres moments de la vie de Norma, leur souvenir allait la hanter longtemps, tels des doigts crispés par la colère lui labourant la gorge, encore et encore, presque jusqu'à l'étouffer. Quant à Nicky… Entre le claquement de la porte et l'éclat de son propre rire, sonore et haut perché, on peut douter qu'il ait entendu quoi que ce soit.

Cela avait commencé comme bien souvent, les quatre membres de la famille trébuchant les uns sur les autres dans leur petite maison mitoyenne à la façade plate : Sheena, la sœur de Nicky, sortant enfin de la salle de bains et claquant les portes d'une pièce à l'autre à la recherche d'un chemisier propre, de sa cotte verte d'usine, de sa chaussure droite ; Nicky, quinze ans à peine, descendant l'escalier quatre à quatre en braillant la chanson du walkman accroché à la ceinture de son jean. « M'man, t'as vu mon chemisier ? » lança Sheena. « M'man, où est passé le pain grillé ? » « M'man, je croyais que tu devais repasser ça ? » Seul son aîné, Shane, cheveux blonds et yeux gris ardoise, dix-huit ans dans huit jours, gardait le silence ; assis au centre du canapé usé, il mangeait sa tartine et buvait sa troisième tasse de thé en regardant *Matin soleil* à la télé.

– M'man…

Norma, les cheveux en bataille, pas encore tout à fait habillée, ouvrit la porte de derrière pour laisser sortir le chat gris. Le chien, qui grattait à la porte depuis un moment dans l'indifférence générale, en profita pour se ruer vers sa gamelle et se mit à aboyer.

– Bon sang, fit Norma, ne commence pas !

Sur l'égouttoir émaillé, le long de l'évier, des sachets de thé usagés sécrétaient des gouttes orangées dans une flaque de lait ; des céréales au chocolat laissées en plan se détrempaient dans leur bol, saupoudrées de marc de café. La plus belle chemise de Shane séchait sur le dossier d'une chaise ; des culottes en coton décoraient comme une couverture en patchwork le dessus du radiateur. Norma sortit une boîte de nourriture pour chien du fond du frigo et commença à chercher l'ouvre-boîte.

– Nicky, dégage ! Tu m'empêches de passer, merde !

C'était la voix de Sheena.

– Dégage toi-même !

De la pièce voisine, Norma entendit un coup de poing et une gifle et puis, par-dessus le son de la télé, le cri poussé par Shane en guise d'avertissement. Norma écrasa la cigarette incandescente qu'elle avait allumée plus tôt puis oubliée, et elle en sortit une autre du paquet. Ne trouvant pas son briquet, elle pencha la tête et l'alluma à la flamme de la cuisinière.

– M'man, je croyais que tu devais repasser ce chemisier ?

Sheena se tenait dans l'encadrement de la porte, un chemisier crème à la main, ses côtes se dessinant nettement entre son soutien-gorge blanc cassé et la ceinture de sa jupette noire ; elle semblait n'avoir toujours pas trouvé sa seconde chaussure.

– Bon Dieu, tu veux bien te couvrir, oui ? dit Norma.

– Ouais, fit Nicky en bousculant sa sœur pour entrer dans la cuisine. Personne a envie de voir tes petits nibards, de toute façon.

– Vraiment ? Alors, comment ça se fait que tu traînes devant la salle de bains tous les matins ?

– Parce que je me retiens pour pas chier dans mon froc, si tu veux le savoir, pendant que Mademoiselle se colmate les points noirs au couteau à mastic.

Son chemisier tenu à bout de bras, Sheena tenta de le frapper, visant la trace de brûlure en forme de rein qui lui décolorait le côté gauche du visage. En riant, Nicky l'esquiva d'un pas de côté, percuta la table et, perdant l'équilibre, shoota dans la gamelle du chien qui répandit sa pâtée sur le carrelage.

Mon Dieu, se dit Norma, est-ce qu'il grandira un jour ?

– Bon ! cria-t-elle. Ça suffit ! Nicky, nettoie-moi ce gâchis tout de suite. Et toi, Sheena, remue-toi un peu ou tu vas rater ton bus. Si tu arrives en retard deux ou trois fois de plus, tu te feras virer.

– Encore ! s'esclaffa Nicky.

– La ferme ! dit Norma.

– Je suppose..., fit Shane, s'ébrouant pendant

une pause publicitaire, … qu'il ne reste plus de thé dans la théière ?

– C'est ça, dit Norma. Il n'y en a plus.

Quand Nicky voulut déplacer la gamelle du chien, celui-ci lui mordilla la main, et Nicky lui donna un coup sur le museau avec le bord de la gamelle. Raidissant ses pattes antérieures, le chien montra les dents et gronda puis, se ravisant, se réfugia dans un coin pour y gémir.

– Cherche plutôt des crosses à quelqu'un qui est de taille à se défendre, dit Shane en lançant à son frère un coup de pied dans le tibia.

– Nicky. (Depuis le seuil de la cuisine, Norma désignait le carrelage.) Je veux que tu aies nettoyé tout ça avant que je redescende. Et pendant que tu y es, tu peux aussi débarrasser ce merdier qui s'entasse près de l'évier.

– Et pourquoi moi, bordel ?

– Parce que je te le demande, voilà pourquoi.

Shane ricana et retourna devant la télé.

Quand Norma revint dix minutes plus tard, vêtue d'un vieux pull et d'un pantalon en Élastiss distendu pour assurer le nettoyage du matin au bar du coin, elle surprit Nicky la main dans le sac, plongée dans son porte-monnaie, plus précisément, les dix dernières livres qu'elle possédait prêtes à émigrer dans la poche du pantalon de son fils.

– Espèce de petit sournois ! Qu'est-ce que tu crois être en train de faire ?

Ils connaissaient l'un comme l'autre la réponse à cette question.

Le regard allumé par la peur l'espace d'un instant, Nicky se glissa entre la table et le mur et fonça vers la porte de derrière. Pour une femme de sa corpulence, Norma était vive, plus rapide que Nicky ne l'aurait cru. Il avait ouvert la porte de quinze centimètres quand sa mère la referma du plat de la main, son autre main giflant la joue du gamin, là où la peau se plissait, violacée, en partant du cou.

– Sale voleur !

– Tiens.

Nicky brandit les deux billets de cinq livres vers sa mère, à bout de bras au-dessus de sa tête.

Alors que Norma tendait la main pour les saisir, il pivota brusquement sur lui-même, la laissant refermer les doigts dans le vide, tandis qu'il ouvrait la porte juste ce qu'il fallait et la refermait derrière lui.

– Si jamais je t'attrape, espèce de petit salopard, je te tords le cou !

Elle sortit dans la cour à la poursuite de son éclat de rire, passant devant les poubelles, le clapier vide, et le caddie rouillé qui avait échoué là on ne savait comment et n'avait jamais retrouvé le chemin du supermarché. Franchissant la barrière, elle se retrouva dans la ruelle qui longeait l'arrière de la rangée de maisons mitoyennes, et courut après son fils qui ne se pressait plus, à présent, slalomant en souplesse entre les crottes de chiens et les tessons de bouteilles. Au bout de la ruelle, il s'arrêta un instant et agita l'argent volé en signe de triomphe, avant de disparaître dans la rue.

Norma frissonna et revint sur ses pas.

– Un petit séjour en cabane, voilà ce qu'il lui faudrait.

Sheena, sa blouse boutonnée, était prête à partir.

– Tiens, dit Shane en tendant à sa mère son paquet de Silk Cut. Il t'a pris combien, cette fois ?

Allumant sa cigarette, Norma aspira la fumée et l'exhala lentement.

– Tout ce qui me restait, pas plus. (Puis, s'asseyant sur une chaise, elle ajouta :) Bon sang, on aurait pu croire qu'il finirait, à la longue, par comprendre la leçon, non ?

Seulement, même la bombe incendiaire lancée par un voisin furieux dont Nicky avait cambriolé la maison deux fois en une semaine n'avait pas réussi à le calmer. Oh, bien sûr, quand il s'était retrouvé à l'hôpital, Nicky avait reconnu ses erreurs ; et pendant toutes ces soirées où Norma avait patiemment soigné les brûlures de ses bras, de ses jambes, et ces cloques qui lui couvraient la poitrine pour remonter vers son cou et son visage, Nicky avait promis à sa mère, et plus d'une fois, qu'il allait changer.

De sa poche de pantalon, Shane sortit une mince liasse de billets de dix et vingt livres et fourra un billet de vingt dans la main de sa mère. Norma sonda les yeux gris de son fils. Ne pose pas de questions, lui dit une voix, si tu ne veux pas savoir.

– Merci, dit-elle. Merci, mon grand. Merci.

Norma avait grandi à Rotherham, fille d'un ouvrier de l'aciérie et d'une femme qui, dans les intervalles de plus en plus longs séparant ses six grossesses, avait travaillé derrière le comptoir de l'épicerie locale. Norma était la benjamine, celle qui avait usé le courage que sa mère possédait encore et fini par lui briser le cœur.

Avant que Norma n'atteigne l'âge de trois ans, son père avait refait sa vie avec une gamine de dix-sept, affligée de strabisme divergent, qui était passée chez eux un soir vendre de la bruyère porte-bonheur. Pour Norma, il ne restait de lui qu'un vague souvenir, une enveloppe de photos aux bords incurvés, une pointe d'amertume coupante comme un rasoir au bout de la langue de sa mère.

Norma avait donc passé ses premiers jours dans un couffin posé sur le comptoir, près du bocal de bonbons et des journaux, tour à tour ignorée puis cajolée, à l'excès, par les clientes. À chaque fois qu'elle pleurait, elle passait des bras de l'une aux bras de l'autre, objet de mille câlineries, de paroles bêtifiantes, de démonstrations d'une affection purement intéressée – tout cela de manière très transitoire. Sa mère était toujours la dernière à la prendre dans son panier, la première à l'y reposer.

– C'est toi qui as fait partir ton père.

Pendant des années, cette accusation avait été présente dans le regard de sa mère, mais n'avait jamais franchi ses lèvres avant le jour où, rentrant inopinément de la boutique, elle avait surpris Norma et le petit Gary, dix ans, qui s'exploraient mutuellement derrière le canapé du salon, la jupe grise de Norma relevée par-dessus sa tête de façon inélégante.

– C'est toi, espèce de petite garce, c'est toi qui l'as fait fuir !

Norma avait neuf ans, et elle pensait que sa mère

avait sans doute raison ; après tout, cela faisait des années que deux de ses frères la tripotaient.

Quand Norma eut treize ans, la famille déménagea du jour au lendemain pour s'installer à Huddersfield, dans une maison remplie de coins sombres où stagnait une odeur persistante de moisi. Les deux aînés étaient partis depuis longtemps : la sœur de Norma, enceinte, mariée et malheureuse, son frère, engagé dans l'armée, ivre deux soirs sur trois dans les bars d'Aldershot ou de Salisbury. Norma, qui prenait rapidement des formes, paraissait presque adulte. Avec un brin de maquillage et des talons hauts, elle pouvait facilement passer pour une fille de seize ans, voire dix-huit, sans se faire refouler dans les bars, et elle ne s'en privait pas. Dans la rue, les hommes se poussaient du coude sur son passage et la dévoraient des yeux. À l'école, des garçons plus âgés qu'elle la bousculaient dans les couloirs, et les mains baladeuses se comptaient par douzaines. L'un des plus grands émois jamais ressentis par Norma, celui dont elle se souvenait parce qu'il n'avait causé de tort ni fait de mal à personne, c'était ce jour au cinéma où elle avait attendu que les lumières se rallument à l'entracte pour passer lentement, de gauche à droite, devant l'écran, la poitrine mise en valeur par le plus moulant de tous ses pulls. Comme une star, elle avait senti les regards suivre ses moindres mouvements.

Bien sûr – et sa mère ne se lassait jamais de le lui répéter – tout cela ne pouvait que mal finir. Pendant presque sept mois, Norma réussit à masquer sa grossesse en portant des vêtements amples. Ce n'était qu'une fille un peu forte qui prenait encore du poids, et rien de plus.

Quand le bébé arriva, avec trois semaines d'avance, il sembla s'échapper des replis de son ventre comme une anguille frétillante et couverte de sang, glissant entre les mains de la sage-femme. On laissa Norma le tenir une minute, petite chose humide contre son cou et sa joue. Une minute, c'était trop long pour ce qu'ils avaient l'intention de faire.

– Le bébé est tout petit, dit la sage-femme. Minuscule. Il va falloir le mettre en couveuse, pour l'instant.

La mère de Norma et l'hôpital firent ensemble les démarches pour que l'enfant soit adopté : il n'était pas nécessaire que Norma, encore mineure, signe le moindre formulaire.

– Oublie-le, ma petite, lui conseilla sa sœur mariée. Si tu veux t'en faire faire un autre plus tard, c'est pas les occasions qui manqueront.

Des occasions, il y en eut. Mais l'oublier, elle n'y parvint pas.

Michael. Pendant ce bref instant où elle l'avait tenu, elle avait su comment l'appeler. Elle lui avait dit son nom à l'oreille, doucement, sa voix étonnée couverte par les cris du nouveau-né. Michael. Elle ne l'avait jamais revu, et ne savait pas davantage ce qu'il était devenu. Et même si aujourd'hui, supposait-elle, les procédures et les démarches en ce sens existaient, elle n'avait jamais tenté de retrouver sa trace. Norma se plaisait à l'imaginer vivant heureux quelque part, satisfait de son sort : ce devait être un homme dans la force de l'âge, à présent, qui avait peut-être une famille à lui.

Le soir où le compagnon de sa mère, l'homme pour lequel ils étaient venus s'installer à Huddersfield, coinça Norma contre le mur de la cave et tenta de lui peloter les seins, elle le frappa d'un coup de pelle à charbon dans les tibias, de toutes ses forces, et l'avertit que si jamais il la touchait de nouveau, elle lui couperait la queue pour la donner à manger aux canards. Depuis, il sentait les larmes lui monter aux yeux à chaque fois qu'il longeait le lac en traversant le parc. Quant à Norma, elle avait appris qu'il y avait certains événements, dans sa vie, qu'elle pouvait maîtriser si elle s'en donnait la peine.

Si bien que, lorsqu'elle tomba enceinte de nouveau, si éperdument amoureuse de Patrick Connelly qu'elle ne pouvait pas plus imaginer se passer de lui que de l'air qu'elle respirait, ce fut un acte mûrement réfléchi et prémédité. De la part de Norma, tout au moins.

Patrick était un peu irlandais, un peu écossais, et un peu fêlé. Âgé de vingt-neuf ans, soit dix de plus que Norma, il avait battu le pavé de Cork, d'Édimbourg et de Glastonbury. C'était un hippy doux comme un agneau mais capable de piquer des rages d'une rare violence, un guitariste à la technique heurtée et rudimentaire, et dont la voix évoquait un ange satanique – ou le chanteur des *Stylistics*, pour le moins. Chaque week-end, Patrick montait dans le train de Manchester ou de Leeds et partait faire la manche ; en milieu de semaine, il chantait dans les bars locaux avec un orchestre de *soul* de huit musiciens au personnel variable. Un soir, pendant qu'il chantait *Tired of Being Alone*[1], Norma, enhardie par l'alcool, s'était approchée de la scène et lui avait caressé l'intérieur de la cuisse.

Ils s'installèrent dans deux chambres meublées au-dessus d'une boutique, près de la gare. Parfois, Patrick la frappait, et Norma se rebiffait ; la grosse fille – devenue une grosse femme qui prenait encore du poids – avait appris à appuyer ses coups. Et lorsqu'un soir, rendu euphorique par la grâce d'une herbe de qualité, Patrick déclara qu'il ne désirait rien de plus au monde qu'une famille, des enfants, Norma le prit au mot.

Pendant sa grossesse, il la quitta quatre fois, séjournant pendant des semaines Dieu seul savait où, avant de revenir s'installer avec les quelques effets personnels qu'il possédait. Il tenta de convaincre Norma de se faire avorter, et quand il fut trop tard pour cela, il la poussa dans l'escalier d'un bus à étage entre Paddock et Longwood.

Norma obtint contre lui une injonction du tribunal lui interdisant sa porte. Mais une fois que Shane fut né, Patrick l'inonda de fleurs volées dans les jardins proches de l'hôpital, lui chantant des chansons depuis le couloir d'accès à la maternité. Cinq mois après qu'ils se furent de nouveau installés ensemble, Patrick secoua Shane si fort pour le faire cesser de pleurer qu'il brisa trois côtes au bébé.

Norma avait une amie à Nottingham, Rosa, elle-même mère de deux enfants, mais qui par ailleurs

---

1. « Fatigué d'être seul. » *(N.d.T.)*

vivait sans compagnon. En un rien de temps, Norma emballa toutes ses affaires, prit le car avec le bébé, et partit plein sud. Les deux femmes partagèrent les dépenses, les corvées ménagères, se plaignirent de concert de l'aide sociale – ces salauds-là, ils se foutent vraiment du monde, comment est-ce qu'on pourrait vivre avec ce qu'ils nous donnent ? Elles chantaient dans les bars le vendredi soir, jouaient au loto, regardaient la télé. Il n'y a pas de doute, finit par conclure Norma : les hommes, c'est tous des salauds.

Elle fit la connaissance de Peter au mariage de la sœur de Rosa. Après la réception, ils rentrèrent tous ensemble à la maison : Norma avec Peter, Rosa avec un type que personne n'avait jamais vu et qu'on ne devait plus jamais revoir par la suite. Rosa trouva une bouteille de Drambuie qu'ils burent dans des tasses ébréchées. Le type que personne ne connaissait fit circuler quelques pétards. Quand ils se séparèrent deux par deux, Norma alla avec Peter. Quel mal y avait-il à cela ? Une petite partie de jambes en l'air entre amis.

Le mal, c'est qu'elle tomba amoureuse.

Peter était petit et frêle, ses doigts délicats savaient déchiffrer le corps de Norma comme du Braille, il avait des yeux noirs au regard doux et des cils longs et recourbés comme ceux d'une fille. Quand Norma roulait sur lui pendant la nuit, elle avait peur de l'asphyxier en l'écrasant sous son poids.

Il jouait avec Shane, le faisait sauter sur ses genoux, même si Shane ne riait pas facilement et pleurait pour un rien. Norma comprit ce que signifiait, dans ces moments-là, le regard de Peter. Sheena vint au monde quand Shane avait deux ans, et Nicky à peine onze mois plus tard.

C'est toi qui as fait partir ton père.

Nicky hurlait à chaque fois que Peter le touchait, et lançait des coups de pied si jamais son père le prenait dans ses bras. Il en arriva au point où il se mettait à pleurer dès que Peter entrait dans la pièce. La seule personne capable de calmer Nicky, c'était Norma elle-même. L'enfant la suivait des yeux à chacun de ses mouvements ; dès qu'il sut marcher à quatre pattes, ce fut pour aller vers elle, et vers elle seule. La seule façon, pour Norma, de le faire s'endormir, c'était de le prendre avec elle dans son lit.

Peter passait des nuits sur un matelas d'emprunt posé par terre, des nuits sur le canapé, des nuits ailleurs qu'à la maison.

– Je n'en peux plus, disait-il à Norma. Je ne le supporte plus.

– Ce n'est rien, mon chou, répondait Norma. Nicky va changer, tu verras. Tu es son père, après tout.

Mais ce fut Peter qui changea avant que le gamin n'ait eu le temps de le faire : il changea d'adresse, tout simplement. Un après-midi, lorsque Norma rentra après avoir fait ses courses, toutes les affaires de Peter avaient disparu des placards, et son plus beau costume, si étrangement semblable à celui qu'avait possédé le père de Norma, n'était plus à sa place dans la penderie.

Peter n'avait pas laissé de lettre. Deux fois par an, à Noël et pour son anniversaire, il envoyait une carte à Sheena, toujours postée d'un endroit différent, et ne comportant jamais d'adresse de retour.

Norma raconta à tout le monde que ça lui était égal : Rosa et elle-même n'avaient-elles pas toujours dit que les hommes étaient tous des salauds ? Mais quand Shane plongea brutalement dans la délinquance quelques années plus tard, elle fut forcée de reconnaître qu'elle ne pouvait plus faire face, avec ses trois enfants sur les bras, et Shane quitta la maison pour le premier de ses deux séjours en foyer. C'est seulement pour laisser un peu souffler ta mère, mon petit, avait expliqué l'assistante sociale. C'est un brave môme, avait-elle dit à Norma, je suis sûre qu'il comprend. Qu'il ait compris ou pas, Shane n'en dit jamais rien. D'ailleurs, il n'avait jamais dit grand-chose, surtout depuis son retour à la maison après son second séjour en foyer.

– Tu vas pas au boulot, ce matin, ou quoi ? demanda Shane.

Norma était assise à la table de la cuisine, la fumée s'élevait de sa cigarette.

– Si, dit-elle. Si, je pars bientôt.

Shane haussa les épaules.

– C'est toi qui vois. Moi, je me casse, d'accord ?

Norma hocha la tête : une dernière cigarette, une dernière tasse de thé, un dernier quelque chose, elle allait se secouer et partir à son tour.

2

– Je ne voudrais surtout pas qu'on s'emballe trop vite…, annonça le coordonnateur d'histoire-géo, s'extirpant de son anorak alors qu'il entrait dans la salle des profs, … mais la rumeur dit qu'on a repéré, tôt ce matin, un oiseau rare du genre Snape.

– Dans les environs immédiats, tu veux dire ? demanda un collègue de maths, quittant des yeux sa grille de mots croisés. Ou alors, effectivement, tu sais… ?

– Dans l'enceinte du collège, apparemment. Quelque part du côté des toilettes. Son milieu naturel.

– On devrait peut-être mettre une pancarte sur le tableau d'affichage ? Il doit y avoir un certain nombre d'entre nous qui n'ont jamais eu l'occasion d'un voir un de près. Après tout, je ne pense pas qu'il va rester ici longtemps.

– Difficiles à prévoir, commenta le coordonnateur d'histoire-géo, les habitudes migratoires du Snape.

Assise à l'autre bout de la salle, où elle tentait vainement de corriger une pile de cahiers avant la sonnerie, Hannah Campbell ne trouva pas ça drôle. La dernière fois que Nicky Snape avait fait une apparition dans sa classe, un cours tout à fait convenable sur le haïku avait été irrémédiablement saboté en moins de temps qu'il n'en faut pour compter les syllabes jusqu'à dix-sept. D'autre part, Hannah savait que si Nicky n'était pas à l'école, il y avait de fortes chances pour qu'il soit parti se fourrer dans de nouveaux ennuis, allongeant une liste de méfaits et délits qui semblait déjà, même dans un secteur aussi difficile, vraiment impressionnante. Elle savait tout ça, et pourtant… Hannah soupira lorsque la sonnerie retentit, inscrivit une note sur le cahier ouvert, reboucha son bille rouge de luxe écriture fine, et se leva. Une journée de plus qui commençait.

Nicky laissait deux gamins plus jeunes que lui examiner l'étiquette de sa chemise Hugo Boss en coton noir – elle était trop grande pour son torse malingre, mais on ne peut pas se montrer difficile quand on se procure ses vêtements de la façon dont Nicky se procurait la plupart des siens. Aujourd'hui, il la portait déboutonnée, ce qui lui allait mieux, par-dessus un T-shirt noir qu'il avait tiré vers le haut au maximum pour cacher le plus possible les brûlures qui s'étalaient sur sa peau depuis sa poitrine. Son jean noir était retourné à la taille. Aux pieds, il portait des Reebok éraflées, dont l'une était déchirée au talon ; il allait falloir les remplacer.

– Snape, qu'est-ce que tu fous ici ? demanda un autre môme qui entrait dans le bâtiment en traînant la savate.

– Ils m'ont supplié de venir, dit Nicky. Tous à plat ventre devant moi.

– Ouais, mais le résultat, c'est que t'es là quand même.

*

– Bon, qu'est-ce que vous pensez de Macbeth et des sorcières ? demanda Hannah Campbell. À votre avis, il les croit, ou pas ?

– Bien sûr qu'il les croit, dit une fille du premier rang.

– D'accord. Pourquoi ?

– Parce qu'il les croit.

– Oui, mais pourquoi ? Je veux dire, si tu étais à sa place, est-ce que tu… ?

– Est-ce que je quoi ?

– Si tu rentrais chez toi par la forêt…

– M'dame, j'traverse pas la forêt pour rentrer chez moi.

– Si tu traversais la forêt, et que juste après le parking de la navette tu voyais ces trois vieilles un peu étranges…

– Des pouffes, cria un gamin.

– Des putes.

– Des radasses.

L'un des mômes du dernier rang bondit sur ses pieds et se campa à côté de son pupitre, une main posée sur la hanche de façon extravagante.

– Hé, Macbeth, mon joli, t'as envie de t'envoyer en l'air ?

– Ça va, ça va. (Hannah sourit et laissa le temps à la rigolade générale de s'estomper.) Revenons à notre question. Si tu étais arrêtée en chemin par trois personnes que tu ne connais pas et qui avaient l'air bizarre par-dessus le marché, et si elles te disaient qu'un événement allait se produire dans l'avenir, est-ce que tu les croirais ?

– Ça dépend de ce qu'elles diraient, M'dame.

– Très bien, Wayne. Et pourquoi ça ?

– Si elles me disaient ce que j'ai envie d'entendre, M'dame, j'les croirais.

– Ouais, par exemple, que tu vas gagner à la loterie.

– Cinquante millions.

– Y a un type, vous savez, y s'est flingué pass'qu'il avait pas joué le numéro gagnant.

– Y pouvait pas connaître le numéro gagnant, bouffon !

– Bien sûr que si, pass'que c'était le même numéro qu'y jouait toutes les s'maines, sauf que c'te s'maine-là, y l'a pas joué !

– Quel débile !

– Bon, fit Hannah, on va se calmer un peu pour réfléchir. Ce qui se passe entre les sorcières et Macbeth, est-ce que ce n'est pas un petit peu comme ce dont vous venez de parler ?

– Y a pas de loterie dans *Macbeth*, M'dame.

– Non, mais ce dont il y est question, c'est d'obtenir ce qu'on désire le plus au monde, non ? Devenir roi. Toute cette gloire, tout ce pouvoir. Tous vos rêves qui deviennent réalité.

– Ça arrive jamais, M'dame, vous croyez pas ? (C'était une fille, cette fois, assise au bout du rang, et qui écartait de son visage une mèche de cheveux avec son stylo-bille.) Les rêves qui se réalisent, et tout ça.

– Tu veux dire que ça n'arrive pas dans la pièce, ou que ça n'arrive jamais ? Que ça n'arrive jamais dans la vie, par exemple ?

– Jamais.

– Y a un mec, dit un gamin près de la porte, y travaillait à l'usine. Il a gagné plein de thunes, et pis il a pas su quoi faire avec, il est retourné au Pakistan.

– Il aurait dû emmener tous ses potes.

– Toute sa famille.

– Et puis Fazal avec, ajouta Nicky.

C'était la première fois qu'il prenait la parole. Depuis le début du cours, il était resté dans son coin, tout content de faire joujou avec un agenda électronique Casio qu'il avait raflé lors de sa dernière visite chez Dixon.

– Je peux pas y retourner, gros malin, répliqua Fazal, vu que j'y ai jamais foutu les pieds.

– Ça suffit ! dit Hannah d'un ton ferme. On parle d'autre chose. (Puis, s'avançant de quelques pas vers Nicky :) Qu'est-ce que tu en penses, Nicky ? Tu ne crois pas que c'est l'une des choses auxquelles Shakespeare essaie de nous faire réfléchir : ce qui se passe quand nous obtenons ce que nous désirons le plus ?

Nicky pressa quelques touches sur le clavier de l'agenda et le jour de la semaine s'afficha en allemand. Pourquoi est-ce qu'elle ne le laissait pas tranquille pour interroger quelqu'un d'autre ?

– Nicky, tu crois qu'il nous dit quelque chose au sujet de l'ambition dans cette pièce ?

– J'en sais foutrement rien.

– Pardon ?

– J'ai dit que j'en savais rien.

Nicky poussa l'ordinateur de poche vers l'autre bout de son pupitre.

– Si il voulait qu'on comprenne de quoi il parle, il avait qu'à écrire en anglais normal, non ?

– Mais c'est ce qu'il a fait. En anglais normal de son époque.

– Ouais, mais c'est pas notre époque à nous, non ? C'est pas de l'anglais de maintenant. Si vous voulez qu'on le lise, pourquoi quelqu'un le récrit pas en vrai anglais pour que tout le monde comprenne ?

– Ouais, M'dame, s'écria quelqu'un. Ou alors, on lui met des sous-titres.

– Et après, on le passe à la télé.

– Combien d'entre vous pensent que Nicky a raison ? demanda Hannah.

Un concert d'exclamations lui fit comprendre qu'ils étaient nombreux dans ce cas.

– D'accord, mais qu'est-ce qu'on y perdrait ?

– Rien.

– Avec son orthographe pas possible…

– Les mots qu'on comprend pas…

– Oui, renchérit Hannah, on perdrait les mots, on perdrait la langue. En fait, ça ne serait plus Shakespeare du tout.

Des acclamations vigoureuses, puis :

– L'histoire serait la même, M'dame.

– Je sais, mais tu ne crois pas que si on s'intéresse encore à Shakespeare après tout ce temps, ce n'est pas tant pour les histoires que pour la langue dans laquelle il les a racontées ? Après tout, en elles-mêmes, ses histoires n'étaient pas tellement différentes de celles des autres. En fait, il en a emprunté la plupart à d'autres auteurs, de toute façon.

– Moi, M'dame, quand j'ai fait ça, vous avez même pas voulu me donner de note.

– Je ne pense pas, John, que Shakespeare ait copié mot pour mot, sans oublier une seule faute d'orthographe.

Rires et moqueries diverses.

Hannah jeta un coup d'œil à sa montre.

– Combien d'entre vous ont vu *Pulp Fiction* ? (Environ la moitié de la classe, mais ils en avaient presque tous vu des extraits à la télévision.) Et *Tueurs nés* ?

Les deux tiers.

– Bon. Ce sont deux films qui contiennent pas mal de scènes de violence…

– Pas assez, M'dame.

– Des tueries, de la violence, des criminels et des meurtriers comme personnages principaux, c'est assez proche de *Macbeth*, à vrai dire. Mais dites-moi, à part les scénarios, quelle est l'une des différences les plus évidentes entre *Pulp Fiction* de Quentin Tarantino et *Tueurs nés* d'Oliver Stone ?

– John Travolta.

– *Pulp Fiction* est plus long.

– *Tueurs nés*, c'est nul.

Hannah leva la main pour obtenir le silence.

– L'une des différences les plus importantes, est-ce que ce n'est pas le dialogue, la façon d'utiliser la langue ? Vous ne trouvez pas que dans le film d'Oliver Stone, tout repose sur un montage ultrarapide et des effets genre vidéo-clip ? Alors que *Pulp Fiction* est rempli de scènes où il n'y a que des gens qui parlent ?

– Comme celle où ils sont dans la voiture, et qu'ils expliquent pendant des plombes comment on appelle un Big Mac en France ?

– Dans *Reservoir Dogs*, M'dame, quand ils sont tous assis autour de la table…

– Ouais, et puis qu'ils parlent de Madonna…

– Voilà, dit Hannah, c'est ça. Ils parlent. La langue, ce n'est pas ça, ce que Tarantino aime le plus ? Si vous retirez tous ces dialogues de *Pulp Fiction*, ça changerait tellement le film que ce ne serait plus un film de Tarantino. Il ne serait sûrement pas aussi bon. Et si vous retiriez de *Macbeth* la langue de Shakespeare…

– Ça serait fini plus vite.

– … la pièce ne serait pas aussi bonne non plus. Et ça ne serait certainement pas du Shakespeare.

Avant que Hannah puisse ajouter quoi que ce soit, la sonnerie retentit pour marquer la fin du cours, et tout fut noyé dans le vacarme des chaises raclant le sol, celui des conversations particulières, et le mouvement de trente et une paires de pieds.

– Nicky, risqua Hannah, je peux juste te dire un mot ?

Mais Nicky, comme les sorcières, avait disparu sans laisser de trace. Et le portefeuille de Hannah aussi, par la même occasion, alors qu'elle l'avait fourré au fond de son sac, entre son agenda et une barre Snickers qu'elle se réservait pour la récré.

3

Nicky avait un sourire jusqu'aux oreilles, tellement large qu'il pouvait parler et manger sa part de pizza en même temps.

– Roland, t'as de la chance que je sois tombé sur toi, tu sais. J'ai un truc pour toi. Tout à fait ce qui te faut.

Roland versa du sucre dans son café ; deux sachets d'abord, et puis un troisième. La dernière fois qu'il avait acheté quelque chose à Nicky, une paire d'enceintes Marantz pour trente livres, il avait dû dépenser deux fois cette somme pour les faire réparer à peine dix jours après.

– Tiens, dit Nicky, en faisant glisser vers lui sur la table ce qui ressemblait à première vue à un étui à lunettes.

– C'est quoi, ce truc, mec ? Des polaroïds ? Du shit ?

– Regarde ça. Regarde.

Roland secoua la tête.

– Tu déconnes, mec. Qu'est-ce que tu veux que je foute de ça ?

Nicky n'en croyait pas ses oreilles. Comment Roland pouvait-il être aussi bouché ?

– Les rendez-vous d'affaires, c'est à ça que ça sert. Pour le business. C'est toi qu'arrêtes pas de me dire que tu dois être un jour là, un jour ailleurs, rencontrer un type ici, un type par là-bas, pour une combine ou une autre. Et des fois, t'oublies, pas vrai ? C'est toi qui me l'as dit. T'étais assis là et tu me l'as dit. Alors, maintenant, si t'avais ce truc-là… (Au hasard, Nicky enfonça quelques touches.) Tu vois ? C'est génial, non ? C'est nickel. C'est… comment dire ? Compact. Ça tient dans une poche de chemise, dans une poche de veste, n'importe où. Mais tout ce que t'as besoin de savoir, Roland, bon – les numéros de téléphone, les adresses, les rendez-vous – tu peux tout stocker là-dedans, d'accord ? Casio SF-8350. Il fait tout ce que tu veux, sauf envoyer un fax ou un e-mail, et encore, il doit y avoir un moyen de le brancher pour que ça soit possible. Et regarde, regarde-moi ça, regarde… Qu'est-ce que t'en dis ? Il peut te traduire des trucs en neuf langues. Neuf. Tu te rends compte ? Tu savais même pas, je parie, qu'il existait neuf putains de langues différentes.

Roland prit l'organiseur numérique et fixa le mot *Mittwoch* qui clignotait, grisâtre, devant ses yeux en haut de l'écran oblong.

– Merde, mec, pourquoi tu me soûles avec ce truc ?

– Parce que je vais te faire un prix, d'accord ?

Roland s'esclaffa et referma les dents sur sa tarte aux cerises, manquant de peu se brûler la langue.

– Merde ! Pourquoi c'est toujours aussi brûlant à l'intérieur, ces saloperies ?

– Trente livres, proposa Nicky. (Il décolla de sa pizza la dernière rondelle de champignon, qu'il déposa sur le bord de son assiette en carton. Il n'avait jamais supporté les champignons, ils le rendaient malade.) Allez, Roland, d'accord ? Trente livres.

Roland pressa un bouton et l'écran s'effaça.

– Rien du tout, mec. Ça m'intéresse pas.

– Vingt-cinq.

Roland secoua la tête.

– D'accord. Vingt.

– Nicky, combien de fois il faut que je te le dise ? Maintenant, vire ce machin de devant mes yeux.

Merde ! Nicky laissa tomber la croûte de la pizza sur la table, tordit l'assiette en carton, referma d'un coup sec l'agenda électronique et le fourra dans la poche arrière de son jean en se levant.

– À plus, Roland.

– Ouais.

À cinq mètres de la porte, Nicky pivota sur les talons de ses Reebok et revint précipitamment sur ses pas.

– Tiens..., dit-il, se penchant sur Roland derrière son dos. Quinze livres. Tu peux le revendre deux fois ce prix-là.

– Dix.

Nicky posa l'appareil sur la tasse de Roland.

– C'est bon.

Roland s'esclaffa et posa un billet de dix livres dans la paume de Nicky.

Dix, pensait Nicky en retournant vers la rue, dix et les cinquante qui étaient dans le portefeuille de la mère Campbell, je peux me payer quelque chose de correct pour mes pieds, au lieu de ces vieilles saloperies que je porte maintenant.

*

Mark Divine remarqua peut-être, sur le bout de verdure bordant l'entrée de l'école, les quelques jonquilles que personne n'avait encore arrachées ou piétinées, mais il n'en laissa rien paraître. Quatre heures de sommeil, c'est tout ce qu'il avait réussi à engranger la nuit précédente. Combien de pintes de bière ? Six ou huit, et puis la fille qu'il pistait de bar en bar lui avait ri au nez avant de monter dans un taxi. Il devait être deux heures du matin quand Divine s'était écroulé sur son lit. Non, presque trois. Et ce matin, il avait dû subir Graham Millington, la lèvre retroussée sous sa moustache, lui assénant une engueulade en règle pour une histoire de paperasses qu'il avait négligé de remplir.

– Ça te fait quel âge, maintenant ? avait demandé Millington. Vingt-sept, c'est ça ? Vingt-huit ? Pose-toi un peu la question, un jour, de savoir pourquoi tu es toujours inspecteur adjoint alors qu'il y en a d'autres, de trois ou quatre ans plus jeunes, qui t'ont doublé si vite que tu sembles faire du sur-place.

Divine avait ravalé la réplique qu'il avait sur le bout de la langue : « Et vous, Graham ? Vous étiez déjà inspecteur bien avant que j'entre dans la police, vous n'avez pas bougé d'un poil depuis, et ça ne risque pas plus de vous arriver qu'à une de ces putains de statues qui sont plantées autour de Slab Square. » Mais il avait gardé ça pour lui, bien sûr. Il avait serré les dents et il avait boudé dans le local de la PJ jusqu'au moment où il avait reçu cet appel, une histoire de prof qui s'était fait piquer son portefeuille dans son sac, pendant un cours. C'était bien fait pour ses pieds, probablement, avait pensé

Divine. Elle avait qu'à ne pas l'apporter en classe, pour commencer. Mais, au moins, cet incident lui donnait une bonne raison de sortir prendre l'air. Hannah Campbell, il voyait d'ici à quoi elle devait ressembler. Cheveux courts et frisés, pas de poitrine, clignant des yeux dans sa direction à travers des lunettes à double foyer. Hannah, en plus ! Tu parles d'un prénom. Quelque part, au fin fond de sa mémoire, Divine se rappelait une tante Hannah, avec des touffes de poils sur le menton.

– Je peux vous renseigner ?

Relevant les yeux de sa machine à écrire, la secrétaire examina Divine d'un air soupçonneux.

– Inspecteur adjoint Divine, dit-il en lui montrant sa carte. Police judiciaire. C'est à propos de l'incident de ce matin. Hannah, euh... Campbell. Vous devez être au courant, je suppose.

– Asseyez-vous, je vous prie.

Comment se fait-il, se demandait Divine, qu'à chaque fois que j'entre dans une école, n'importe quelle école, je sente la compresse froide de l'échec me ratatiner les joyeuses et me comprimer le cœur ?

Elle l'attendait dans une petite salle du premier étage, éclairée par la seule lumière d'une fenêtre étroite et haute à travers laquelle il vit le ciel au-dessus d'un mur de briques. Deux des murs étaient couverts de livres, des séries de manuels poussiéreux aux reliures toile effilochées, dont certains semblaient ne pas avoir bougé de place depuis longtemps. N'y avait-il pas, prétendument, pénurie de manuels scolaires ? se demanda Divine. Il n'avait pas entendu ça quelque part ? Alors, qu'est-ce qu'on reprochait à ceux-là ?

– Mademoiselle Campbell ?

– Hannah.

Divine lui montra sa carte de police tandis qu'il se présentait, puis il s'assit en face d'elle, de l'autre côté d'une table étroite.

Il s'aperçut tout de suite de son erreur. Elle était plus jeune qu'il ne le pensait, pour commencer. Trente-cinq ans, sans doute ; peut-être moins. Pas de lunettes non plus. Elle avait les cheveux plus longs qu'il ne l'avait imaginé, légèrement évasés sur les côtés et sur la nuque. Châtain clair. Sous une veste de couleur ocre, elle portait un haut lilas à trois boutons. Lilas, ou bien pourpre, il n'avait jamais su les distinguer avec certitude. Un jupe noire, à mi-mollet, et des chaussures confortables.

– J'ai déjà parlé à deux policiers, dit Hannah. Je leur ai expliqué ce qui s'est passé, du mieux que j'ai pu.

– Des agents en tenue, oui. C'est la procédure habituelle.

– Et vous, vous êtes inspecteur, c'est ça ? Puisque vous appartenez à la PJ ? C'est bien ce que ça veut dire ?

Divine hocha la tête, refoulant l'idée qu'elle puisse, si peu que ce fût, se payer sa tête.

– Et vous aimeriez que je vous raconte ce qui est arrivé ?

– Ouais, c'est ça.

Elle l'examina. L'effronterie habituelle qu'exprimait le visage de Divine était atténuée par les marques de fatigue qui lui soulignaient les yeux.

– Vous n'allez pas prendre de notes ? s'étonna Hannah.

Elle attendit que Divine eût sorti son calepin et son crayon pour commencer.

– Alors, vous pensez que vous allez l'attraper ?

– Nicky Snape ?

– C'est bien de lui que nous venons de parler, non ?

Ils suivaient le couloir du rez-de-chaussée, Hannah l'escortant vers la sortie.

– Vous semblez pratiquement certaine que c'est lui le coupable, fit Divine.

Hannah haussa les épaules.

– Mon portefeuille a disparu, Nicky a disparu, ils ont disparu tous les deux au même moment. Sans compter qu'il semble avoir une propension à commettre ce genre de chose.

– Une quoi ?

De nouveau, Divine se demanda si elle se moquait de lui.

– Le vol. Il a déjà eu des ennuis à cause de ça.

Aux coins de la bouche de Divine, les rides que creuse le rire se plissèrent soudain.

– Une fois ou deux seulement.

– Et vous ne l'avez pas attrapé, à ce moment-là ?

– Oh, pour ça, oui, on l'a coincé. Mais le tribunal l'a relâché aussi sec. On ne peut pas les garder, voyez-vous. Pas quand ils sont aussi jeunes. Il avait douze ans, la première fois. Treize. (Divine regarda, autour d'eux, les portes, les fenêtres.) Vous devez savoir ce que c'est, vous qui les côtoyez tous les jours.

Hannah ne répondit pas. Elle continua d'avancer jusqu'à ce qu'ils eussent dépassé le secrétariat pour se retrouver sur les marches étroites de l'escalier de l'entrée, à l'extérieur. Le bâtiment projetait des ombres allongées, loin sur le bitume, et la brise de printemps gardait un fond de fraîcheur. Hannah se rendait compte que Divine la détaillait, qu'il regardait son cou, ses seins.

– À vous entendre, dit-elle, on a l'impression que vous considérez presque ce genre d'affaire comme une perte de temps.

– Si on le chope et qu'il a encore sur lui des objets vous appartenant, des cartes de crédit, disons, quelqu'un aura peut-être assez de bon sens pour l'envoyer au frais.

– Et ça pourrait arriver ? Qu'on l'appréhende dans ces conditions, je veux dire ?

Divine bomba légèrement le torse, se redressa de deux bons centimètres.

– L'année dernière, dans le domaine de la police judiciaire, c'est Nottingham qui a obtenu le meilleur taux de réussite.

– Vraiment ?

– Avec une moyenne de quatorze affaires résolues par officier et par an.

– Ça ne semble pas, commenta Hannah, un chiffre considérable.

– Il est meilleur que partout ailleurs, cependant, n'est-ce pas ?

– Les statistiques… (Hannah sourit.) Pour savoir réellement ce que ce chiffre représente, il faudrait le comparer au nombre de crimes et délits réellement commis. Vous comprenez, pour le replacer dans le contexte approprié.

– Oui, enfin…, fit Divine en détournant les yeux, … je n'ai pas les données en tête, pas le chiffre exact, en tout cas. (Il était de 148 crimes pour 1 000 habitants, le plus élevé derrière Humberside, Divine le savait par cœur. Il ajouta :) Bon, il va falloir que j'y aille.

– Très bien.

Hannah hésita un moment avant de rentrer dans l'école.

– Écoutez, je ne sais pas si…, commença Divine, les joues légèrement empourprées.

– Non, dit Hannah. Je regrette, c'est hors de question.

4

– Quand quelque chose fonctionne bien, dit Skelton, on pourrait croire que personne ne songerait à y toucher en courant le risque de perdre tous les avantages acquis.

Depuis le fauteuil qui faisait face au bureau du commissaire principal, Resnick poussa un grognement qui pouvait passer pour une approbation.

– Vous savez aussi bien que moi, Charlie, poursuivit Skelton, que la plupart des brigades du pays donneraient la prunelle de leurs yeux pour des statistiques comme les nôtres.

Hochant la tête, Resnick transféra son poids de sa fesse gauche à sa fesse droite. L'idée d'instaurer une brigade du grand banditisme dans le comté avait déjà été évoquée, mais à présent, avec les changements décidés par la direction générale de la police, il semblait possible qu'elle se concrétise.

Skelton tripotait un crayon, au risque de déranger la symétrie de son bureau.

– Vous savez ce que cela signifie, n'est-ce pas ? Une police à deux niveaux, voilà ce qui nous attend. Tous les cracks et les bardés de diplômes seront cloqués ensemble pour se passer mutuellement la brosse à reluire, et nous, le reste du troupeau, on ramassera les miettes, les vols de vélos et les infractions au code de la route.

Resnick se demandait si, d'une certaine façon, ce n'était pas déjà ce qui se passait. Helen Siddons, par exemple, la jeune et brillante inspectrice principale qui était restée parmi eux juste assez longtemps pour envoyer des secousses sismiques sous le château branlant qu'était devenue la vie conjugale de Skelton. Elle avait été nommée inspectrice principale à un âge où Resnick n'était pas encore inspecteur. À présent qu'il allait sur ses quarante-cinq ans, toujours inspecteur principal, où en était Helen Siddons dans sa carrière ? Elle occupait un poste d'inspectrice en chef dans le Somerset. Comme Reg Cossall l'avait dit quelques jours plus tôt au pub :

– Si cette salope arriviste avait eu la chance d'être noire en plus d'être une bonne femme, elle aurait baisé tout le monde dans la course à la promotion, et elle serait commissaire principal à l'heure qu'il est, plutôt qu'inspectrice en chef !

– Non, Reg, avait ricané Millington. Elle aurait pas baisé tout le monde. Elle a seulement baisé avec Jolly Jack.

À présent, tandis qu'il regardait Skelton assis en face de lui, Resnick se demandait si cela était vrai. Oh, Skelton avait été sensible aux charmes d'Helen Siddons, sans aucun doute, et elle avait exploité la situation à son avantage. Quant à savoir si cela avait dépassé le stade des coups d'œil qui s'attardent et des échanges de regards à peine secrets, Resnick n'aurait su le dire. Et, de plus, cela importait peu. Ce qui importait, en revanche, c'est qu'Alice Skelton avait cru à l'existence de cette liaison. La certitude d'être trompé est aussi tenace dans votre esprit que le sont sur un drap les traces laissées par une étreinte. La dernière fois que Resnick s'était rendu chez Skelton, il avait eu l'impression d'assister à une passe d'armes à fleurets à peine mouchetés.

– Malgré tout, avec un peu de chance, Charlie, reprit Skelton, on sera partis, vous et moi, avant que cela n'arrive. Mis au rancart, avec une pension, et un cadeau de départ genre montre en or, ou ce qu'on offre à la place de nos jours.

Resnick n'y croyait pas. Pour Skelton, peut-être, mais en ce qui le concernait personnellement, la retraite était une hantise qui rôdait pendant les dernières heures grises avant l'aube ; l'un de ces monstres, comme le cancer de la prostate, qui vous poursuivent pendant votre sommeil.

– Lynn Kellogg, Charlie. (Skelton avait attendu qu'il eût pratiquement atteint la porte.) Elle va bien, n'est-ce pas ?

Resnick mit du temps à répondre, se demandant s'il y avait quelque chose qu'il aurait dû remarquer, quelque chose qui lui avait échappé.

– Oui, ça va. Pourquoi me le demandez-vous ?

– Oh, je n'ai aucune raison particulière. (Skelton regarda Resnick par-dessus la voûte formée par ses dix doigts joints.) Elle a recommencé à voir son psy, c'est tout.

« Aucune raison particulière », pensa Resnick en regagnant son propre bureau, voilà qui n'est pas tout à fait exact. Comme il ne le savait que trop bien, les raisons de s'inquiéter au sujet de Lynn ne manquaient pas.

Une quinzaine de mois plus tôt, Lynn avait été enlevée par un homme que traquaient Resnick et son équipe. Cet homme avait déjà tué, à deux reprises, des femmes qu'il avait tourmentées en leur promettant de leur rendre leur liberté, avant de les assassiner brutalement. C'était le jeu qu'il aimait jouer, et il s'y était livré sur Lynn, se montrant tour à tour plein d'égards puis menaçant, la séquestrant, enchaînée, dans un endroit glacial.

Dans la journée, il était capable de lui parler avec douceur, comme s'il lui faisait la cour, et le soir, dans l'obscurité de sa caravane exiguë, il se masturbait sur elle tandis qu'elle faisait semblant de dormir.

Après un procès interminable, pendant lequel tout cela avait été péniblement étalé au grand jour pour que chacun puisse en prendre connaissance dans son journal ou lors des multiples rediffusions télévisées, le tribunal avait refusé de reconnaître au coupable une responsabilité diminuée, et l'avait condamné à la prison à vie. Avec une peine de sûreté de vingt-cinq ans.

Lorsqu'elle aurait elle-même un peu plus de cinquante ans – ce qui n'était même pas l'âge actuel de sa propre mère – Lynn savait qu'il pourrait très bien arpenter les mêmes rues qu'elle, respirer le même air. À chaque carrefour, elle pourrait tomber nez à nez avec lui, entendre de nouveau sa voix, s'élevant clairement par-dessus le brouhaha d'un bar bondé pour lui proposer de lui offrir un verre ; entendre ses doigts tambouriner contre la vitre la prochaine fois qu'elle aurait une panne de voiture, voir son visage qui la scrute, ses traits brouillés par un voile de pluie, sa voix mélodieuse, ce sourire…

Et il y avait d'autres choses encore que cette expérience avait fait remonter à la surface de sa conscience, des choses que Lynn s'efforçait d'oublier.

Elle était à son bureau quand Resnick entra dans le local de la PJ, lui tournant le dos, les épaules un peu voûtées tandis qu'elle prenait des notes sur son bloc tout en parlant au téléphone. Kevin Naylor, qui, comme Lynn, était un inspecteur adjoint de moins de trente ans, interrogeait l'ordinateur central ; il passait en revue les affaires d'incendies criminels, un incendie récent ayant coûté la vie à un gamin pakistanais de quatre ans. Graham Millington, le second de Resnick, était assis avec une dame noire d'un âge certain, lui soutirant à force de patience le récit d'un braquage auquel elle avait assisté dans un bureau de pari mutuel ; le vol s'élevait à trois mille livres, et le gérant était soigné à l'hôpital pour des blessures graves à la tête. Les autres tables de travail étaient désertes, les officiers se trouvant à divers endroits de la ville, frappant aux portes, posant des questions.

Dans le bureau de Resnick, un angle du local étroit fermé par des cloisons, le téléphone se mit à sonner. Le temps que Resnick entre et referme la porte derrière lui, il s'était arrêté. Il jeta un regard à la paperasse étalée en vrac sur sa table, puis il sortit d'un tiroir un paquet à moitié vide de café expresso Lavazza et remplit le filtre de la machine à café que lui avait offerte son amie Marian Witczak.

« Pour toi, Charles, pour que tu te gâtes un peu. Je sais à quel point tu aimes le bon café. »

Les dernières gouttes, noires et fortes, n'avaient pas encore fini de tomber dans la tasse que Resnick, incapable de penser à autre chose plus longtemps, poussa la porte et appela Lynn Kellogg.

– Café ?

– Non, merci.

Elle portait toujours ses cheveux coupés court, à présent, par défi, peignés vers l'avant sur le front, à la garçonne ; les seules mèches qui ondulaient encore, comme pour la taquiner, s'incurvaient devant ses oreilles et les boucles en or toutes simples qui les ornaient. Son visage n'avait jamais retrouvé sa forme ronde ni ses couleurs. Elle portait un pantalon de coton noir, un haut noir à col rond. Pas de bagues.

– Jack Skelton m'a demandé de vos nouvelles.

Elle avait oublié comment on souriait, du moins avec les yeux.

– Et vous lui en avez donné ?

– Pour autant que je sache, vous allez bien.

– C'est parfait, en ce cas.

Resnick approcha la tasse de ses lèvres, mais il ne but pas.

– Sauf que, apparemment, ce n'est pas vrai.

Lynn le dévisagea, et elle vit un homme triste aux yeux tristes. Quand il était arrivé, avant tout le monde, à la caravane où elle était séquestrée, elle s'était agrippée à lui en pensant qu'elle ne le laisserait jamais plus repartir. Cela ne se révélait, hélas, que trop vrai : entre sa thérapie et ses rêves heurtés, le souvenir de Resnick persistait, sa corpulence pressée très fort contre son corps, les larmes dans les yeux de son supérieur.

– L'hôpital, dit Resnick.

– Le Dr Carey.

– Vous avez recommencé à la voir.

Lynn se pencha en avant, les mains coincées entre ses cuisses.

– Qu'on ne vienne plus me parler de confidentialité, après ça.

Resnick reposa sa tasse.

– En ce qui concerne ce qui est vraiment dit, ce que vous échangez entre vous, il est évident que cette confidentialité est garantie.

– Mais si j'ai repris ma thérapie…

– Il est inévitable que cela nous inquiète.

– Vous craignez de me voir craquer ?

– Nous nous inquiétons pour vous.

Lynn s'esclaffa.

– Parce que vous redoutez que je ne sois plus capable de faire mon travail ?

– Oui.

Resnick détourna les yeux et Lynn s'esclaffa de nouveau.

– Quoi ? fit Resnick. Qu'est-ce qu'il y a ?

– Rien. Sauf que… Non, ce n'est rien. Je sais bien que vous faites seulement votre travail, vous aussi.

Mal à l'aise, Resnick changea de position, une fois de plus, dans son fauteuil.

– Ce sont les cauchemars, alors ? Ils ont recommencé. C'est ça, le problème ?

– Oui, répondit Lynn. Oui, c'est ça. Toujours la même histoire.

Le mensonge flottait dans l'air entre eux deux, aussi tangible qu'un nuage de fumée.

– Cela ne vous pose pas de problème, cependant, dans le cadre de votre travail ? demanda Resnick. Vous êtes prête à continuer ?

– Oui. Franchement, ça va bien.

– Si je peux faire quelque chose, vous n'hésiterez pas à me le dire ?

– Bien sûr.

Lynn s'était levée ; elle était déjà près de la porte, évitant de croiser son regard.

– Vos dossiers en cours, demanda Resnick. (Sans trop savoir pourquoi, il n'avait pas envie de la laisser partir.) Quel est le plus urgent ?

– Ce gamin, je suppose. Celui qui s'est échappé du centre de protection des mineurs…

– Hodgson ?

– Martin, oui. Il pourrait se trouver n'importe où, bien sûr. À Manchester, à Londres. Mais j'ai reçu un appel des Mœurs, tout à l'heure. Ils pensent l'avoir repéré, en train de faire le tapin dans Forest Road.

Resnick soupira ; c'était toujours la même rengaine.

– Vous êtes en contact avec qui, aux Mœurs ?

– Sharon. Sharon Garnett.

– Transmettez-lui mes amitiés.

– Bien. Je n'y manquerai pas.

Pendant un bref moment, Lynn hésita encore avant de franchir la porte. Déjà, son téléphone sonnait de nouveau, et Graham Millington, qui en avait terminé avec son témoin, attendait qu'elle soit libre pour lui demander de travailler en heures supplémentaires. Divine était de retour à sa table de travail avec la dernière édition du journal et deux petits pâtés jamaïcains achetés chez le boulanger d'Hartley Road.

Dans son bureau, Resnick scrutait un communiqué rédigé par le porte-parole de la police nationale : il y répondait aux allégations selon lesquelles l'étude récente de la commission d'audit comparant l'efficacité des différentes forces de police valait à peine le papier sur lequel elle était imprimée. Il ouvrit une enveloppe à son nom, libellée de l'écriture précise de Marian Witczak. *Est-il vrai, Charles, que tu n'es plus jamais chez toi ? Si c'est le cas, qui nourrit tes superbes chats ?* Elle avait joint une invitation à un bal du Club polonais pour le week-end suivant. Sous la ligne imprimée *Tenue décontractée*, Marian avait ajouté : *Mais, s'il te plaît, n'oublie pas tes souliers pour danser !*

Resnick enfouit l'invitation sous une pile de rapports d'enquêtes, l'idée même de danser étant à cent lieues de ses préoccupations du moment. Pour une raison qui lui échappait, à moins que ce soit le café au fond de la tasse qu'il tenait, les paroles d'un vieux blues de Bessie Smith remontaient à la surface de sa mémoire ; elle y parlait des matins où l'on se réveille les mains glacées.

5

Nicky Snape n'avait pas perdu son temps. Derrière un pub bordant le marché aux fruits et légumes en gros, il avait vendu l'une des deux cartes de crédit de Hannah Campbell pour vingt livres. Moins de trente minutes après, dans le cadre attrayant du jardin d'agrément St Mary, son chéquier et sa carte de garantie bancaire avaient changé de mains pour deux fois plus. En traversant le Centre Victoria pour rejoindre Mansfield Road, il était tombé par hasard sur Sally Purdy, sortie quelques minutes plus tôt, en liberté conditionnelle, du tribunal de première instance où elle comparaissait pour escroquerie. Sally avait renvoyé Nicky dans le centre commercial pour qu'il aille chez Tesco acheter un pack de six bières ; elle en partagea deux avec lui sur l'un des bancs faisant face à Peachey Street, puis elle lui échangea la carte de crédit restante contre trois billets de cinq livres et une canette neuve.

– Tu embrasseras Shane de ma part, tu veux bien ? Dis-lui que je t'ai demandé de ses nouvelles. N'oublie pas, surtout.

Nicky voyait d'ici comment son frère accueillerait ce genre de message. Avec un rot et un bref signe de la main, il consigna sa mission aux oubliettes.

Au Burger King, il s'accorda un double

hamburger avec des frites. Il finissait de les avaler, en faisant du lèche-vitrine dans Cheapside, quand son regard tomba sur une paire de chaussures montantes Sanmarco rouge et violet, doublées en Gore-Tex. Pas question de les chourer dans une turne pareille. Les godasses coûtèrent à Nicky pratiquement tout ce qu'il avait gagné pendant l'heure précédente, mais il fallait bien que l'argent serve à quelque chose.

Il laissa ses vieilles Reebok dans la boutique, et il avait ses nouvelles chaussures aux pieds quand il rencontra son vieux pote Martin Hodgson, au bowling près du stade. Martin n'avait que quelques mois de moins que Nicky, mais il était plus frêle. Sa chemise à carreaux trop grande flottait autour de lui, ouverte sur un pull beige Sweater Shop, les jambes de son jean noir roulées au-dessus de ses baskets. Au premier coup d'œil, on était tenté de le prendre pour un mou, mais cela aurait été une erreur.

– Merde ! s'exclama Nicky. Je croyais qu'on t'avait bouclé, bordel !

– Nan. C'était jamais qu'une taule pour les mômes, tu comprends ? Rien à voir avec une vraie saloperie de prison.

Martin repoussa la mèche de cheveux bruns qui masquait ses yeux marron, et il sourit.

Martin était pratiquement le seul type avec lequel Nicky eût jamais travaillé en équipe, pour des cambriolages avec effraction dans le quartier des Meadows et aux alentours, là où habitait Martin. La plupart du temps, Nicky préférait opérer seul – un système qui limitait les profits, mais qui limitait les risques aussi. Cela dit, travailler avec Martin, ce n'était pas triste, et c'est pour ça que Nicky le suivait dans ses expéditions. Le seul problème : Martin n'avait aucune notion du danger.

– Alors, qu'est-ce que tu fais, à traîner par ici ? demanda Nicky.

D'un signe de tête, Martin indiqua la piste de bowling la plus proche.

– J'essaie de voir combien de fois, en une seule partie, je peux faire tomber toutes les quilles en deux lancers.

Ils jouèrent pendant près d'une heure, puis, quand Martin alla se racheter des cigarettes, Nicky remarqua qu'il avait entre les mains une somme qui devait friser les cent livres.

– Je suis allé rôder près de la forêt, hier soir, expliqua Martin en offrant une extralongue à Nicky. J'aurais pu ramasser plus, mais les poulets sont venus renifler par là. Les salauds ! Il a fallu que je m'arrache.

Nicky le fixait, fasciné.

– Qu'est-ce que t'es obligé de faire ? demanda-t-il.

– C'est facile, s'esclaffa Martin. Tu rôdes dans le coin, au bord de la route, mais du côté des arbres, tu vois, et t'attends que le client se pointe…

– Mais comment tu sais que c'est un client ?

– Tu peux pas te tromper. Des fois, ils veulent que tu montes dans leur voiture, je demande toujours un supplément, dans ces cas-là. Mais la plupart du temps ça se passe là-bas. Le cimetière, c'est un bon endroit.

– Ouais, fit Nicky. Mais qu'est-ce qu'ils te demandent de *faire* ?

– Merde ! Qu'est-ce que tu crois ? Ils veulent que tu les branles, ça c'est le plus facile. Ça leur coûte dix livres. Des fois, c'est eux qui veulent te sucer, c'est vingt livres. C'est pas compliqué.

– Mais tu les laisses pas…

– … me la mettre dans le cul ? Pour qui tu me prends ? Pour un givré total ? Tu crois que je veux choper le sida ou quelque chose ?

– Non. Non, bien sûr.

– Y a un type, quand même, une fois. Bourré de fric. Dans une Mercedes, presque neuve. Il m'a offert cent livres si je venais avec lui jusqu'à son hôtel. (Le dégoût et la consternation se peignirent sur le visage de Nicky.) Il avait une capote, ajouta Martin, alors ça allait. Il m'a donné des poppers, tu sais, du nitrate d'amyle, et au bout d'un moment ça me faisait plus mal du tout.

Nicky crut qu'il allait vomir. Il éteignit sa cigarette et s'éloigna à grandes enjambées.

– Attends ! lança Martin. Tu vas où ?

– Je rentre chez moi, dit Nicky. Je suis censé être allé à l'école, non ?

– Nan, fit Martin. Tu vas pas rentrer maintenant. J'ai rendez-vous avec Assim, tout à l'heure. Reste avec moi, lâche-toi un peu. On va se marrer.

Sharon Garnett portait une jupe rouge courte sur un collant à côtes, une veste sombre en coton boutonnée sur une chemisier crème ; comme si elle n'était déjà pas assez grande comme ça, elle avait mis des bottes.

– Tu te fonds dans le paysage ? demanda Lynn, une esquisse de sourire dans le regard.

– Quelque chose comme ça.

– Je t'ai pris une demi-pinte de blonde, ça te va ?

– Parfait.

Les deux femmes s'étaient donné rendez-vous au *Braconnier du Lincolnshire*, un pub qui promettait de la bonne bière, de la bonne cuisine, et une cour à l'arrière de l'établissement, où elles étaient installées à présent. C'était le début de la soirée, et le fond de l'air était très nettement frais, la température étant descendue sous les dix degrés.

– Tu travailles ? demanda Lynn.

– Oui, tout à l'heure. Et toi ?

Lynn haussa les épaules.

– Ça dépend.

– Martin Hodgson ?

– Oui.

La première fois que Lynn avait arrêté le gamin, il avait treize ans. Il s'était enfui d'un foyer pour jeunes, et il s'était fait coincer dans un Woolworth par un surveillant particulièrement alerte ; il emportait dans un sac Adidas volé à peine une heure plus tôt des jeux d'ordinateurs d'une valeur totale de plusieurs centaines de livres. Depuis lors, il avait été arrêté et inculpé de vol plus de trente fois, usant les nerfs de toute une série de travailleurs sociaux, de familles d'accueil provisoire et d'officiers de police. Comme il n'était pas possible de trouver à l'intérieur du comté une institution pour jeunes délinquants suffisamment sûre, on avait finalement envoyé Martin dans un établissement adapté du Northumberland, à titre temporaire. Dès qu'une place s'était libérée au centre de protection des mineurs d'Ambergate, à une distance raisonnable de la ville, on l'avait rapatrié pour l'y admettre. Huit jours plus tard, il s'en était échappé, et, depuis, il vivait dans la rue.

– Il a quinze ans, c'est ça ? demanda Sharon.

Lynn secoua la tête.

– Quatorze.

– Quel avenir il se prépare !

Lynn acquiesça et but sa bière.

Au même moment, Nicky Snape et Martin Hodgson, qui avaient retrouvé l'ami de Martin, Assim, décidaient de se rendre à Derby, où l'un des cousins d'Assim travaillait dans un cinéma multisalles et pourrait les faire entrer gratuitement. La première voiture dont Martin força la portière ne voulut pas démarrer, mais la seconde, une Honda Civic vieille de deux ans garée dans Lenton Road, à l'ombre du château, ne posa pas de problème. Assim avait volé le permis de conduire de son frère aîné ; c'est donc lui qui s'installa au volant.

– Tu demandes toujours ton transfert à la PJ ? demanda Lynn à Sharon.

Les deux jeunes femmes remontaient à pied Mansfield Road, pour contourner le pâté de maisons et rejoindre l'endroit où Lynn avait garé sa voiture.

– Pas vraiment, répondit Sharon. Plus depuis la dernière fois.

– Qu'est-ce qu'ils t'ont dit ?

Sharon s'esclaffa.

– Ils m'ont demandé si j'étais intéressée par un poste au sein de l'Unité des violences familiales.

C'est à Londres que Sharon avait commencé à travailler dans la police, débutant une seconde carrière après avoir joué des pièces de théâtre dans les maisons des jeunes, et les violences familiales étaient rapidement devenues sa spécialité. Sharon ne contestait pas l'importance, ni même l'intérêt du problème, mais ce qui la faisait renâcler, c'était le manque d'imagination de sa hiérarchie : une femme, une femme noire, dans un quartier à fortes populations d'origine indienne ou antillaise, qu'elle se débrouille avec eux, elle parle la même langue qu'eux. Mais Sharon ne voulait pas être la figure emblématique d'une police sympathique, et elle n'avait aucune envie de jouer les assistantes sociales – elle avait fait son devoir en s'occupant de ses sœurs, en sillonnant les autoroutes de tout le pays pour aller jouer des pièces genre agit-prop sur l'inceste et les femmes battues. Ce qu'elle souhaitait, c'est travailler sur le terrain, dans la rue, à enquêter sur des crimes, des vrais crimes, quelque chose qui développe encore plus sa sagacité, qui aiguise ses réflexes déjà prompts ; quelque chose qui provoque en elle des poussées d'adrénaline.

Et maintenant ? Ma foi, presque tous les soirs, d'une façon ou d'une autre, elle était dans la rue, au moins.

– C'est comment, les Mœurs ? demanda Lynn.

– Il y a les bonnes et les mauvaises, répliqua Sharon.

Ce fut au tour de Lynn de rire.

– Je voulais dire, comment ça se passe, le travail à la brigade ?

Elles firent une halte au coin de la rue. Devant elles, les pierres tombales de style victorien du cimetière de Forest Road commençaient à se détacher, blanches sur le fond du ciel qui s'obscurcissait. Plus loin, vers le bas de la côte, les lampadaires entourant un terrain de foot projetaient des faisceaux lumineux de plus en plus nets dans la nuit tombante. La vaste étendue du parc de loisirs s'élargissait vers la droite, les arbres masquant le parking bitumé réservé aux banlieusards qui y laissaient chaque jour leur voiture pour se rendre en ville par les transports en commun, ainsi que l'emplacement réservé à la Foire aux oies. Pour la majorité des prostituées qui travaillaient dans le secteur, il était encore tôt, et la plupart des voitures qui dépassaient Lynn et Sharon semblaient se diriger vers une destination précise, plutôt que de chercher les racoleuses. Dans une heure, la drague allait commencer pour de bon.

– Les filles, répliqua Sharon. J'irais presque jusqu'à dire que je les aime bien, en un sens. Les professionnelles, en tout cas. Pas les petites putes occasionnelles qui viennent par le train avec un aller-retour au tarif excursion, puis se dépêchent de rentrer chez elles sur leurs talons aiguilles, comme Cendrillon. Parmi elles, il y en a même qui sont prêtes à baiser sans capote, à prendre des risques, les connes.

– Et les garçons ? demanda Lynn.

Tournant le coin de la rue, elles s'engagèrent dans North Sherwood Street, et Lynn fut agréablement surprise, comme d'habitude, de voir que sa voiture se trouvait toujours là où elle l'avait laissée.

Sharon s'arrêta.

– Non, c'est… Je ne sais pas pourquoi, mais d'une certaine façon, c'est pas la même chose. Je n'arrive pas… Je crois que je n'arrive pas à comprendre – enfin, si, je peux le *concevoir* – mais ce qui se passe dans le cas des garçons, ça ne m'est pas accessible. Et certains d'entre eux – mon Dieu, ça vous retourne complètement – certains d'entre eux ont l'air si jeune.

– Quatorze ans.

– Moins que ça.

Elles marchaient de nouveau, Lynn fouillant son sac pour trouver ses clés.

– Ce gamin au sujet duquel tu m'as contactée, tu penses que c'était lui, Hodgson ?

– Celui que j'ai vu, à en juger par la photo, ça se pourrait bien, oui.

– Je te retrouve dans un moment, alors. C'est possible ? À dix heures ?

– Plutôt la demie.

Elles se mirent d'accord sur les derniers détails, et Sharon se recula pour regarder Lynn faire demi-tour et s'en aller. Une fille sympa, se dit-elle, franche et directe – un peu abrupte, peut-être, voire coincée – mais qui ne frimait pas. C'est ce que Sharon aimait en elle. Si seulement elle prenait un peu plus soin d'elle-même, elle pourrait être jolie, en plus.

6

Les mains encombrées par leurs gobelets de Pepsi et leurs cornets de pop-corn – sucré pour Nicky, salé pour Assim, Martin avait panaché – ils regardèrent *Dumb & Dumber*, puis ils passèrent dans l'une des autres salles pour voir *Poetic Justice*. Assim y tenait beaucoup, parce qu'un de ses copains lui avait dit qu'il y avait des plans où on voyait Janet Jackson nue au-dessus de la ceinture.

– Qu'est-ce que ça a de nouveau ? avait voulu savoir Nicky.

Mais ils y étaient allés quand même. Au bout de quinze minutes de film, quand ils se rendirent compte que ce qu'ils entendaient sur la bande son était censé être de la poésie, ils relevèrent leurs sièges à coups de talons et déguerpirent.

– Je m'en fous de savoir à quoi ressemblent ses nibards, déclara Martin tandis qu'ils retraversaient le foyer, il est pas question que j'écoute leurs conneries de poèmes.

C'était étonnant, se dit Nicky, qu'ils n'aient pas vu Mlle Campbell assise au dernier rang, en train de prendre des notes.

Ils laissèrent la Honda sur le parking du cinéma, et ils empruntèrent une Escort pour la remplacer.

– Attendez un peu ! lança Martin alors qu'ils

tournaient devant la salle des fêtes, se dirigeant vers la station de bus. Comme endroit, ici, c'est aussi bien qu'ailleurs.

– Pour quoi faire ? voulut savoir Nicky.

– Tu bouges pas, lui dit Martin. Tu fais gaffe qu'on se fasse pas piquer la bagnole par un enfoiré.

Nicky s'expédia une pastille de menthe dans la bouche et alluma une cigarette, pendant que Martin et Assim passaient entre les arrêts de bus pour se rendre aux toilettes. Assim, de deux ans plus âgé que Martin, mesurait presque trente centimètres de plus, et sa moustache poussait déjà dru. Martin avait fait sa connaissance au foyer pour mineurs. Assim, assis en haut des lits superposés, regardait les photos de *Penthouse* et de *Hot Asian Babes* en écoutant indéfiniment ses cassettes de Bangra.

Vingt minutes et trois cigarettes plus tard, ils étaient de retour. Martin avait soixante livres en billets de vingt, cinquante en billets de dix et trois billets crasseux de cinq ; Assim avait du sang qui séchait sur la joue, échappé d'une coupure le long de sa bouche, et une éraflure sur le poing.

– C'est mieux que la banque, dit Martin avec le sourire. Maintenant, on se tire d'ici, putain ! Ce trou à rats me donne la chiasse.

– On va où ? demanda Nicky.

– Qu'est-ce que ça peut te foutre ? dit Martin. Attends un peu, tu verras.

Mais Nicky se disait déjà que, de toute façon, ce ne serait probablement pas l'endroit où il aurait le plus envie de se trouver. Rester planté quelque part à se tourner les pouces pendant que les autres faisaient des trucs, ce n'était pas ce qu'il appelait passer un bon moment.

– Je vais vous dire un truc, fit Assim, quand on aura fini ça, on va aller en boîte.

Ça, c'était des plats chinois à emporter, du porc à la sauce aigre-douce, du poulet aux noix de cajou, du poulet chow-mein. Nicky avait aussi commandé deux portions de banane au caramel, et à présent Martin, considérant que le dessert était pour tout le monde, tendait sa fourchette en plastique par-dessus le siège de la Fiesta.

Ah, oui, la Fiesta : encore une nouvelle voiture. Dès qu'ils avaient atteint la rocade, Martin avait insisté pour prendre le volant, et moins de quinze cents mètres plus loin, il avait enroulé le côté gauche de l'Escort autour d'une borne, après quoi Assim avait louvoyé à travers un terrain vague pour atteindre le parking du bâtiment des Sciences sociales de l'université, qu'il avait soulagé d'une Fiesta XR2.

– Ces enfoirés d'étudiants, bordel, ils ont trop de thunes. T'imagines un branleur qui touche une bourse dans une bagnole pareille ?

– Elle appartient peut-être à un prof, suggéra Nicky. À un assistant, je sais pas comment ils appellent ça.

– Tu me fais marrer, mec. Quel genre de prof conduirait une putain de XR2 ?

Nicky finit par en avoir assez de repousser la fourchette de Martin. Il lui laissa le dessert tout entier, vida le contenu de la barquette par-dessus le dossier du siège pour qu'il tombe dans le giron de Martin.

– Merde, Nicky ! Fais gaffe, bordel !

Mais Nicky en arrivait très vite au point où il n'en avait plus rien à foutre.

– J'ai du sirop plein mon putain de jean !

– Sois cool, mec, fit Assim. Ça va te parfumer la queue.

Martin s'esclaffa. Écœuré, Nicky baissa la vitre et balança dans la rue le restant de la nourriture.

– Bon, dit Assim en passant la première. On a déjà perdu assez de temps comme ça, d'accord ?

– Où on va ? demanda Martin qui essuyait toujours ses vêtements.

– En boîte, je te l'ai dit.

– Moi, j'y vais pas, fit Nicky.

– Allez, faut que tu viennes. Je connais un mec, tu vois, c'est lui qui filtre les entrées à l'*Orchidée Noire*, d'accord ? Ça nous coûtera rien.

Nicky commençait à en avoir ras le bol qu'Assim connaisse toujours quelqu'un qui travaillait quelque part, un cousin, un oncle, une tante ou un frère. Imaginez qu'on parle d'un type qui fait le boulot le plus exotique auquel on puisse penser, garde du corps personnel de Madonna ou un truc débile dans le même genre, Assim aurait juré – Nicky était prêt à parier tout ce que vous vouliez – qu'il connaissait le frère jumeau du gars en question.

Quand la XR2 s'arrêta devant la boîte de nuit, Nicky et Martin en sortirent tous les deux, mais ni l'un ni l'autre ne se dirigèrent vers la porte.

– Comme vous voudrez, dit Assim.

Quand il eut garé la voiture et parlementé pour qu'on le laisse entrer, les deux autres sautèrent dans un taxi qui venait de déposer quatre filles aux jupes relevées jusqu'aux nibards et ils repartirent vers la ville.

Installé sur la banquette arrière, Martin fit de son mieux pour persuader Nicky de venir bosser avec lui dans la forêt. Martin, il ramènerait un micheton dans un fourré, et puis Nicky pourrait lui tomber dessus ; à eux deux, ils lui casseraient la gueule, et ils lui piqueraient tout ce qu'il avait sur lui.

– Y a rien à craindre, certifia Martin. Il ira pas se plaindre aux flics ni rien. Ils sont mariés, la plupart, voilà pourquoi.

Mais Nicky ne voulut rien entendre. Il laissa Martin demander du feu à une radasse à l'angle de Waterloo Road et il descendit Southey Street, pour rentrer chez lui.

– Cigarette ? demanda Sharon.

Lynn secoua la tête.

– Je sais, moi aussi j'essaie de m'arrêter.

Sharon baissa un peu la vitre de son côté avant de gratter son allumette.

Les rues s'animaient, à présent, de petites grappes de filles de tailles et de gabarits différents papotant à chaque carrefour, soufflant sur leurs doigts. D'autres, le plus souvent par deux, marchaient lentement le long du trottoir, baissant brièvement la tête vers chaque voiture qui s'approchait d'elles.

– Pas de garçons, dit Lynn.

– Pas encore.

La procédure consistait à se garer un moment à un endroit d'où l'on avait, dans la mesure du possible, une vue dégagée sur une portion du territoire ; ensuite, à faire le tour du circuit en roulant à vitesse constante, le regard vigilant, pour que les filles qui vous connaissent sachent que vous êtes là, et pour examiner attentivement celles qui seraient nouvelles dans le secteur. Repérer les incidents possibles, décourager les clients tenaces. De temps à autre, il était bon de lancer une opération spectaculaire, de rafler toutes les filles et de les coffrer. Une avalanche de contraventions dans les caisses du trésor public, c'était un geste en direction de la majorité bien-pensante. Une façon de réaffirmer le caractère clandestin de la prostitution.

– Tu vois quelqu'un, en ce moment ? demanda Sharon, éteignant sa cigarette et luttant contre la tentation d'en allumer une autre.

– Pardon ?

– Un copain, je veux dire.

– Oh. Non. (Dans l'espace confiné de la voiture, Lynn sentit qu'elle commençait à rougir, et elle s'empourpra d'autant plus.) Et toi ? demanda-t-elle.

Sharon sourit, s'esclaffant presque.

– Tout dépend comment tu l'entends. Pas au sens habituel, non. Pas de ciné le vendredi soir, de repas à emporter avec deux vidéos en location le samedi, rien de tout ça.

– Mais ?

Et puis merde ! Sharon alluma quand même une seconde cigarette, baissant la vitre d'un centimètre supplémentaire.

– Je connais un type, je ne le vois pas souvent, seulement, tu comprends, quand on peut arranger quelque chose. Quand il est libre.

– Il est marié, alors ?

Sharon rit franchement, cette fois.

– Bien sûr, qu'il est marié.

À travers la vitre, Lynn scrutait l'obscurité ; ce qu'elle prenait pour des formes mouvantes, ce n'était sans doute rien de plus que le vent dans les arbres.

– Il ne quittera pas sa femme. Tu le sais.

– Il n'a pas intérêt !

– Tu sais bien que tu ne penses pas ce que tu dis.

– Bien sûr que si ! S'il la quitte, qu'est-ce qu'il espère ? Que ce soit moi qui mette son linge sale dans la machine avant d'aller au lit, qui aille chercher ses costumes chez le teinturier, qui fasse la cuisine, qui sois gentille avec ses mômes ? Ce régime-là, j'en ai déjà fait l'expérience pour mon propre compte, et j'en ai plus que soupé. Pas question que je m'y colle une deuxième fois.

– Qu'est-ce que tu attends de lui, alors ? Pourquoi tu continues à le voir ?

Sharon aspira une bouffée et l'exhala lentement par les narines.

– Pour le cul, qu'est-ce que tu crois ?

Le silence régnait dans la voiture, chacune des deux jeunes femmes était consciente de la respiration de l'autre, de la chaleur de sa peau.

– Je ne sais pas si j'en serais capable, dit Lynn. Il faudrait que je sois sûre…

Sharon eut un rire bref, comme un aboiement.

– … que tu sois sûre de l'aimer ?

– Que je sois sûre que ça me mène quelque part.

Dans la demi-pénombre, Sharon l'examinait.

– Tu es jeune. Tu apprendras.

– J'espère que non.

Sharon baissa la vitre encore un peu et tapota sa cigarette par la fenêtre pour en faire tomber la cendre.

– Écoute, lui et moi, on passe la nuit ensemble, ou la plus grande partie de la nuit, une fois toutes les deux ou trois semaines. C'est un gars sympa, un bon amant. Il me traite avec respect. Il n'est jamais agressif ni trop exigeant, à moins que je le lui demande, il a des mains superbes et une queue adorable. Et il me fait rire. Tu crois que je devrais me priver de tout ça pour quoi ? Pour un type qui paierait la moitié des traites de l'appartement, et qui m'aiderait à pousser le caddie le samedi au supermarché ?

Lynn prit du temps avant de répondre.

– Peut-être pas, finit-elle par dire. Seulement…

– Seulement quoi ?

– Une fois que vous… vous êtes allés au lit et…

– … et qu'on s'est envoyés en l'air, ajouta Sharon en riant.

– Oui, si tu veux. Une fois qu'il est retourné chez sa femme, eh bien, comment tu te sens ?

Sharon posa la main sur le bras de Lynn.

– Un peu comme si je sortais d'un bain turc et d'un long massage, et que je venais de me faire détartrer les conduits.

Le rire des deux femmes emplit la voiture, et quand il s'estompa, Lynn dit :

– Regarde, c'est quoi, ça ? Là-bas.

– Où ?
– Là-bas.

Nicky était déjà passé trois fois devant la maison, la dernière d'une rangée d'habitations mitoyennes, haute d'un étage, avec des rideaux en dentelle aux fenêtres, pas seulement celles du rez-de-chaussée. Le genre de maison, le genre de rue où les gens mettent leurs bouteilles de lait devant la porte avant d'aller se coucher, mais personne ne l'avait fait dans celle-ci. Bon, se dit Nicky, il est tard, mais pas si tard que ça, dans la plupart des autres maisons on voyait encore des lumières briller, au moins aux fenêtres des chambres. Pas ici. Il longea le flanc de la maison jusqu'à l'endroit où un passage étroit s'enfonçait dans le noir, donnant accès à l'arrière des bâtisses.

Pendant cinq bonnes minutes, il resta au milieu de la cour de derrière, laissant l'obscurité l'engloutir. Quelques numéros plus loin, quelqu'un faisait brailler sa télévision, quelqu'un d'autre chantait, une de ces chansons débiles que sa mère entonnait quand elle était seule dans la cuisine et qu'elle pensait que personne ne l'entendait, ou quand elle revenait du pub après la fermeture et qu'elle se moquait bien de ce qu'on pouvait penser d'elle. Entre le haut de la fenêtre à guillotine et le chambranle, il y avait un espace d'au moins trois centimètres. Les gens qui vivaient là avaient dû oublier de la fermer hermétiquement. C'est tellement simple, se disait Nicky ; qu'est-ce que je fais à rester planté là, alors que j'aurais déjà eu le temps d'entrer et de ressortir ? Dans dix minutes, il pouvait être de retour chez lui.

Nicky fit un pas vers la fenêtre, puis un autre. De son point de vue, la soirée était un bide total, et il tenait enfin sa chance de la terminer en beauté.

Le visage plaqué contre la vitre, il vit, au-delà de son reflet, les contours d'une pièce impeccablement rangée, où chaque objet avait sa place, comme dans les maisons habitées par des vioques. Par certains d'entre eux, en tout cas. Ceux qui ne déblatèrent pas sur vous dans la rue, à moitié noyés dans leur propre bave, ou qui ne s'assoient pas dans leur pisse. Pourtant, il aurait parié que les gens qui vivaient là dépoussiéraient la pièce chaque matin, déplaçant chacune de ces saloperies de bibelots rangés sur l'étagère. Nicky avait déjà cambriolé des baraques comme celle-là, où l'argent était caché dans les endroits les plus idiots, les plus évidents, dans des vases, entre les pages d'une bible, dans des boîtes à biscuits. Trois cents livres, qu'il avait trouvées, une fois, presque trois cents, enfoncées dans le cul d'un âne, un souvenir acheté à Skegness.

Se hissant en silence sur le rebord de fenêtre, Nicky passa ses doigts par-dessus le haut du cadre et commença à le faire coulisser vers le bas.

7

Nicky resta immobile assez longtemps pour que ses yeux s'habituent à la pénombre. Une table, une commode, un buffet, une cheminée, des chaises – peu à peu, les détails se mettaient en place. Des photos de famille. Il avait déjà tourné la clé dans la serrure de la porte et repoussé les verrous ; il pouvait décamper en quelques secondes s'il le fallait. Mais il n'allait pas avoir besoin de le faire. Où qu'ils se trouvent, les gens qui vivaient là étaient absents – partis en autocar faire une excursion pour le troisième âge, ou en visite chez des amis qu'ils soûlaient de leurs papotages. La maison était aussi silencieuse qu'une foutue tombe.

Il allait fouiller cette pièce d'abord, et puis celle qui donnait sur le devant. Rien ne presse, pour une fois, Nicky, prends ton temps.

Brian Noble avait suivi le gamin sous le couvert des arbres.

Il était passé deux fois devant lui en voiture. Le môme se tenait debout dans l'ombre, à la lisière du cône de lumière tombant du réverbère, tenant sa cigarette au bout de son bras ballant, au creux de sa paume incurvée en coupe. Noble avait garé sa voiture dans la plus proche des rues adjacentes, repoussant prudemment sous les sièges tout ce qui aurait pu être volé. L'une des tapineuses l'avait hélé, lui demandant s'il voulait passer un bon moment, mais ce n'était pas le genre de bon moment qui l'intéressait. Ça, il pouvait l'avoir à la maison.

La première fois, il passa à pied devant le gamin sans s'arrêter, ralentissant juste assez pour évaluer son âge – quatorze ou quinze ans, la chair encore tendre autour de ses yeux durs. Au retour, il lui parla, s'arrêta, et lui demanda du feu.

– C'est pas du feu que tu veux, dit le môme.

– Ah, bon ?

– Quinze livres..., ajouta le gamin sans regarder l'homme directement, ses yeux balayant la rue d'un bout à l'autre.

– J'ai droit à quoi, pour ce prix-là ?

Le môme le lui expliqua d'un geste de la main qui frisait l'élégance.

– Ce n'est pas un peu cher ? demanda Brian Noble.

– Comme tu voudras.

Noble sondait le visage du jeune garçon, les cheveux bruns qui pendaient en désordre sur son front, un début de moustache ombrant sa lèvre. Il imagina les poils pubiens entourant la verge du gamin et sentit qu'il entrait en érection.

– Suppose qu'il y ait des choses que j'aimerais que tu fasses, dit Brian Noble.

– C'est pas gratuit.

– Bien sûr.

C'était le môme qui le dévisageait, à présent.

– Alors ?

De l'autre côté de la rue, une voiture bleu nuit ralentit, s'arrêtant presque, et une femme jaillit de l'arrière avant que le véhicule se fût véritablement immobilisé.

– Espèce de branleur !

Elle descendit du trottoir, le médius brandi en l'air, alors que la voiture repartait pleins gaz.

– J'ai une voiture, annonça Noble.

– Sans blague ?

– On pourrait y aller tout de suite, ça ne prendrait pas une minute.

– Non. (Sans savoir pourquoi, il n'était pas tenté.) Non, répéta le môme. On reste ici.

Noble regarda les phares de voitures passer sur Gregory Boulevard, un chapelet de lumières en perpétuel mouvement à travers les arbres.

– Ça n'a pas l'air tellement confortable, dit-il.

– Comme tu voudras.

Le gamin écrasa son mégot contre sa semelle et commença à s'éloigner. Noble le retint d'une main posée sur son bras, avec douceur mais détermination.

– D'accord. On fait comme tu préfères.

– L'argent d'abord.

– Comment ça ? Ici ? Où tout le monde peut nous voir ?

– L'argent.

Noble détacha trois billets de cinq de la liasse de cinquante livres qu'il avait fourrée dans sa poche avant de sortir de sa voiture ; son portefeuille, il l'avait soigneusement mis sous clé dans la boîte à gants.

– Je croyais que tu voulais quelque chose de plus,

dit le môme en regardant les billets à présent dans sa main.

– On va déjà commencer comme ça, tu veux bien ? Pour voir comment ça se passe. Je pense que ça suffira pour se faire une idée.

Sans un mot, le gamin fit demi-tour et Brian Noble, non sans éprouver le délicieux frisson de la peur, le suivit en direction des arbres.

Nicky avait retourné tous les vases, tous les bibelots, ouvert toutes les boîtes et tous les tiroirs, et n'avait rien trouvé de mieux qu'une poignée de pièces de cinq *pence*, pour une valeur totale de quelques livres, dans une demi-bouteille de whisky, et un mandat-poste d'une livre quarante-deux. Il allait sans dire que ces gens-là ne possédaient ni stéréo ni magnétoscope, seulement une radio minable en plastique qui ne méritait pas d'être embarquée, et une télé format timbre-poste qui était davantage le dernier cri de l'antiquité que celui de la technicité.

Il allait devoir tenter sa chance à l'étage. Pour voir ce que le vieux planquait sous le matelas, à part son pantalon du dimanche.

Sous la trame usée du tapis, les marches grinçaient et gémissaient un peu, aussi légers que fussent les pas de Nicky.

– Doucement, fit Brian Noble dans un chuchotement désapprobateur. Va plus doucement. C'est ça, c'est ça. Voilà.

Il était adossé au mur du cimetière, dont les pierres

– Oh, mon Dieu, oui !

Les yeux clos, il se mordit la lèvre inférieure et laissa échapper un gémissement de plaisir et de soulagement, tandis que le gamin, accroupi, s'essuyait les doigts sur l'herbe rêche.

Quand Brian Noble rouvrit les yeux, il découvrit des silhouettes silencieuses entre les arbres les plus proches.

– Nous sommes officiers de police..., dit l'une d'elles.

Le môme bondit vers le mur du cimetière, passa les deux bras par-dessus l'arête pour hisser ses jambes à la suite, un pied déjà sur le faîte et l'autre décrivant un demi-cercle quand Lynn lui saisit fermement la cheville pour le tirer en arrière. Le gamin expédiait des ruades, à présent, distribuant coups de pieds et volées d'injures, la bourrant de coups de poing jusqu'à ce que Sharon s'y mette aussi, les deux femmes le traînant dans l'herbe et le retournant comme une crêpe, les bras plaqués contre le dos et suffisamment rapprochés pour lui passer les menottes aux poignets.

– Salut, Martin, dit Lynn en le faisant rouler sur le flanc. Contente de te revoir.

Martin rejeta la tête en arrière, mais Lynn était sur ses gardes, et le crachat du jeune garçon jaillit sans l'atteindre.

Brian Noble était tombé à genoux devant Sharon Garnett, tremblant, les yeux emplis de larmes.

– Vous n'êtes pas obligé de dire quoi que ce soit, lui expliquait Sharon. Mais cela pourra nuire à votre défense de garder pour vous lors de votre interrogatoire des éléments auxquels vous aurez ensuite recours devant le tribunal. Tout ce que vous direz pourra être utilisé contre vous.

À travers ses larmes, Noble leva les yeux vers elle.

– Vous comprenez ce que je viens de vous dire ? demanda Sharon.

Noble hocha la tête.

– Eh bien, à votre place, je refermerais ma braguette. C'est qu'ils sont voraces, les écureuils, à cette époque de l'année.

Depuis douze ans, Eric Netherfield n'allait jamais au lit sans poser une barre de fer sur le plancher, à portée de la main. Il l'avait ramassée un jour sur un tas de détritus, devant une maison que l'on vidait. « Pourquoi as-tu rapporté une cochonnerie pareille, bon sang ? » lui avait demandé sa femme Doris, et Eric avait répondu de son petit haussement d'épaules habituel. « Ça peut toujours servir un jour, tu verras. » Depuis que les cambriolages s'étaient sérieusement multipliés, d'un bout à l'autre de la rue, la dernière chose que faisait Eric chaque soir, après avoir mis son dentier dans un verre d'eau et souhaité bonne nuit à Doris, c'était de laisser pendre son bras vers ce morceau de métal, comme si le fait de le toucher pouvait lui porter chance.

Jusqu'à maintenant, cela avait bien fonctionné.

Debout derrière la porte de la chambre, luttant pour maîtriser sa respiration bruyante d'asthmatique, Eric tendait l'oreille, alors même que la pression exercée sur la dernière marche la faisait couiner.

Nicky ne vit rien d'autre qu'une vague forme,

d'un côté du lit haut ; c'était Doris, une main refermée sur le rebord du drap.

Eric abattit sa barre de fer de toutes ses forces, visant la tête mais frappant l'épaule avec une telle violence que le choc faillit lui faire sauter l'arme des mains.

La douleur brutale, intense, arracha un hurlement de douleur à Nicky. En titubant, il traversa la chambre à reculons, le vieux fonçant sur lui, à présent, visant sa tête avec cette foutue barre de fer. Pourquoi est-ce qu'il ne le laissait pas se tirer, tout simplement ? La troisième fois que le bonhomme chercha à le frapper, Nicky se trouvait dans l'encadrement de la porte ; il se baissa, passant sous le bras du vieux, et lui fila un coup de boule en plein visage. La barre de fer tomba derrière Nicky et dégringola dans l'escalier.

À l'autre bout de la chambre, les couvertures tirées sur sa maigre poitrine, la vieille femme sanglotait. Un filet de sang coulait du nez de son mari.

Les abrutis ! Ils n'avaient que ce qu'ils méritaient, ces débiles !

– Où il est, ton putain de fric ? hurla Nicky, repoussant Eric à l'intérieur de la chambre.

Eric lui brandit son poing sous le nez, et Nicky le frappa au cou avant de le plaquer brutalement contre l'armoire. Soufflant comme un phoque, Eric tomba à genoux.

– Où… est… ton… fric ? brailla Nicky à l'oreille du vieux, ponctuant chaque mot d'un coup de poing sur le crâne.

Lentement, Eric releva la tête.

– Fous le camp, espèce de petit merdeux ! dit-il, les lèvres couvertes de salive.

Se redressant, Nicky recula d'un pas et frappa Eric d'un coup de pied en pleine poitrine.

– Arrêtez ! Mon Dieu, arrêtez ! Vous allez le tuer ! s'écria Doris, crapahutant à quatre pattes sur le lit pour se rapprocher d'eux.

Eric s'était effondré de nouveau contre le bas de l'armoire. Il ne bougeait plus.

– Eric ! Oh, Eric !

Nicky repoussa Doris sur le lit et descendit l'escalier à toute vitesse. Au bas des marches, son pied se prit sous la barre de fer ; il trébucha et plongea en avant.

– Merde ! L'enfoiré ! La vieille ordure !

Le souffle coupé, mal en point, Nicky se plia en deux, les mains en appui sur les genoux. La barre de fer avait roulé jusqu'à ses pieds. Il la ramassa. Avec un cri de rage, la tenant à bout de bras, il faucha le dessus de cheminée, envoyant valser tous les bibelots, toutes les photos. Son poignet, son épaule à l'endroit où le vieux l'avait frappé, Nicky avait bien l'impression qu'ils étaient fracturés. Dans le miroir, il surprit brièvement son propre reflet, pâle, apeuré. Quel con, ce vieux crabe ! Qu'est-ce qui lui avait pris de vouloir lui taper dessus ? Pourquoi est-ce qu'il ne l'avait pas tout simplement laissé partir ? Le miroir pendait à une chaîne. Il le pulvérisa, lui aussi. Ça ne lui suffit pas.

À l'étage, Doris Netherfield, penchée sur Eric, lui massait la poitrine. Quand Nicky jaillit de nouveau dans la chambre, elle entoura son mari de ses bras pour le protéger, s'agrippant à lui tandis que Nicky levait la barre au-dessus de sa tête, puis l'abattait, encore et encore, jusqu'à ce que son bras commence à lui faire mal et qu'il en ait assez.

Voyant le sang pour la première fois, Nicky détala aussitôt.

8

Resnick habitait une maison individuelle cossue dans Mapperley Park, pas très loin du centre-ville, en direction du nord-est. Située au creux d'une rue en arc de cercle, elle était séparée de la route par un mur de pierres blanches et une pelouse étroite. Il y avait un passage le long du flanc, assez large pour que Resnick puisse y garer la voiture qu'il utilisait rarement, et au-delà de ce passage, un jardin en friche, herbe et arbustes, un cerisier qui avait besoin d'être taillé et un abri auquel il manquait une couche de créosote et quelques clous. Le cerisier perdait déjà ses fleurs.

À peine la haie franchie, au bout du jardin, le terrain descendait en une pente abrupte vers les jardins ouvriers d'Hungerhill Gardens, et l'on avait une vue plongeante sur le cœur de la ville. Entre la gare et le moulin à vent de Sneinton, les éclairages des deux terrains de football se détachaient nettement, perchés de part et d'autre du fleuve. Les alignements de maisons mitoyennes dressées en rangs serrés depuis la fin du XIXe siècle se partageaient le paysage avec les rues incurvées et les arrière-cours des résidences plus récentes qui commençaient déjà à paraître défraîchies, rongées par le temps. Le long du canal, des entrepôts aux façades lépreuses qui abritaient des volées de pigeons vieillissants – et pas grand-chose d'autre – côtoyaient des immeubles de bureaux à l'architecture raffinée et la nouvelle marina, ainsi qu'un vaste centre commercial de magasins géants suscitant le besoin et l'envie, les belles ambitions et les vilains découverts. Ce que Resnick ne pouvait pas voir, en revanche, qu'il se tienne à une fenêtre en étage ou derrière la clôture du jardin, c'étaient les asiles de nuit, les seringues usagées jetées sous le vieux pont ferroviaire, les bancs et les porches de magasins où dormaient les sans-abri – mais il n'ignorait pas leur existence.

L'intérieur de la maison était plus sombre qu'il ne l'aurait été vu par d'autres yeux, avec ses meubles massifs qui auraient eu, pour la plupart, besoin d'être remplacés. Au rez-de-chaussée, sur le devant, se trouvait le salon, vaste et confortable, dans lequel Resnick veillait parfois, écoutant de la musique, trouvant à l'occasion une émission qui l'intéressait à la télévision. Après la pièce du milieu – un dépotoir pour les cartons, les vieux magazines, et tous les objets que Resnick ne pouvait se résoudre à jeter –, il y avait la cuisine, suffisamment grande pour contenir une table en bois brut, une batterie d'ustensiles, une antique cuisinière, et un réfrigérateur bourré de plats préparés par le traiteur, de nourriture pour chats et de bière en bouteilles.

L'escalier, large, aux rampes de bois sculpté, partait du centre de la maison pour monter, en décrivant une courbe, vers la chambre de Resnick, la salle de bains, et d'autres pièces dans lesquelles il entrait rarement et qu'il utilisait moins souvent encore. Au dernier étage, il y avait une chambre dont il ne restait que le plancher et le plâtre mis à nu, le papier peint arraché des murs n'ayant jamais été remplacé. Un homme que Resnick poursuivait, un meurtrier, William Doria, s'y était suicidé devant une femme, Rachel Chaplin, dont Resnick avait cru, un bref moment, qu'il aurait pu tomber amoureux. Resnick s'était échiné à ôter les taches de sang encore visibles, mais cela n'avait pas suffi ; elles hantaient encore l'atmosphère de cette pièce, comme des plumes flottant dans l'air, légères, teintées de rose, qui effleuraient son visage et remuaient ses souvenirs, refusant de le laisser en paix.

Il était rare que Resnick s'y rende, qu'il gravisse cet escalier. Il avait failli déménager, une fois ; il avait souvent songé à le faire. Mais sans trop savoir pourquoi, il était resté. Une maison pour famille nombreuse, bien qu'il n'eût pas de famille proche, à moins d'y inclure ses chats – ce que Resnick ne faisait pas. Les chats sont des chats et les gens sont des gens, Resnick connaissait la différence, il était clair sur ce point. En fait, il n'occupait que trois pièces, et laissait la poussière envahir le reste.

Quand il arriva chez lui à pied ce soir-là, après avoir offert à Millington et à l'équipe de la PJ une tournée rapide au pub, le chat noir, Dizzy, l'attendait comme à son habitude sur le faîte du muret. Machinalement, Resnick tendit la main pour caresser la fourrure luisante de l'animal, mais Dizzy se détourna pour esquiver son geste et, la queue dressée, offrit à Resnick une vue imprenable sur son derrière tandis qu'il courait le long du mur et sautait vers la porte, impatient d'être nourri. Un beau raccourci, pensa Resnick, des relations entre un chat et un humain.

À l'intérieur, deux des trois autres se faufilèrent entre ses jambes alors qu'il se dirigeait vers la cuisine, triant le courrier qu'il avait ramassé derrière la porte. Bud, le quatrième et dernier, éternellement jeune et incurablement stupide, était resté coincé dans la chatière, sans raison apparente, et poussait des miaulements à fendre le cœur. Jetant directement à la poubelle l'assortiment habituel de circulaires et de catalogues, une publicité pour une compilation sur cassette ou CD des *Chansons qui ont gagné la guerre*, et une invitation de sa banque à venir s'entretenir de l'état de ses finances, Resnick se pencha, débloqua le volet de la chatière, et Bud entra à plat ventre.

Quinze minutes plus tard, il les avait nourris tous les quatre, il avait moulu du café et mis de l'eau à chauffer, amélioré un sandwich grâce à des restes de Stilton, quelques feuilles fanées de roquette, une tranche de bacon cuit mais froid, et le fond d'un pot de mayonnaise. Le *Post* était arrivé, offrant des billets gratuits pour aller à Butlins, des vols gratuits pour l'Espagne, six cents livres de chèques-vacances *plus* de la bière gratuite. Bientôt, se dit Resnick, la ville entière ira se dorer au soleil en chantant *Viva España !* et les statistiques de la criminalité se résorberont d'elles-mêmes.

Dans le salon, il se carra dans un fauteuil et ferma les yeux. Quand il les rouvrit, la nuit s'amoncelait derrière les fenêtres, le café était froid mais encore buvable, quant au sandwich… Le sandwich était parfait. En le mangeant, Resnick contempla, à l'autre bout de la pièce, sa plus récente acquisition, un lecteur de CD flambant neuf pour compléter sa stéréo. Jour après jour, il consacrait ses soirées à un grand projet : écouter toutes les plages du coffret de dix disques de Billie Holiday qu'il avait acheté, non pour Noël dernier, mais pour le précédent.

Ce soir, ce serait quelle chanson ?

Some Other Spring ?

Sometimes I'm Happy ?

I Got It Bad (And That Ain't Good) ?

Quand le téléphone sonna, il écoutait *Body And Soul*, la version de 57 où Harry Edison joue le pont. Resnick reconnut cette légère fêlure, dans la voix de Kevin Naylor, indiquant que le jeune inspecteur adjoint peinait à maîtriser son émotion.

– Encore en vie ? demanda Resnick, le front soucieux.

– Oui, patron. Aux dernières nouvelles. Pour la vieille dame, cela dit, c'est tangent.

– Quelqu'un s'est rendu à l'hôpital ?

– Mark, patron.

– Pas Lynn ?

– Déjà sortie. Une histoire en rapport avec ce jeune qui s'est enfui d'un centre.

– Bien. Appelez Graham, dites-lui de me retrouver sur place. Quant à vous, restez-y jusqu'à ce que j'arrive. Et pour l'amour du Ciel, ne laissez pas le moindre pékin poser ses grands pieds partout.

Sans attendre la réponse de Naylor, Resnick

reposa le combiné et se dirigea vers la porte. On approchait des onze heures et demie, et la nuit promettait d'être longue. Il trouva ses clés de voiture sur la table de l'entrée et prit un pardessus à la patère, derrière la porte. La nuit promettait d'être longue, et froide aussi, sans doute.

Impassible, bien qu'elle ne l'ait jamais réellement été au cours de sa vie, Billie Holiday continuait de chanter dans la pièce vide.

Grand, solide, les mains dans les poches, Graham Millington faisait les cent pas sur le trottoir à l'intérieur du périmètre réservé, fusillant du regard, de temps à autre, les badauds qui traînaient dans le sillage des sirènes. Naylor se tenait dans l'encadrement de la porte, le visage plus pâle qu'à l'ordinaire à la lumière du réverbère – un de ces visages éternellement jeunes jusqu'au jour où, subitement, ils paraissent vieux.

Resnick se gara le long du trottoir opposé et traversa la rue à grandes enjambées.

– Un cambriolage, on dirait bien, fit Millington en lui emboîtant le pas.

– Ils sont entrés par où ?

– Par-derrière. En grimpant par la fenêtre.

– Ils étaient combien ?

– Difficile à dire pour le moment. À voir l'étendue des dégâts à l'intérieur, peut-être plusieurs douzaines.

Resnick cligna des yeux. Une pulsation martelait sa tempe gauche, la prémonition d'une douleur imminente.

– Je viens de recevoir un appel de Mark, dit Naylor. La vieille dame est en salle d'opération, fracture du crâne. Lésions au cerveau, il semblerait. Graves.

– Et le mari ?

– Il s'en sortira, je crois. Coupures, hématomes. État de choc.

Resnick se tourna vers la rue. Des visages indistincts étaient collés aux vitres, entre les rideaux tirés.

– Des témoins ? Qui auraient vu quelqu'un s'enfuir en courant ?

Mal à l'aise, Naylor s'agita sur le seuil.

– Personne ne s'est manifesté, patron. Pour le moment.

– Il est probable que d'autres maisons que celle-ci ont été visitées. Allez voir aux alentours, trouvez ce que vous pourrez. On organisera un vrai porte-à-porte demain à la première heure.

– Oui, patron.

– Vous pensez qu'il se débarrassera un jour de son habitude ? demanda Millington, suivant des yeux Kevin Naylor, pantalon kaki et veste de sport, qui se dirigeait vers la maison voisine.

– À quelle habitude pensez-vous ?

– Celle de vous appeler patron.

Resnick ne prit pas la peine de répondre. Il regardait les ravages subis par le petit salon de derrière. On aurait dit une de ces photos que publie la presse pour montrer l'étendue des dégâts à des kilomètres de l'épicentre d'un tremblement de terre. Un univers en miniature chamboulé de fond en comble.

– Le type qui a fait ça, il a dû piquer une sacrée rogne, commenta Millington.

– Le type ?

– Les types, peut-être.

Resnick examinait les bibelots fracassés, les cadres brisés, les éclats de verre du miroir. Pour lui, c'était l'œuvre d'un seul homme, d'une seule paire de mains, le déchaînement brutal d'une rage aveugle. Ce qui n'excluait pas que d'autres aient pu être présents, en spectateurs.

– C'est là-haut que ça s'est passé, dit Millington au pied de l'escalier.

Resnick hocha la tête, balaya la pièce du regard une dernière fois avant de monter. À moitié caché par le siège d'un fauteuil renversé, un objet lui attira l'œil, un bout de plastique brillant – une carte de bibliothèque, numérisée. Les mains déjà gantées, il se pencha et la ramassa délicatement entre le pouce et l'index.

À l'instant où Resnick pénétra dans la chambre, il eut l'impression de faire un bond dans le passé. La façon dont le sang semblait avoir giclé en spirale, aspergeant les murs, le dessus-de-lit et la porte de l'armoire… Et son odeur. L'odeur qu'il n'avait jamais réussi à chasser de sa mémoire.

– On dirait qu'ils se sont fait piéger, en quelque sorte, dit Millington. Entre l'endroit où nous sommes et le pied du lit.

– Oui.

Derrière la tempe de Resnick, le même nerf se remit à battre, ravivant des souvenirs. S'il fermait les yeux, il savait qu'il entendrait, en plus des cris des victimes attaquées dans cette pièce où il se trouvait, les hurlements de Rachel Chaplin, aigus, éraillés, retentir dans la chambre du haut de sa propre maison. Qu'il verrait, à l'angle du mur et du plancher, le cadavre de l'homme qui avait succombé à son automutilation barbare.

– Vous pensez que le type a essayé de les faire parler, pour savoir où était caché ce qu'il cherchait ?

– Je n'en sais rien, Graham. (Passant la jambe par-dessus le cercle de sang, Resnick s'approcha de l'autre extrémité du lit.) Je ne suis pas sûr que l'auteur de ce massacre ait été capable d'une démarche aussi rationnelle.

– On se pose des questions, non ? Comment se fait-il que la vieille dame ait dégusté trois fois plus que son mari ?

Resnick contemplait les lieux, le plancher.

– Toutes les blessures qu'elle a reçues, c'est ici qu'on les lui a infligées. Elle devait être penchée sur lui, pour le protéger, en quelque sorte. Du mieux qu'elle le pouvait.

Naylor les appela depuis le rez-de-chaussée, puis il apparut à la porte quelques instants plus tard.

– Les gens qui habitent deux maisons plus loin, patron, des amis des Netherfield… (Netherfield, pensa Resnick, jusqu'à maintenant, il ignorait leur nom.) … D'après eux, le mari, Eric, il avait toujours une barre de fer à côté de son lit. Au cas où ils seraient cambriolés, c'est ce qu'il disait toujours.

– Bien, fit Resnick. Si vous la trouviez, je serais prêt à parier que vous avez mis la main sur l'arme dont on s'est servi ici.

Des bruits venus d'en bas les informèrent que les gens de l'Identité judiciaire venaient d'arriver. Pendant qu'ils prendraient des photos, qu'ils relèveraient des empreintes, qu'ils passeraient les lieux au peigne fin, selon la formule consacrée, Resnick et Millington pourraient se faire oublier, se rendre utiles ailleurs.

– Vous allez vouloir vous rendre à l'hôpital, je suppose, dit Millington sur le seuil de la porte d'entrée. Je vais rester ici pour donner un coup de main à Kevin. On va prendre de l'avance sur le travail de demain matin.

En traversant la rue pour regagner sa voiture, Resnick consulta sa montre : le lendemain matin avait déjà commencé.

9

– Pourquoi tu t'es enfui du foyer, Martin ? demanda Lynn.

Derrière sa frange de cheveux bruns, Martin Hodgson la fixa, les yeux plissés par l'incrédulité.

– Pourquoi, Martin ?

– À votre avis ?

– Je n'en sais rien, je te le demande.

– Si vous n'en savez rien, c'est que vous êtes bouchée.

– Et si j'étais à ta place, je surveillerais mes paroles.

Se carrant contre le dossier de sa chaise, Martin fit la grimace et baissa les yeux.

– J'ai beau regarder, je les vois pas sortir.

Lynn refréna son envie de lui flanquer une bonne claque, de balancer un coup de pied dans sa chaise pour l'en faire tomber, ce petit merdeux insolent, et le voir s'étaler les bras en croix sur le plancher. Pendant un moment, elle se posa la question : si quelqu'un lui avait botté les fesses plus tôt, et suffisamment fort, serait-il malgré tout devenu ce qu'il était aujourd'hui ? Ou bien était-il comme ça parce que cela lui était arrivé trop souvent ?

– Quand on t'a ramassé, dit Lynn, tu avais plus de cent livres dans tes poches.

– Et alors ?

– Alors ? Cet argent, il venait d'où ?

Martin secoua la tête ; son visage affichait de nouveau la même expression, dure et butée.

– À votre avis ?

– Dis-le-moi.

– Vous devriez pas faire ça, me faire subir un interrogatoire, sans personne pour m'aider. Vous savez l'âge que j'ai, vous connaissez le règlement.

Malgré elle, Lynn sourit.

– Un interrogatoire ? Tu crois que c'est de ça qu'il s'agit ?

– Ouais. Vous appelez ça comment, vous ?

– Une conversation, tout simplement.

– Vous voulez dire que je pourrais me lever et partir ?

– Non.

– Alors, je devrais avoir quelqu'un pour m'aider, non ?

– On a informé les services sociaux.

– C'est des conneries, tout ça. Je veux un avocat.

– Dès qu'on pourra en trouver un.

– Alors, je dis plus rien tant qu'il est pas arrivé.

– Parle-moi seulement de l'argent.

– Quoi, l'argent ?

– D'où vient-il ?

Martin leva les yeux vers elle à travers ses paupières à demi fermées.

– Vous savez bien où vous m'avez trouvé, non ?

– Dans la forêt ? C'est là que tu l'as ramassé ?

– Ouais, ça pousse dans les arbres.

Il l'avait eue ! Lynn fixa le plafond, se forçant à ne

pas réagir. Avec un sourire jusqu'aux oreilles, Martin laissa sa chaise basculer vers l'avant, puis il croisa lentement les bras sur la table et appuya sa tête dessus. Quatorze ans, pensait Lynn, il n'a que quatorze ans et il a déjà dû connaître ce genre de situation une cinquantaine de fois. Elle essaya de se rappeler le pire méfait qu'elle ait pu commettre à l'âge de quatorze ans, quand elle vivait à la ferme chez ses parents, dans leur élevage de volailles du Norfolk. Les cheveux de Martin s'étalaient sur son poignet, dévoilant sa nuque, étroite, à nu. Lynn se demandait à quel moment on avait cessé de se soucier de lui, de vouloir son bien ; depuis combien de temps les gens, les adultes qui posaient la main sur lui, qui le touchaient, n'y étaient plus poussés que par la colère ou leurs pulsions sexuelles ? À la façon dont sa respiration avait changé de rythme, elle pensa qu'il s'était peut-être endormi.

À peine dix minutes plus tard, il s'ébroua et rouvrit les yeux.

– Ambergate, c'est là que vous allez me renvoyer, c'est ça ?

Lynn hocha la tête.

– C'est ça.

Resnick avait parlé brièvement à la responsable du service de neurochirurgie ; Doris Netherfield était encore en salle d'opération, et il était impossible de se prononcer sur l'issue de l'intervention. Jusqu'à présent, l'état de Doris restait stationnaire, c'était tout ce qu'elle pouvait dire. L'hôpital avait contacté ses plus proches parents, qui étaient en route pour venir la voir.

Resnick avait remercié la responsable avant de se rendre dans le service lui-même.

Assis près du lit d'Eric Netherfield, Divine parcourait le journal de la veille.

– Il s'est rendormi, patron, fit Divine qui se leva et désigna le lit.

– Il a dit quelque chose ?

– Il n'a pas arrêté de réclamer sa femme, c'est tout.

– Bon, rentrez chez vous. J'aurai besoin de vous demain matin à la première heure.

– Vous êtes sûr ? Parce que ça ne me dérange pas…

– Non, allez-y. Je vais seulement rester là quelques minutes, dire deux mots au médecin, ou à la première personne qui pourra me renseigner.

Divine ne se le fit pas dire une troisième fois.

C'était une infirmière qui était de service, une jeune femme aux yeux pétillants vêtue d'un uniforme bleu vif, que Resnick trouva, au premier abord, incroyablement jeune.

– Nous lui avons donné quelque chose pour la douleur, dit-elle. Le pauvre vieux… J'espère qu'il dormira le plus longtemps possible.

– Je ne le dérangerai pas, fit Resnick.

La tête d'Eric Netherfield était entourée d'un bandage au-dessus duquel, çà et là, on distinguait des zones plus claires, aux endroits où on lui avait rasé le crâne. Le bras qui dépassait du pyjama d'emprunt était gris et luisant. Resnick pensait à la dernière fois où il avait vu son propre père vivant.

– Vous voulez une tasse de thé ? proposa l'infirmière derrière son dos.

Resnick prit la tasse qu'elle lui tendait et s'assit près du lit, écoutant la respiration haletante, obstinée, du vieillard. Il était resté assis, pratiquement seul avec son père dans une salle annexe, pendant trente-six heures, guettant le moindre mouvement agitant les lèvres du vieil homme, alors qu'à chaque souffle l'air pénétrait dans ses poumons endommagés dans un raclement de fer rouillé. « Rentrez chez vous », avait dit la sœur. « Allez vous reposer. Nous vous appellerons s'il y a du changement. » Quand le téléphone avait sonné, entre quatre et cinq heures du matin, le changement qu'on lui avait annoncé, c'était la mort de son père. C'est vers cette heure-là que son téléphone sonnait toujours, depuis ce temps-là.

Resnick, sur le point de partir, finissait son thé quand Netherfield parla.

– Doris…, fit-il d'une voix à peine audible, guère plus qu'un râle.

– Elle va bien, dit Resnick. On s'occupe d'elle. Elle va s'en tirer.

– Elle a fait ça pour moi, expliqua Eric. Pour me protéger.

– Je sais.

L'homme écarta ses doigts et Resnick y entremêla les siens, se penchant sur lui, respirant son odeur de vieillard.

– La personne qui vous a fait ça..., commença Resnick.

– Un gamin, rien qu'un gamin.

Resnick allait lui demander autre chose, mais la tête de Netherfield avait glissé un peu sur le côté et ses yeux s'étaient refermés. Ses doigts, osseux et longs, restaient serrés autour de la main de Resnick. Comme la respiration du vieil homme continuait de s'apaiser, Resnick resta assis près de lui, le bras plié selon un angle inconfortable, incapable de bouger.

Plusieurs minutes plus tard, l'infirmière revint et libéra la main de Resnick, glissant les doigts du vieillard sous le bord du drap.

– Vous pouvez partir, à présent.

Elle sourit.

Resnick hésita, attendant qu'elle ajoute : nous vous appellerons s'il y a du changement.

L'amoncellement de mégots dans le cendrier posé près de Brian Noble menaçait de déborder, alors que, en fait, il ne fumait pas. Ou rarement. À l'occasion, après un repas. Il regarda sa montre puis, une fois de plus, compta les endroits, sur le mur d'en face, où la peinture commençait à s'écailler. Mal à l'aise, il changea de position sur son siège trop dur. Il se leva. Il se rassit.

– Vous n'allez quand même pas m'inculper ? demanda-t-il. (Sharon le fixa à son tour, haussant un sourcil.) Mais de quoi, bon sang ?

– C'est tout le problème, répondit-elle. Le choix n'est pas facile. Il y a tant de possibilités, si vous voyez ce que je veux dire. (Elle haussa les épaules.)

Outrage à la pudeur, c'est un grand classique, non ? Ce serait un bon début.

– Écoutez, ma femme…

– Ah, oui. (Sharon sourit.) Il y en a souvent une, dans ce genre d'histoire.

Noble exigea de passer un coup de téléphone. Il composa son propre numéro, et raccrocha à la première sonnerie.

– Vous ne voulez pas essayer d'appeler quelqu'un d'autre ?

– Non. Merci.

Après quoi ils le laissèrent mijoter, seul dans la pièce. De temps en temps quelqu'un faisait une apparition, des agents en tenue, surtout, une fois pour lui proposer une boisson chaude, une autre fois un sandwich rassis ; sporadiquement, une tête passait l'encadrement de la porte, le dévisageait, puis disparaissait.

Quand Sharon revint, elle apportait une pita fourrée avec un kebab d'agneau.

– Navrée de vous avoir fait attendre. Nous avons eu une soirée chargée.

Noble ne dit rien.

Sharon lui tendit la pita, mais Noble secoua la tête.

– Pas faim ?

– Je suis végétarien.

Elle le regarda d'un air narquois.

– Vous n'aimez pas la viande ?

– C'est ça.

Sharon le regardait toujours, un sourire aux commissures des lèvres.

– Vous m'étonnez.

Elle prit un petit morceau d'agneau entre ses doigts et le porta à sa bouche.

– Je vous en prie, dit Noble. Dites-moi…

– Quoi ?

– Ce que… Ce que vous allez faire ?

– De vous ?

Noble leva les yeux vers elle, puis détourna la tête ; il ne supportait pas ce mélange de mépris et de moquerie dans le regard de la jeune femme.

– Vous avez lu dans la presse, demanda Sharon, l'histoire de ce gamin ? Celui qu'on a retrouvé dans un bois près de Bristol, il y a une semaine ou deux ? On a retrouvé ce qu'il restait de lui, en fait. C'était aux actualités, vous vous souvenez ? Neuf ans, c'est ça ? Il avait neuf ans.

– Écoutez…, fit Noble, affolé. Je ne sais pas pourquoi vous me racontez ça. Cette histoire n'a rien à voir avec la mienne. Rien du tout. Il n'y a pas de…

– Comparaison ?

– Non.

Sharon s'assit sur le bord de la table et croisa les jambes, passant l'une très haut par-dessus l'autre.

– Ce que vous voulez dire, c'est que vous n'êtes pas pédophile, c'est ça ?

– Évidemment !

– Donc, dit Sharon, vous n'êtes pas pédophile. Vous aimez seulement faire l'amour avec de jeunes garçons.

En regagnant le commissariat, Resnick avait fait un détour pour passer chez les Netherfield. Jusqu'à présent, rien n'indiquait que les maisons voisines aient été cambriolées aussi. C'était un cas isolé.

De retour à son bureau, en attendant que le café soit prêt, il téléphonait à l'hôpital quand Lynn Kellogg frappa à sa porte.

– Pas tout à fait prêt, dit Resnick en indiquant d'un signe de tête la cafetière électrique.

Lynn sourit, d'un sourire fatigué, fugace, vite effacé.

– Le môme Hodgson, fit Resnick, vous l'avez récupéré ?

Elle hocha la tête.

– Bien joué.

– Au début de la soirée, il traînait avec Assim Patel et Nicky Snape.

L'intérêt de Resnick se raviva. Il connaissait bien la famille Snape. Shane, l'aîné, il l'avait arrêté pour cambriolage aggravé de coups et blessures ; la dernière fois qu'il avait vu Norma, c'était pour lui parler de Nicky, un ou deux jours à peine avant que le gamin ne reçoive une bombe incendiaire lancée par un partisan de l'autodéfense.

– Nicky n'était pas avec lui, alors, quand il faisait la retape dans la forêt ?

– Apparemment non. Ils se sont plus ou moins disputés, si j'ai bien compris. Quand ils se sont séparés, Nicky a dit à Martin Hodgson qu'il rentrait chez lui.

Resnick n'eut même pas besoin de regarder le plan de la ville. Si l'on traçait une ligne droite entre le terrain de jeu de la forêt et Radford, elle passait en plein dans le quartier où habitaient les Netherfield.

Les premières lueurs du jour filtraient au-dessus des toits quand Millington et Naylor arrivèrent. Millington, la bouche fendue jusqu'aux oreilles, tenait à bout de bras un objet étroit enveloppé dans deux sacs en plastique.

– C'est Kevin qui a trouvé ça. Dans une poubelle, à deux rues d'ici.

C'était la barre de fer qu'Eric Netherfield gardait à côté de son lit.

10

Resnick parvint à dormir deux heures dans son bureau, son fauteuil repoussé, ses jambes dégageant un espace entre les rapports et les notes de service qui encombraient sa table de travail. Quand il se réveilla, ce fut à cause de la bouilloire que Graham Millington manipulait sans ménagement alors qu'il chantait en sourdine, dans la salle par ailleurs vide, sa version personnelle de *Oh, What a Beautiful Morning*.

Resnick avait déjà sa première tasse de thé à la main quand il se rendit compte que le téléphone n'avait pas sonné de la nuit : Doris Netherfield avait donc survécu.

– Qu'est-ce que j'entends raconter partout sur le grand banditisme ? demanda Millington, allumant sa deuxième cigarette de la journée.

Les airs de martyr que se donnait Madeleine si jamais il osait fumer à la maison, c'était un spectacle qu'il ne supportait plus.

– Le grand banditisme, Graham, il ne cesse de prospérer, il suffit de regarder autour de nous.

Millington plissa les yeux derrière la spirale de fumée : qu'est-ce qui lui prenait, au patron, de faire de l'esprit dès le lever du jour ? En supposant que telle ait été son intention.

– Vous savez bien de quoi je veux parler, dit Millington, cette nouvelle brigade du grand banditisme.

Resnick soupira.

– Oui, et la réponse, c'est que je n'en sais pas beaucoup plus que vous.

– Mais si vous deviez faire des pronostics ?

– Je dirais que le projet est lancé, qu'on ira jusqu'à en étudier le coût, puis quelqu'un va hurler devant les dépenses nouvelles en locaux et en personnel, et il se perdra en route en retournant devant le bureau d'étude.

Au moment même où il exprimait son opinion, Resnick n'était pas si sûr de détenir la vérité, mais il n'avait pas envie non plus d'analyser ce qu'impliquait pour sa carrière la création d'une telle brigade. Et pas seulement pour la sienne, mais pour celle de Millington aussi.

Divine et Naylor arrivèrent à quelques minutes d'intervalle, Divine d'humeur plus badine que ne le laissaient croire les valises qu'il avait sous les yeux.

– Le thé est prêt, alors, chef ? fit-il en tendant la main vers sa tasse préférée, décorée d'un dessin humoristique délavé représentant des joueurs de rugby et des ballons aux formes excentriques.

Comme à son habitude, Naylor était silencieux. C'était facile, même lorsque quatre personnes seulement étaient réunies, d'oublier qu'il était là. C'était une caractéristique qui faisait de lui, en certaines circonstances, le bon enquêteur qu'il était.

Millington surprit le regard que lançait Resnick à sa montre.

– On prend des agents en tenue comme renforts ? demanda-t-il.

Resnick secoua la tête.

– On ne va pas déclencher la troisième guerre mondiale, Graham. Ce n'est jamais qu'un gamin, après tout.

Un sourire cynique se dessina aux coins de la bouche de Millington.

– Pas de problème, alors, dans ce cas ? On risque seulement de se salir les mains, avec ce petit merdeux.

En fuyant la maison des Netherfield, pris de panique, Nicky ne s'était même pas rendu compte qu'il tenait toujours la barre de fer. En hâte, il l'avait flanquée dans la poubelle la plus proche sans cesser de courir. Ce n'est qu'en approchant de chez lui, les poumons en feu, les larmes lui brûlant les yeux, qu'il avait ralenti l'allure. Ce n'est qu'à ce moment-là, aussi, qu'il remarqua les taches de sang qui constellaient ses vêtements, son visage et ses mains. Pas question d'entrer chez lui dans cet état-là ; c'était impensable. Revenant sur ses pas, il sauta un mur de jardin, prit deux serviettes de toilette sur la corde à linge, s'adossa à un mur dans le recoin le plus sombre pour éponger ses mains, ses joues, son jean et sa chemise. S'il rentrait chez lui maintenant, il courait le risque de tomber sur quelqu'un qui n'était pas encore couché : Sheena en train d'écouter Blur en feuilletant un magazine débile ; Shane avachi devant une vidéo, Jean-Claude Van Damme ou Bruce Lee ; sa mère, recousant les boutons de la chemise de Shane, ou perdue dans son monde à elle, lisant une connerie de roman à l'eau de rose, Shelia Mills ou bien la Bloom de mes deux.

Restant à l'écart des rues principales, traversant très vite la chaussée dès qu'il croisait un passant, Nicky marcha longtemps, tâchant de ne pas penser à ce qui pourrait lui arriver, à ce qui s'était passé, à ce qu'il ferait si le bonhomme ou sa vieille venaient à claquer.

Quand, finalement, les jambes lourdes, il tourna sa clé dans la porte d'entrée, il était plus de deux heures du matin. Toutes les lumières étaient éteintes dans la maison. Sans perdre de temps, Nicky ôta ses chaussures. Il se dirigeait vers l'escalier quand il entendit un gémissement étouffé dans le salon de devant. Étendues sur le canapé, deux silhouettes ondulaient lentement ; une fois de plus, son frère sautait Sara Johnson.

En d'autres circonstances, Nicky serait resté pour mater, mais il y avait plus urgent. Dans la salle de bains, il verrouilla la porte avant d'allumer la lumière.

Bon Dieu !

Il aurait cru que le noir masquait les taches, mais on ne voyait qu'elles : des croûtes épaisses qui semblaient avoir été projetées sur sa chemise et son T-shirt comme s'il avait roulé dans la boue en VTT. Il y en avait aussi sur le haut de son jean. Et le sang ne lui avait pas seulement éclaboussé le visage, il s'était collé dans ses cheveux. Nicky se déshabilla, ne gardant que son slip et ses chaussettes ; puis il enleva ses chaussettes aussi. Il pensa rincer la chemise dans le lavabo, laisser le jean, peut-être, tremper dans la baignoire, mais il comprit qu'il manquait de temps et que, de toute façon, ça ne suffirait pas. Il alla chercher un sac-poubelle dans la cuisine et il y fourra ses vêtements. Demain matin, à la première heure, il s'en débarrasserait une bonne fois pour toutes. Il les brûlerait, c'était la meilleure solution.

Oh, merde ! Des pas qui montent l'escalier. La poignée de la porte tourna, mais le loquet tint bon.

– Attends une minute, dit Nicky.

– Nicky ? (La voix de Shane.) C'est toi ?

– Ouais, j'en ai pas pour longtemps.

– Mais qu'est-ce que tu fous là-dedans, bordel ?

– À ton avis ?

Nicky attendit que son frère s'éloigne avant de retourner au lavabo. Au moins, l'eau était encore chaude. Il trouva une vieille brosse à récurer près de la baignoire et l'imprégna de savon. Il allait devoir se laver la figure, se nettoyer la peau entre les doigts, se brosser sous les ongles, se shampouiner les cheveux. Tandis qu'il regardait l'eau se teinter de rouge, il vit se briser sous lui le crâne de la vieille aux cheveux gris, il sentit l'impact des coups se répercuter tout le long de son bras. Qui aurait cru qu'une vieille carcasse comme ça avait autant de sang qui coulait dans ses veines ? Pourquoi est-ce qu'il n'avait pas pris la fuite ? Raflé l'argent qui traînait dans la maison, celui qu'il avait dans ses poches, et foutu le camp ? Un car pour Manchester, Glasgow, Londres, n'importe où. Il pouvait se fondre dans la masse, à Londres, se faire oublier. Il connaissait des mômes qui l'avaient fait. Des mômes qui revenaient avec des histoires de fric facile et de dope, de michetons dragués à la gare Victoria ou à Funland, dans Leicester Square. Qui avaient fait le genre de truc que Martin Hodgson était sorti faire la veille au soir. Au fond de sa gorge, Nicky sentit monter un haut-le-cœur. La solution la plus sensée, c'était de rester ici. Se tirer, c'était dire aux flics, carrément : bon, voyons un peu, deux et deux, ça fait combien ? Non, ce qu'il fallait faire, c'est rester calme, se débarrasser des fringues, aller à l'école.

Au moment précis où sa mère se levait, Nicky sombrait d'un coup dans le sommeil, en suçant son pouce.

Norma était en bas, dans la cuisine, quand les voitures arrivèrent, deux en même temps, Naylor et Divine se hâtant de contourner la maison pour parer à une fuite éventuelle. Si elle les entendit, alors qu'elle sortait le carton de lait du frigo, elle n'en laissa rien paraître. Rester assise dans la cuisine, au calme, avec une cigarette et une tasse de thé, c'était le meilleur moment de la journée. Arrivé le premier à la porte, Resnick s'écarta, laissant Millington sonner et frapper contre le panneau de bois. L'inspecteur marqua un temps d'arrêt, puis il sonna de nouveau.

– Nom de Dieu ! Qui ça peut être ?

Mais Norma, se dirigeant vers la porte en pantoufles, savait que de toute façon, les nouvelles ne seraient pas bonnes. En voyant les deux hommes sur le seuil, dont Resnick, qu'elle reconnut, Norma sentit une douleur vive lui déchirer subitement la poitrine.

– Votre Nicky, dit Millington. Il est là ?

– Bien sûr ! Où voulez-vous qu'il soit ?

Mais au lieu de regarder Millington, elle regardait Resnick, essayant de déchiffrer ce qu'exprimaient ses yeux.

Vous voyez comment ça va finir, Norma. Vous le voyez aussi bien que moi. Les paroles de Resnick, la dernière fois qu'il était venu chez elle.

– Pourquoi vous voulez le voir ? demanda Norma.

– Pour lui poser une ou deux questions, l'informa Millington, sur ce qu'il a fricoté hier soir.

– Hier soir, il était ici, dit Norma, avec moi, toute la soirée.

C'était une réponse qui lui venait aussi naturellement que le besoin de respirer.

– Je crois qu'on ferait mieux de le lui demander personnellement, fit Millington.

Ne sachant que faire, Norma ne bougea pas d'un pouce.

Resnick esquissa un demi-pas vers la porte.

– Norma, je crois que vous devriez peut-être nous laisser entrer, non ?

Millington partit explorer le salon puis la cuisine, pendant que Resnick restait avec Norma près du pied de l'escalier.

– Il est encore au lit, alors ?

– Bien sûr qu'il est au lit.

Resnick posa la main sur la rampe et Norma lui saisit le poignet.

– Appelez-le, alors, Norma. Faites-le descendre.

À la limite de son champ de vision, Millington avait reparu, secouant lentement la tête.

– Norma, insista Resnick.

Lourdement, elle se tourna et lança le nom de Nicky. Puis, posant le pied sur la première marche, elle l'appela de nouveau.

Dans sa chambre, Nicky se réveilla instantanément, repoussant les draps.

– Nicky, c'est la police.

Il rafla un vieux jean et n'avait pas fini de l'enfiler quand il souleva la fenêtre à guillotine et se rua sur le toit en pente couvrant ce qui avait été autrefois les toilettes extérieures.

– Nicky !

Resnick d'abord, puis Millington, bousculèrent Norma pour monter l'escalier en courant.

Nicky glissa sur le toit en forte pente, délogeant des tuiles sur son passage. L'une de ses mains agrippa la vieille gouttière en zinc qui céda sous son poids. Se tortillant de son mieux, Nicky tomba tout autant qu'il sauta, puis il détala, bondissant pardessus le vieux clapier et le portail pour atterrir tout droit entre les bras de Divine qui l'attendait derrière le mur.

Depuis la fenêtre du premier, Resnick observa la scène : Nicky se débattit, insultant Divine, jusqu'au moment où Naylor lui ramena les bras derrière le dos. À eux deux, les policiers parvinrent à lui passer les menottes.

– Encore un coup de pied, petit salopard, et je m'offre tes deux couilles pour le petit déjeuner.

Resnick refermait la fenêtre ; il ne l'entendit pas. Shane était sorti sur le palier, passant un pantalon de velours sur son caleçon.

– Mais qu'est-ce qui se passe, bordel ?

– Tout va bien, rien qui te concerne.

– Ah, oui ? Et si j'avais envie de me sentir concerné ?

– Je te rappellerais ce que le magistrat t'a dit, la dernière fois que tu es passé au tribunal.

– Je l'emmerde, cet enfoiré de magistrat !

– J'imagine. (Resnick soupira.) Maintenant, si tu descendais, pour t'occuper de ta mère ? Lui préparer une tasse de thé, au moins ?

Forçant le passage, Shane entra dans la salle de bains et claqua la porte derrière lui.

Norma était dans la cuisine, la tête dans les mains.

– Je vais jeter un coup d'œil, fit Millington.

Resnick hocha la tête et mit lui-même de l'eau à bouillir. Cinq minutes plus tard, Millington avait trouvé, sous le lit de Nicky, le sac-poubelle contenant les vêtements tachés de sang.

– Emportez-les, dit Resnick. Faites-les examiner par l'Identité judiciaire, le plus tôt possible. (Il jeta un regard à Norma.) Je vous suis dans cinq minutes.

Il sortit les sachets usagés, jeta le liquide tiède dans l'évier, et se mit à préparer une nouvelle théière.

11

Resnick la regarda traverser la cour de récréation, ses cheveux flottant, légers, dans le vent fraîchissant. En dépit de toutes les prévisions, la température avait encore chuté de cinq degrés, et dans le local de la PJ, ce matin, Millington s'était plaint qu'il allait devoir rentrer ses géraniums pour les protéger du gel.

– Hannah Campbell, avait dit la secrétaire du collège, elle a emmené un groupe au cours de théâtre à la salle polyvalente. Elle devrait avoir terminé dans moins d'une demi-heure.

Peu pressé de retourner au commissariat, Resnick avait choisi de rester.

L'interrogatoire de Nicky Snape avait été conduit avec prudence et sans précipitation. Pendant la majeure partie de la première heure, sa mère assise à ses côtés, un avocat juste derrière lui, Nicky n'avait rien dit. Puis, sous le feu continu des questions, Resnick et Millington se relayant, il reconnut avoir passé la première partie de la soirée avec Martin Hodgson et un autre ami. Où ? Au cinéma. Qu'est-ce que tu as vu ? Nicky le leur dit. S'était-il approché de la maison des Netherfield ? Non, il ne s'était pas approché de la maison des Netherfield. Il ne savait pas de quoi on parlait. Il ne savait pas où c'était.

– Nicky, avait dit Resnick, écoute-moi. On fait

des tests, en ce moment même. Ils se déroulent pendant que nous parlons. Le sang sur les vêtements qu'on a trouvés sous ton lit, le sang autour du lavabo dans la salle de bains chez toi, le sang sur une barre de fer découverte près de la maison… À qui appartient-il, ce sang, Nicky ? À ton avis ? Tu penses que c'est le sang de cette femme qui se trouve à l'hôpital, en réanimation, et dont la vie ne tient qu'à un fil ? Tu penses que c'est ça que nous allons découvrir ?

Nicky avait gardé les yeux baissés, les mains serrées l'une contre l'autre, les doigts noués. Près de lui, sans faire beaucoup de bruit, Norma s'était mise à pleurer.

– Quoi que tu saches sur cette affaire, Nicky, avait dit Resnick, le moindre renseignement, je crois que tu devrais nous le communiquer maintenant. Parlons-en tout de suite, toi et moi, pendant que nous sommes là. Pendant que c'est possible.

Norma s'était détournée, pour ne pas voir son fils, parce qu'elle avait peur de le regarder, et Resnick, de façon presque imperceptible, s'était penché en avant.

– Nicky, cette maison dont nous parlons, celle où tout ceci s'est passé, tu y étais ?

La réponse de Nicky fut si discrète que ce fut presque comme s'il n'avait pas parlé du tout.

– Pardon, Nicky, qu'est-ce que tu as dit ? Est-ce que tu pourrais nous répéter ça, s'il te plaît ?

– J'ai dit oui. Oui.

Norma enfouit son visage dans ses mains et se mit à sangloter.

– Mais j'ai rien fait d'autre que d'entrer chez eux, d'accord ? J'ai jamais touché personne, j'ai fait de mal à personne. J'ai même pas vu les gens, j'ai rien vu des trucs que vous avez racontés. Tout ce que j'ai fait, c'est d'entrer au rez-de-chaussée, par-derrière. J'suis même pas monté au premier.

– Très bien, Nicky, une chose à la fois. Nous y reviendrons plus tard.

Et quand l'avocat demanda une pause pour son client, Resnick la lui accorda avec plaisir. Il avait envie de sortir du commissariat, de se vider la tête, de trouver autre chose à faire, qui ne demande pas d'efforts. Il était venu ici.

Sous sa veste, Hannah portait un pull en coton bleu pâle, et elle avait aux pieds des chaussures de sport bleues et blanches. Il aimait la façon dont elle marchait, avec assurance mais sans hâte, un sac en cuir jeté sur l'épaule, un second, un vieux cartable, éraflé et rebondi, plaqué contre son flanc. Elle ralentit l'allure pour parler à deux garçons embarqués dans une de ces disputes qui opposent sans cesse les gamins, une bousculade par-ci, une parole hargneuse par-là, et elle attendit qu'ils s'éloignent à contrecœur pour continuer son chemin vers sa voiture, une Coccinelle de couleur rouge.

Resnick sortit de sa propre voiture et se dirigea vers elle pour l'intercepter.

– Hannah Campbell ?

Avec un léger sursaut, elle se retourna.

– Excusez-moi, je ne voulais pas vous faire peur.

– Ce n'est rien.

Elle essayait de le situer. Un parent d'élève ? Un

collègue rencontré à une conférence pédagogique et qu'elle aurait oublié ?

– Charlie Resnick. Inspecteur principal, police judiciaire.

Il brandit sa carte pour qu'elle puisse la voir.

– Mon Dieu, fit-elle. Je suis en pleine ascension sociale. La dernière fois, je n'ai eu affaire qu'à un… Comment ça s'appelle ?

– Un inspecteur adjoint.

– Qui avait un nom étrange…

– Divine.

Hannah sourit.

– Il aurait dû aller au séminaire, devenir prêtre.

Cette idée fit sourire Resnick, et Hannah perçut dans son regard quelque chose qu'elle n'y avait pas vu auparavant.

Il la regarda poser son cartable sur le toit de sa voiture et se retourner pour lui faire face. Dans ses cheveux châtains, à présent éclairés à contre-jour, il crut déceler de discrètes traces de roux.

– Ne me dites pas que vous avez récupéré mon portefeuille ?

– Pas exactement.

– Seulement l'argent et les cartes de crédit.

– J'aimerais pouvoir vous le dire.

Hannah sourit. La journée avait été longue, et l'activité supplémentaire qu'elle venait de diriger aurait dû la laisser épuisée, mais, au contraire, elle l'avait stimulée, elle avait ravivé son énergie. Et maintenant, elle se trouvait face à cet homme hirsute, aux cheveux en bataille, au pantalon safran trop ample, à la veste marron ouverte qui aurait été trop juste s'il l'avait boutonnée. Elle n'arrivait pas à savoir si son dernier bouton de chemise manquait ou si, caché par le nœud de cravate desserré, il était simplement défait.

– Alors, de quoi s'agit-il ? demanda Hannah.

Elle aimait la façon dont il gardait les yeux fixés sur elle au lieu de regarder ailleurs, comme le faisaient tant de gens. Cela donnait à penser qu'il était honnête, et Hannah se demanda si c'était vrai.

Resnick sortit de son portefeuille la carte de bibliothèque de Hannah.

– Où avez-vous trouvé ça ? demanda-t-elle.

Il le lui dit, sans s'appesantir sur les blessures infligées aux Netherfield, mais en faisant en sorte qu'elle comprenne la gravité de ce qui s'était passé. Elle ressentit des picotements à la base de la nuque quand Resnick mentionna le nom de Nicky Snape. Quand il eut fini, elle resta un moment sans rien dire, tripotant un mouchoir en papier, se mouchant.

– Quand vous avez parlé à l'inspecteur adjoint Divine, dit Resnick, vous lui avez dit qu'à votre avis c'était Nicky Snape qui vous avait volé votre portefeuille.

– Oui, c'est exact.

Sans trop savoir pourquoi, de façon absurde, elle regretta de l'avoir fait.

– Quand nous avons amené Nicky au commissariat, il avait de l'argent sur lui, même si la somme était modeste. Pour l'instant, nous ne savons pas d'où provient cet argent. Aucune trace de vos cartes de crédit, je le crains.

– Ça m'est égal. Ce n'est pas tellement important,

n'est-ce pas ? Je veux dire, comparé à ce qui est arrivé. (Hannah regarda Resnick.) Je ne vois pas pourquoi vous vous donnez tout ce mal pour si peu de chose.

– Cette carte, si c'est bien lui qui vous l'a volée, si elle se trouvait dans votre portefeuille ce matin, eh bien, elle prouve que Nicky s'est rendu là-bas, dans cette maison.

– Je vois.

– Et vous êtes sûre qu'elle se trouvait dans votre portefeuille ?

Hannah hocha la tête. Oui.

– En fin de compte, ce n'est sans doute pas un détail crucial. Il y a d'autres preuves, en nombre suffisant.

Quittant Resnick des yeux, Hannah regarda en direction du boulevard. Elle vit des hommes qui promenaient leurs chiens sur le gazon pelé du terrain communal, les voitures qui passaient en un flot lent et indistinct.

– Bien sûr, je savais qu'il séchait systématiquement les cours, qu'il avait constamment des histoires, mais ça… (Elle se tourna de nouveau vers lui.) C'est difficile à croire.

– Oui, fit Resnick. Je comprends ce que vous voulez dire.

– Mais ça vous paraît normal ?

Il secoua lentement la tête.

– Non, en un sens, je pense comme vous. Ce n'est pas du tout le genre de violence dont je l'aurais cru capable.

– Vous ne pensez pas que cela pourrait être le fait

de quelqu'un d'autre ? Je veux dire, un de ses comparses ?

– Ce n'est pas ce qu'il dit.

– Je vois.

En contrebas, la circulation ralentissait encore, se traînant au pas.

– Il faudrait que je rentre, dit Hannah.

– Moi aussi.

Ils ne bougèrent ni l'un ni l'autre.

– Que va-t-il lui arriver ? demanda Hannah. Maintenant, je veux dire.

– Oh, selon toute probabilité, on va le confier aux autorités locales en charge des jeunes délinquants. On va le garder quelque part, en sécurité. Jusqu'au procès.

– Et ensuite ?

Resnick secoua la tête et s'éloigna.

Hannah avait ses clés de voiture à la main.

– À bientôt.

C'était l'une de ces formules qu'on utilise, et qui ne signifient rien.

– Oui, fit Resnick.

À travers la vitre de sa voiture, elle le suivit des yeux, remarquant ses épaules plus voûtées qu'elles n'auraient dû l'être, sa tête un peu penchée. Elle attendit un moment, se demandant sans raison s'il n'allait pas revenir sur ses pas, trouver autre chose à lui dire. Quand elle comprit qu'il ne le ferait pas, elle tourna la clé dans le contact, passa la marche arrière pour faire un demi-tour, et descendit vers la route pour se joindre au flot de la circulation. Elle aperçut Resnick une dernière fois, brièvement, alors qu'il s'éloignait au volant de sa voiture dans la direction opposée. Ce jeune inspecteur, pensa-t-elle, si imbu de lui-même, celui qui avait failli l'inviter à sortir avec lui… Pourquoi est-ce que ce n'était jamais ceux à qui on aurait pu dire oui ?

L'enquête se déroula pratiquement comme Resnick l'avait prévu ; Hannah lut les comptes rendus dans le journal le lendemain, bien que, pour se conformer à la loi, le nom de Nicky ait été omis. Nicky fut confié aux autorités locales en attendant le procès. Hannah continua de faire ses cours : poésies, fiches de lecture, *Break Point, What About It Sharon ?* et *Macbeth*. Pour Resnick, d'autres affaires urgentes réclamèrent son attention, comme toujours. Un attentat présumé à la bombe incendiaire contre un café spécialisé dans la cuisine antillaise ; un gamin de treize ans, au volant d'une camionnette de livraison qu'il avait volée, qui avait fauché une file d'attente à l'arrêt du bus, faisant un mort et quatre blessés graves ; un médecin accusé de délivrer des prescriptions illégales ; un autre, d'avoir pratiqué un avortement clandestin ; une bande d'adolescentes qui semait la terreur dans les passages souterrains du centre-ville, assommant deux femmes et un homme de vingt-sept ans. Un dimanche, peu avant six heures du matin, Resnick reçut un appel de l'équipe de permanence des services sociaux : dans le foyer pour jeunes délinquants où il était détenu, on avait trouvé Nicky Snape pendu dans les douches.

12

Le bâtiment était séparé de la route par un rideau de sapins serrés les uns contre les autres. Sa façade en brique et en béton et ses hautes fenêtres à barreaux trahissaient sa vocation d'établissement pénitentiaire depuis plusieurs décennies : maison de redressement, centre d'évaluation, à présent foyer d'hébergement de sécurité qui n'avait rien de sûr. Il existait des projets pour le revendre au privé ; après quelques modifications, une ou deux couches de peinture, on pourrait en faire une maison de retraite parfaitement convenable. Resnick reconnut la voiture de Parkinson, le médecin légiste, garée le long du trottoir. L'ambulance stationnait près de la porte d'entrée, dans la courbe de la rampe d'accès. Il enfonça le bouton de la sonnette. Six heures trente : à l'est, le ciel laissait filtrer une lumière obstinée.

La porte fut ouverte par un homme frêle, d'une trentaine d'années, dont les cheveux commençaient à se clairsemer.

– Paul Matthews, je… (Il jeta un coup d'œil à la carte de Resnick et se recula d'un pas.) M. Jardine est au téléphone avec le directeur des services sociaux, et, euh… Il m'a demandé de vous montrer l'endroit… L'endroit où ça s'est produit, et puis il aimerait vous parler ensuite. Avant que vous ne repartiez.

Le policier s'avança sur le parquet usé de l'entrée. La mort d'un mineur en détention : Resnick se dit qu'il s'écoulerait un long moment avant qu'il puisse prendre congé – et il en serait de même pour les officiers de police qui viendraient après lui.

– C'est la salle de bains du deuxième étage.

Resnick hocha la tête et suivit Matthews vers l'escalier. Des voix résonnaient, lointaines, se répondant d'un bout à l'autre des couloirs froids. Il flottait dans le bâtiment des odeurs d'ordures ménagères et de désinfectant. À quelques pas de la salle de bains, Matthews s'arrêta net et fixa le sol.

Juste avant d'entrer, Resnick eut une vision, claire et nette, de ce qu'il allait découvrir. Ce n'était pas la première fois, ce ne serait pas la dernière. Il tourna la poignée ronde et pénétra dans la salle d'eau.

Nicky Snape gisait sur une bâche en plastique épais, que l'on avait étendue en double épaisseur sur le carrelage. Il était nu jusqu'à la taille, et son bas de pyjama souillé avait été baissé jusqu'à mi-cuisses. En travers de sa cage thoracique et d'une hanche à l'autre, sa peau, tendue, était d'un blanc laiteux, opaque. Les meurtrissures, sur son cou et sous son menton, avaient déjà pris une teinte foncée qui n'était ni noire ni violacée. Ses anciennes traces de brûlure ressortaient, rouges comme des rognons, sous la lumière du plafonnier. Dans la mort, son visage était celui d'un enfant.

– Charlie.

Resnick entendit la voix du médecin légiste, mais

il continua de fixer le cadavre. Si petit, tellement brisé sous ses yeux.

– Mort par asphyxie, Charlie. Depuis, quoi ? Deux heures, peut-être une heure et demie. (Parkinson offrit une pastille de menthe à Resnick, et quand le policier refusa, il en expédia une au fond de sa bouche.) Vous voyez à quel point ses lèvres sont devenues bleues ? Et là, regardez, à la racine des ongles.

Se penchant, Resnick vit la peau à vif, autour des ongles rongés jusqu'au sang.

– Il y avait une serviette de toilette près du corps, une serviette mouillée et tordue en spirale. C'est ce qui a provoqué la strangulation, Charlie, très probablement.

Resnick la vit, enroulée sur elle-même contre la cabine de douche, une serviette blanche avec un filet bleu pâle.

– Vos gars trouveront des fibres en pagaille, je suppose.

La pastille de menthe se brisa entre les dents du médecin.

– Ce n'est pas vous qui l'avez décroché ? demanda Resnick.

Parkinson secoua la tête.

– Il était debout contre le mur du fond, le dos appuyé au carrelage. C'est le personnel, je suppose.

Resnick s'accroupit tout près du corps, se demandant si, au moment où on l'avait découvert, les yeux de Nicky avaient déjà été fermés. L'espace d'un instant, il entretint l'illusion que, s'il restait ainsi près de lui, le gamin allait se réveiller.

– Quel âge avait-il, Charlie ? demanda Parkinson qui rangeait soigneusement son matériel dans sa sacoche. Seize ans ?

– Même pas.

Il ne les aurait jamais, pensa Resnick. Il se releva. Millington n'allait plus tarder, arraché du lit où il dormait comme un bienheureux, puis les hommes de l'Identité judiciaire, se lamentant sur leur dimanche gâché tout en comptabilisant leurs heures supplémentaires. Et d'autres, aussi. Des responsables des services sociaux, vêtus de costumes qui avaient connu des jours meilleurs, qui viendraient pour tâcher de limiter les dégâts, anxieux de rejeter sur quelqu'un d'autre la responsabilité du drame.

– Il a de vilaines traces de brûlure, fit remarquer Parkinson. Elles datent de moins d'un an. Il a été pris dans un incendie, quelque chose de ce genre, je suppose ?

– Une bombe incendiaire, expliqua Resnick. Une petite surprise alors qu'il rentrait chez lui. Des partisans de l'autodéfense décidés à lui donner une leçon.

– Il laissait traîner ses mains partout, c'est ça ?

– Il avait tendance à rafler ce qui ne lui appartenait pas.

– Sur ce point, ma foi, dit Parkinson en refermant sa sacoche, il n'était pas si différent de la plupart d'entre nous. Maintenant, si vous voulez bien m'excuser, je n'ai plus le moindre prétexte pour ne pas me rendre sur le terrain de golf à la première heure ce matin, au moins.

– Non, effectivement.

– Vous ne jouez pas, n'est-ce pas, Charlie ?

Le médecin formula sa question de telle façon qu'elle sonnait comme un regret.

Resnick secoua la tête.

– Eh bien, tant pis. Je saluerai Jack Skelton de votre part.

Paul Matthews attendait dans le couloir.

– M. Jardine… Si vous êtes prêt, je vais vous conduire à son bureau.

Resnick examina attentivement Matthews ; il comprit que la fatigue seule ne suffisait pas à expliquer ses yeux cernés.

– C'est vous qui l'avez découvert, dit Resnick.

Matthews frémit et détourna les yeux.

– Quelle heure était-il ?

– Cinq heures, il me semble… Guère plus de cinq heures.

– C'est vous, le surveillant qui était de service cette nuit ?

– Oui.

– Vous seul ?

– Non. Ma collègue, Elizabeth, elle… C'était une simple tournée de routine, voyez-vous, je devais jeter un coup d'œil dans la salle de bains. La routine. (Ses mots commençaient à s'entrechoquer de nouveau, à sortir en vrac ; le long de ses flancs, ses mains ne restaient pas en place.) Dès que je suis entré, j'ai vu tout de suite, Nicky, je veux dire, j'ai vu ce qui s'était passé, ce qu'il avait fait. La serviette, il l'avait attachée autour de la canalisation de la douche. Derrière la… derrière la pomme de douche… il…

– Je vous en prie, prenez votre temps.

– J'ai vu de quelle façon son cou était tordu d'un côté…

– Oui.

– … et il s'était, vous savez, il s'était souillé. Je veux dire, j'ai compris qu'il était mort, Nicky, qu'il était déjà mort. C'était trop tard. Il n'y avait rien que je puisse faire.

– Vous l'avez décroché ?

– Pas tout de suite. Je…

– Mais vous avez cherché des signes de vie ?

Les yeux de Matthews étaient comme des oiseaux pris au piège sous le regard de Resnick.

– Je ne savais pas quoi faire. Si je devais le toucher ou pas, je n'en étais pas sûr. Elizabeth, elle était… Je vous l'ai dit, elle était de service avec moi. J'ai couru pour aller chercher de l'aide.

Resnick fit de son mieux pour garder son calme, et ne pas laisser sa voix trahir son incrédulité.

– Vous l'avez laissé pendre ? Sans avoir établi qu'il était bien mort ?

Matthews se gratta furieusement un côté du visage.

– Oui, je veux dire, non, pas longtemps. Seulement jusqu'à ce que… (Il fixa Resnick d'un air implorant.) Il était déjà mort. C'est sûr.

– Vous avez appelé le service des urgences ?

– Oui.

– C'est vous qui avez téléphoné, pas votre collègue, Elizabeth ?

– Je ne suis pas… Je ne suis pas… C'est peut-être Elizabeth, je ne suis pas sûr.

Resnick le calma en posant la main sur son bras.

– Bon. Nous parlerons une autre fois. Vous pourrez faire une déposition à l'un de mes adjoints, plus tard. Pour l'instant, ne faisons pas attendre plus longtemps M. Jardine.

Une main sur la rampe, Matthews aspira avec gratitude une longue bouffée d'air, reprenant ses esprits avant de montrer le chemin.

Le nom avait été calligraphié à l'encre noire sur un bristol blanc – DEREK JARDINE – puis glissé dans le porte-étiquette en cuivre fixé à la porte teintée imitation chêne, le nom lui-même comportant moins de lettres que la suite d'abréviations énumérant ses titres et diplômes. Le panneau rendit un son creux quand Resnick frappa.

– Inspecteur. (Jardine se leva de son fauteuil pour serrer la main de Resnick.) Je vous en prie, asseyez-vous.

Sous la fenêtre masquée par un rideau et tout le long de l'un des murs, des étagères alignaient en rangs serrés des ouvrages sur le travail social et la délinquance juvénile, des exemplaires reliés de revues professionnelles et de rapports. Sur l'autre mur latéral, un tableau blanc pour feutre effaçable précisait pour chaque jour de la semaine les membres du personnel affectés aux différents services. À côté du tableau, apparemment disposées au hasard, des photos en nombre important ; les jeunes gens, supposa Resnick, qui étaient passés entre les mains de Jardine. Sur le classeur métallique gris, à côté du bureau du directeur, un lierre tirant sur le brun et un chlorophytum qui n'était plus de la première jeunesse encadraient un portrait de Jardine en personne, en toge, recevant un diplôme universitaire.

Trente ans plus tard, son visage s'était arrondi, des ridules s'y étaient creusées, quadrillant le nez et les joues à la peau bleuie. Les cheveux bruns, grisonnant sur les tempes, commençaient à se clairsemer ; quelques pellicules émaillaient les épaules de sa veste bleu nuit.

– Évidemment, c'est épouvantable, disait Jardine.

Resnick acquiesça, s'attendant à ce qu'un second « épouvantable » suive le premier, ce qui ne manqua pas de se produire.

– Un garçon si jeune.

– Oui.

– Une tragédie.

Il se pourrait bien, songea Resnick, que Jardine prépare le sermon creux du prêtre qui officiera aux obsèques.

– La nuit dernière, ce matin, quand l'incident s'est produit… Vous n'étiez pas dans l'établissement ?

Il n'avait pas eu l'intention d'adopter un ton hostile, mais à voir l'expression de Jardine, il comprit que c'était ce qu'il avait fait.

– Je ne peux pas être ici tout le temps, inspecteur.

– Non, bien sûr. Je ne voulais pas…

– En fait, je suis parti assez tard. Vers neuf heures et demie ou dix heures. Un de mes adjoints m'a contacté chez moi ce matin quand le… quand le corps de Nicky a été découvert.

– Il s'agissait de Paul…

– Paul Matthews, oui. (Jardine plissa les paupières et il se pencha en avant, appuyant sa poitrine contre le rebord de son bureau.) Inspecteur, vous comprenez bien que nous allons mener une enquête interne exhaustive. J'ai déjà débattu de cette question avec le directeur des services sociaux. En attendant, je dois vous demander de n'interroger aucun membre du personnel hors de ma présence ou de celle d'un avocat. (Il s'appuya de nouveau contre le dossier incurvé de son fauteuil.) Je n'ai pas le moindre doute quant à l'issue de cette enquête : elle établira certainement, en ce qui nous concerne, que les procédures en vigueur ont été correctement appliquées.

Si les procédures avaient été correctement appliquées, pensa Resnick, un gamin ne serait peut-être pas étendu là-haut, raide mort, sur le carrelage. Il ne dit rien, mais Jardine lut sans ambiguïté possible cette terrible accusation dans le regard du policier.

– La mère de Nicky, dit Resnick, a-t-elle été informée ?

Quand Resnick quitta l'établissement, moins de dix minutes plus tard, ce fut avec un sentiment de soulagement. Graham Millington, arrivé un instant plus tôt, avait retrouvé Resnick à l'extérieur, quelques miettes de pain grillé encore prises dans la moustache. Il était facile d'imaginer Madeleine installant son mari à la table de la cuisine : « Graham, il n'est pas question que tu partes de si bonne heure sans rien dans le ventre. Tu sais que ton estomac te joue des tours quand tu travailles à jeun. »

– Une affaire plutôt carrée, donc ? commenta Millington quand Resnick lui eut fourni tous les détails.

– Qui sait, Graham ? Le gamin est mort, cela ne fait aucun doute, mais comment et pourquoi… ?

– Il s'est fait la peau tout seul, pourtant, non ? Je veux dire, c'est un suicide ?

Resnick soupira.

– C'est ce qui semble le plus probable – pour le moment.

Millington lui lança un regard interrogateur, sourcils levés.

– Vous n'avez aucune raison de supposer…

– Aucune raison, Graham, de supposer quoi que ce soit. Mais il y a un travailleur social, là-dedans, qui est à deux doigts de s'effondrer. Et le directeur, Jardine, qui ferme toutes les écoutilles comme s'il était en période de siège.

– Ou de choléra, ajouta Millington à voix basse.

– Pardon, Graham ?

– C'est un livre que lisait ma femme…

– Je suppose que oui, Graham. En tout cas, restez sur place, maintenez sous pression les gars de l'Identité judiciaire. Dès qu'ils auront fini, vous pourrez laisser partir le corps du môme à l'hôpital. Oh, et puis, Graham, pour votre gouverne, Jardine m'a fait la leçon : pas question de parler aux membres du personnel sans son accord.

– Et sans un avocat des services sociaux pour leur tenir la main.

– Très probablement.

– Bon, eh bien… (Millington afficha un sourire désolé.) On fera ce qu'on pourra, n'est-ce pas ?

– Dans les règles, Graham. S'il y a quoi que ce soit de suspect dans cette affaire, il ne faut pas que cela nous échappe.

Millington hocha la tête et se dirigea vers l'entrée. L'air du matin était froid, et le ciel d'un gris presque uniforme. Qu'est donc devenu le printemps ? se demanda Resnick. Au bout de l'allée, il se retourna vers les hautes fenêtres et vit des visages collés aux vitres.

13

Il était encore tôt, ce dimanche matin. Kevin et Debbie Naylor paressaient sous la couette, Kevin sur le dos, Debbie roulée en boule sur le flanc. Depuis la chambre voisine leur parvenait, étouffée, une conversation longue et compliquée que tenait leur fille à l'une de ses peluches.

– Kevin ?

– Mmm ?

– À quoi tu penses ?

– À rien.

Mais Debbie n'eut qu'à tendre le bras et toucher Kevin pour savoir qu'il mentait.

– Kevin ?

– Quoi ?

Debbie s'esclaffa et glissa une jambe par-dessus celle de Kevin, son rire s'étouffant contre la poitrine de son mari.

– Deb.

– Mmm ?

– Elle pourrait entrer d'une minute à l'autre.

– Pas si on ferme la porte à clé.

Debbie bougea la tête de nouveau et trouva le téton de Kevin.

– Aïe !

– Chuuut !

– Est-ce que tu crois que, comment dire, tu crois qu'on peut ?

– Bien sûr qu'on peut.

Quelques mois plus tôt, Debbie avait fait une fausse couche ; elle ne voulait pas attendre trop longtemps pour donner à leur fille unique un petit frère ou une petite sœur.

– Kevin ?

Mais Kevin souriait en roulant sur lui-même pour se rapprocher d'elle. Tout était simple entre eux, à présent, plus simple que cela ne l'avait jamais été. L'espace d'une seconde, Debbie se contracta lorsqu'il la toucha, puis elle se détendit très vite. La bouche de Kevin se posa sur son cou, sur son sein, puis elle referma les doigts autour de lui et le guida en elle.

Promptement, Lynn Kellogg improvisa pour sa mère le récit de sa sortie du samedi soir : à sept heures précises, le jeune homme avec qui elle avait rendez-vous, qui est comptable dans un cabinet d'avocats, était venu la chercher à son appartement. Ils étaient allés voir la nouvelle pièce d'Alan Bennett au *Playhouse*. Enfin, pas une nouvelle pièce exactement, une ancienne qu'on n'avait pas montée depuis longtemps, mais avec cet acteur que sa mère avait toujours aimé dans le feuilleton *The Likely Lads*. Non, pas lui, l'autre. Oui, excellent. Très drôle. Et puis ils étaient allés manger quelque chose au Mama Mia. Oui, des tagliatelles. Italien, c'est ça. Très savoureux. Et, oui, bien sûr, elle allait le revoir. Non, elle ne savait pas quand exactement.

Elle voyait presque sa mère, assise dans la cuisine

de leur ferme du Norfolk, faire des projets pour elle, croiser les doigts, vendre la peau de l'ours, poursuivre un rêve.

En réalité, ce que Lynn avait fait, la veille au soir, se résumait à lire deux chapitres d'un roman de Tom Clancy, aller au coin de la rue acheter au Maharani un poulet korma à emporter, ouvrir une canette de Carlsberg et regarder Andy Garcia et Meg Ryan picoler d'un bout à l'autre de *Pour l'amour d'une femme* sur une cassette de location.

Toutes ces choses que sa mère souhaitait pour elle – le mariage, les enfants – Lynn se disait qu'elle y renonçait volontiers si cela lui permettait d'échapper à toutes les simagrées qui semblaient nécessaires ne serait-ce que pour s'en approcher.

– Comment va papa ? demanda-t-elle, coupant la parole à sa mère.

– Oh, Lynnie, il va bien. Il se porte comme un charme. Il est là, dehors, avec ses sacrées volailles depuis je ne sais plus quelle heure. Il va bientôt rentrer pour prendre son petit déjeuner, tu vois.

Presque deux ans plus tôt, on avait diagnostiqué chez le père de Lynn un cancer de l'intestin. On l'avait opéré, il avait suivi un traitement, repris du poids, recommencé à travailler, pratiquement comme s'il ne risquait plus rien. C'était comme être assis sur une bombe à retardement, pensait Lynn, à attendre les nouvelles, à imaginer ce qui se développait lentement en lui.

– Lynnie, ton père va bien, franchement.

Sa mère qui croyait aux rêves.

*

Pour Norma Snape, les meilleurs dimanches n'étaient pas ceux de maintenant, mais ceux d'hier. Elle se rappelait le temps où elle était encore avec Patrick, quand ils faisaient la grasse matinée dans ce lit à Huddersfield, un rayon de soleil traversant la chambre et Patrick sur son séant, le dos calé contre ses oreillers, qui confectionnait son premier joint de la journée. Ensuite, ils traînaient au lit, de plus en plus défoncés jusqu'au moment où, la fringale prenant le dessus, ils faisaient une descente dans le frigo pour se jeter sur un reste de pizza et un pot de glace aux pépites de chocolat. Al Green sur le tourne-disques pendant tout ce temps : *Let's Stay Together* [1], *Here I Am (Come and Take Me)* [2], *Call Me (Come Back Home)* [3].

Ou, plus tard, les dimanches avec Peter, sa main survolant le dos de Norma comme une paire d'ailes, la touchant à peine, jamais au repos. Sheena, âgée de neuf mois, dormant profondément tout contre elle, le pouce dans la bouche, ses cheveux blonds devant les yeux. La minuscule poitrine du bébé se soulevait et s'abaissait imperceptiblement, tout comme les doigts de Peter exerçant une pression pleine de douceur sur les reins de Norma. La tension montait en elle, et Norma mordait la chair tendre à l'intérieur de sa lèvre, attendant que les mains de Peter descendent plus bas encore.

Norma se secoua et tendit le bras vers la tasse de

---

1. « Restons ensemble. » *(N.d.T.)*
2. « Me voici (viens me prendre). » *(N.d.T.)*
3. « Appelle-moi (reviens à la maison). » *(N.d.T.)*

thé qu'elle était allée se chercher un moment plus tôt et qui était froide depuis longtemps. Du rez-de-chaussée lui parvenait, assourdi, le son de la télévision, bien qu'elle aurait juré avoir entendu Shane sortir presque une heure plus tôt. Elle arrangea le drap autour d'elle et prit un magazine. Elle entendait Sheena, à présent, qui se faisait couler un bain. Mais pas son Nicky, il n'était pas là, bien sûr. Il était en cabane, le pauvre môme, enfermé dans cette saleté de centre pour les petits voyous comme lui. Cet après-midi, elle se mettrait sur son trente-et-un pour aller lui rendre visite, lui apporter du chocolat, des cigarettes, quelque chose de spécial, le gâter un peu. Quoi qu'il ait pu faire, il restait quand même son fils ; il n'y avait pas à revenir là-dessus, ça ne se discutait même pas. Elle allait encore rester au lit une dizaine de minutes, et puis se lever pour de bon, refaire du thé. Elle alluma une cigarette et tourna les pages jusqu'au courrier du cœur – à côté de ses problèmes, ceux des autres, c'était vraiment du gâteau.

Une demi-heure plus tard, elle était encore au lit quand la sonnette retentit.

Quand il devint évident que le visiteur, quel qu'il fût, n'avait aucune intention de s'en aller, Norma enfila sa robe de chambre et s'approcha en traînant les pieds de la fenêtre du premier, qui donnait sur la rue.

– Mais qu'est-ce qui se passe, bon s…

Elle vit Resnick qui levait les yeux vers elle, et ce qu'elle lut dans son regard lui transperça l'estomac comme un poing.

Au rez-de-chaussée, elle vit sa silhouette se profiler à travers la vitre cathédrale du haut de la porte. Les doigts crispés sur les verrous, elle mit du temps à ouvrir au policier.

– Norma…

Ce qu'elle avait compris en le regardant se voyait toujours, dans ses yeux, et dans la façon dont il se tenait devant elle aussi.

– C'est Nicky, n'est-ce pas ?

– Oui.

– Il est arrivé quelque chose à Nicky.

– Je le crains, oui.

Norma tenait ses mains le long de ses flancs, les poings serrés ; l'espace d'un instant, elle ferma les yeux.

– Norma, je crois que nous ferions mieux de parler à l'intérieur.

– Dites-moi.

– Norma…

Elle l'agrippa par le revers de son pardessus.

– Mais parlez donc, bon sang !

L'air se coinça dans la gorge de Resnick.

– On l'a découvert, tôt ce matin. Norma, il…

– Il est mort.

Resnick parla à voix basse, et pourtant chacune de ses paroles résonna comme un cri dans la tête de Norma.

– Oui. Oui, Norma, il est mort, je le crains.

Elle lança un bras en arrière et sa main fit voler en éclats la vitre de la porte. Ce qui sortit de sa bouche ressemblait plus à un sifflement qu'à un cri. Resnick la prit aux épaules et, la tenant contre lui, sentit le souffle de Norma contre son visage. Le sang ruisselait de sa paume ouverte, de son poignet, coulait jusqu'au bout de ses doigts pour tomber sur le sol.

– Norma, voyons. On va aller à l'intérieur, maintenant.

Il la conduisit, la traînant à moitié, dans le court passage. Sheena, entourée d'une serviette de bain, se tenait au pied de l'escalier, le visage exsangue.

– Aide-moi à amener ta mère dans le salon.

Sheena ne bougea pas.

Encore et encore, Norma répétait le nom de Nicky. Resnick la pilota jusqu'au canapé et lui souleva le bras pour que sa main se trouve à la même hauteur que sa tête. Sur l'écran de la télé, des dinosaures de dessins animés se livraient bataille.

Resnick tourna la tête vers Sheena, qui restait, sans dire un mot, dans l'encadrement de la porte.

– Trouve-moi une serviette propre, une serviette de table, n'importe quoi du moment que c'est propre. D'accord ? Tout de suite.

Norma avait des éclats de verre plantés dans la partie charnue de sa main, au-dessous du pouce.

– Qu'est-ce… qui s'est passé ? demanda-t-elle, le souffle oppressé. Nicky, qu'est-ce qui lui est arrivé ?

– Laissez-moi nettoyer ce carnage d'abord.

– Non ! Non. Dites-le-moi. Je veux savoir.

Précautionneusement, Resnick ôta de la plaie le plus long des éclats de verre ; il tenait le bras de Norma en l'air. Sheena revint avec un essuie-mains. Elle avait enfilé un T-shirt et un jean.

– C'est tout ce que j'ai pu trouver.

– Ça ira. Maintenant, appelle une ambulance…

– Non !

Norma sanglotait, secouait la tête.

– Une ambulance, il faut soigner ça correctement. Et fais chauffer de l'eau, tu veux bien ? Fais-nous du thé, d'accord ? Du thé sucré.

En douceur, Resnick extirpa un autre bout de verre et le posa soigneusement près du premier, par terre près du canapé.

– Monsieur Resnick, je vous en prie…

Il lui tint l'autre main, aussi.

– On l'a trouvé dans l'une des salles de bains, avec une serviette autour du cou. Il était pendu. On dirait bien qu'il s'est suicidé.

Elle s'arracha à lui si violemment qu'il fut incapable de la retenir, puis elle se jeta en avant, le frappant du plat de la main ou de ses poings fermés alors que les cris jaillis de sa bouche lui déchiraient la gorge. Pour qu'elle s'arrête, il fallut que Resnick lui saisisse les poignets et les bloque derrière son dos, mais à ce moment-là la chemise du policier et le côté de son visage étaient déjà tachés de sang.

– Doucement, Norma, fit Resnick. Du calme, ça va aller.

Mais Norma n'avait plus en tête qu'une seule image de Nicky, le souvenir de son visage alors qu'elle le poursuivait, un Nicky hilare qui brandissait son billet de dix livres. *Si jamais je t'attrape, espèce de petit salopard, je te tords le cou !*

14

À l'époque où Resnick avait commencé à travailler avec lui, Jack Skelton entamait ses journées en survêtement et chaussures de sport. Il courait trois kilomètres tous les matins, descendant Derby Road vers l'université, puis, après avoir fait le tour du lac, il remontait la côte, le front luisant de sueur et de bonnes intentions. À présent, il allumait sa troisième ou quatrième cigarette de la journée entre le parking et la porte de derrière du commissariat, et sa respiration poussive s'entendait dès le palier du deuxième étage.

Il fut un temps, aussi, où Resnick avait du mal à arriver le matin avant son supérieur ; mais, ce lundi, il avait pratiquement fini de donner ses instructions à Millington et au reste de l'équipe quand Skelton fit son apparition.

Le week-end avait été semblable à beaucoup d'autres. Une demi-douzaine de cambriolages de part et d'autre d'Alfreton Road, et un nombre égal dans les rues étroites derrière Lenton Boulevard. Dans l'une des maisons visitées, les casseurs s'étaient confectionné des sandwiches à la confiture et au beurre de cacahuète, ils avaient ouvert le courrier, puis ils étaient restés le temps nécessaire pour visionner un enregistrement du *Match du samedi* dont la cassette était restée dans le magnétoscope. Et tout cela pendant que les trois enfants des propriétaires dormaient comme des bienheureux au premier étage.

On avait volé une camionnette derrière une boulangerie industrielle à Radford, puis le véhicule avait été précipité dans le canal, derrière l'usine des cycles Raleigh. Deux hommes s'étaient battus aux premières heures du jour, le premier, d'un coup de dents, amputant d'une phalange l'index de l'autre ; la victime s'était présentée aux services des urgences avec son bout de doigt soigneusement emballé dans un préservatif providentiel qu'il gardait dans son portefeuille. Et peu avant sept heures ce matin, trois filles affublées de masques, dont une portant ce qui ressemblait à un uniforme d'école, avaient tenté de braquer une station-service près d'Abbey Bridge à l'aide de ce qui s'était révélé être un concombre dans un sac en plastique.

– Encore une semaine qui commence, n'est-ce pas, Charlie ? dit Millington en éteignant sa cigarette.

– Au moins, on n'aura plus à se soucier de Nicky Snape, commenta Divine qui se levait de sa chaise.

Resnick lui lança un regard qui lui fit garder la tête basse jusqu'à la fin de la journée.

– Le petit Hodgson, dit Resnick alors que Lynn passait près de lui, il est de nouveau en sécurité à Ambergate ?

Lynn hocha la tête.

– Jusqu'à la prochaine fois.

– Vous avez fait du bon travail.

– Merci.

– L'homme qu'ils ont ramassé en même temps que lui…

– Brian Noble.

– Les Mœurs ont décidé de retenir des charges contre lui, ou non ?

Lynn secoua la tête.

– C'était plus de tracas que l'affaire n'en méritait, en fin de compte. Ils l'ont chapitré et ils l'ont flanqué dehors. (Elle sourit.) Je parierais qu'il était à l'église, hier, avec sa femme et ses gosses, pour remercier le Ciel.

À l'autre bout de la salle, Naylor décolla l'oreille du téléphone pour se tourner vers eux.

– L'hôpital, patron. Doris Netherfield… (L'appréhension crispa le visage de Resnick.) Aucun changement, apparemment. Elle tient toujours le coup.

– Bien…, fit Resnick, libérant avec soulagement l'air qu'il retenait dans ses poumons. Remercions le Ciel pour cette nouvelle-là, aussi.

Skelton attendait Resnick dans son bureau, et c'est avec une impatience à peine dissimulée qu'il l'écouta faire son rapport. Il avait des préoccupations plus pressantes.

– Je ne sais pas comment vous vous y êtes pris hier matin, Charlie, là où on a découvert ce gosse pendu, mais vous avez eu le don d'irriter le divisionnaire dans les grandes largeurs. J'ai eu son adjoint au téléphone hier soir. Le directeur adjoint des services sociaux venait de lui adresser une demande : quel que soit le type d'enquête que nous déciderons de mener, il veut qu'elle soit confiée à quelqu'un d'autre qu'à vous.

Pour toute réponse, Resnick émit un grognement.

– D'après Jardine, vous avez interrogé les membres de son personnel sans son autorisation.

– J'en ai interrogé un, l'homme qui m'a fait entrer. Qu'est-ce que j'étais censé faire ? Observer le silence le plus strict ?

– Et ensuite, semble-t-il, vous avez pratiquement accusé Jardine d'être coupable de la mort de Snape.

– C'est absurde. Je n'ai accusé personne.

– Bon, d'accord. Vous avez *insinué* qu'il était coupable.

Resnick regarda en direction de la fenêtre, au-delà de la tête de Skelton ; avec une lenteur qui semblait surnaturelle, un avion parti de l'aéroport des East Midlands traversait en diagonale le ciel gris-bleu.

– Je serais tenté de me demander, au vu de cette attitude totalement défensive, si Jardine n'a pas quelque chose à cacher.

– Le suicide ? Vous pensez que l'affaire n'est pas tout à fait claire ?

Resnick haussa les épaules.

– Pas nécessairement. Mais s'il y a bien eu suicide, j'aimerais en connaître les raisons.

– La façon dont Nicky a agressé ces vieillards, gamin ou pas, il risquait sans doute une lourde peine de prison. Il n'a peut-être pas supporté l'idée de rester enfermé si longtemps.

Resnick secoua la tête.

– Je pense qu'il lui en aurait fallu plus que ça.

– C'était peut-être la tête de Turc des autres gamins ? C'est à ça que vous pensez ?

– Je ne sais pas. Cela pourrait être beaucoup de choses.

– Ou rien du tout.

Lourdement, Resnick changea de position sur son siège.

– La mort d'un môme de quinze ans, voilà ce que c'est.

Les mains nouées derrière la tête, Skelton bascula son fauteuil en arrière.

– Il y aura une enquête de police, bien sûr. Le divisionnaire adjoint a suggéré le nom de Bill Aston. Qu'est-ce que vous en pensez ?

– J'en pense que je le croyais à la retraite depuis longtemps.

– Pas exactement. On lui a trouvé un bureau grand comme une boîte à chaussures au commissariat central, et on lui donne des paperasses à déplacer d'un bout à l'autre de sa table de travail.

– À vous entendre, cela ressemble à de l'ergothérapie.

Skelton dénoua ses mains et laissa son fauteuil revenir à l'horizontale.

– C'est plus charitable que de l'avoir flanqué dehors à quelques années de son départ en retraite.

– Et vous croyez qu'il sera à la hauteur pour cette enquête ?

– Comme je vous l'ai dit, c'est une suggestion.

Resnick se rappelait Aston, un grand bonhomme droit comme un I, cheveux gris acier et lunettes cerclées. Quand il commandait les agents en tenue, il passait ses hommes en revue chaque matin avec un soin méticuleux. Les boutons de cuivre gardant des traces de Miror, les vestes froissées, les chaussures sales – le moindre de ces détails vous valait une remontrance, au minimum. Pour lui, la propreté allait de pair avec la piété, et le chef de la police siégeait là-haut à la droite du Seigneur. Resnick avait travaillé avec Aston quand celui-ci avait été transféré à la police judiciaire ; il l'avait trouvé méticuleux, laborieux, et dénué d'imagination. La police avait changé, mais pas Aston. Il atteignit la quarantaine sans avoir obtenu d'avancement. Ses collègues défilaient aux postes d'inspecteur chef, et Aston consacrait de plus en plus de temps à ses fonctions de prédicateur laïque et de membre du conseil d'établissement de l'école primaire locale ; on l'avait mis sur la touche.

– Il fera un travail soigné, dit Skelton. Dans les règles, vous le savez.

– Il se montrera poli.

– Vous lui toucherez deux mots de l'affaire, pour qu'il parte sur de bonnes bases ? Vous connaissez assez bien la famille.

– Oui, je lui dirai ce que je pourrai.

– Bien. (Skelton se leva.) Les objections de Jardine mises à part, vous n'auriez pas vraiment eu envie de mener cette enquête vous-même.

– Probablement pas.

– Oh, Charlie… (Resnick avait presque atteint la porte.) J'ai reçu un appel de votre copain Reg Cossall. Il monte une opération à Radford, discrétion maximum. Escroquerie, vol, trafic de drogues. La brigade des stupéfiants est de la partie, aussi. Il veut savoir si on peut lui prêter un homme ? Pour trois ou quatre nuits. Je ne sais pas grâce à quel moyen de pression il a réussi à obtenir un contingent d'heures supplémentaires.

Indécis, Resnick secoua la tête.

– Nous sommes déjà en sous-effectif, vous le savez bien.

– Charlie, c'est seulement pour deux ou trois nuits. Ça serait bien dans les cordes de Divine, ce genre de chose ?

Resnick haussa les épaules.

– S'il faut que ce soit quelqu'un de chez nous, autant prendre Naylor. Au moins, l'argent des heures supp' risque d'être bien employé. Divine se contenterait de le boire et ne verrait même pas la différence.

– Comme vous voudrez, Charlie, c'est vous qui décidez.

Avant que Charlie eût quitté le bureau, Skelton tendit la main vers le téléphone.

Il était une heure moins dix et Resnick s'apprêtait à avaler une bouchée de son sandwich de dinde aux airelles quand l'agent en faction l'appela depuis l'accueil. Deux visiteurs demandaient à le voir, Norma Snape et son fils Shane.

Naturellement dotée d'une forte constitution, Norma semblait avoir soudain fondu. La robe noire qu'elle portait pendait sur ses épaules comme des rideaux mal ajustés ; son visage, rond et plein auparavant, était émacié. Les ombres soulignant ses yeux pouvaient aussi bien être dues à ses trop nombreuses larmes qu'à son manque de sommeil.

À ses côtés, Shane paraissait plus grand que dans le souvenir de Resnick, et en meilleure santé ; en plus de ses fréquentes visites au pari mutuel et à la salle de billard, il avait manifestement pris de l'exercice. Il portait un jean bleu pâle ample, un sweat-shirt gris, et ses cheveux blonds avaient été coupés de façon énergique. Debout près de sa mère à l'entrée du local de la PJ, Shane posa les yeux sur Resnick et son regard lui fit clairement comprendre qu'il n'avait pas plus d'estime pour lui que pour une crotte de chien.

– Allons dans mon bureau.

Resnick tint la porte ouverte et guida Norma vers une chaise. Shane préféra rester debout.

– Je peux vous faire apporter quelque chose ? Du thé, du café ?

Pas de réponse.

Resnick passa derrière sa table et s'assit, constamment suivi par le regard de Shane.

– Norma, comment ça va ?

– Comment voulez-vous qu'elle aille ? aboya Shane avant que sa mère pût répondre.

– Et votre main, Norma ? Comment va votre main ?

– Vous occupez pas de sa foutue main, c'est pas pour ça qu'on est là. (Il regarda Resnick droit dans les yeux.) Mon frère était sous votre responsabilité, et il est mort, c'est pour ça qu'on est là.

Resnick repoussa son fauteuil et soupira.

– Pas sous ma responsabilité directe. Les autorités locales…

– Rien à foutre des autorités locales ! C'est vous qui l'avez arrêté. (Shane brandit son index vers le visage de Resnick.) Vous. C'est vous qui l'avez arraché de la maison, qui l'avez tabassé ici, qui l'avez envoyé devant le juge. Et ce qui lui est arrivé, ce qui lui est arrivé, eh bien, c'est à cause de vous. C'est de votre faute, bordel !

Son poing n'était, à présent, qu'à une dizaine de centimètres du visage de Resnick. Sa voix faisait plus qu'emplir la pièce. Millington frappa à la porte et entra sans attendre qu'on l'y invite.

– Tout va bien, patron ?

– Pas de problème, Graham, merci.

Resnick ne regarda pas son adjoint, ses yeux ne quittèrent pas Shane Snape une seconde.

– Très bien, alors. Si vous êtes sûr.

Millington se retira lentement, laissant la porte entrouverte.

Shane et Resnick se regardaient dans le blanc des yeux, et aucun des deux n'était prêt à céder.

– Shane… (Norma leva sa main bandée et toucha le bras de son aîné.) S'il te plaît.

Après avoir fait jouer ses muscles, Shane baissa son poing et recula d'un pas. Resnick l'observa pendant dix, quinze secondes puis, apparemment, le chassa de ses pensées.

– Qu'est-ce que je pourrais bien vous dire, Norma ?

– Mon Nicky, commença Norma en se penchant vers lui, même s'il a fait les quatre cents coups dans le passé, même s'il a souvent morflé, il a toujours rebondi. Toujours. Même la fois où ces salopards ont lancé cette bombe incendiaire sur lui. Nicky, sur son lit d'hôpital, il en riait quand même, il faisait des plaisanteries sur cette histoire. C'est pour ça que je pense que jamais il aurait fait une chose pareille, monsieur Resnick, jamais il se serait suicidé. Ce n'est pas comme ça qu'il… pas comme ça qu'il était. À moins qu'il ait vraiment eu une bonne raison de le faire, quelque chose qu'on sait pas. Quelque chose qui lui serait arrivé depuis qu'il était là-bas.

– Norma, il y aura une enquête… (Derrière sa mère, Shane lâcha un rire bref, amer.) … deux enquêtes, en fait. L'une menée par les services sociaux, l'autre que nous effectuerons nous-mêmes.

– Pour noyer le poisson, oui ! fit Shane. C'est à ça qu'elle va servir, votre putain d'enquête.

– Vous, monsieur Resnick, dit Norma, vous allez vous en occuper personnellement ?

Resnick secoua la tête.

– C'est un officier supérieur qui dirigera l'équipe. Un homme qui a une grande expérience. On ne pourrait pas souhaiter quelqu'un de plus méticuleux…

– Mais vous, vous connaissiez Nicky, vous le connaissiez vraiment. Cet homme, quel qu'il soit…

– C'est quelqu'un de bien, Norma. Je peux vous l'assurer. Et je l'aiderai autant que je pourrai.

Un sourire apparut, fugitivement, sur le visage de Norma, puis s'effaça.

– Le corps de Nicky, les obsèques…

– Nous le restituerons dès que nous pourrons. Je vais faire de mon mieux pour connaître la date dès aujourd'hui et je vous le ferai savoir. D'accord ?

Pendant un moment, Norma laissa tomber sa tête

en avant, les yeux fermés. Shane commença à dire quelque chose, mais le regard fulgurant de Resnick lui fit comprendre qu'il avait déjà assez parlé comme ça. Se levant, Resnick contourna son bureau pour aider Norma à s'extirper de son fauteuil, mais Shane se mit en travers de son chemin.

– Allez, viens, m'man, on fout le camp d'ici.

Millington se posta près de Resnick pour les regarder partir.

– Cambriolage aggravé de voies de fait, c'est ça ? Son dernier chef d'inculpation ?

Resnick hocha la tête.

– Je crois bien.

– La prochaine fois, que le Ciel nous entende, un juge l'enverra au trou pour un bon bout de temps.

Resnick se détourna, rentra dans son bureau et ferma la porte. Intact, son sandwich l'attendait sur sa table, mais après toutes les paroles creuses qu'il avait débitées à Norma Snape, son appétit l'avait déserté. Il prit le sandwich et le laissa tomber dans la poubelle.

15

Resnick reçut un appel de Bill Aston en fin d'après-midi. Pendant quelques minutes, ils échangèrent des plaisanteries, des ragots sur le métier.

– Il y a eu bien des changements depuis notre époque, Charlie. Autrefois, il suffisait d'enfiler un uniforme, tu entrais dans un bar, n'importe où dans la ville, les gens te regardaient avec respect. Aujourd'hui, ils te cracheraient au visage comme ils te demanderaient l'heure.

Resnick attendait qu'il en vienne au fait, quelque peu ulcéré par ses sous-entendus : pour sa part, Resnick ne pensait pas appartenir à une époque révolue.

– Je me suis dit qu'on pourrait boire un verre ensemble, Charlie. Une fois que j'aurai le pied à l'étrier. Il y a une ou deux choses, ce petit Snape, ses antécédents, sur lesquels tu pourrais me donner des renseignements.

– La mère est venue me voir aujourd'hui même, dit Resnick. Elle ne croit pas une seconde que Nicky ait pu se suicider ; à moins d'y être poussé par un motif extrêmement fort.

– Cela n'a rien d'étonnant, vu les circonstances. Elle est bouleversée, c'est inévitable. Désemparée.

Dans ces conditions, nous ne devrions peut-être pas lui accorder trop de crédit.

– C'est la mère du gamin, Bill, malgré tout. La famille Snape, il me semble, était très soudée.

– S'il y a anguille sous roche, Charlie, je saurai la repérer.

– Je lui ai dit que tu ferais du bon travail.

– Merci, Charlie. Merci de lui avoir dit ça. Et notre verre au bar un de ces soirs ?

– Appelle-moi, Bill. Quand tu voudras.

– Je n'y manquerai pas, Charlie. Merci encore.

En prenant l'escalier mécanique pour accéder au niveau supérieur du Centre commercial Victoria, Resnick repensa à ce que lui avait dit Aston. Ils étaient assez proches en âge pour que Resnick reconnaisse ce que son aîné avait décrit, les changements de cap et les ratés des vingt dernières années. Et que lui réservait l'avenir ? Une promotion, sous la forme d'une nomination à cette brigade du grand banditisme, en supposant que le projet se concrétise ? Ou un petit bureau rien que pour lui au commissariat central, avec un tampon encreur pour composter ses feuilles de présence jusqu'à la retraite ?

Quittant l'escalator, il se dirigea vers le marché, saluant d'un signe de tête la douzaine de vieux Polonais en imperméables gris et chaussures bien cirées qui échangeaient des souvenirs du bon vieux temps, celui qui remontait à cinquante années ou davantage. Le père de Resnick, s'il avait vécu, se serait trouvé parmi eux, voûté, ratatiné sur lui-même, exilé loin du pays de son enfance, du pays de sa jeunesse.

Resnick entra dans le marché, passant près du stand du marchand de disques qui proposait en permanence *Les plus grands succès des Tremeloes* à prix spécial. Devant lui, des clients hésitaient devant les roues de cheddar local et de Stilton bleu, les champignons et les courgettes, les pommes de terre – des rouges, des blanches et les premières Royales de Jersey – les Granny Smith importées de France ou de Nouvelle-Zélande, les fraises d'Israël et d'Espagne, les choux à tige épaisse d'un vert éclatant cultivés quelques kilomètres à peine à la sortie de la ville. Si l'on s'enfonçait plus avant vers le cœur du marché, on trouvait, bizarrement, des bouteilles de parfum, de la dentelle de Nottingham fabriquée à la machine, des gadgets électriques, des sacs d'aspirateur par paquets de douze, des chemises et des jeans pour enfants pour lesquels les commerçants acceptaient volontiers les bons d'habillement de l'aide sociale.

Resnick se dirigeait vers le comptoir du traiteur polonais, où le gâteau au fromage blanc prenait sous ses yeux l'allure d'une mise en garde du ministère de la Santé, le menaçant de lui faire franchir sur la balance le cap des cinq kilos supplémentaires. Le poids idéal approximatif pour un homme de votre stature est de… Resnick ne voulait pas le savoir. Il fit ses achats – un assortiment de salamis coupés en tranches fines, une boule de pain de seigle au cumin, de la crème aigre – et les emporta au comptoir de la brûlerie italienne. Quelqu'un y avait laissé un exemplaire du *Post* et Resnick le feuilleta en attendant son expresso. On avait volé du matériel de pêche en haute mer dans une réserve, trente-deux perruches lauréates de concours dans un garage ; un cambrioleur masqué s'était installé à son aise sur le lit d'une femme de soixante-neuf ans et avait bavardé avec elle pendant une demi-heure avant de repartir avec ses bijoux. Il lui avait demandé si elle voulait une tasse de café et quand elle avait refusé, lui avait proposé de préparer du thé à la place. Ce genre d'article aurait presque suffi à faire apparaître le crime sous un jour plaisant, digne d'un scénario de ces comédies en noir et blanc tournées dans les années cinquante. Sinon que Resnick savait ce qui s'était passé quand Nicky Snape s'était introduit par effraction chez les Netherfield. Là, pas d'aimable conversation en chambre ni de tasse de thé. Même si l'état de Doris Netherfield était stationnaire, même si elle réagissait bien à son traitement, elle n'en restait pas moins grièvement blessée ; son mari se remettait de ses blessures chez lui, et on avait trouvé Nicky Snape pendu à une pomme de douche. Cela aussi figurait dans le journal, en première page. L'AGRESSEUR PRÉSUMÉ RETROUVÉ MORT. Le propre nom de Resnick figurait dans le troisième paragraphe.

Posant l'expresso sur le comptoir, le serveur tapota le journal.

– Bon débarras, hein ?

– Non. Pas du tout.

Perplexe, le serveur haussa les épaules, ramassa l'argent de Resnick et se détourna pour servir une ravissante jeune maman, regard vif et silhouette harmonieuse, dont les deux mômes, perchés chacun sur un tabouret de part et d'autre de leur mère, ne tenaient pas en place et se balançaient de temps à autre un coup de pied derrière son dos.

– Arrêtez un peu, vous deux. Je ne vous le dirai pas deux fois.

Automatiquement, le regard de Resnick se posa sur l'annulaire de sa main gauche. Pas de père à la maison, probablement, qu'elle pouvait évoquer comme une menace. Une bonne chose, ou pas ? Il n'aurait su le dire.

– Un autre, inspecteur ?

Resnick repoussa la tasse vide.

– Non, merci, pas aujourd'hui.

Il était presque sorti du marché quand il la vit, dans l'allée centrale près de la sortie. Elle achetait des fleurs.

Hannah Campbell avait laissé sa Volkswagen Coccinelle dans le parking souterrain et pris l'ascenseur jusqu'au supermarché Tesco, où elle avait compromis ses achats habituels de nourriture bio avec une pâtisserie danoise toute prête aux noix de pécan, une impulsion qui avait provoqué chez elle davantage qu'un soupçon de remords à la caisse. Ses deux sacs d'épicerie, elle les avait mis sous clé dans le coffre de sa voiture avant de remonter jusqu'au marché couvert pour acheter des légumes, des salades et du fromage. C'est l'enseigne pour les gerbes et les couronnes mortuaires qui l'avait figée sur place.

Bien sûr, ce qui était arrivé à Nicky – les rumeurs, les insinuations, l'histoire imparfaitement reconstituée à partir de bribes éparses – on n'avait parlé que de cela au collège pendant toute la journée. Dans la salle des professeurs, s'étaient mêlées à la stupéfaction de la plupart de ses collègues, à leur commisération sincère, les remarques malveillantes de quelques parangons de vertu – des remarques qui lui avaient soulevé le cœur. Des oraisons funèbres pleines de suffisance sur le thème : « Je vous l'avais bien dit. » Et Hannah avait surpris un commentaire, au moins, sur la contribution de Nicky Snape à l'allègement des effectifs.

Gerbes et couronnes mortuaires : Hannah demanda à la fleuriste en tablier le prix d'un bouquet, quelques lys, ces jolis œillets, des jonquilles – elles sont ravissantes à cette époque de l'année. Resnick se tenait au bout de l'allée, observant Hannah dont les cheveux tombaient en travers de son visage quand elle se penchait vers les fleurs. S'il allait lui parler, que lui dirait-il ? C'était beaucoup plus simple de s'éloigner discrètement.

Il était au rez-de-chaussée, hésitant, devant la boutique de disques HMV, se demandant s'il n'allait pas jeter un coup d'œil rapide à leur maigre sélection de disques de jazz, quand Hannah le repéra.

– Inspecteur Resnick ?

Voyant le reflet de Hannah dans la vitrine, il sourit.

– C'est ridicule, dit Hannah quand il se fut retourné vers elle, de vous appeler « inspecteur » de cette façon. On se croirait dans une pièce de J.B. Priestley. Vous savez, *La Visite de l'inspecteur*.

Resnick se dit que ça lui rappelait vaguement quelque chose.

– Appelez-moi Charlie, alors, fit-il.

– C'est votre nom ? Charlie ?

Il hocha la tête – « Oui » – et fit passer son sac d'une main à l'autre.

– Je ne sais pas pourquoi, mais je n'imaginais pas que les policiers puissent faire leurs courses eux-mêmes.

– Il faut bien que quelqu'un les fasse.

– Je suppose. (Elle sourit.) J'en sais quelque chose.

Resnick regarda les fleurs qu'elle avait achetées ; il ne savait quoi lui dire de plus.

– Eh bien…

Il eut un élan vers la gauche, sans vraiment s'éloigner pour autant.

– J'ai failli vous téléphoner, dit Hannah, en début de journée.

– Comment se fait-il ?

– Ce qui est arrivé à Nicky. Je voulais seulement… (Elle se passa la main dans les cheveux et recula d'un pas, frôlant une poussette qui passait derrière elle.) Je ne sais pas, j'avais envie d'en parler, je suppose.

– Pour en dire quoi, au juste ?

Elle se contenta de sourire, avec les yeux seulement, cette fois.

– C'est tout le problème, je n'en sais rien, en fait.

C'est pourquoi, en fin de compte, je ne vous ai pas appelé.

– Il n'y a probablement pas grand-chose que je puisse vous dire.…

– Non, bien sûr. Je comprends.

– Mais si…

– Oui ?

Pour la première fois, Resnick sourit, son visage tout entier se décrispant, soudain épanoui.

– Vous n'auriez pas quelques minutes de libres, maintenant ? demanda Hannah.

Resnick haussa les épaules, jeta un coup d'œil à sa montre sans enregistrer l'heure qu'il était.

– Pourquoi pas ?

Elle l'emmena à la cafétéria où ils commandèrent des cappuccinos dans des gobelets en carton, qu'ils emportèrent dans la partie surélevée de la salle. Resnick trouvait étrange d'être en compagnie de cette femme qu'il connaissait à peine, une jolie femme vêtue simplement mais avec élégance et qui tenait un bouquet de fleurs. Sans raison particulière, une phrase de *Roseland Shuffle* lui traversa l'esprit, Lester Young prenant un solo soutenu par le piano bondissant de Basie.

– L'endroit vous convient ? demanda Hannah.

– C'est parfait.

Elle posa soigneusement les fleurs sur le siège près du sien.

– J'avais l'intention de les apporter à la mère de Nicky, dit-elle. À présent, je ne suis plus si sûre de vouloir le faire.

– Je ne savais pas que vous le connaissiez si bien.

– Non, je ne le connaissais pas bien. Pour parler franchement, il me semble que personne, au collège, ne le connaissait vraiment, pas depuis les deux dernières années, en tout cas. On le voyait rarement. (Elle but une gorgée de café et tint sa tasse entre ses deux mains.) C'est terrible à dire, mais quand j'entrais dans ma salle, les jours où j'avais cours avec la classe de Nicky, si je voyais que sa place était vide, j'étais aussitôt soulagée. Ce n'est pas qu'il ait été tellement agité, en fait. Pas constamment, du moins. La plupart du temps, il restait assis là et laissait le cours lui passer au-dessus de la tête. Il ne disait jamais rien. Mais, à l'occasion, il lui venait une idée, une idée bien à lui sans aucun rapport avec ce que faisait le reste de la classe, et il ne la lâchait plus, me bombardant de questions pour aller jusqu'au bout de son raisonnement, et j'avais toutes les peines du monde à remettre mon cours sur les rails.

Hannah fit une pause et but un peu de café, sondant le visage de Resnick qui l'écoutait patiemment, ses rides qui plissaient le coin de ses yeux.

– Peut-être n'aurais-je pas dû y accorder tant d'importance. À mon précieux plan de cours, je veux dire. Objectif, méthode, conclusion. Peut-être y avait-il des choses plus primordiales.

– À mon avis, à l'âge qu'il avait quand vous avez commencé à l'avoir pour élève, vous ne pouviez déjà plus faire grand-chose pour lui.

Hannah eut un sourire amer.

– Confiez-moi un enfant jusqu'à l'âge de sept ans, n'est-ce pas ce que disent les Jésuites ? Ou bien est-ce neuf ans ? De toute façon, ils ont probablement raison, vous ne croyez pas ? À moins que, de votre point de vue, on soit criminel de naissance, qu'on ne le devienne pas ? L'inné ou l'acquis, Charlie, lequel a votre préférence ?

Au moment même où elle prononçait ces mots, elle fut surprise de l'aisance avec laquelle elle utilisait son prénom.

Resnick avait remarqué une moucheture de couleur verte dans son œil droit, près de l'iris, et il s'efforçait de ne pas la regarder avec insistance.

– Il y a des gens, commença-t-il, qui adopteront quoi que l'on fasse un comportement criminel. Peut-être est-ce psychologique, quelque chose dans leurs gènes, un élément profondément enraciné dans leur enfance, qui peut le dire ? Mais en ce qui concerne la criminalité ordinaire, banale, il suffit de regarder les statistiques. Le chômage, le logement… (Resnick fit un geste avec la paume de la main.) … plus il y a de problèmes dans ces secteurs-là, et plus le taux de criminalité est élevé.

– Allez raconter ça au gouvernement, fit Hannah d'un ton sec.

Resnick goûta à son café ; malgré le gobelet en carton, il était meilleur que ce à quoi il s'attendait.

– À la dernière élection, fit-il, pour les municipales. Il y a eu… Combien ? Seize conservateurs qui se sont fait éjecter. Du côté travailliste, pratiquement un raz de marée. Ils ont cinquante sièges au conseil, à présent, pour un seul conservateur et deux ou trois représentants de l'autre parti. Je serai curieux de voir, à la fin de l'année, ce que cela aura changé.

– Vous ne trouvez pas que vous êtes un peu trop cynique ?

– Et si j'étais réaliste, plutôt ?

– Et pour des mômes comme Nicky, vous ne croyez pas qu'on puisse faire quelque chose ? Pas dans la situation actuelle ?

Resnick soupira.

– Si l'on peut faire quelque chose pour eux, je serais bien en peine de vous dire quoi.

– Et l'incarcération, cependant ? La prison. Le choc de l'emprisonnement. Bref et violent. Les camps de redressement, c'est comme ça qu'on les appelle ? Vous croyez vraiment que c'est la solution ?

– Je doute fort que cela les remette sur le droit chemin ; les statistiques prouvent le contraire.

– Mais vous continuez quand même à les enfermer ?

Resnick, légèrement mal à l'aise, changea de position sur sa chaise.

– Non. Ce sont les tribunaux qui les enferment. Ou qui décident de les laisser libres, l'un ou l'autre. Ce que nous faisons, ce que je fais, si je le peux, c'est arrêter ceux qui ont enfreint la loi. Ce ne sont pas mes lois, ce n'est pas mon châtiment non plus.

– Mais vous êtes forcément d'accord avec eux, avec les tribunaux, avec ce qu'ils font, sinon vous ne continueriez pas à faire ce métier.

Resnick repoussa sa chaise, croisa les jambes.

– Sommes-nous en train de nous quereller ?

Hannah sourit.

– Non, nous discutons.

– Très bien, en ce cas.

– Mais est-ce là votre tactique, demanda-t-elle, pour éluder la question ?

Resnick sourit et secoua la tête.

– Des jeunes de l'âge de Nicky, des délinquants récidivistes, il leur arrive d'être arrêtés – quoi ? – trente ou quarante fois par an. Davantage, dans certains cas. Ils sont trop jeunes pour être envoyés en prison. La liberté conditionnelle, les ordonnances de surveillance, rien de tout cela ne semble avoir le moindre effet.

– Vous pensez qu'il vaut mieux les enfermer.

– Je pense que la société a besoin d'être protégée, oui…

– Et Nicky ?

– Écoutez. (Resnick était conscient de parler plus fort qu'il ne l'aurait dû, plus fort que l'exiguïté des lieux ne le permettait.) J'ai vu cette vieille dame après qu'elle a été frappée à la tête, j'ai vu le vieux monsieur aussi. Je ne dis pas que ce qui est arrivé à Nicky, quelles qu'en soient les raisons, n'est que justice, bien sûr que non. Mais il était accusé de meurtre, il fallait qu'il soit incarcéré. Vous ne pensez quand même pas qu'on aurait dû le relâcher dans la nature ?

– S'il avait fallu choisir entre remettre Nicky en liberté ou le condamner à mourir de cette façon, alors, oui, je pense qu'il fallait le relâcher. Pas vous ?

Resnick jeta un regard circulaire aux occupants des autres tables, qui faisaient à peine semblant de ne pas écouter leur conversation. Le café commençait à refroidir.

– Excusez-moi, dit Hannah. Je n'essaie pas de vous culpabiliser.

– Non, effectivement. (Resnick secoua la tête.) Ce qui est arrivé me désole. Je suis triste pour la mère de Nicky. Pour Nicky lui-même. Mais je ne me sens pas coupable.

– Moi, si, dit Hannah à voix basse. Moi, si.

– Je ne pense pas que je puisse vous déposer quelque part ? demanda-t-elle.

Ils se trouvaient devant les téléphones, près des portes en verre qui donnaient sur Mansfield Road.

– Merci, non. Ça ira.

– Très bien. Alors, au revoir.

Hannah commença à s'éloigner.

– Les fleurs, dit Resnick, vous aller les porter ou pas ?

– Je crois que oui.

– Bien. Je pense que cela fera plaisir à Norma.

Son sac de courses se balançant légèrement au bout de son poing, Resnick ne bougea pas d'un pouce tandis qu'elle s'éloignait en direction de l'ascenseur.

Quand Hannah se retourna un instant plus tard, avant que les portes de l'ascenseur ne se referment devant elle, il avait disparu.

16

Un travailleur social du département des mineurs délinquants était venu deux fois, et à chaque occasion on lui avait claqué la porte au nez. Un journaliste de la station locale de la BBC s'était fait arracher des mains son magnétophone numérique qui, transformé en projectile, avait explosé au milieu de la rue, et les gens de Central TV avaient reçu des seaux d'eau sur la tête avant que leur camionnette ne soit attaquée à coups de pelle. Shane frappa d'un coup de poing le correspondant local de plusieurs journaux à scandales quand il vit le bonhomme interroger les voisins au bar du coin. « On lui avait rien dit du tout, tu sais, mon grand. » Shane, le regard mauvais, les avait fixés droit dans les yeux avant de briser une bouteille vide sur le comptoir et de repartir en claquant la porte. Tant de rage et, jusqu'à maintenant, pas le moindre exutoire.

Rosa, l'amie de Norma, arriva au milieu de l'après-midi avec une bouteille de porto blanc et une douzaine de roses. Elle parvint à convaincre Norma d'aller dans la salle de bains, de se laver le visage, de se maquiller un peu et de changer de vêtements. Avec le commentaire des courses à l'hippodrome de Market Rasen en bruit de fond, les deux amies s'installèrent sur le canapé, Rosa remplissant sans cesse le verre de Norma, lui saisissant les poignets quand elle s'emportait brusquement, en proie à un violent accès de colère, la serrant contre elle quand Norma cédait aux larmes.

– Mais quel imbécile, vraiment ! Qu'est-ce qui lui a pris de faire une chose pareille ?

Sheena rôdait aux confins du salon, surveillant les deux femmes, émue par la violence du chagrin de sa mère, un chagrin que le sien n'avait aucun espoir d'égaler. Elle allait dans la cuisine préparer du thé qu'elle ne buvait jamais, étaler de la confiture sur des tartines qu'elle ne mangeait jamais. Dans sa chambre, elle monta le son de sa radio pour couvrir les pleurs : Lisa I'Anson l'après-midi. Blur. Oasis. Nirvana. Pulp. Take That.

Lorsque les courses de chevaux laissèrent la place aux dessins animés, Norma dormait déjà entre les bras de Rosa, sursautant violemment quand un rêve se faisait trop vivace.

– Michael. Oh, Michael, gémit-elle.

– Chuuut… (Rosa lui caressa doucement la tête. Puis, comme Norma ouvrait les yeux :) Qui est Michael ? Tu n'arrêtais pas de répéter « Michael ».

– Le bébé que j'ai perdu.

Rosa lui pressa la main.

– Non, c'est Nicky, ma chérie. Tu as les idées un peu embrouillées, c'est tout.

Mais Norma savait ce qu'elle avait voulu dire.

– Non, c'était Michael. Mon petit Michael.

Et elle revécut l'ultime poussée de l'expulsion, le douloureux déchirement, et elle le vit, petit et couvert de sang dans les mains de la sage-femme.

Quand Hannah arriva devant la maison des Snape, il y avait vingt bouquets de fleurs alignés sur le trottoir, d'autres appuyés contre la façade près de la porte. Elle hésita, examinant la situation, ne sachant pas ce qu'elle pourrait réellement dire ; elle se penchait pour laisser son bouquet avec les autres, s'en aller, quand Sheena sortit dans la rue. Hannah la connaissait, elle l'avait eue comme élève la dernière année que Sheena avait passée au collège, le même collège que Nicky.

– Bonjour, Sheena, je suis Mlle Campbell. Je ne sais pas si tu te souviens de moi.

Hannah gardait le souvenir d'une élève paresseuse, docile. Laissée seule dans son coin, elle bricolait son stylo-bille, tripotait ses cheveux ternes, calligraphiait le nom du garçon de ses rêves le long des bords de son pupitre, sur la couverture de son cahier, sur l'intérieur de son bras.

– Sheena, je suis désolée, pour ton frère. Sincèrement. (Vu son absence de réaction, Hannah n'aurait su dire si la jeune fille se souvenait d'elle ou pas, même si elle supposait que oui.) J'ai apporté ces fleurs pour ta mère, dit Hannah.

Sans dire un mot, Sheena ouvrit la porte et attendit que Hannah entre.

– Madame Snape ?

Hannah les trouva dans la cuisine, Norma et Rosa, assises à la petite table, une cigarette à la main, penchées sur leur tasse de thé.

– C'est Sheena qui m'a fait entrer. Je suis… J'étais le professeur de Nicky, l'un de ses professeurs. (Aucune des deux femmes ne la regardant, elle poursuivit d'un ton hésitant.) Je voulais vous dire que j'étais désolée. Et vous apporter ce bouquet.

Pendant quelques instants de plus, elle garda ses fleurs à la main, avant de les poser sur la table.

– C'est de la part de l'école, alors ? demanda Rosa.

– Oui. Je veux dire, non, pas exactement. Je les ai apportées moi-même.

– Alors, il n'y a rien de l'école ?

– Je regrette.

– Les salauds, ils n'ont même pas envoyé un mot.

– Écoutez, fit Hannah, je ne voudrais pas m'imposer. Je crois que je ferais mieux de partir.

– Oui, dit Rosa, c'est une bonne idée.

Elle était à la porte quand elle entendit la voix de Norma.

– C'était vous, son professeur tuteur, alors ? Son professeur principal, ou je ne sais comment ?

– Non. (Hannah se tourna de nouveau vers la cuisine. Norma, les yeux rougis, avait du mal à accommoder.) Pas réellement. J'étais son professeur d'anglais, c'est tout. (Norma cligna des yeux, à plusieurs reprises.) C'était un gentil garçon, toujours gai. Je l'aimais bien.

La pièce se dilata pour absorber le mensonge de Hannah, le propulser vers le plafond où s'amassaient des volutes de fumée.

– Je vais m'en aller, maintenant, dit Hannah.

Quand elle eut refermé derrière elle la porte d'entrée, Hannah s'adossa contre le panneau, et ferma les yeux. Ses genoux tremblaient, un froid glacial lui brûlait les bras. *Tous mes jolis enfants ?* Elle n'avait en tête que cette réplique, dans *Macbeth*, que prononce Macduff quand Malcolm lui annonce que ses enfants ont été tués. Et comment, Hannah, se demanda-t-elle, comment cela pourrait-il bien te consoler, bon sang ?

La pluie qui allait noyer les fleurs devant la maison de Norma, détrempant le papier décoré des fleuristes autour des tiges tourmentées, surprit Resnick, qui n'avait pas d'imperméable, à huit cents mètres de chez lui, tombant dru d'un ciel de printemps de plus en plus sombre. Comme des hallebardes, aurait pu dire sa belle-mère, à l'époque où il avait une belle-mère. Le temps qu'il glisse sa clé dans la serrure de la porte d'entrée, les cheveux aplatis sur le crâne, la pluie dévalait l'arête de son nez et s'insinuait sous son col, pour couler le long de son dos. Quand la porte s'ouvrit dans un déclic et pivota, Dizzy surgit d'un buisson du jardin voisin où il s'abritait, rebondit sur le muret, puis entra.

Soigneusement, Resnick sortit de son sac les paquets enveloppés de papier journal qui nageaient dans des flaques d'eau. Il ôta son manteau et le suspendit sur un dossier de chaise, se frotta énergiquement les cheveux avec une serviette. Sa rencontre avec Hannah Campbell lui revenait, sporadiquement, à l'esprit.

– *Sommes-nous en train de nous quereller ?*

– *Non, nous discutons*.

Machinalement, il remplit les gamelles des chats. Était-ce ce qu'ils avaient vraiment fait, discuter ? De façon académique ? Impersonnelle ? Sur le moment, ce n'est certainement pas le sentiment qu'il avait eu. Mais qu'en savait-il ? Les enseignants, c'était peut-être ce qu'ils aimaient faire, prendre des mots et les pousser dans tous les sens, comme des dominos, un jeu pour exercer l'esprit.

Il se confectionna un sandwich, en attendant que l'eau commence à bouillir. Quatre rondelles de salami frais à l'ail, disposées sur une tranche de pain de seigle, chacune recouvrant la précédente, un concombre au vinaigre découpé en tranches fines de part et d'autre dans le sens de la longueur, du fromage de chèvre qu'il avait émietté entre ses doigts, et une échalote, une seule, finement coupée. Finalement, la seconde tranche de pain, il l'avait arrosée d'huile d'olive vierge avant de la poser sur le dessus et de fermer le sandwich en comprimant le tout, pour inciter une partie de l'huile à imbiber la partie inférieure avant de le couper en deux.

Marabout, bout de ficelle, belle-mère, ex-femme. Lentement, il fit couler l'eau bouillante sur le café moulu. Il n'avait pas entendu parler de son ex-femme Elaine depuis le Noël d'il y avait deux ans, il ne l'avait pas vue depuis deux fois plus longtemps que cela. Il savait qu'elle s'était remariée, qu'elle avait divorcé une seconde fois, qu'elle avait connu de l'intérieur plus d'un service psychiatrique. Quand il l'avait vue pour la dernière fois, il avait eu l'impression de rencontrer une inconnue, quelqu'un qui avait vécu longtemps dans un autre pays et qui parlait une langue qu'il ne comprenait pas.

– *Sommes-nous en train de nous quereller ?*

– *Non, nous discutons.*

Plutôt que d'attendre que les portes de l'ascenseur se referment devant les yeux de Hannah, il était parti.

Quand le téléphone sonna, il sursauta.

– Charles, je suis surprise de te trouver. (La voix de Marian Witczak, teintée par l'accent d'une patrie où elle n'était pas née, où elle n'était pas allée depuis son adolescence.) Je me demandais, Charles, au sujet du bal. Le week-end prochain, tu te souviens ? Je me demandais si tu avais pris une décision ?

– Marian, je ne suis pas sûr.

Il sentit sa déception, aussi éloquente que si elle l'avait exprimée par des paroles.

– Ça m'est difficile, Marian, tu le sais bien. De te faire une promesse. Je ne sais jamais ce qui peut arriver à la dernière minute.

– Qui travaille trop et ne s'amuse jamais, Charles, tu sais ce qu'on dit ?

– Écoute, j'essaierai de venir, c'est tout ce que je peux dire.

– Tu te souviens, Charles, de cette fois où nous avons persuadé l'accordéoniste de renoncer à ses polkas pour *Blue Suede Shoes ?* Eh bien, c'est le même orchestre qui sera là.

– Marian, je suis navré, mais il faut que je raccroche. Je te rappelle, d'accord ? Je te tiens au courant.

Il mangea une moitié de son sandwich debout près de la cuisinière, l'autre assis dans le salon en écoutant Frank Morgan jouer *Mood Indigo*, le vent projetant contre les vitres hautes le rideau de pluie qu'il parvenait à fléchir.

*

Brusquement, Norma se redressa sur son séant et ouvrit les yeux. Rosa était rentrée chez elle s'occuper des plus jeunes de ses mômes, puis elle était revenue. Les deux femmes avaient mangé des lasagnes surgelées avec des frites et bu deux canettes de Kestrel, grillé Dieu savait combien de cigarettes. Norma avait dormi.

– Le père de Nicky ! s'écria-t-elle en se réveillant. Mais comment je vais faire pour prévenir le père de Nicky ?

Sheena avait une adresse, écrite sur un lambeau de papier, une inscription au crayon qui commençait à baver et à s'effacer.

– Ça fait combien de temps que tu as cette adresse ? Combien de temps ?

– Depuis mon anniversaire, dit Sheena, quand j'ai eu quatorze ans. Elle était glissée à l'intérieur de la carte.

Norma se frotta les yeux. Peterborough.

– Ça veut pas dire qu'il habite encore là-bas aujourd'hui, il pourrait se trouver n'importe où.

– Tu lui diras, à mon père ?

– Tiens. (Norma repoussa le bout de papier vers elle.) Tu lui diras toi-même. C'est à toi qu'il a donné son adresse.

Hannah était installée dans le fauteuil près de la fenêtre du premier, un lainage autour des épaules pour se protéger des courants d'air. N'ayant pas fermé les rideaux, elle voyait la pluie briller en gouttes argentées en traversant le faisceau des réverbères, avant de se fondre dans l'obscurité du petit parc d'en face. La tasse qui avait contenu son thé à la menthe, à présent vide et froide, reposait dans son giron. Elle lisait un recueil de poésies qu'elle venait de dénicher dans une librairie, en écoutant en sourdine la bande originale de *La Leçon de piano*.

Comme si un homme n'était rien d'autre que la peur
[et le feu
qu'une femme doit nourrir et porter telle une torche.
Comme si une femme n'était rien d'autre que la
[lumière au bout
d'un tunnel long et pénible. Comme si ma petite vie
pouvait en avoir besoin. Comme si la douleur
[pouvait suffire
à arrondir les angles d'une journée de désespoir.

À quel point sa vie serait-elle différente si elle s'était mariée, si elle avait eu un enfant ? Les mêmes questions, qui la lancinaient en profondeur sous le flux de son existence. Elle avait sa propre maison, un emploi – un bon métier, qu'elle appréciait la plupart du temps, et dont elle pensait qu'il pouvait servir, modestement, à faire le bien. Ses achats par carte bancaire étaient débités à la fin de chaque mois sans mettre son compte à découvert, le remboursement de son crédit était gérable, elle se rendait à l'étranger trois fois par an, elle appréciait la compagnie de ses amis. Si elle voyait un nouveau livre ou un CD qui lui faisait envie, elle pouvait l'acheter sans trop réfléchir. À part ces enfants auxquels elle enseignait, la seule personne qu'elle nourrissait et qu'elle entretenait, c'était elle-même.

C'était son choix.

Pourquoi, en ce cas, se sentait-elle aussi vide que la tasse en porcelaine qu'elle tenait dans son giron, aussi pâle et aussi froide ?

Dans le bar principal du pub « Chez Turvey », Shane fonça tout droit sur Peter Turvey et lui donna un coup de tête en plein visage. « Voilà pour toi, fumier ! Espèce de pourriture ! » Le sang coulait du front de Turvey jusque dans ses yeux, l'aveuglant à moitié. « Tu payes pour les saloperies que t'as faites ! » Shane brandit son poing à la hauteur de son épaule et frappa Turvey au visage, lui brisant le nez. La propre chemise de Shane était éclaboussée de sang et de morve. « Tiens ! » Comme Turvey s'effondrait sur le plancher, Shane releva le genou avec force et lui brisa le nez une seconde fois. C'était Pete Turvey et ses frères qui avaient jeté depuis leur voiture une bombe incendiaire dans les jambes de Nicky, bien que cela n'ait jamais été prouvé. Shane agrippa Turvey par sa chemise et le hissa sur ses pieds.

– Bon sang, s'écria quelqu'un, lâche un peu ce pauvre type. Tu vas le tuer. C'est ce que tu veux, sûrement ?

Shane lâcha Turvey et l'arrière du crâne de sa victime heurta le comptoir ; puis, s'éloignant d'un mètre, il pivota et lança un coup de pied dans le ventre de Turvey, lui plantant le bout de sa chaussure dans les tripes.

– Nom de Dieu, lâcha la même voix, appelez les flics, qu'est-ce que vous attendez ?

Shane plaqua deux pièces d'une livre sur le comptoir et commanda une pinte de blonde.

Il l'avait presque terminée quand la porte s'ouvrit en grand sur les deux frères de Turvey. Il y avait d'autres types avec eux : Gorman, qui faisait le tour des fêtes foraines, affrontant tous les volontaires gants aux poings sous une tente ; Frankie et Edgar Droy, et Carl Howard qui s'était pris dix-huit mois de plus pour avoir frappé un maton avec un seau – vingt et un points de suture à la tête pour le gardien.

C'était ce que voulait Shane, se plonger à corps perdu dans une bagarre. Ils commencèrent à s'occuper de lui sur place, à l'intérieur du bar, à côté de Pete Turvey qui gémissait sur son nez cassé et ses côtes brisées. Ensuite, ils l'embarquèrent dans les latrines, et Shane ne se donnait même plus la peine, à présent, de répliquer – il était incapable de lever les mains. Pour finir, ils le traînèrent dans la rue et le laissèrent, affalé sur la chaussée. Seules les sirènes de la police épargnèrent à Shane de prendre davantage de coups.

Pendant qu'un officier en uniforme interrogeait le patron du bar, qui n'avait rien vu – une petite échauffourée, peut-être, rien qui mérite d'être consigné dans son calepin – Shane était emmené à l'hôpital en ambulance. Une heure plus tard, il allait se retrouver, aux urgences, dans le box voisin de celui où Pete Turvey attendait, comme lui, que le médecin de garde examine ses blessures.

*

C'était mauvais signe, Resnick le savait, quand il écoutait Monk avant d'aller se coucher, les tentatives abruptes du pianiste pour recréer une mélodie n'obéissant à d'autre logique que la leur. Tout comme Resnick, Monk était un fort gaillard, et ses doigts percutaient des notes isolées, broyaient des accords pour les incorporer de force à la beauté d'une peinture abstraite, un échafaudage bancal vu sous un certain éclairage.

Près d'une heure plus tôt, certain de ne pas l'y trouver, Resnick avait consulté l'annuaire et découvert le numéro de Hannah, et il l'avait recopié, à défaut d'autre support, au stylo-bille sur le dos de sa main. À présent, assis près du téléphone, il le regardait fixement de temps à autre. L'un des chats sauta sur ses genoux et il le chassa alors que *Solitude* se terminait. Brandissant la télécommande, il fit redémarrer le morceau au début.

Comme si une femme n'était rien d'autre que la
[lumière au bout
d'un tunnel long et pénible. Comme si ma petite vie
pouvait en avoir besoin.

Humectant son pouce, il effaça le numéro inscrit sur sa main.

Au même moment, Norma Snape était couchée dans l'obscurité de sa chambre, et quand elle s'endormit elle pleura, et quand elle se réveilla, elle pleura encore.

17

Où Bill Aston avait-il lu que chaque kilo en trop accumulé après quarante ans est deux fois plus difficile à perdre ? Et dix-huit mois passés derrière ce bureau au commissariat central n'avaient rien arrangé. Sa partie de golf bimensuelle mise à part, depuis trop longtemps le seul exercice qu'il prenait consistait à promener les deux Jack Russell que sa femme Margaret et lui avaient achetés après que leur plus jeune fils eut quitté la maison. C'est pourquoi, depuis le deux janvier de cette année, il avait institué sa séance quotidienne de natation. Il y avait deux piscines près de chez lui, Ruschliffe et Portland, et Aston alternait entre les deux selon son bon plaisir. Certains jours, il s'arrêtait à la piscine en se rendant à son travail, et il faisait ses dix longueurs ; d'autres fois, il rentrait chez lui, il prenait les chiens, il allait nager puis il les promenait avant de rentrer pour le dîner.

– Tu aurais dû acheter un vrai chien, papa, lui avait dit son fils aîné lors d'une brève visite. Un labrador ou un retriever, quelque chose de solide. Si tu courses ces deux pitoyables bestioles jusqu'au bout du jardin, elles sont épuisées, elles s'attendent à ce que tu les ramènes dans tes bras.

Mais Aston était assez satisfait de ses Jack Russell

– ils restaient assis à l'arrière de la voiture quand il sortait boire un verre, bien contents tous les deux. Quant à Margaret… Ma foi, si Bill s'était imaginé que les deux chiens allaient être les nouveaux bébés de sa femme, il se trompait, mais du moment qu'elle ne les avait pas dans les jambes…

Écartant son journal, il plissa les yeux en direction de l'horloge de la cuisine. Il avait encore le temps de boire une tasse de thé supplémentaire. Il tendit la main vers la théière.

– Bill, dit Margaret en entrant dans la pièce, tu es sûr de vouloir porter ces chaussures ?

Aston tendit la jambe et baissa les yeux.

– Qu'est-ce que tu leur reproches ?

– Je veux dire, avec ce costume ?

Du daim gris avec du bleu marine, pourquoi pas ?

– Oui, ma chérie, elles sont très bien.

Margaret était habillée pour sortir elle aussi, un rendez-vous matinal au salon de coiffure de Trinity Square, puis elle allait retrouver son amie Barbara pour prendre un café chez Jessop.

– Pas de piscine ce matin ?

Aston secoua la tête.

– Toute cette semaine, j'irai le soir, je crois bien. Tant que cette affaire ne sera pas terminée, du moins.

Impulsivement, Margaret déposa un baiser sur le sommet de son crâne, derrière l'oreille.

– Qu'est-ce qui me vaut ce plaisir ? demanda Aston.

Depuis des années, Margaret n'était plus du genre à manifester spontanément son affection, et Bill pas davantage, d'ailleurs.

Margaret sourit.

– Je suis contente pour toi, c'est tout. Qu'on t'ait confié cette enquête. Quelque chose d'important, de nouveau. Ma foi, on peut dire que tu le mérites.

– Merci, ma chérie…, dit, d'un ton froid, Aston qui ne savait trop comment réagir. Pour l'instant, cependant, je ferais mieux de ne pas m'attarder.

– Tu veux bien me déposer en ville ?

– Oui, bien sûr.

Il avala la majeure partie de son thé, vida le fond de la tasse dans l'évier et ouvrit le robinet.

– Laisse donc, Bill. Sally vient, aujourd'hui, elle fera tout ça.

Il regarda son épouse, une femme courtaude en tailleur vert à carreaux et chaussures à talons, et il fut surpris par la force des sentiments contraires qu'il éprouvait.

Quelques minutes plus tard, Margaret à ses côtés, Aston sortait en marche arrière leur Volvo de l'allée menant à la maison de banlieue des années trente qu'ils habitaient depuis maintenant dix-neuf ans. Autour de lui, de part et d'autre de la rue, les jardins de leurs voisins resplendissaient d'un vert éclatant grâce à la pluie de la nuit précédente.

– Tu te souviens de Charlie Resnick ? demanda Aston. Apparemment, il a connu ce Snape, le jeune sur la mort duquel je dois enquêter. Je dois rencontrer Charlie un soir de la semaine pour boire un verre. Je risque de rentrer tard.

Margaret se rappelait bien Resnick, un homme d'environ la même taille que son mari, mais bien plus corpulent – et encore plus corpulent aujourd'hui, très probablement. Il y avait des années qu'elle ne l'avait pas vu. Mais c'était un homme très convenable, à son avis, pas un individu grossier comme certains collègues de son mari.

– Tu devrais l'inviter chez nous, Bill. À dîner. Ça lui ferait peut-être plaisir.

Et peut-être pas, pensa Aston, mais il hocha la tête malgré tout.

– Autrefois, nous avions tout le temps des invités pour le dîner.

Aston grogna.

– Autrefois, nous faisions beaucoup de choses.

Margaret posa la main sur son genou et s'efforça de ne pas remarquer qu'il se rétractait à son contact.

Khan attendait Aston à l'accueil. À vingt-sept ans, après avoir servi cinq années dans la police, il avait bénéficié de l'onde de choc d'une affaire retentissante dans laquelle deux officiers d'origine indienne, à qui on refusait tout avancement, avaient assigné leur hiérarchie en justice pour discrimination raciale. Khan avait accompli avec succès sa période d'essai, passant son temps à faire des rondes en voiture, ou bien à pied, comme îlotier. À présent il se trouvait à la division centrale de la PJ, et il attendait sans inquiétude d'être promu au grade d'inspecteur. Cette enquête sur la mort de Nicky Snape allait ajouter à son expérience. Son travail consistait à prendre des notes, aménager l'emploi du temps, tenir à jour la documentation, garder l'œil pour repérer les subtilités qui pourraient échapper à son supérieur – et conduire la voiture.

Il accueillit Aston avec une poignée de main, un sourire, et un « monsieur l'inspecteur principal ». Cinq minutes plus tard, ils étaient en route pour Derby Road, un peu ralentis par un résidu de l'affluence des heures de pointe. Quand ils arrivèrent, Derek Jardine les accueillit avec un enthousiasme abrupt et les fit entrer dans son bureau pour leur offrir le café et un choix de biscuits peu appétissant. Il restait encore vingt minutes à attendre avant l'heure prévue pour le début de la conférence sur l'affaire.

Phyllis Parmenter, qui dirigeait l'équipe de trois personnes envoyée par l'Inspection des services sociaux, était déjà là ; une tasse de café et sa soucoupe en équilibre dans une main, elle bavardait avec l'avocat des autorités locales. Jardine la présenta à Aston et s'éloigna. Khan rafla le dernier biscuit au chocolat rassis et examina les photos accrochées au mur du directeur.

Dans la salle de conférence, on avait disposé sur les tables des blocs de papier réglé fournis par l'administration, des stylos-bille noirs et des crayons taillés, des verres d'eau et des copies de l'ordre du jour. Le premier point avait pour objectif de définir les méthodes à mettre en œuvre pour mener l'enquête commune. Si on boucle ça avant l'heure du café, pensa Khan en regardant les participants assis autour de la table, je serai extrêmement surpris.

Et, surpris, Khan ne manqua pas de l'être : on décida d'examiner le rapport du légiste, puis de commencer à interroger le personnel, d'abord Paul Matthews et Elizabeth Peck, qui étaient l'un et l'autre de service la nuit où Nicky était mort, et de finir par Jardine en personne. On allait faire venir le jeune qui avait partagé la chambre de Nicky, ainsi qu'un autre gamin avec qui, apparemment, il s'était lié d'amitié. Si l'équipe de la police ou bien celle des services sociaux éprouvaient le besoin de réinterroger un témoin séparément, c'était leur droit le plus strict. On se mit d'accord pour dire qu'il serait souhaitable, dans la mesure du possible, de publier un communiqué commun lorsque l'enquête serait achevée.

– Il y a un point, il me semble, dit Phyllis Parmenter, que nous devrions tous clairement garder à l'esprit, c'est que notre but est d'établir avec la plus grande précision possible les circonstances de la mort de Nicky Snape. Il se pourrait que nous découvrions, et je ne souhaite aucunement présager de l'issue de l'enquête en disant cela, que certaines procédures ont besoin d'être révisées ou changées. Si tel est le cas, nous serons tous d'accord, il me semble, sur le fait que ces modifications ne pourront être que bénéfiques. Mais ce qui ne nous concerne pas au premier chef, c'est de savoir qui doit porter la responsabilité de l'incident. En ces tristes et regrettables circonstances, nous ne sommes pas, je le pense et je l'espère, à la recherche de boucs émissaires.

Particulièrement, se dit Khan, si on doit les trouver parmi le personnel des autorités locales. Il jeta un regard oblique à Aston, qui hochait la tête, acquiesçant d'un air pensif.

*

Resnick avait donné une tape sur l'épaule de Millington alors qu'ils passaient devant le petit café situé près de la caserne des pompiers. Le sourire aux lèvres, Millington avait fait un tour complet du rond-point pour garer la voiture. Resnick avait eu une nuit agitée : sommeil en pointillés et rêves virant au cauchemar. Finalement, à près de quatre heures du matin, il était descendu pieds nus au rez-de-chaussée ; trente minutes plus tard, il était attablé devant une tranche de pain de seigle grillé et une tasse de café, Bud et Pepper se disputant la place de choix, sur ses genoux, tandis qu'il tentait de se concentrer sur une biographie de Lester Young. Pour compliquer les choses, il écoutait, non pas Prez lui-même, mais Monk. *Alone in San Francisco* [1]. Entre les notes, les phrases, il pensait à Norma Snape, seule sans être seule à Radford ; à son ex-femme, Elaine, souhaitant qu'elle ne soit seule nulle part. Et à Hannah. À la gravité qui incurvait vers le bas le coin de ses yeux quand elle parlait ; à la façon dont la même gravité cédait soudain la place à un sourire.

– Qu'est-ce que vous prendrez ? demanda Millington alors que Resnick s'affalait sur un siège près de la fenêtre.

Son visage s'éclaira.

– Oh, un sandwich au bacon, qu'est-ce que vous en pensez, Graham ?

– Vous le voulez avec ou sans œuf ?

– Sans. Mais une saucisse serait la bienvenue.

---

1. *Alone in San Francisco* (Seul à San Francisco), album solo enregistré par Monk en 1959. *(N.d.T.)*

– Du thé ?

– Du thé.

La qualité du café, ici, avait encore des progrès à faire.

Ils mangèrent pratiquement en silence, Resnick appréciant dans le bacon fumé son goût salé, rappelant presque celui du poisson, sans trop se poser de questions sur les morceaux de gras que restituait parfois la saucisse. Un peu plus tard, tandis que Millington se détendait en fumant une cigarette, Resnick s'enquit des dernières incursions de Madeleine dans les domaines du théâtre amateur et de la formation pour adultes, et il eut droit à une conférence sur les périls de la vie conjugale avec une femme qui, simultanément, lit Karen Horney et Kate Millett pour son cours sur « Le Féminisme pour les débutants » et répète le rôle d'une épouse quadragénaire et frustrée dans une farce d'Alan Ayckbourn.

– Ça ne doit pas être très facile pour elle, ça, Graham. La pièce, je veux dire. Un vrai rôle de composition, il me semble.

Millington aspira une bouffée et examina Resnick avec attention ; si son supérieur avait voulu faire de l'humour, il ne voyait pas ce qu'il y avait de drôle. Ces derniers temps, Millington s'était mis à regarder les couteaux de cuisine d'un œil soupçonneux.

Resnick, cependant, l'estomac calé par une nourriture consistante, commençait à se sentir mieux. La journée pouvait encore être sauvée, après tout.

– Bon, Graham, fit-il en reculant sa chaise. Assez perdu de temps.

En arrivant à l'hôpital, ils passèrent rendre visite à Doris Netherfield, dont l'état continuait de s'améliorer doucement et qui les gratifia d'un pâle sourire. Son mari récupérait tout aussi doucement mais de façon sensible, chez lui. Calé entre deux oreillers, Shane Snape, l'air agacé, tripotait le casque de sa radio. Un côté de son visage était marqué de meurtrissures spectaculaires, et un alignement bien net de points de suture zigzaguait depuis son cou jusqu'à l'arrière d'une oreille, mais ces blessures mises à part, il s'en était tiré, étonnamment, à très bon compte.

– Bonjour, Shane, dit Millington d'un ton jovial. Tu as eu quelques ennuis ?

Resnick et lui prirent place de part et d'autre du lit.

– Je n'ai rien à dire, déclara Shane.

– Les gens qui t'ont fait ça, demanda Resnick, tu n'es pas en mesure de les identifier ?

Shane secoua la tête.

– Et le nom de Turvey, suggéra Millington, ça ne te rappelle rien ?

Shane secoua la tête de nouveau.

– C'est une coïncidence, alors, si Peter Turvey s'est fait arranger le portrait au même moment que toi ? Dans le même bar ?

– Ça doit être ça.

– Il n'y a aucune chance, alors, que tu portes plainte, quelque chose comme ça ?

– Aucune.

– Parfait. (Resnick se leva de son siège.) Eh bien, Graham, nous ferions aussi bien de partir.

Shane parut surpris que les deux hommes ne

s'acharnent pas davantage sur lui. Il avait à peine commencé à se détendre, se laissant aller contre ses oreillers, quand Resnick pivota sur ses talons plus vite qu'on n'en aurait cru capable un homme de sa corpulence, un peu comme un danseur. Surgi de nulle part, il était soudain penché au-dessus du lit, sa main droite serrant l'épaule de Shane à l'endroit où elle était tuméfiée et enflée, le bout de ses doigts pas très loin du dernier des points de suture.

– Comprends-moi bien. Je me contrefous de la façon dont tu passes tes soirées, et des épaves avec qui tu traînes, mais ce qui m'inquiète, c'est l'état dans lequel est ta mère. Elle en a déjà assez bavé comme ça, à vous élever tous les trois. Et maintenant, après ce qui est arrivé à Nicky, ce n'est pas tolérable qu'elle doive se faire du souci à cause de toi. (Resnick augmenta la pression, suffisamment pour faire venir des larmes au coin des yeux de Shane, quels que fussent ses efforts pour les refouler.) Alors, tiens-toi tranquille, compris ? Ou bien je te tomberai dessus si vite que tu regretteras de ne pas avoir suivi mes conseils. (Resnick relâcha son emprise et se redressa de toute sa hauteur.) D'accord, Shane ? Tu crois que tu peux apprendre quelque chose, ici ?

Shane soutint son regard, humilié, furieux, une larme esseulée laissant lentement une trace sur son visage.

Sifflotant *Winchester Cathedral* tandis qu'ils attendaient l'ascenseur, Millington était encore surpris par la violence avec laquelle Resnick avait exprimé sa colère.

*

Sheena n'avait pas pointé à l'usine depuis que Nicky était mort. Le premier jour, le lundi, elle avait téléphoné pour expliquer la situation ; le deuxième jour, elle avait dit que sa mère avait encore besoin qu'on s'occupe d'elle. Le contremaître de Sheena s'était montré compréhensif, lui avait dit de prendre le congé maladie auquel elle avait droit et conseillé de prendre pour elle-même un rendez-vous avec son généraliste, pour se faire prescrire un tranquillisant, du Valium, ou même ce nouveau produit – comment ça s'appelle ? – du Prozac, c'est ça.

Ce matin, Sheena n'avait rien dit à sa mère, elle était partie avec son uniforme repassé et plié dans un sac en plastique de supermarché, et elle avait flâné au hasard jusqu'au moment où elle s'était retrouvée sur l'ancienne place du marché, à regarder les bandes de jeunes qui se vautraient sans vergogne sur l'herbe pelée près des toilettes publiques, buvaient du cidre en canette, et lançaient des obscénités à tous les passants portant un costume. C'était l'assortiment habituel de punks et de satanistes de la dernière heure, des types aux cheveux taillés en crêtes roses ou dressés en piques tout autour de la tête comme des étoiles aux branches bleues, avec des chaînes suspendues aux poches ou aux revers de leurs blousons de cuir déchirés, des jeans tailladés, des chaînettes qui pendaient de leurs oreilles ou des coins de leur bouche. Des tatouages. Des filles plus jeunes que Sheena en T-shirts moulants et jeans cheminée noirs sur leurs jambes maigres, des anneaux traversant leurs oreilles ou leur nez, des bouches noircies en forme de becs d'oiseaux.

Sheena s'assit à distance raisonnable sur le muret de pierre, les poignets coincés entre les genoux. Pas question qu'elle s'approche d'eux. La cloche de l'hôtel de ville sonna le quart.

– Tiens.

Sursautant, elle se tourna et faillit perdre l'équilibre. Janie Cornwall était tout près, derrière elle, son visage affichant comme d'habitude un air supérieur ; elle lui tendait un paquet d'Embassy.

– Vas-y, prends-en une.

Clignant les yeux, Sheena leva la tête vers Janie dont le jeune visage aux traits durs était encadré par des cheveux frisés au fer. De l'autre côté de la rue, devant le magasin Debenham, les amies de Janie les regardaient. Lesley Dawson, Irena, Tracey Daniels, Dee-Dee, Diane. Janie secoua le paquet de nouveau, et avec un « merci » à peine audible, Sheena prit une cigarette et pencha la tête en arrière tandis que Janie, penchée en avant, l'allumait pour elle.

Sheena aspira la fumée et la garda dans ses poumons.

Après un bref regard à ses copines, Janie alluma une cigarette pour elle-même et s'assit.

– Ton frère, on est vachement tristes, pour ce qui lui est arrivé.

– Merci.

– Tu dois avoir les boules.

– Ouais. Oui, t'as raison.

Janie avait été dans la même classe que Sheena pendant toute leur scolarité, et les autres aussi, Lesley, Dee-Dee, la bande entière. Des filles qui avaient eu de la poitrine avant elle, qui avaient été réglées plus tôt, qui apportaient tout le temps des mots d'excuse gribouillés pour être dispensées de sport. Elles fumaient sans se cacher sur le chemin de l'école et elles allumaient une nouvelle cigarette à la minute où elles posaient le pied sur le boulevard. C'étaient ces filles-là qui se vantaient d'avoir sauté le pas à treize ans, d'avoir couché, et Sheena, jalouse, effrayée, admirative, les avait crues. Quand, après l'école, Janie et les autres s'étaient accroupies entre les voitures garées sur le parking de la forêt, rigolant avec des garçons qui étaient aussi âgés que Shane ou plus vieux encore, Sheena avait traîné dans les parages, suffisamment près pour qu'elles l'appellent et lui disent de les rejoindre, mais elles ne l'avaient jamais fait. Et aujourd'hui… La mort de Nicky l'avait fait accéder à la notoriété par procuration, l'avait rendue acceptable alors qu'auparavant elle ne l'était pas.

L'une des filles héla Janie, qui tourna la tête et leur fit signe de ne pas l'attendre.

– On monte chez Diane, dit-elle à Sheena. Pourquoi tu viens pas ?

À l'autre bout de la place, Janie prit le sac en plastique des mains de Sheena et le balança, avec l'uniforme et tout, dans une poubelle verte de la municipalité.

Diane et Dee-Dee étaient noires. En dehors des périodes où elles étaient fâchées, elles racontaient à tout le monde qu'elles étaient sœurs et allaient jusqu'à sortir habillées de la même façon, bien que cela ne soit pas vrai. Leurs familles ne se parlaient pas, et changeaient de trottoir pour éviter tout contact. Le père de Dee-Dee était pasteur de l'Église pentecôtiste, et celui de Diane purgeait une peine de quinze ans à la prison de Lincoln pour avoir tiré un coup de feu, en plein visage, sur un autre revendeur de drogue. Quand Dee-Dee était tombée enceinte, à dix-huit jours de son quinzième anniversaire, son père avait prié pour elle tandis que sa mère l'emmenait dans une clinique pour préparer un avortement. Dès que Diane apprit la nouvelle, elle s'arrangea pour se faire engrosser par un ami de son frère et fit une fausse couche au bout de huit semaines. La fois suivante, elle eut plus de chance. Le bébé fut nommé Melvin et la sœur aînée de Diane s'occupa de lui jusqu'à ce que Diane quitte l'école, après quoi Diane et le père du bébé obtinrent un logement provisoire dans une tour que la municipalité avait prévu de raser. Le père était parti, mais l'immeuble était toujours là.

– Saloperie d'ascenseur ! hurla Diane en balançant un coup de pied à la porte couverte de graffiti. Toujours en panne, putain !

Diane avait confié Melvin à sa voisine, et elle passa le chercher pour le montrer à Sheena.

– Il est superbe, hein ? Tu trouves pas qu'il est vachement mignon ?

Des cheveux noirs aux boucles serrées, une peau couleur café au lait, de grands yeux marron, Sheena dut reconnaître qu'il était mignon.

Les filles s'entassèrent dans le salon de Diane pour jouer avec Melvin et regarder la télé, faire passer la bouteille de vodka piquée par Irena chez l'épicier du coin. Assise par terre près du canapé, Lesley roula deux joints avec application. Une heure plus tard environ, quand Janie déposa quelques pilules au creux de sa main, Sheena n'y réfléchit pas à deux fois : elle les expédia au fond de sa bouche et avala pratiquement tout ce qu'il restait de la vodka pour les faire glisser.

Quand Norma rentra de l'hôpital où elle avait rendu visite à Shane, Peter l'attendait, assis sur les dalles inégales du trottoir où quelques jours plus tôt les bouquets pour Nicky s'étaient entassés. Il était adossé à la façade lorsque Norma le vit, tenant entre ses doigts une cigarette roulée à la main, pieds nus, ses chaussures soigneusement alignées près de lui, ses chaussettes roulées en boule. Norma sentit comme un coup de poing à l'estomac, et elle crut qu'elle allait vomir.

Peter la découvrit et la fixa, puis il se hissa lentement sur ses pieds. Mon Dieu, pensa Norma, comme il a changé. Il avait perdu presque tous ses cheveux, et ceux qu'il lui restait étaient plaqués, tout noirs, sur son crâne. Il n'avait jamais eu un visage plein, mais à présent sa peau paraissait trop tendue sur son front, et ses joues s'étaient creusées. Sous sa chemise à rayures, sa poitrine semblait s'être affaissée vers l'intérieur, même si une petite bedaine débordait, incongrue, par-dessus la taille de son pantalon. Depuis combien de temps ne l'avait-elle pas revu ? Douze ans ? Davantage ? Norma n'aurait jamais cru que Peter puisse avoir l'air si vieux. Pourtant, il ne pouvait pas avoir plus de quarante-cinq ans.

Norma ne fut pas plus capable d'arrêter ses larmes qu'elle ne l'était d'arrêter le temps qui passe.

Peter expédia son mégot vers le caniveau et prit Norma dans ses bras.

– Lâche-moi donc, grande saucisse ! Viens, on va rentrer, sinon les voisins vont faire passer un chapeau pour le spectacle.

Dans la cuisine, Norma lui prépara du thé et du pain grillé, pendant qu'il lui racontait comment il s'était fait prendre en stop à trois reprises pour venir de Peterborough, dont une fois, la dernière, par la camionnette d'une blanchisserie en route pour la base aérienne de Grantham. Il demanda à Norma comment elle allait, lui dit qu'elle avait beaucoup d'allure dans cette robe bleue et orange. Avait-elle maigri un peu ? Ma foi, cela lui allait très bien, il n'y avait pas de doute à ce sujet. Peter demanda des nouvelles de Sheena, et Norma lui dit qu'elle était à son travail ; il demanda des nouvelles de Shane, et il parut contrarié d'apprendre qu'il s'était fait tabasser. Ce n'est qu'après que Norma eut préparé une seconde théière que Peter posa des questions sur la mort de Nicky.

Sans pleurer, cette fois, les yeux secs, Norma lui dit ce qu'elle savait.

Peter garda le silence un long moment, puis il demanda si une enquête avait été ouverte et ajournée.

Norma acquiesça d'un signe de tête et Peter, d'une seule main, se roula une nouvelle cigarette.

– Si tu veux…, proposa-t-il sans regarder Norma, les yeux fixés sur la vaisselle entassée le long de l'évier, … je pourrais rester un moment. Quelques jours, au moins. Sans te déranger.

Norma ne répondit pas. Elle ne savait pas ce que Shane, quand il rentrerait de l'hôpital, pourrait penser. Ni Sheena, d'ailleurs – Peter était son père, elle devrait être contente de le voir, mais après tout ce temps, comment savoir ?

– Seulement jusqu'à l'enterrement, hein ? C'est ce que je m'étais dit.

– D'accord, dit Norma. D'accord.

Il tendit la main pour toucher Norma, mais elle se déroba.

À dix-huit heures ce soir-là, Bill Aston plongea dans la piscine de Portland et accomplit à son rythme, lent et régulier, la première de ses vingt longueurs de bassin. Après s'être douché et séché, il se rendit en voiture jusqu'au Quai Victoria tout proche et promena ses Jack Russell le long de la rive nord du fleuve. Tout bien considéré, la journée n'avait pas été trop mauvaise.

La petite amie de Khan avait sept ans de plus que lui. Peau claire, membres déliés, cheveux blonds, Jill, divorcée, avait trois enfants qui dormaient ce soir chez sa sœur. Elle avait suivi des cours de danse et travaillé comme mannequin ; aujourd'hui, elle était réceptionniste à temps partiel à Central Television et donnait des cours de danse quatre après-midi par semaine. Khan aimait imaginer qu'il pouvait encore sentir l'odeur de la sueur sur son corps.

– Il s’est comporté comment, alors ? demanda Jill. Ce type, Aston, avec qui tu travailles ?

– Une fois qu’il a digéré la couleur de ma peau, tu veux dire ?

Jill tendit la main pour lui caresser le thorax.

– Qu’est-ce qu’elle a, ta peau ? Elle est superbe.

– Oui, enfin… (Khan sourit.) Tu ne voudrais pas qu’elle inspire à Aston les mêmes sentiments qu’à toi ?

– Ça, je n’en sais rien.

Jill s’esclaffa.

– Non, pas lui. Je doute qu’il ait suffisamment d’imagination.

Jill souleva les jambes et fit glisser ses fesses un peu plus bas vers le pied du lit.

– Comment se fait-il, alors, qu’on lui ait confié l’enquête sur la mort de ce gamin ?

Mais Khan n’était déjà plus en état de répondre.

18

Old Fashioned Love. En ouverture, le râle du trombone de Vic Dickenson évoque l'emphase d'un aboyeur de fête foraine, mais une fois que le piano et la contrebasse ont installé leur rythme discret et sautillant, il déroule la mélodie avec le respect qui convient, ajoutant juste çà et là un soupçon d'impertinence pour éviter de tomber dans la sensiblerie ; puis, décollant du registre des graves avec ce son rauque et acide qui caractérise son jeu, Edmund Hall emmène le morceau au bout d'un second chorus avant que les notes incisives de la trompette de Ruby Braff ne commencent à s'allonger et à s'épanouir. Et Resnick n'en entendra pas plus, car c'est à ce moment-là que le téléphone sonne et il tend maladroitement la main vers le combiné, appuie sur le bouton « Pause » de la télécommande qu'il laisse tomber sur ses genoux où un chat contrarié se réveille en sursaut et saute à terre, une patte faisant basculer la soucoupe qui contient une demi-tasse de café déjà froid.

– Allô ?

– Charlie. J'ai cru que tu n'étais pas là.

Un vendredi soir, pensa Resnick, où pourrais-je bien être ?

– Je me demandais si tu serais partant pour ce verre dont nous avons parlé ?

Resnick fit pivoter son poignet pour regarder sa montre : neuf heures moins vingt-cinq.

– Tu vas vouloir que je me traîne jusqu'à chez toi, je suppose ?

Il se demanda pourquoi il avait toujours eu du mal à les prendre au sérieux, ces quartiers situés au sud du fleuve.

– Pas la peine, je suis en ville. Je mets un peu d'ordre dans mes paperasses. (Aston marqua une pause.) La Perdrix, c'est ton oasis habituelle, n'est-ce pas ?

– On sera aussi bien là qu'ailleurs.

– À neuf heures, alors ?

– Disons plutôt neuf heures et quart.

– D'accord, Charlie. À tout à l'heure.

Resnick ramassa sa tasse et se leva, appuyant de nouveau sur « Pause » pour lancer le solo de piano de Sir Charles Thompson. La tête de Bud poussait avec insistance l'arrière de ses jambes tandis qu'il restait debout pour écouter son disque, le chat l'incitant à se rasseoir pour pouvoir sauter sur ses genoux. Resnick attendit le second solo de trompette puis, en conclusion, la coda au trombone de Dickenson, nonchalante mais précise, pour ouvrir le tiroir et remettre le CD dans sa boîte, éteindre la stéréo, emporter tasse et soucoupe à la cuisine et les rincer, ouvrir le frigo – poussé par une impulsion bien rôdée – en sortir une tranche de jambon et l'enrouler autour d'un reste d'emmenthal pour avoir quelque chose à grignoter tandis qu'il enfilait son manteau et qu'il hésitait dans le vestibule, tapotant ses poches pour vérifier la présence de son portefeuille, son argent, ses clés.

Pour on ne savait quelle raison, la Perdrix ne parvenait pas à attirer les bandes de jeunes du vendredi soir qui rôdaient dans le centre-ville, vêtus, quel que soit le temps, de simples chemises et de jupes aussi courtes que possible, devenant de plus en plus bruyants d'un bar à l'autre, de plus en plus obscènes. Malgré cela, l'endroit était suffisamment bondé pour que Resnick et Aston se réfugient au fond de la salle en V, en face de la porte des toilettes pour hommes.

– Tu es sûr que tu ne veux rien d'autre, Charlie ? Tu n'as pas envie d'un petit verre d'alcool pour faire passer ta bière ?

Resnick jeta un coup d'œil à sa bouteille de Budweiser tchèque et secoua la tête.

– Une goutte de scotch, non ?

– Merci, Bill, ça ira.

Pour sa part, Aston avait pris une demi-pinte de blonde dont Resnick savait, par expérience, qu'il la ferait durer une demi-heure, ou toute la soirée si la conversation s'éternisait.

Peu désireux de brailler pour la galerie ce qu'il avait à dire, tout en ayant besoin de se faire entendre dans le vacarme ambiant des conversations du vendredi soir, Resnick projeta ses épaules en avant et se pencha vers Aston. Celui-ci l'écouta attentivement, hochant la tête de temps à autre, tandis que Resnick lui détaillait les antécédents de la famille Snape. Resnick connaissait les Snape depuis le jour où, encore simple inspecteur, il avait interrogé Shane sur la provenance de deux douzaines de cassettes vidéo qui se trouvaient dans son sac de sport alors que, traversant Radford Boulevard à plus de deux heures du matin, il avait été interpellé par un agent en uniforme. Nicky, quant à lui, avait officiellement attiré l'attention de Resnick à l'âge de onze ans quand on l'avait surpris en train de s'introduire chez un voisin en passant par une lucarne. À la demande de Norma Snape, Resnick l'avait royalement engueulé. « Suffisamment, comme l'avait dit Norma, pour lui inculquer la crainte du Bon Dieu. » Quant à l'efficacité du procédé, il semblait n'avoir eu pour résultat que de dissuader à tout jamais Nicky de remettre les pieds dans une église. S'introduire chez les gens, c'était une autre histoire.

– Le pauvre môme..., dit Aston, compatissant. Avec une éducation pareille, il n'avait aucune chance de s'en tirer.

Resnick se laissa aller en arrière et leva son verre.

– Sa mère a fait de son mieux.

Aston secoua la tête.

– Ça ne pouvait quand même pas suffire, n'est-ce pas, Charlie ?

Et Resnick but sa bière avec application tandis qu'Aston le gratifiait d'un sermon sur la rupture du tissu social et les vertus oubliées de la famille traditionnelle. Quand ce fut terminé, il s'excusa et se rendit, d'abord aux toilettes, puis au bar.

– L'enquête, Bill, demanda Resnick en vidant la seconde bouteille dans son verre. Comment ça se présente ?

– Oh, ça devrait être vite bouclé, à mon avis. Tout me paraît plutôt régulier.

Resnick le fixa d'un œil sceptique.

– Rien de suspect, à ton avis ? Rien de répréhensible ?

– Non, Charlie, pour autant que je sache. Oh, la surveillance a pu être un peu défaillante la nuit du drame. Mais si tu cherches des raisons – mauvais traitements, brimades… (Aston secoua brièvement la tête.) Il ne semble pas que tel ait été le cas.

– Il n'avait pas de raisons précises, alors ? De faire ce qu'il a fait ?

– On ne lit pas dans les pensées des gens, Charlie. Ce n'est pas comme s'il avait laissé une lettre, pas du tout. Les autres gamins, ceux qui le connaissaient, le jeune qui partageait sa chambre, ils jurent tous qu'il n'a jamais dit un mot de ce qu'il avait l'intention de faire. Il râlait un peu, peut-être ; il se plaignait de son sort. Mais c'est inévitable, étant donné les circonstances. (Aston finit par vider le fond de son verre, la mousse redescendant le long des parois.) Il n'a pas supporté d'être enfermé. Si tu veux mon avis, c'est ça la vraie raison. Tout simplement, il ne supportait pas l'idée d'être envoyé en prison, le pauvre gamin. Il était terrifié. Ce n'était qu'un môme, tu comprends. Sa mère lui manquait.

Resnick attendit que retombe un éclat de rire sonore à la table voisine.

– Les services sociaux voient les choses de la même façon ?

Aston hocha la tête.

– Pratiquement. Sur tous les plans.

Le contraire m'aurait étonné, pensa Resnick, avec le bonnet d'âne qu'ils ont déjà sur la tête. Il était debout, la moitié de sa bière encore dans son verre.

– Au moins, rien ne nous empêche de restituer le corps. Sa mère sera soulagée. (Resnick tendit la main.) Prends bien soin de toi, Bill. Et mon meilleur souvenir à Margaret.

Quand il se retrouva dans la rue, Resnick traversa la chaussée vers ce qui avait été autrefois le café de Bobby Brown et n'était plus aujourd'hui qu'une façade obstruée par des planches, encore un exemple de l'échec de la libre entreprise et du prix que l'on finit par devoir payer. Il songea à prendre un taxi devant le Victoria Stakis, mais décida plutôt de rentrer à pied. Si Aston n'avait rien trouvé de suspect, peut-être n'y avait-il, alors, rien à trouver. Pourquoi, en ce cas, Resnick trouvait-il cela si difficile à croire ?

Quand il atteignit le temple Sikh, il commençait à se sentir un léger creux à l'estomac, et il passa en revue le contenu de son réfrigérateur ; il devait rester de quoi confectionner un sandwich correct avant d'aller au lit. Il pourrait veiller encore un peu, et réécouter ces enregistrements de Vic Dickenson : *Running Wild* [1], *Keeping Out of Mischief Now* [2].

– Tiens, prends encore une de ces crevettes pendant qu'il en reste.

– Non, ça ira.

---

1. « Faire des bêtises. » *(N.d.T.)*
2. « Rester dans le droit chemin. » *(N.d.T.)*

– Vas-y. J'ai déjà pris plus que ma part.
– Bon, d'accord. Merci.

Lynn fit deux tentatives pour sortir la crevette royale de la sauce au chili, avant de reposer ses baguettes et de se rabattre sur la fourchette.

– Elles sont bonnes, hein ?
– Excellentes.

En fait, elles étaient trop épicées au goût de Lynn, mais elle ne voulait pas le dire. C'était une idée de Sharon, qu'elles passent la soirée ensemble, et c'est aussi Sharon qui avait choisi le restaurant. Elles s'étaient retrouvées un peu plus tôt pour boire un verre de blanc dans un bar à vins près de chez Lynn, dans le marché aux dentelles, et elles en étaient reparties quand l'endroit avait commencé à être vraiment bondé et que les mâles prédateurs proposant de leur offrir un verre avaient cessé d'abdiquer devant un haussement d'épaules ou un refus poli.

Finalement, Sharon avait fait face à l'un des plus insistants (plus jeune qu'elle de quelques années et certainement pas plus grand), l'avait agrippé par les revers de son costume Kenzo bleu superbement coupé, et lui avait dit que s'il voulait se prendre une raclée devant ses potes des mains d'une femme qui donnait des cours de close-combat, il n'avait qu'à continuer son cinéma. Elle comprit tout de suite, à la façon dont il se ratatina sur lui-même, quelle solution il allait choisir. Sharon le redressa, défroissa sa veste du plat de la main, et lui donna un rapide baiser sur la joue ; le type vira au cramoisi et battit en retraite, trouvant refuge au sein de son groupe de copains.

– Tu arrives à supporter ça ? demanda Lynn

quand Sharon fut de nouveau perchée sur son tabouret.

– Tu veux que je te dise la vérité ? fit Sharon avec un sourire. En fait, j'y prends du plaisir.

À présent, elles étaient assises à une table près de la fenêtre à Ocean City, avec vue sur les quatre files de voitures qui remontaient Derby Road vers le nord. Elles attiraient encore un nombre assez flatteur de regards en coin – deux femmes plutôt jeunes dînant en tête à tête, une Noire, une Blanche –, et Sharon, dans une longue jupe ample en jean, une chemise en jean passée sur un haut gris pâle moulant, était le point de mire de la plupart d'entre eux. Si, par certains côtés, Lynn trouvait dans cet état de fait un certain soulagement, pour beaucoup d'autres raisons elle n'y trouvait aucun réconfort. La dernière chose au monde dont vous ayez besoin, quand l'image que vous avez de vous-même est des plus médiocres, c'est de jouer les faire-valoir auprès d'une femme qui non seulement est sûre d'elle-même, mais qui a une allure folle par-dessus le marché. Et qui ne vous écrase pas de sa supériorité.

Lynn imaginait les conversations entre copains, sur le ton de la plaisanterie, dans ce bar à vins qu'elles avaient quitté, entre ces types qui s'imaginaient avoir une chance de les draguer. « La mienne, elle est super, mon pote, mais la tienne, je m'en approcherais pas à trois mètres par une nuit sans lune. »

– Tiens, dit Sharon en penchant la bouteille de Chardonnay australien au-dessus du verre de Lynn. Tu ferais aussi bien de finir ça, aussi.

Lynn s'esclaffa.

– Je vais être pompette.

– Tu ne travailles pas demain, n'est-ce pas ?

– Non, Dieu merci. Ni dimanche, d'ailleurs. À moins d'un coup dur.

Sharon leva son verre.

– Veinarde. Chez nous, demain soir, tout le monde sur le pont. Le patron veut faire un genre de démonstration de force. Il veut flanquer la trouille de leur vie à tous les types qui draguent en voiture, les menacer d'imprimer leurs noms dans le journal, d'informer leurs épouses par courrier. On va embarquer les filles au poste et les garder jusqu'au lendemain, les relâcher à la première heure avec une amende de deux cents livres. Le seul résultat, c'est qu'elles retourneront tapiner pour se refaire. (Avec un geste ample, Sharon finit son verre.) Parfois, je me dis que les magistrats en font plus que les souteneurs pour perpétuer la prostitution.

Lynn hocha la tête et avala le dernier morceau de champignon noir.

– Bien…, fit Sharon, cherchant un serveur des yeux. Deux beignets à la banane, deux cafés, et ils pourront nous appeler un taxi. Je te déposerai sur le chemin. (Elle cligna de l'œil.) Tu seras au lit avant minuit, hein ? Bien au chaud sous la couette.

Les rideaux étaient tirés. Une seule lampe, posée sur une table à l'autre bout de la pièce, brûlait d'une lumière douce. Diffusés par les enceintes, les accords réguliers de la guitare de Steve Jordan étaient soutenus par le frottement rythmé des balais de Jo Jones tandis que dans le fauteuil, le plus petit des chats ayant niché sa tête sous le menton du policier, Resnick dormait, sa respiration offrant un contrepoint discret aux sonorités de Sir Charles Thompson qui égrenait en douceur sur son piano la mélodie de *Russian Lullaby*.

19

Pendant que Resnick dormait, à l'autre bout de la ville un pyromane mettait le feu à une maison dont il ne restait à présent qu'une carcasse. Depuis un mois, c'était la troisième fois, dans la cité Bestwood, qu'un incendie volontaire avait des conséquences dramatiques. L'incident avait eu lieu à deux heures du matin, alors que quatre gamins de moins de quatorze ans dormaient au premier, le plus jeune échappant de peu à de graves brûlures grâce à sa mère qui l'avait laissé tomber de la fenêtre de sa chambre dans les bras des voisins massés sur le trottoir. Persuadés de connaître les auteurs de l'incendie, d'autres membres de la famille avaient été interceptés par des policiers appelés d'urgence alors que leur expédition punitive traversait la cité. Sous la banquette arrière de la voiture qui les transportait, on avait trouvé un fusil à canon scié et un pistolet.

Comme l'expliquait ce matin, sur la station de radio qu'écoutait Resnick, un journaliste très remonté, une rencontre avait été décidée de toute urgence pour que le responsable du logement et d'autres officiels de la municipalité puissent débattre avec la police de nouvelles mesures à prendre afin de rétablir l'ordre dans une cité qui semblait être sous la coupe de la pègre. Resnick soupira en beurrant son pain grillé. Il savait que de nouveaux officiers de police venaient d'être incorporés, et qu'au cours des dernières semaines on avait procédé à une cinquantaine d'arrestations ; il savait aussi que la plupart des individus interpellés devaient avoir été, depuis lors, remis en liberté provisoire.

Interrogé par le journaliste, le représentant du conseil municipal déclara que des actions en justice allaient être engagées contre les huit familles qui se trouvaient à l'origine du désordre. « Nous n'aurons aucun scrupule à avoir recours à l'expulsion, dit-il. Le problème, c'est qu'il nous faut des témoins – et les témoins peuvent être victimes de manœuvres d'intimidation. »

Resnick se rappelait l'incursion de son équipe à Radford, le porte-à-porte destiné à recueillir des renseignements sur l'incident au cours duquel Nicky Snape avait été victime d'un jet de bombe incendiaire. Après plusieurs jours d'interrogatoires intensifs, il s'était révélé impossible de persuader quiconque possédant la moindre information de faire une déposition. Si Nicky pouvait être expédié à l'hôpital, il en était de même pour eux.

Le résultat, ce fut un silence têtu : méfiance vis-à-vis de la police, peur des représailles.

Resnick choisit la confiture de framboises. Pendant que les autres chats ne regardaient pas, il fit tomber le reste de Whiskas dans le bol de Bud et jeta la boîte. Avec le courrier, il y avait un petit mot de Marian Witczak qui lui rappelait, de son écriture ornée, légèrement gothique, le bal du Club polonais pour le soir même. Avant sa seconde tasse de thé,

Resnick appela le commissariat et parla à un Kevin Naylor fort réjoui, dont la troisième nuit de surveillance dans l'équipe de Reg Cossall s'était conclue par cinq arrestations pour infractions aux lois sur les stupéfiants, avec deux chefs d'inculpation additionnels : utilisation de fausse monnaie et tentative de fraude aux dépens des services postaux. Resnick imaginait très bien les mines réjouies jusqu'à l'obscène de Reg Cossall.

– Bien joué, dit-il à Naylor. C'est du bon travail. Maintenant, rentrez chez vous et dormez un peu. Je ne veux pas vous voir vous écarquiller les yeux quand vous reprendrez votre service.

Resnick avait à peine reposé le téléphone que celui-ci sonna. Instantanément, il reconnut le ton préoccupé, quelque peu nasal, de Millington. En fond sonore, il entendait quelqu'un faire des vocalises ; après son triomphe dans le rôle principal de *La Veuve joyeuse*, Madeleine se préparait pour une nouvelle saison d'opéra amateur.

– Bonjour, Graham. Que puis-je faire pour vous ?

– Je me demandais, dit Millington, si vous aviez entendu parler d'une augmentation des effectifs ? Les nôtres, je veux dire.

Resnick n'avait rien entendu du tout.

– Il vient de me parvenir une rumeur selon laquelle la situation allait s'améliorer ; il est question du transfert de quelques officiers supplémentaires. J'ai pensé que Jack Skelton vous en aurait peut-être touché deux mots. Seulement, s'il est nécessaire de faire valoir ses droits pour obtenir quelque chose, notre équipe travaille en surrégime depuis tellement de temps que je préfère ne pas m'en souvenir.

Ce dont son second préférait ne pas se souvenir, c'était le meurtre de Dipak Patel, plusieurs années auparavant, poignardé en pleine rue alors qu'il s'interposait dans une bagarre. Son agresseur n'avait jamais été identifié, jamais appréhendé.

– Cette rumeur, Graham, vous n'auriez pas envie d'en préciser la source, je suppose ?

– J'aime mieux pas, Patron.

Ça ne m'étonne pas, pensa Resnick, personne n'aime se faire reprocher de ne pas savoir tenir sa langue.

– D'accord, Graham, merci pour le tuyau. Je vais passer un coup de fil à Skelton tout de suite, voir si on peut faire quelque chose.

– Bien…, dit Millington. (Puis, masquant à peine son ton goguenard :) Vous allez voir le match, cet après-midi, je suppose ? Encore une page d'histoire qui va s'écrire.

Resnick reposa le combiné pendant que Millington riait. Après une saison au cours de laquelle le club avait engagé et limogé presque autant de dirigeants que son gardien avait encaissé de buts, la rencontre d'aujourd'hui représentait, mathématiquement, la dernière chance de Nottingham County d'éviter la relégation. Resnick préférait ne pas y penser.

Il composa le numéro du commissaire principal, et fut accueilli par la voix de mégère d'Alice Skelton, chaque syllabe pareille à un zeste de citron frotté sur une râpe.

– Jack à la maison un samedi matin, Charlie ? Soyez raisonnable. Pourquoi rester au sein de sa famille quand il y a de stupides petites balles de golf à envoyer dans toutes les directions ? Ou, dans le cas de Jack, à enterrer dans les bunkers ?

– Merci, Alice, dit Resnick d'un ton plaisant, peut-être pourriez-vous lui dire que j'ai appelé.

Il se versa une seconde tasse de café et la but sans lait, en parcourant la rubrique culturelle du *Guardian* de la veille ; ce n'était pas un choix naturel pour Resnick – le *Guardian* n'était pas tendre pour la police –, mais depuis quelque temps, ils y ajoutaient des critiques de disques de jazz qui n'étaient pas si mal. Dizzy Gillespie dirigeant un big band dans lequel figurait Clark Terry, voilà qui semblait prometteur.

Après s'être dit qu'il n'irait pas rôder du côté du stade, Resnick s'y présenta cinq minutes avant le match. Il trouva un siège du côté même du terrain où, la saison précédente, il venait un samedi sur deux s'accouder, debout, à la barrière, pour partager avec le même groupe à composition variable de râleurs et d'optimistes les douteux délices réservés aux supporters de Nottingham County. Mais, à présent, après l'application des décrets gouvernementaux, l'ancien terrain de foot était transformé en stade moderne ne comportant que des places assises, le billet d'entrée avait presque doublé, la plupart des amis de Resnick s'étaient évaporés, et après avoir consacré tout cet argent à rénover les lieux, le club n'avait pas réussi à trouver une somme équivalente pour améliorer l'équipe.

Ce samedi, il semblait y avoir au moins deux joueurs en maillot de l'équipe locale – recrutés au salaire minimum dans un centre de formation, probablement – que Resnick aurait été en peine d'identifier, et à la façon dont ils avaient commencé à jouer, le reste de l'équipe n'était guère plus avancé.

En essayant de protéger leurs buts, deux défenseurs de County se percutèrent, sautant sur le même ballon. Pour Resnick, ce fut la goutte d'eau qui fit déborder le vase. Un quart d'heure avant la fin, la tête basse, il fit demi-tour et se dirigea vers la sortie, épaule contre épaule avec tous les autres supporters qui avaient choisi de faire comme lui.

Après une telle épreuve, il le savait, passer la soirée seul n'était pas une bonne idée. Il envisagea de téléphoner à Hannah, à tout hasard, et de lui proposer de sortir avec lui si elle n'avait pas déjà fait des projets. Mais quand il atteignit la rue principale, il avait déjà chassé cette idée de son esprit. En dépit de toutes ses inclinations précédentes, il se rendrait plutôt au Club polonais.

Il avait acheté ce costume gris pâle six ans plus tôt ou davantage, et dans la mesure où il pouvait avoir une préférence en matière de costumes, c'était pour celui-là ; il n'y avait trouvé qu'une seule petite tache, une marque sombre près d'un revers, qui s'en alla presque entièrement quand il la gratta du bout de l'ongle. Il avait repassé une chemise bleu pâle et noué sa cravate bleu foncé avec plus de soin qu'à l'ordinaire. Le bar du Club polonais divisait la grande salle en deux parties inégales, et dans la plus grande des deux, celle qui contenait la petite estrade de l'orchestre, il trouva Marian assise au comptoir.

– Charles, te voilà ! Viens, viens, approche-toi et viens nous rejoindre. Oh, tu ne sais pas à quel point ça me fait plaisir de te voir.

Tandis que Marian lui pressait la main entre les siennes et lui posait avec enthousiasme un baiser sur chaque joue, Resnick se dit qu'il commençait à en avoir une certaine idée.

Vêtue d'une robe noire que soulignait un discret nœud blanc, un simple rang de perles autour du cou, Marian était entourée par plusieurs quadragénaires mariés qui éprouvaient un certain frisson, un samedi soir sur deux, à flirter avec elle hors de portée de voix de leurs épouses. Elle avait tiré ses cheveux en arrière, haut sur sa tête, les maintenant en place grâce à une barrette en argent ; ses boucles d'oreille en argent accentuaient la gracilité de son cou. C'était une femme élégante ; une belle femme, au goût de certains. Parmi ceux qui lui faisaient la cour, supposa Resnick, d'aucuns le disaient fréquemment. Ils s'étaient écartés de mauvaise grâce pour le laisser s'approcher, et à présent ils restaient plantés là, rancuniers, tandis que Marian assaillait Resnick de questions, proposait de lui offrir la vodka de son choix, un sourire dans ce regard qu'elle posait sur lui. Dix minutes plus tard, les autres s'étaient éclipsés, pour retourner près de leurs femmes.

– Je te trouve très épanouie, Marian.

– Belle ?

– Bien sûr.
– Désirable ?
Elle le fixait d'un regard moqueur.
Comment se faisait-il, se demanda Resnick (et pas pour la première fois), que depuis toutes ces années qu'il la connaissait – depuis, pratiquement, qu'ils étaient enfants – il n'avait jamais eu envers elle une seule pensée d'ordre sexuel ? Était-ce parce que, en même temps que sa beauté, elle arborait de façon si ostentatoire ses origines polonaises ? Parce que voir en elle une partenaire – une véritable partenaire de quelque sorte que ce soit – ce serait remettre le pied dans une existence qu'il avait pratiquement rejetée ? La vie de ses parents, une vie en exil. Des étrangers en terre étrangère.
Balayant la salle du regard, il vit des femmes en robes évasées, des hommes, certains d'entre eux, en nœuds papillons, les enfants qui galopaient entre les tables habillés comme des modèles réduits de leurs parents ; sur la piste de danse, deux couples esquissant une valse sur l'air que jouait l'orchestre dirigé par un accordéoniste ; sur les murs, des photos de généraux vaincus.
– Charles, à quoi penses-tu ?
Resnick sourit.
– Oh, à rien d'important.
– Encore un crime épouvantable ?
Il secoua la tête.
– Marian, je te promets qu'il ne s'agissait pas de cela.
Pendant un moment, elle posa la main sur le bras de Resnick.

– Tu sais, Charles, l'une des choses qui me feraient le plus plaisir ? Si un soir, comme ce soir, tu entrais ici avec une femme ravissante à ton bras, une femme dont tu serais amoureux.

Malgré lui, Resnick s'esclaffa.

– Marian, tu rêves.

– Oh. (Elle approcha son visage du sien.) Et toi, tu ne rêves pas ?

– Il me semble…, dit Resnick, finissant sa vodka et se tournant vers l'orchestre, … que le moment est venu pour nous d'aller danser.

La valse terminée, les couples âgés regagnaient lentement leurs places. L'accordéoniste mit ses doigts à l'épreuve en jouant une fioriture préliminaire, et il annonça la première polka de la soirée. Marian ôta ses talons hauts, enfila une paire de chaussures plates apportées spécifiquement pour cet usage, et elle prit le bras de Resnick alors qu'ils s'avançaient sur la piste de danse.

Au bout de quarante minutes, interrompues seulement par deux brefs interludes, ils étaient toujours là, transpirant légèrement, le nœud de cravate de Resnick desserré autour de son cou, son bouton de col défait.

– Tu vois ? (Marian rit, se cognant contre la poitrine de Resnick alors que le morceau s'achevait brusquement.) Tu vois comme tu t'amuses bien ? Et pourquoi tu devrais venir ici plus souvent ?

Resnick se tamponna les tempes et jeta avec envie un regard en direction du bar.

– J'ai besoin de boire un verre.

Elle le retint par la main.

– Dans un petit moment. (Une lueur malicieuse dansa dans ses yeux.) J'ai parlé tout à l'heure à mon ami le chef d'orchestre. Je crois savoir ce qu'ils vont jouer maintenant.

Quand Carl Perkins écrivit cette chanson, il n'imaginait sans doute pas qu'on pourrait un jour l'interpréter de cette façon, mais c'était bel et bien du rock'n'roll polonais, et c'était *Blue Suede Shoes*. L'une des choses que Resnick avait apprises de son oncle, le tailleur qui était allé en Amérique et en était revenu avec un amour pour le jazz et le jitterbug, c'était comment danser le swing ; de qui Marian l'avait-elle appris, Resnick ne l'avait jamais su. Mais tous les deux ensemble, la veste déboutonnée de Resnick exécutant une petite danse à sa façon, sans être exceptionnels, ils étaient très bons.

Roll Over Beethoven.

Tutti Frutti.

Little Queenie.

Resnick perdit pied, manqua la main que lui tendait Marian, et faillit piétiner un petit môme. Ça suffisait comme ça. Et cette fois, il ne tolérerait aucune discussion.

Ils passèrent dans la seconde salle et trouvèrent deux sièges ; pendant que Marian allait se rafraîchir aux toilettes, Resnick bavarda avec le barman en gilet et repartit avec deux bières bien fraîches. Je me demande, pensa-t-il, si Hannah sait danser comme ça ? Oh, Charles, et toi, tu ne rêves pas ? Il n'aurait jamais dû laisser Hannah lui revenir à l'esprit. Quand Marian revint, il s'excusa et sortit pour téléphoner. Il n'avait guère d'espoir qu'elle fût chez elle, mais elle décrocha à la troisième sonnerie.

– Allô ?

– Hannah ?

– Oui.

Une légère pause, puis :

– Je ne pensais pas vous trouver chez vous.

– Qui est à l'appareil ?

Quand il le lui dit, il y eut un court silence avant qu'elle ne commente :

– Et c'est pour ça que vous m'appelez, parce que vous ne pensiez pas me trouver chez moi ?

– Non.

Il entendait de la musique, lointaine, en sourdine, quelque chose qu'elle écoutait, des guitares.

– Est-il trop tard, demanda-t-il, pour que vous veniez me rejoindre et prendre un verre avec moi ?

20

Cet après-midi, Hannah était allée au plus petit des deux cinémas Broadway pour voir un film tunisien, *Les Silences du palais*. En même temps qu'elle, une demi-douzaine de spectateurs peut-être avaient vu une femme exilée rentrer dans son pays récemment devenu indépendant, et faire face aux exigences du présent et du passé. Cette femme, une chanteuse, se retrouvait parmi d'autres femmes pour qui le silence était le seul choix possible. Hannah, assise à l'extrémité d'une rangée, contre le mur, s'était efforcée de ne pas rejeter cette façon de filmer le temps qui passe avec une lenteur délibérée, de surmonter ses préjugés contre les sonorités âpres de la langue arabe. Peu à peu, le film l'avait conquise, si bien que, vers la fin, elle était immergée dans son rythme. Et quand elle était sortie, les discussions et l'agitation du café-bar voisin lui avaient paru brutales, trop sonores. Elle s'était sentie agressée par la circulation dans les rues, la foule sur les trottoirs. En traversant le bout de Clumber Street vers l'ancienne place du marché, elle crut apercevoir Sheena Snape dans un groupe d'une demi-douzaine de filles qui bloquaient bruyamment le trottoir devant la banque.

Sur la place, des jeunes gens en chemises de football à rayures blanches et noires menaçaient de se pousser les uns les autres dans la fontaine. Hannah les contourna et remonta St James Street, passant devant le musée Robin des Bois, et continua à grimper la côte vers Lenton où elle habitait une maison mitoyenne de style victorien donnant sur une pelouse, un terrain de jeux pour enfants, une église et un terrain de boules sur gazon.

La veilleuse clignotait sur son répondeur.

Il y avait des gens, supposait-elle, qui pouvaient ôter leur manteau, changer de chaussures, mettre la bouilloire sur le feu, vider la poubelle, faire toutes sortes de choses avant d'appuyer sur le bouton « Écoute ». Elle n'en faisait pas partie.

La première voix était celle de son père, qui l'appelait depuis le petit village de France où il s'était installé trois ans plus tôt. À présent, il consacrait son temps à restaurer une vieille grange en ruines avec la jeune femme pour laquelle il avait quitté la mère de Hannah, une étudiante en architecture qui aspirait à devenir romancière et qui avait presque dix ans de moins que Hannah.

« Elle te quittera un jour, papa », avait dit Hannah quand elle avait rendu visite à son père l'année précédente et qu'ils étaient tous les deux assis dehors à l'ombre tandis qu'Alexa s'occupait à l'intérieur de la grange. « Tu le sais bien, non ? »

Il avait pris les deux mains de Hannah entre les siennes avant de déposer un baiser sur son front. « Bien sûr qu'elle me quittera. Le moment venu. » Il avait cligné de l'œil. « Du moment qu'on finit d'abord de retaper cet endroit, hein ? Alors, au moins, elle me laissera avec un toit sous lequel je pourrai cacher mon chagrin. »

Sur la cassette, sa voix était ferme, heureuse ; plus heureuse qu'elle n'avait jamais semblé l'être dans cette ville de banlieue du Kent, qu'il quittait tous les matins par le train de sept heures vingt-trois, pour revenir par celui de six heures cinquante-quatre.

Hannah pensait que le second appel pouvait être de sa mère, pour une parfaite symétrie familiale, mais c'était Joanne, une collègue ; elle avait réservé un court de tennis pour jouer en double demain matin et l'un des trois autres leur faisait faux bond, Hannah voulait-elle prendre sa place ? Hannah fut tentée ; elle composa le numéro de Joanne, mais la ligne était occupée.

Elle réessaierait plus tard. Pour le moment, elle prépara du thé et le but avec une tranche de gâteau au café et aux amandes et l'*Independent* du jour. Il y avait des lasagnes surgelées qu'elle pourrait passer au micro-ondes, de quoi faire une salade, et sur la table deux piles de cahiers qui attendaient d'être corrigés. Elle s'était offert le nouveau livre de Marge Piercy et il l'attendait, bien blanc et bien épais, sur l'accoudoir de son fauteuil près de la fenêtre, ne demandant qu'à être lu. *Les Désirs des femmes*. Ah, oui, pensa Hannah, nous savons toutes de quoi ils sont faits.

Elle se servait un verre de vin quand le téléphone la demanda dans l'autre pièce. Certaine qu'il s'agissait de Joanne qui rappelait au sujet du tennis, elle était mal préparée à entendre la jovialité fragile de sa mère. Celle-ci voulait les conseils de Hannah au sujet des vacances – faire de la marche à pied en Crète ou de l'aquarelle à Flatford Mills ? Hannah comprit que c'était une façon pour sa mère de lui dire : tu vois que je survis, que je suis positive, que je continue à transformer la trahison de ton père en une oasis de possibilités nouvelles. Va en Crète, avait envie de dire Hannah, tu as davantage de chances d'y rencontrer un homme. Un berger basané qui adorera ton corps mince et souple et ta peau d'albâtre. Comme si c'était là tout ce dont sa mère – dont elle-même, dont toutes les femmes – avaient besoin. *Les Désirs des femmes*, vraiment !

Un quart d'heure plus tard, sans vouloir être méchante, Hannah dit à sa mère qu'elle avait des corrections à finir, raccrocha le téléphone et emporta son livre et son verre de vin à l'étage dans la pièce à fenêtre en saillie qui lui servait de chambre et qui surplombait le parc. Elle avait disposé un fauteuil en osier rembourré de coussins tout près de la fenêtre et, les rideaux ouverts, elle aimait s'y installer le soir avec un bon livre, jetant de temps à autre un regard à travers les vitres pour voir la lumière décliner à travers la cime des arbres.

Son père avait rencontré Alexa l'année où elle-même avait commencé à vivre avec Jim, son second essai de relation stable et, elle en était persuadée, celui qui réussirait. Le prédécesseur de Jim, Andrew, avait été un Irlandais volage qu'elle avait rencontré alors que celui-ci, assistant à l'université de Belfast, prenait une année sabbatique ; c'était un universitaire robuste au visage rond qui écrivait des poèmes interminables, austères – et, Hannah s'en rendait compte à présent, extrêmement mauvais – sur la couleur de la tourbe et les vertus rédemptrices du vagin. Andrew, qui un jour de grande forme pouvait vider une bouteille entière de Jameson's sans ciller, et pour qui la meilleure façon de faire l'amour était de hisser Hannah sur un coin de table et de lui remonter sa jupe jusqu'au cou. Les deux ou trois premières fois, même si elle jugeait politiquement incorrect de l'admettre, Hannah avait trouvé cela franchement excitant. Par la suite, son intérêt s'était émoussé, jusqu'au moment où les étreintes d'Andrew ne furent plus synonymes pour elle que de cuisses éraflées et de bleus sur les hanches.

Jim, c'était autre chose ; professeur de musique itinérant, la première fois que Hannah l'avait vu, il faisait travailler le premier mouvement du concerto pour clarinette de Mozart à un gamin de treize ans émotif et affublé d'une paire de lunettes modèle sécurité sociale. Jim avait pris en main l'éducation musicale de Hannah, également. Il lui avait fait comprendre qu'on pouvait s'intéresser à Benjamin Britten pour sa musique et pas seulement à cause de sa liaison avec le ténor Peter Pears, et qu'il était possible de voir dans une journée de concerts comprenant les six quatuors pour cordes de Bartók autre chose qu'un test d'endurance. Ils traînaient au lit en écoutant Schubert, parlant de l'endroit où ils habiteraient quand ils seraient mariés, cherchant des prénoms pour leurs enfants – Béla et Tasmin étaient les préférés de Jim – et plaisantant sur le choix de l'instrument à anche qu'ils leur feraient apprendre.

Un peu moins de deux ans après son départ, Hannah trouvait encore des traces de son passage dans la maison, une anche de clarinette coincée derrière les coussins du canapé, la partition de *Billy Budd* parmi les dossiers poussiéreux dans lesquels elle conservait ses anciens cours de fac. Itinérant, le terme s'était révélé bien choisi.

À la fin d'un chapitre, Hannah referma son livre, se leva, et resta un moment devant la fenêtre, à regarder dehors. Des lumières clignotaient comme des lucioles à l'autre bout du parc. Redescendant au rez-de-chaussée, elle appela Joanne et confirma qu'elle viendrait jouer avec elle au tennis, prit un cahier à corriger et le reposa, se dit qu'il serait plus raisonnable de ne pas prendre un autre verre de vin puis, une fois qu'elle l'eut versé, traversa la pièce jusqu'à la stéréo et fouilla dans les piles de disques compacts qui, depuis le départ de Jim, avaient retrouvé leur état de désordre permanent. Mary Chapin Carpenter, Nanci Griffith, Rosanne Cash ? Elle se dit que *Blue Moon With Heartache* [1] risquait d'être un peu dur à digérer. *Shut Up and Kiss Me !* [2], en revanche, c'était positif, rien à dire à cela. Elle devrait peut-être en acheter un second exemplaire, l'envoyer à sa mère, quelque chose à glisser dans son sac pour partir en Crète, avec sa crème solaire et un guide de conversation en grec. Hannah avait à peine commencé à écouter Mary Chapin Carpenter quand

1. « Lune bleue avec chagrin d'amour. » *(N.d.T.)*
2. « Tais-toi et embrasse-moi ! » *(N.d.T.)*

le téléphone sonna de nouveau. Elle faillit décider de l'ignorer.

– Allô ?

– Hannah ?

– Oui.

Elle n'avait aucune idée de l'identité de son interlocuteur.

– Je ne pensais pas vous trouver chez vous.

Alors, pourquoi m'appelez-vous, bon sang ? pensa-t-elle, fouillant toujours dans la liste des possibilités. Un collègue ? Un ami de Joanne ? Son partenaire de double pour demain matin ?

– Qui est à l'appareil ?

– Charlie Resnick. Vous vous souvenez de moi ?

Bien sûr, qu'elle s'en souvenait. D'autant plus qu'à présent elle reconnaissait sa voix. Elle parvenait même à se le représenter, debout, massif, le téléphone collé à l'oreille, contre sa bouche.

– Et c'est pour ça que vous m'appelez, dit-elle en souriant un peu, parce que vous ne pensiez pas me trouver chez moi ?

Elle fut surprise de voir à quel point elle était ravie qu'il l'eût fait.

– Non, dit Resnick avant d'ajouter : Est-il trop tard pour que vous veniez me rejoindre et prendre un verre avec moi ?

Ce ne fut qu'après avoir raccroché le téléphone que Hannah se rendit compte qu'elle ne savait pas exactement où se trouvait le Club polonais ; elle espérait que le chauffeur de taxi connaîtrait l'adresse.

Elle avait changé trois fois de tenue en attendant le taxi, pour finalement remettre ce qu'elle portait quand Resnick avait appelé, un haut à col rond en coton gris pâle et un jean bleu qu'elle venait de laver, des chaussures noires, plates et confortables. Avant de refermer la porte, elle prit au portemanteau du vestibule une veste en lin beige clair.

Resnick l'attendait quand elle arriva ; il sortit de l'ombre, en haut des marches, alors que son taxi s'éloignait.

– Vous avez trouvé facilement ?

– C'est le chauffeur qui a trouvé.

– Vous êtes déjà venue ici ?

Hannah secoua la tête.

Le vieillard aux cheveux blancs peignés en arrière, blazer bleu et boutons bien astiqués, regarda Resnick au moment d'inscrire le nom de Hannah, mais Resnick évita les questions qu'il lisait dans ses yeux bleus larmoyants.

– Écoutez, fit Resnick. (Sa main touchant à peine le bras de Hannah, il l'avait retenue dans le hall d'entrée, au-delà de la réception. Elle enregistrait vaguement la présence du papier peint rouge foncé, des photographies encadrées, de la musique provenant d'une autre pièce.) Il y a des gens que je connais, ici, je peux vous présenter à eux, ou bien…

– Ou bien, nous pouvons nous cacher dans un coin.

Il sourit.

– Quelque chose comme ça.

Hannah lui rendit son sourire.

– Je ne suis pas du genre à me cacher.

Marian Witczak prit la main de Hannah comme un médecin manipulerait une lamelle pour microscope sur laquelle on aurait déposé un spécimen rare et potentiellement dangereux. Elle échangea par politesse quelques banalités des plus insipides pendant que Resnick était au bar, et quand il revint, elle s'excusa pour retourner sur la piste de danse. Après ça, pensa Resnick, qu'elle ne vienne pas me dire qu'elle rêve de me voir au bras d'une jolie femme.

Hannah accepta le verre de bière que lui tendait Resnick et se cala confortablement contre le cuir usé de son siège.

– Quand cela s'est-il terminé ? demanda-t-elle, son regard indiquant la direction prise par Marian.

– Quoi, exactement ?

– Votre… appelez ça comme vous voudrez. Votre relation. Votre liaison.

– Avec Marian ?

– Oui.

Resnick secoua la tête.

– Elle n'a jamais commencé.

Reposant son verre, Hannah sourit.

– Eh bien, voilà qui explique son accueil, au moins.

Ils restèrent assis à bavarder pendant une demi-heure peut-être, de leurs métiers respectifs, de leurs façons bien différentes de passer un samedi après-midi, le club de Nottingham County apparemment aussi exotique pour Hannah que la Tunisie l'était pour Resnick.

– Vous n'allez jamais au cinéma ?

– Pas vraiment.

– Je vais au Centre culturel Broadway presque chaque semaine, il me semble. On y voit toutes sortes de films. Vous savez, des choses qu'on a peu de chances de voir ailleurs, sauf sur la chaîne culturelle.

– Comme les films sur la Tunisie, dit Resnick en souriant.

Hannah hocha la tête. Il rajeunissait de plusieurs années quand il souriait, quand sa bouche s'élargissait, que ses yeux devenaient plus brillants.

– Vous devriez y aller, dit-elle. Ils passent des bons films. Pas tous tunisiens. Et de plus… (un sourire) … on y mange bien.

Quel genre de sauce, se demanda-t-elle, a-t-il fait gicler sur son revers et oublié de nettoyer ? De la bolognaise ? De la matriciana ?

Un serveur annonça que le bar allait bientôt fermer. Ils s'étaient levés de leurs sièges quand l'accordéon attaqua la dernière valse.

– On danse ? proposa Resnick, la tête penchée, les doigts de nouveau prêts à saisir le bras de Hannah.

– Non, merci, dit Hannah.

Mais une fois dehors, elle glissa son bras sous celui de Resnick et suggéra qu'ils marchent un moment. Il lui demanda où elle habitait et elle fit de même. Au carrefour de Sherwood Rise et de Gregory Boulevard, un taxi noir et blanc vint vers eux, sa lumière de toit annonçant qu'il était libre, et Resnick s'avança sur la chaussée, le bras levé, pour le héler.

– Bon, fit Hannah, alors que Resnick lui tenait la portière ouverte, on va chez vous ou chez moi ?

Le taxi les déposa au bout de la Promenade. Pendant le court trajet, ils avaient dit peu de choses, Resnick conscient de la proximité de Hannah, de la manche de sa veste reposant presque sur sa cuisse, du bruit, discret, de sa respiration, de la façon dont ses mains ouvertes en coupe étaient posées dans son giron, ses doigts se touchant à peine.

– Nous y sommes…, dit-elle d'une voix, sur le moment, étrangement sonore.

Resnick hocha la tête : il avait des raisons de connaître cette rue. À gauche, des maisons hautes, alors qu'ils commençaient à remonter la rue sans revêtement, qui n'était guère plus qu'une allée ; à droite, des grilles en fer et une rangée inégale de buissons et d'arbrisseaux qui les séparaient du parc.

– J'habite tout au bout, dit Hannah. L'une des maisons mitoyennes.

Les maisons devant lesquelles ils passaient, aux lumières atténuées par des rideaux ou tamisées par des voilages, étaient des habitations jumelées ; de petits jardins sur le devant, des carrés de gazon entourés d'arbustes ou de plantes en fleurs. Indistinctement, leur parvenaient des échos de conversations, de rires, d'émissions de télévision, de dîners qui s'éternisaient. Machinalement, Resnick échangea des salutations avec un homme qui promenait son chien. Quand ils passèrent devant la maison où avait vécu Mary Sheppard [1], il sentit quelque chose se nouer au creux de son estomac.

Quand Hannah fit une pause pour ouvrir le portail

---

1. Voir *Cœurs solitaires*, dans la même collection. *(N.d.T.)*

qui menait aux quelques maisons mitoyennes du bout de la rue, elle vit le visage de Resnick, livide dans le cône de lumière du réverbère.

– Qu'est-ce qu'il y a ? On dirait que vous venez de voir un fantôme.

La nuit avait été froide, bien plus froide que celle-ci, et ils avaient trouvé Mary Sheppard nue jusqu'à la taille, presque nue au-dessous. Resnick se rappelait ses jambes partiellement soulevées, ses bras à angle droit par rapport au torse. Les officiers arrivés avant Resnick – Lynn Kellogg et Kevin Naylor avaient été les premiers sur place – l'avaient recouverte d'une bâche en plastique, puis de manteaux pris dans la maison. Resnick avait soulevé le tout pour examiner le corps avec une lampe torche qu'on lui avait prêtée. Ses yeux étaient encore ouverts, contemplant la lune sans la voir.

Il suivit Hannah dans la courte allée menant à sa porte. Quand elle se retourna vers lui, la clé à la main, elle tomba presque dans ses bras.

– Vous entrez ? Prendre un café ? Un verre ?

Pendant un moment, il hésita.

– Une autre fois, peut-être.

Avec regret, il secoua lentement la tête.

– Vous êtes sûr ?

Elle posa la main sur celle de Resnick, le froid métallique de la clé, la chaleur soudaine de sa peau. Resnick ne bougea pas. Hannah essayait de voir son visage, de lire l'expression de son regard. Au bout d'un moment, elle se tourna, glissa la clé dans la serrure, et poussa la porte. Une lumière d'un orangé chaleureux éclairait le vestibule. Hannah regarda derrière elle, puis elle s'écarta d'un pas quand Resnick entra à sa suite.

Il y avait une vieille cheminée dans le salon, encadrée de part et d'autre de carreaux de faïence décorés, un vase rempli de fleurs séchées devant le pare-feu noir mat. Sur le dessus en marbre, des cartes postales et une photo de famille dans un cadre gris-vert. Un canapé à deux places adossé à un mur, deux fauteuils aux couleurs vives, des coussins par terre. Ne sachant où s'asseoir, Resnick resta debout.

Au-dessus de sa tête, il entendit un bruit de chasse d'eau, les pas de Hannah dans l'escalier.

– Qu'est-ce que ce sera ?

Elle avait ôté sa veste ; il remarqua, pour la première fois, deux bagues, de l'argent avec une touche de couleur, sur l'annulaire et l'auriculaire de sa main droite.

– Café ? Thé ? Il y a une bouteille de vin qui est déjà ouverte. Il n'est pas trop mauvais. À vrai dire, il est plutôt bon.

Elle souriait avec les yeux.

– Le vin me paraît une bonne idée.

– D'accord. (Elle agita la main en direction du canapé.) Pourquoi ne vous asseyez-vous pas ? Mettez de la musique si vous voulez. J'en ai pour une minute.

Dans l'angle de la pièce, Resnick se pencha sur une petite pile de disques compacts, près de la stéréo, portant des noms, féminins pour la plupart, qu'il ne connaissait pas. Il regarda la couverture d'un boîtier ouvert et vide, sans doute ce qu'écoutait Hannah quand il avait appelé. Le titre de l'album : *Un chemin semé d'embûches*. Resnick se dit que des embûches, il en connaissait quelques-unes.

Dans la cuisine carrée, en versant du vin, Hannah fut stupéfaite de constater à quel point sa main tremblait. Hannah, mais qu'est-ce qui te prend, bon sang ? se demanda-t-elle. Et qu'est-ce que tu crois faire, au juste ?

– Tenez.

Il était toujours planté là, trop imposant pour le milieu de la pièce. Quand il prit le verre, ses doigts brûlants effleurèrent un instant la main de Hannah.

– Pourquoi ne me laissez-vous pas prendre votre veste ?

– Ce n'est pas la peine.

Mais il posa quand même son verre, ôta d'un mouvement d'épaules la veste de son costume, et Hannah la suspendit dans le vestibule, près de la sienne.

– Je vous en prie, asseyez-vous.

Indécis, Resnick prit le canapé. N'ayant pas encore le cran de s'asseoir à côté de lui, Hannah choisit le fauteuil le plus proche de la stéréo.

– Vous n'avez rien trouvé qui vous tente ? demanda-t-elle en indiquant la pile de disques.

– Je ne savais pas quoi choisir.

– Ce n'est pas votre genre de musique, alors ?

Enfin, Resnick sourit.

– Je suis plutôt amateur de jazz, je le crains.

– Ma foi, fit Hannah en tendant la main vers les boutons de l'ampli, qui ne risque rien…

Quelques notes de piano, hésitantes au début, traversèrent la pièce. Puis une voix de femme, légèrement voilée, a cappella, chaude mais nue. Pourquoi marcher, chantait-elle, quand on peut voler ?

Quand les instruments se joignirent à la voix, Resnick crut, pour la deuxième fois de la soirée, entendre un accordéon. Se penchant en avant, il prit son verre sur la cheminée et, sans boire, le posa par terre près de son pied. Hannah l'observait, ses lèvres esquissant les paroles de la chanson. L'espace qui les séparait à ce moment-là semblait large d'un million de kilomètres, infranchissable. Resnick déplaça son pied et le verre bascula, répandant le vin sur la moquette.

– Oh, merde !

– Ce n'est rien. (Hannah, debout, se dirigeait vers la porte.) Ne vous inquiétez pas. Ne vous inquiétez pas.

Elle revint avec une serviette de table.

– Je suis navré.

Resnick était toujours assis à la même place, les jambes écartées, son verre presque vide entre les doigts.

– Ça n'a aucune importance, l'assura Hannah en pressant la serviette à l'endroit où le vin s'était répandu. C'est pour ça que j'ai choisi cette couleur. Rien ne se voit.

– C'est ma faute. Je suis si maladroit.

– Non, tenez. Regardez. On ne voit plus rien. Enfin… (Elle rit.) Pas grand-chose.

Se redressant, elle posa la main sur la cuisse de Resnick, qui ne se déroba pas. Quand elle leva son autre main pour la passer autour de son cou, la serviette tachée lui glissa des doigts. Il garda la bouche fermée sous son baiser, puis il desserra les lèvres. Le goût du vin sur sa langue. Quelque part dans le cerveau de Hannah, cette pensée fugace : J'aurais dû attendre *Shut Up and Kiss Me !*, mais la plage numéro six était trop loin. Les genoux de Resnick se pressaient contre son flanc, il avait plongé la main dans ses cheveux.

– Charlie, dit-elle une quinzaine de minutes plus tard.

Il avait fait pivoter une de ses jambes pour la poser sur le canapé, et Hannah était à moitié vautrée sur lui, s'efforçant de ne pas se laisser gagner par les crampes et de ne pas remarquer que sa hanche frottait plutôt douloureusement contre le rebord anguleux du siège.

– Mmm ? marmonna-t-il, tout près de son visage.

Sa cravate avait disparu et sa chemise était presque entièrement déboutonnée.

– Viens au lit.

À la porte, il l'arrêta, lui prenant la main.

– Écoute, Hannah, tu es sûre ?

Il fut surpris par la férocité de son rire.

– Qu'est-ce qu'il y a ?

– Si j'en suis sûre ? dit-elle. Je ne sais pas si je peux me permettre d'attendre aussi longtemps.

La chambre occupait tout l'étage de la maison, entre les deux pentes du toit. Le plancher avait été poncé et ciré ; on avait décapé les deux commodes et l'armoire en pin. Il y avait un tapis de chaque côté du lit, le premier blanc, l'autre rouge sang. Des plantes étaient suspendues au plafond dans des paniers en osier, leurs feuilles s'élevant vers la lumière qui, même à cette heure-ci, était visible à travers les deux lucarnes, situées de part et d'autre de la pièce. En ville, l'obscurité n'était jamais complète. Certaines nuits, Hannah restait allongée dans son lit, scrutant le ciel, cherchant vainement les étoiles.

Se soulevant sur un bras, elle fut surprise de constater qu'elle tremblait encore un peu ; elle n'avait fait l'amour avec personne depuis le départ de Jim, et cela lui semblait remonter à une époque bien plus lointaine qu'elle ne l'était vraiment. C'était tellement étrange, la première fois avec un nouveau partenaire ; après les premiers moments d'excitation aveugle, ceux pendant lesquels on se caresse et on se déshabille, il y avait cette étape malcommode où l'on cherche à s'emboîter l'un dans l'autre, son côté presque obstinément embarrassant. Hannah se rappelait, dans un film qu'elle avait vu une fois – Robert de Niro, peut-être, et Uma Thurman ? – se ruant l'un sur l'autre, une mêlée de bras, de jambes, de draps de lits qui se terminait par un plan du couple ébahi, à bout de souffle, sur le plancher. Et bien sûr, dans les films, il n'y avait jamais cette non-conversation gênante au sujet des préservatifs. Lequel des deux partenaires en possède, à supposer qu'ils n'en soient pas l'un et l'autre dépourvus, et sont-ils à portée de main ? Dans son cas, la réponse était : sur l'étagère du haut de l'armoire de toilette, derrière le gel contre les aphtes et la réserve de fil dentaire.

Elle entendit Resnick respirer sur un rythme

différent et pensa qu'il s'était peut-être rendormi lorsque, d'abord brièvement, il ouvrit les yeux.

– Quelle heure est-il ?

Hannah plissa les paupières pour regarder le réveil numérique sur le plancher.

– Quatre heures moins le quart.

Resnick se redressa sur un coude et se tourna vers elle, cette femme qu'il connaissait à peine et qui l'avait invité dans son lit. Il se sentait flatté, et il aurait aimé le lui faire savoir, mais il ne parvenait pas à trouver les mots justes. Au lieu de le lui dire, il lui embrassa le coin de la bouche.

– Il faut que tu partes ?

– Je ne devrais pas tarder.

– Tu commences tôt ?

– J'ai des responsabilités. (Il sourit.) Mes chats. Et il faut que je me change, que je mette autre chose que ce costume-ci.

Son pantalon se trouvait quelque part entre le lit et l'escalier.

– Et si tu restes toute la nuit, dit Hannah, cela pourrait signifier autre chose.

Il la regarda ; sous cette lumière, les yeux de Hannah étaient gris-vert, la couleur d'un galet poli par l'eau.

– Tu crois ?

D'un mouvement brusque, elle sortit de sous la couette et se leva.

– Nous verrons.

Resnick la regarda marcher, pieds nus, sur le plancher, les poils noirs de sa toison pubienne visibles entre ses jambes avant qu'elle ne disparaisse derrière la porte.

Dans la cuisine, ils s'installèrent pour boire du thé tandis que la lumière changeait lentement derrière la fenêtre, Resnick ayant remis tous ses vêtements, sauf la veste de son costume, Hannah en tee-shirt et robe de chambre en chenille, trempant dans sa tasse des biscuits rassis au chocolat noir – c'était tout ce qu'elle avait trouvé. Comment, se demanda-t-elle, ai-je pu conserver des biscuits assez longtemps pour qu'ils rassissent ? Elle devait avoir davantage de volonté qu'elle ne l'imaginait. Jusqu'à hier soir.

Resnick tendait l'oreille, guettant l'arrivée d'une voiture. La compagnie de taxis avait annoncé une attente de vingt minutes à une demi-heure. Quand il l'entendit remonter la rue derrière la maison, il se dépêcha de finir son thé.

Pantoufles aux pieds, Hannah l'accompagna jusqu'au bout de l'allée étroite où le chauffeur attendait.

– Les aventures sans lendemain, ce n'est pas mon fort, dit-elle.

– Le mien non plus.

Il ne savait pas si c'était vrai.

Elle tenait deux de ses doigts serrés dans sa main.

– Je te reverrai, alors ?

– Oui. Oui, bien sûr, si c'est ce que tu veux.

Sur le trottoir, il l'embrassa doucement sur la bouche et elle lui rendit son baiser. Elle regarda le taxi s'éloigner vers le boulevard, son indicateur lançant par intermittence une lueur orangée. Eh bien,

Hannah, pensa-t-elle en se retournant vers la maison, la terre n'a pas tremblé, qu'est-ce que tu espérais ? Au portail, elle rit doucement. « Tu n'as même pas vu de feu d'artifice. »

Le téléphone sonnait quand Resnick rentra chez lui.

– Charlie, où étiez-vous passé, bon sang ?

Déconcerté par la férocité du ton employé par Skelton, il ne sut comment réagir.

– Qu'est-ce que vous avez fait de votre bip ?

Il était là, sur la table de l'entrée ; Resnick avait oublié de le glisser dans la poche de son costume.

– Qu'est-il arrivé ? finit-il par demander.

– Bill Aston, répondit Skelton d'une voix aigre comme du lait caillé. Il est mort. Un salopard l'a assassiné.

21

Dès qu'on tournait l'angle de Meadow Lane et qu'on approchait du pont, on apercevait les véhicules du service des urgences et leurs gyrophares, des taches de couleurs blafardes qui s'épanchaient dans la lumière du petit jour. La brume flottait en lambeaux gris et bas au-dessus du fleuve. La pluie taquinait l'air matinal. Sur l'étendue d'herbe plane de la rive, on avait monté un abri temporaire, une tente en plastique orange aux pans mal ajustés, autour de laquelle un éclairage avait été installé à la hâte. Des hommes vêtus de combinaisons bleu foncé examinaient déjà, à quatre pattes, le terrain environnant. À la périphérie de la scène, d'autres personnes, la tête baissée, conversaient par petits groupes. C'est Skelton qui se détourna de l'un d'eux et se dirigea vers la route pour venir à la rencontre de Resnick, le regard assombri, et pas seulement par la fatigue.

– Bon sang, Charlie ! Où étiez-vous passé ?

– Quand l'a-t-on découvert ? demanda Resnick, ralentissant à peine le pas.

– Il y a une heure.

– Qu'est-ce qu'il faisait par ici ?

– Il promenait ses chiens. Ils sont là-bas, dans l'une des voitures.

Millington était là ; Divine ; Reg Cossall, cheveux gris, les mains enfoncées dans les poches du pardessus qu'il semblait porter quel que soit le temps ; d'autres officiers, en uniforme ou en civil. Resnick écarta de l'avant-bras l'un des pans de plastique et se baissa pour entrer sous la tente. Le médecin légiste tourna la tête vers Resnick, puis reprit son examen. Quelle que fût l'arme utilisée pour frapper Bill Aston au visage et sur la tête, il s'agissait certainement d'un objet lourd et dur, qu'on avait manipulé avec force et à de nombreuses reprises. Sous l'amalgame de sang, de cheveux et d'os, on aurait dit que le sommet du crâne avait été complètement défoncé. Un peu plus bas, d'autres éclats d'os crâniens, aux bords acérés, transperçaient la peau. L'un des globes oculaires, iris et rétine, reposait, ne tenant plus qu'à un fil, dans une bouillie sanglante qui avait été la joue de Bill Aston.

Resnick dut se faire violence pour rester devant ce spectacle, penché sur le corps, aussi longtemps que nécessaire. Il y avait des taches de boue et d'herbe sur les vêtements du mort, sa veste de sport, son pantalon gris, sa chemise à rayures. Une épaisse traînée de terre sur la paume charnue de sa main droite. L'un des ongles, et la dernière phalange, profondément entaillés. L'une de ses chaussures avait disparu ; une matière suspecte, d'un jaune agressif évoquant une crotte de chien, était collée sous le talon de sa chaussette de laine bleu marine.

– L'heure du décès ? demanda Resnick.

Parkinson ôta ses lunettes, se pinça l'arête du nez.

– Il date de quatre à six heures. Vers une heure du matin.

Resnick hocha la tête et sortit de la tente, rejoignant Skelton qui fumait une cigarette.

– Bon, fit Resnick. Qu'est-ce que nous savons ?

Le commissaire principal attendit qu'ils traversent la route, qu'ils longent les maisons alignées de l'autre côté de la chaussée – pseudo-Tudor, pseudo-gothiques, pseudo-quelque chose – au bout de leurs jardins profonds presque noyés d'ombre. Skelton alluma une nouvelle cigarette au mégot de la précédente.

– Un jeune a trouvé le corps vers trois heures du matin. Il dormait à la belle étoile, près du kiosque à musique, de l'autre côté des jardins du Mémorial. Il s'est réveillé, il s'est mis à marcher sans but, pour se réchauffer. C'est alors qu'il a entendu les chiens, qui aboyaient et gémissaient. Ce sont eux qui l'ont guidé jusqu'au cadavre, à ce qu'il dit.

– Il a signalé sa découverte ?

Skelton secoua la tête.

– Pas tout de suite. Il a été pris de panique. Il a détalé. Un peu plus tard – il dit qu'il ne sait pas combien de temps, une demi-heure, peut-être plus –, il est revenu sur ses pas. Il a regardé le corps de nouveau. C'est à ce moment-là qu'il a téléphoné. (L'espace d'un instant, Skelton tourna la tête, vers le fleuve, où des oiseaux s'ébattaient, troublant l'eau.) Les deux gars qui sont arrivés les premiers, des agents en tenue qui patrouillaient, ils n'avaient aucune idée de son identité. C'est seulement après l'arrivée de l'ambulance qu'un aide-soignant a trouvé son portefeuille, il a buté dessus en marchant dans l'herbe. Pratiquement la seule chose qui restait à l'intérieur, c'était sa carte de police. Alors, les ennuis ont vraiment commencé.

– Le jeune qui l'a trouvé…

– Il est au commissariat en ce moment même. On l'interroge. D'après les premiers rapports, il a l'air plutôt correct.

– Et la femme d'Aston ?

De nouveau, Skelton secoua la tête.

– Vous voulez qu'elle le voie dans cet état-là ?

Un air froid s'insinua comme une vague au fond des poumons de Resnick ; il imaginait déjà le visage de Margaret Aston se décomposant lentement, la douleur plantée comme une lance dans ses yeux.

– Elle n'a pas signalé son absence ? Elle n'a pas cherché à savoir où il pouvait être ?

Pendant une seconde, Skelton ferma les yeux.

– Pour autant que l'on sache, non. (Puis :) Vous l'avez déjà rencontrée, Charlie, n'est-ce pas ? En société, je veux dire.

– Je ne la connais pas bien. Et puis, c'était il y a longtemps.

Skelton hocha la tête ; pas bien, c'était mieux que pas du tout.

– Nous allons installer une salle des opérations au commissariat, Charlie. Quel que soit le coupable, nous l'aurons.

– Oui.

Il faisait presque jour, à présent, du côté de l'est. Resnick soupira et commença à repartir vers le pont.

– Charlie ?

– Oui ?

– Vous avez parlé avec lui, n'est-ce pas ? Aston. Au sujet de l'enquête ? La mort de ce môme, le petit Snape.

Resnick hocha la tête.

– Avant-hier soir.

– Il n'y avait rien dans ce qu'il a dit… Rien de ce qu'il en a dit ne pourrait vous donner à croire, enfin, qu'il pourrait y avoir un rapport entre son enquête et ce qui vient de lui arriver ?

– Non. Rien. Mais…

– Mais ?

Resnick se rappelait la facilité presque insouciante avec laquelle Aston avait semblé accepter la version donnée par les services sociaux de la mort de Nicky Snape. S'il y avait eu quoi que ce soit de suspect, Aston ne semblait pas s'en être rendu compte – à moins qu'il ait découvert quelque chose entre sa conversation avec lui au bar et le moment où on l'avait assassiné.

– Non, dit Resnick. Non, pas que je sache.

Skelton poussa un long soupir de soulagement.

– Une agression, alors. Il se promenait, seul, tard dans la nuit, quelqu'un en a profité.

– Oui, fit Resnick. C'est probablement ce qui s'est passé. Nous verrons.

Resnick attendait devant la maison des Aston, tournant à moitié le dos à la porte d'entrée, quand leur voisin sortit en douceur sa BMW de son allée privée pour rejoindre la rue. Les oiseaux faisaient un vrai vacarme dans l'arbre tout proche. La serrure céda avec un déclic et quand la porte s'ouvrit, Resnick pivota vers elle.

– Bill, je te jure que tu oublierais ta tête si elle n'était pas vissée sur tes épaules, je ne parle même pas de tes clés…

Découvrant Resnick, qu'elle reconnut à peine, Margaret Aston se réfugia dans un silence embarrassé.

– Bonjour, Margaret.

Il eut un geste vers elle, un geste qui était tout sauf menaçant.

– Bill, je croyais qu'il était sorti de bonne heure. Avec les chiens. Pour… Pour…

Mais elle était femme de policier depuis assez longtemps pour connaître ce moment, pour l'avoir souvent vécu dans sa tête pendant les longues heures insipides qui précèdent l'aube.

– Margaret, pourquoi ne me laissez-vous pas entrer ?

Massive, courtaude, boudinée dans sa robe de chambre rose, des bigoudis dans les cheveux, elle ne bougeait pas d'un pouce, mettant Resnick au défi de lui dire la vérité.

– Margaret, je suis navré…

Elle ouvrit la bouche pour crier, noyant ses paroles.

– … il est mort.

Resnick la prit aux épaules et la tint contre lui, étouffant ses cris contre sa poitrine. Pendant trois minutes, plus encore. Quand cela lui fut possible, il la repoussa suffisamment loin dans le vestibule pour refermer la porte derrière son dos. Cela sentait la lavande, ici, une odeur forte, comme le parfum d'une savonnette qui persiste sur vos doigts, la paume de vos mains. Sa chemise était mouillée par les larmes de Margaret Aston.

– Dites-moi… Dites-moi ce qui lui est arrivé.

– Et si nous allions faire…

Elle répliqua d'une voix aiguë, pleine de colère.

– Non… ! Je veux savoir !

Resnick lui prit le bras, fermement, sous le coude.

– D'accord, mais asseyons-nous, au moins.

Le salon se trouvait à l'arrière de la maison, encombré de bibelots délicats et de photos de famille ; les rideaux, s'ils avaient été complètement tirés, auraient révélé des portes-fenêtres, et derrière elles, environ vingt-cinq mètres de parterres de fleurs et d'arbrisseaux, et une pelouse bien tondue. Comme ils étaient à peine entrouverts, Resnick et Margaret Aston, assis dans des fauteuils se faisant face, restaient dans la pénombre, le visage de Margaret tourné vers un troisième fauteuil, vide, placé devant la cheminée, celui dans lequel, devina Resnick, son mari s'asseyait d'habitude.

Il lui communiqua les détails qu'il connaissait, limitant la description des blessures d'Aston au minimum nécessaire. Margaret l'écoutait, tendue vers lui, la tête légèrement penchée sur le côté, les mains s'agitant sans cesse dans son giron.

– Bill, dit-elle quand Resnick eut fini. Mon pauvre Bill. Qu'a-t-il donc pu faire pour mériter un sort pareil ?

– Rien, Margaret. Rien.

Elle se leva.

– Je veux le voir.

– Plus tard, Margaret. Pourquoi ne pas attendre un peu ?

Doucement, il la ramena à son fauteuil. Puis, se dirigeant vers la fenêtre, il fit entrer le jour dans la pièce.

– Quand vous êtes venue m'ouvrir, demanda Resnick, il y a un instant. Vous pensiez que c'était Bill, qui revenait après avoir promené les chiens ?

– Oui.

– Mais quand le drame s'est produit, pour autant que nous sachions, c'était vers le milieu de la nuit. Vers une ou deux heures du matin.

Il attendit qu'elle assimile l'information.

– Oui, il… Parfois, il n'arrivait pas à dormir. Pas tout de suite. Alors, il ressortait, pour marcher un peu, pour faire n'importe quoi plutôt que de rester à se retourner dans son lit, ce qu'il détestait pardessus tout. C'est pour ça qu'il a déménagé, qu'il s'est installé de l'autre côté du couloir ; on faisait chambre à part, vous voyez. De cette façon, si Bill souffrait d'insomnie, il ne se sentait pas coupable de me réveiller. (Elle tripota l'ourlet de sa robe de chambre, tirant sur un bout de coton qu'elle seule voyait.) Non pas que cela m'ait jamais dérangée. Non pas…

Et elle se réfugia dans les larmes de nouveau, agitant la main pour écarter Resnick quand celui-ci s'approcha.

Il partit chercher la cuisine, la laissant là, seule et sans témoin avec son chagrin. Si Bill Aston était sorti hier soir après minuit, emmenant les chiens avec lui,

Margaret n'aurait rien vu d'inhabituel à cela ; et si elle avait dormi d'une traite jusqu'au matin, cherchant peut-être Bill dans sa chambre et ne l'y trouvant pas, elle avait pu imaginer qu'il s'était levé de bonne heure, pour aller faire un tour, rien qui puisse paraître dangereux ni alarmant.

Le thé était prêt quand Margaret, les yeux rougis, entra dans la cuisine.

– Je veux vraiment aller le voir, tout de suite. Il faut que vous m'emmeniez.

Se levant, Resnick tenta une esquisse de sourire.

– Prenons une tasse de thé d'abord, vous voulez bien ? Je vais appeler l'hôpital, puis je vous emmènerai en voiture. D'accord ? Margaret, ça va ?

Elle restait là devant lui, le regard fixe, perdue entre la table et la porte. Combien de temps se passerait-il avant que « ça aille » de nouveau ?

22

Onze heures quarante-quatre ; la fumée de cigarette flottait comme un nuage gris-bleu au centre de la pièce dépourvue de fenêtres. Des agrandissements photographiques du corps d'Aston étaient punaisés au mur. En couleurs. En noir et blanc. Sur la droite, en hauteur, un cliché pris dix-huit mois plus tôt, lors du pot de départ en retraite d'un collègue, Bill Aston en smoking et cravate, levant une coupe de champagne, souriant, vivant.

Perpendiculairement aux tirages, une carte, fortement agrandie, montrant l'endroit précis des quais où le corps avait été découvert ; une deuxième carte, à plus grande échelle, délimitait les paramètres de la zone – le méandre large du fleuve vers le sud, formant un U presque parfait entre Trent Bridge et l'ancien viaduc de Wilford, les jardins du Mémorial et les espaces ouverts et plats des terrains de jeux qui s'étendaient au nord jusqu'au quartier résidentiel des Meadows où les habitations appartenaient presque toutes à la municipalité ; au sud, la sobriété de bon aloi de l'hôtel du comté, puis d'autres espaces découverts, écoles et terrains de sport. Au bout du pan de mur, sur un plan détaillé de la ville et de ses environs, des épingles signalaient le domicile d'Aston, le bureau qui lui servait de base, et le foyer des autorités locales où avait été menée l'enquête sur la mort de Nicky Snape. À l'autre bout du panneau des photographies, également fixés au mur, se trouvaient deux tableaux blancs où l'on noterait le suivi des principales pistes de l'enquête. Deux écrans vidéo couplés étaient installés au fond de la salle ; deux postes informatiques, dont un relié à l'ordinateur central du ministère de l'Intérieur, étaient prêts à rechercher et à communiquer les informations nécessaires.

Tous les officiers de police présents avaient reçu une copie du rapport préliminaire du médecin légiste : fractures multiples de la cavité crânienne, dégâts importants subis par les mâchoires supérieure et inférieure et par l'orbite, rupture des vaisseaux sanguins irriguant le cerveau, ayant entraîné une hémorragie interne. Les blessures subies par les mains d'Aston et les meurtrissures de ses avant-bras laissaient à penser qu'il avait opposé une résistance considérable à son agresseur et avait tenté de se défendre avec l'énergie du désespoir.

Skelton se tenait près de l'entrée de la salle, parlant de près avec Resnick et l'officier responsable des agents en tenue. Légèrement en retrait, Reg Cossall, ses cheveux épais et gris peignés en arrière, son inévitable cigarette se consumant au creux de sa main, donnait à voix basse, avec une lenteur voulue, des instructions à l'inspecteur de l'Unité de soutien, soulignant chaque phrase en pointant son index vers la poitrine de son interlocuteur. Skelton, plus dynamique qu'il ne l'était apparu aux yeux de Resnick depuis des mois, portant un costume croisé que Resnick n'avait jamais vu, jeta un rapide coup d'œil à ses notes avant de faire disparaître celles-ci dans sa poche ; dès que cette réunion serait terminée, il se rendrait directement à la conférence de presse à l'étage inférieur. Un dernier mot à Resnick, puis il se détourna ; il avança de deux pas, et le bourdonnement sonore des conversations, autour de lui, augmenta un court instant, puis se tut.

Brièvement, il présenta Harry Paine, l'inspecteur de l'Unité de soutien, dont quinze officiers seraient chargés des premières recherches approfondies, et Jane Prescott, l'officier qui allait assurer la liaison entre l'enquête et l'inspection des services. Il présenta l'inspecteur adjoint Khan, le second de Bill Aston dans l'enquête sur la mort de Nicky Snape, et finalement les deux civils affectés aux postes informatiques. Tous les autres se connaissaient, plus ou moins.

Skelton s'éclaircit la gorge.

– Je n'ai pas besoin de vous dire qu'un de nos collègues officier de police a été assassiné. L'un des nôtres. (Hochements de tête, murmures d'approbation et de colère dans toute la salle.) Beaucoup d'entre vous connaissaient Bill Aston ; certains, comme moi-même, ont travaillé avec lui. C'était un bon officier. De la vieille école. Respectable. Équitable. Scrupuleux dans tout ce qu'il faisait. Après toutes ses années de service, Bill devait prendre sa retraite à la fin de cette année. Et aujourd'hui, ceci.

Une nouvelle fois, la litanie des voix comme à l'église, orchestrées par Skelton, les appels et les réponses.

– Nous savons tous ce qui s'est passé aux

premières heures du jour. Nous avons tous vu les photos, lu le rapport, certains d'entre vous étaient présents sur les lieux où le corps de Bill Aston a été découvert. Il s'agit d'une agression brutale, barbare, et je sais que vous êtes tous aussi choqués que moi. Et je sais que ce que vous souhaitez tous, c'est que l'auteur de ce meurtre soit expédié derrière les barreaux le plus tôt possible. Nous voulons obtenir un résultat, et vite. Nous voulons l'obtenir pour la veuve de Bill Aston… et avant que le meurtrier puisse sévir à nouveau.

Skelton attendit que la salve d'exclamations, vigoureuses et emphatiques, s'atténue. Il voulait que tous les visages soient tournés vers lui, que tous les participants concentrent leur attention uniquement sur ce qu'il avait à dire.

– Avant que nous nous mettions au travail, je veux que ce soit bien clair pour tout le monde : des dangers nous guettent. La dernière chose que nous puissions nous permettre, c'est de foncer tête baissée dans cette enquête et de laisser nos sentiments, aussi impérieux soient-ils, l'emporter sur le bon sens. Personne, aucun d'entre nous ne doit céder à ses impulsions dans cette affaire. C'est trop important. (Skelton s'exprimait d'une voix claire, à présent, sans forcer le ton, sans avoir à le faire : autour de lui, le silence régnait dans la salle.) Ce que nous ne pouvons pas nous permettre, c'est d'appréhender le coupable, puis ne pas être capable de l'inculper. Alors, il faut être systématique, précis, nous travaillons dans les règles, nous vérifions et nous revérifions. De cette façon, quand nous coincerons ce salopard, il restera derrière les barreaux.

Acclamations. Skelton attendit un moment de plus avant de s'écarter.

– Charlie ?

Tout en commençant à parler, Resnick se déplaça pour se poster devant les cartes du fleuve.

– Le scénario le plus probable, pour l'instant, c'est celui d'une agression aléatoire, non préméditée, motivée simplement par l'appât du gain. Le désir de lui dérober la somme, quelle qu'elle soit, qu'il avait sur lui. Le meurtrier a pu repérer en Bill un homme d'aspect plutôt aisé, plus très jeune, seul avec ses deux petits chiens. Rien de très menaçant. (Resnick tendit l'index vers l'une des cartes.) Bill a garé sa voiture ici, en face des jardins du Mémorial, et il est parti à pied, pour autant que nous le sachions, dans cette direction, en longeant les quais vers le pont. Quand il n'arrivait pas à dormir, c'est quelque chose qu'il faisait souvent, rien d'inhabituel à cela. Nous supposons que son agresseur l'a vu se promener seul, alors qu'il n'y avait probablement personne d'autre dans les environs, et l'a catalogué comme étant une proie facile. On l'a attaqué ici, près de ces arbres, et son portefeuille fut trouvé ici, pas très loin du corps, vidé de tout argent liquide et de ses cartes de crédit. (Resnick observa une pause et parcourut la salle du regard.) Margaret Aston affirme qu'il ne devait pas avoir sur lui plus de trente ou quarante livres.

– Les salauds ! s'écria quelqu'un, d'une voix forte et claire.

– Merci, Charlie. (C'était de nouveau à Skelton de parler.) Bon, passons aux détails. Reg, tout ce qui s'est passé sur les quais entre une et quatre heures du matin, toute personne qui a mis les pieds là-bas, tout ce qui a bougé dans les parages, c'est à vous de le découvrir. (Cossall passa d'un pied sur l'autre et gratifia le plancher d'un demi-sourire.) Donc, vous supervisez le porte-à-porte, c'est votre boulot. Ces maisons le long des quais, il n'est pas possible que les occupants aient tous été dans leur lit avec leur tasse d'Ovomaltine. Si quelqu'un a entendu quelque chose, vu quoi que ce soit, nous devons le savoir. Et nous lancerons un appel à témoins visant les automobilistes qui sont passés là après minuit, les pêcheurs à la ligne, les sportifs pratiquant la course à pied, n'importe qui. Tous les clients du bar situé de ce côté-là du fleuve, particulièrement ceux qui sont restés jusqu'à la fermeture, ou toute personne rentrant en ville à pied. Nous utiliserons la radio locale, les actualités télévisées, le *Post*. Tous les renseignements que nous recevrons, une fois qu'ils auront été enregistrés, Reg, vous et votre équipe, vous les traitez en priorité absolue, vous les vérifiez systématiquement.

» Charlie, avec votre équipe, je veux que vous vous attaquiez au cœur du problème. À partir des examens en laboratoire, de tout indice trouvé sur les lieux mêmes, donnez-nous une idée aussi précise que possible de ce qui s'est vraiment passé. Et quant aux vingt-quatre heures précédant l'agression, nous devons savoir où Bill est allé, à qui il a parlé, ce qu'il a fait. Pour assurer nos arrières, à tout hasard. Si nous devons remonter plus loin dans le temps, c'est de là que nous partirons.

Skelton s'éclaircit la gorge et regretta de ne pas avoir un verre d'eau sous la main. Il était conscient d'avoir parlé longtemps. Les troupes commençaient à s'agiter, impatientes de passer à l'action. Il était temps de conclure.

– Bon, l'une des choses dont nous devons nous méfier, c'est le manque d'ouverture d'esprit. Le suspect le plus évident n'est pas toujours celui qui se retrouve sur la sellette. C'est pourquoi, même si je pense que les deux affaires n'ont aucun rapport, je vais parler à Khan ici présent de l'enquête que menait Bill sur le suicide présumé de Nicky Snape. Peut-être n'y a-t-il aucun lien, mais il faut examiner cette possibilité avant de l'éliminer. Et il y aura d'autres pistes à explorer. Des affaires sur lesquelles Bill a enquêté quand il était opérationnel, des gens qu'il a envoyés en prison et qui en sont ressortis récemment. Toute autre personne qui aurait eu des griefs contre lui, dans le cadre de sa fonction ou en dehors. Tout détail qui peut paraître discordant. Je n'imagine pas Bill comme un homme qui se faisait des ennemis facilement, mais nous parlerons à Margaret, nous verrons ce qu'elle nous dira. Pour finir, si vous avez une idée intéressante, une autre vision de l'affaire, si vous pensez à un élément qui risque d'être négligé, n'hésitez pas. Venez m'en parler. Je veux savoir.

Skelton recula d'un pas et inclina la tête à droite, puis à gauche.

– Charlie, Reg, quelque chose à ajouter ?

Ni l'un ni l'autre ne désirait le faire.

– Très bien. Au travail. Et bonne chance.

Moins d'une demi-heure plus tard, Resnick était de retour dans le local de la PJ. Kevin Naylor venait de faire du thé. Resnick, assis sur un coin de table, finissait un sandwich au poulet et aux canneberges provenant de chez le traiteur.

– Bon, fit-il en prenant des mains de Kevin une tasse qu'il tint entre les siennes. Voyons ça de près.

Millington était à côté de Resnick, à sa droite, sa chaise basculée en arrière. Divine se trouvait vers le fond du local étroit, assis à califourchon, jambes écartées. Lynn Kellogg, assise du côté gauche de la salle, appuyait sa tête contre le mur. Naylor, ayant fini de distribuer le thé, prit place derrière l'un des classeurs métalliques vert foncé et se cala sur ses deux coudes.

– Commençons par le commencement. Nous avons déjà quelqu'un pour nous aider dans nos recherches, ce jeune sans-abri qui a découvert le corps, qui nous a prévenus. Graham, je veux que Mark et vous l'interrogiez à nouveau, que vous le bousculiez un peu plus. Vérifions ce qu'il sait, assurons-nous qu'il ne nous cache rien.

– Vous pensez qu'il pourrait être impliqué, patron ? demanda Divine. Dans l'agression ?

Le bousculer un peu plus, il aimait bien cette idée.

– Ce ne serait pas la première fois, non ? dit Millington. Qu'un type signale son propre crime, pour écarter les soupçons.

Resnick hocha la tête et poursuivit.

– Kevin, l'équipe de l'Identité aura tous les détails concernant les traces de pas, les empreintes laissées par les chaussures dans la zone où le corps a été trouvé – des photos, des moulages, que sais-je encore. Essayez d'en tirer le maximum de conclusions. Toute autre découverte mise à part, cela devrait nous aider à déterminer combien de personnes ont réellement pris part à l'agression.

– Nous sommes pratiquement sûrs, n'est-ce pas, demanda Naylor, que nous avons affaire à plusieurs agresseurs ?

Resnick avala une gorgée de thé.

– C'est comme ça que je vois les choses, oui. Deux au moins, peut-être plus. Bill se maintenait raisonnablement en forme, il n'aurait pas représenté une cible aussi facile pour un homme seul. Et à moins que le premier coup porté ait pris Aston complètement par surprise, je doute qu'un seul agresseur ait été capable de provoquer autant de dégâts.

Son regard se porta vers l'autre côté de la salle.

– Lynn, nous devons reconstituer la chronologie détaillée des vingt-quatre dernières heures de Bill Aston ; tout ce qu'il a fait, tous les endroits où il s'est rendu, tous les gens à qui il a parlé. J'aimerais que vous vous en chargiez. Pour commencer, je vous accompagnerai chez Margaret Aston, je vous présenterai à elle. Ensuite, vous continuerez seule.

– Bien, dit Lynn. Merci.

– En attendant, je vais passer en revue avec Khan les éléments de l'enquête sur la mort de Nicky Snape. (Resnick posa les deux mains à plat sur la table et se hissa sur ses pieds.) Avant de quitter votre service, ce soir, passez me voir, dites-moi où vous en êtes.

La cafetière électrique de Skelton cracha bruyamment les dernières gouttes d'eau bouillante dans le filtre. Resnick, debout près de la fenêtre latérale d'où il regardait la rue en contrebas, entendit son estomac gronder par solidarité. Il était midi passé. À part son sandwich au poulet, il n'avait rien avalé depuis des heures, depuis, en fait, le petit déjeuner chez Hannah constitué de deux ou trois biscuits au chocolat qui avaient connu des jours meilleurs. Pendant un moment, il pensa à elle, Hannah, à sa peau, sur sa hanche et le long de sa cuisse, douce et ferme au toucher.

– Charlie ?

– Hein ?

– Avec ou sans lait ?

– Tel quel.

Skelton s'assit et Resnick fit de même.

– C'est difficile de ne pas penser, dit Skelton, au peu de temps qu'il lui restait à faire avant la retraite, le pauvre bougre.

– Oui.

Et Margaret, pensa Resnick, quel genre de vie lui restait-il ? Après tout ce temps, après une existence comme la sienne, comment pourrait-on espérer qu'elle s'adapte ? Les enfants, supposa-t-il, il y avait toujours les enfants ; puis il se demanda quel genre de réponse cela pouvait être.

– Conférence de presse à treize heures, disait

Skelton. Ça ne vous pose pas de problème, vous avez tous les éléments ?

– Je ne peux dire que ce que nous savons, et jusqu'à présent, ce n'est pas grand-chose.

– L'occasion est bonne, cependant, de faire appel au public, demander des renseignements, de l'aide.

Resnick hocha la tête ; on allait les inonder de coups de téléphone, il faudrait du personnel supplémentaire pour les archiver. La plupart des renseignements se révéleraient peu concluants ou contradictoires. Et puis, il y aurait les médiums, les psychiatres d'arrière-cour et les cinglés, dont deux ou trois au moins voudraient avouer le meurtre. Il reposa sa tasse sur la soucoupe, mit l'ensemble par terre. Cafetière dernier cri ou pas, le café de Skelton ressemblait toujours à de l'instantané, et à de l'instantané faiblard, en plus. Il se leva, pensant que l'entretien était terminé, mais Skelton avait quelque chose à ajouter.

– Il y a un jeune inspecteur adjoint, dit-il, qui cherche à se faire transférer depuis le Lincolnshire. Il est possible qu'il vienne chez nous.

Resnick attendit derrière sa chaise.

– C'est sûr, ou il s'agit seulement d'une rumeur ?

– Aussi sûr que ces choses-là peuvent l'être.

– Je pensais qu'il y avait un gel général sur les recrutements ?

Skelton écarta les mains, les doigts en éventail.

– En théorie, oui. Mais vous connaissez les finances, Charlie. Sacrément insondables.

– Cet officier transféré, il a un nom ? Vous avez dit « il ».

– Vincent. Carl Vincent.

– Et il fait partie de la PJ ?

Skelton hocha la tête.

– Depuis cinq ans.

– Toujours inspecteur adjoint ?

Nouveau signe d'acquiescement.

Il y avait toutes sortes de raisons, Resnick le savait, pour lesquelles des officiers demandaient leur transfert. Des conflits de personnes, la plupart du temps ; parfois, une enquête qui se passe mal, et ils cherchent à prendre un nouveau départ. Il peut y avoir des raisons familiales qui vous poussent à déménager. Mais dans ce cas précis… Son nouveau poste ne serait qu'à une heure de voiture de l'ancien.

– Il pourrait bien arriver chez nous dans un jour ou deux, dit Skelton. Ce n'est pas une mauvaise chose, Charlie. Pour cette enquête, vous allez avoir besoin de tout le personnel que vous pourrez mobiliser. Confiez-lui quelques tâches, sondez-le. Vous pouvez vous permettre de l'observer pendant un moment, pour voir comment il se débrouille. S'il se révèle être à moitié aussi bon flic que le jeune Patel le serait devenu, vous ne le regretterez pas.

Resnick se rappelait encore le jour où il avait rencontré Dipak Patel, vif comme un lendemain qui chante, et désireux de bien faire. C'était le premier enfant, dans sa famille, à faire des études supérieures, à obtenir un diplôme. La police, avait dit le père de Patel, pourquoi un tel choix ? Quel gâchis. Resnick revoyait la flaque de sang séchant sur les pavés, la tache lie-de-vin autour de la plaie, un seul coup de couteau qui avait trouvé l'artère intentionnellement ou par hasard. Un meurtrier jamais appréhendé. Resnick se rappelait le visage du père, la façon dont il s'était effondré vers l'intérieur ; son chagrin, son impuissance à comprendre.

Margaret Aston.

Norma Snape.

Cela continuait, encore et encore.

23

Norma avait essayé de ne pas remarquer l'odeur qu'exhalait l'haleine de Sheena quand sa fille était rentrée ; ce n'était pas du tabac, pas tout à fait du gin, mais du hash, elle le savait, elle s'en souvenait. De façon lointaine, mais précise.

– Et où crois-tu avoir dégoté ça ? demanda-t-elle, penchant la tête en arrière pour mieux voir son blouson de cuir noir, clouté autour des deux poches, les fermetures à glissière ouvertes le long des deux manches.

– Je ne *crois* pas, répondit Sheena en faisant de son mieux pour contourner sa mère, je le sais.

Norma agrippa le dos du blouson et fit pivoter sa fille.

– Alors, dis-le-moi.

Sheena plongea le regard, pas tout à fait fixement, pas aussi fixement qu'elle l'aurait souhaité, dans celui, accusateur, de sa mère.

– Chez Dee-Dee, fit-elle. Voilà où je l'ai trouvé. Mon amie, Dee-Dee, c'est elle qui me l'a prêté. D'accord ?

Mais avant que Norma puisse ajouter quoi que ce soit, Peter franchissait la porte, trois canettes de Kestel empilées l'une sur l'autre au creux de la main.

– Asseyons-nous, d'accord ? On va boire un

coup. (Lançant un clin d'œil à Norma tandis qu'il lui fourrait entre les mains une boîte de bière qu'elle accepta à contrecœur, il expédia vers la joue de Sheena un baiser que celle-ci n'évita qu'à moitié.) Tu as passé une bonne soirée, hein, ma chérie ? Tu t'es bien amusée ?

– Je ne pense pas, dit Sheena en articulant avec un soin exagéré, que tu devrais m'appeler « ma chérie ».

– Ah, bon. Et pourquoi ça, je te prie ?

Sheena réfléchit un moment à la question, et tout bien considéré, conclut qu'elle n'en savait rien. Elle s'assit sur le bras du canapé, vacillant juste un peu.

– Bon sang, lança Norma depuis le fauteuil placé près de la télé, retire donc ce blouson dans la maison.

Sheena essaya de l'ôter, mais son bras se coinça dans la manche et, inexplicablement, elle ne parvint pas à s'en libérer. Peter, finalement, se leva pour l'aider, et Sheena se mit à rire. Pas à rire, en fait, à glousser, plutôt.

– Je ne veux pas que tu m'appelles… Je ne veux pas que tu m'appelles…

Perdant l'équilibre, elle commença à basculer en arrière, les jambes ruant dans le vide, les bras battant l'air, jusqu'au moment où, inévitablement, elle s'affala sur son père. Peter, pas assez robuste pour la retenir, s'étala avec elle sur le tapis, et ils roulèrent tous les deux pour finir contre le mur latéral, riant aux larmes dans les bras l'un de l'autre.

– Pour l'amour du Ciel, arrêtez un peu, les deux nunuches ! s'écria Norma.

Mais bientôt, elle se mit à rire aussi, malgré elle,

s'essuyant les yeux d'un revers de manche avant d'essayer de boire une trop grande gorgée de bière en une seule fois, ce qui la fit tousser si fort que les larmes l'aveuglèrent, et Sheena dut lui tenir les mains tandis que Peter lui tapotait le dos et lui chuchotait à l'oreille de se ressaisir.

Quand ce fut terminé, Sheena partit à la cuisine au cas où il resterait dans le frigo un peu de glace de chez Tesco, à la menthe et au chocolat.

Peter alluma la télé et l'éteignit tout de suite, bondissant sur le canapé les bras en croix.

– Laisse-moi t'appeler chérie, lança-t-il à tue-tête de sa voix flûtée. Tu m'appartiens !

– Assieds-toi, grand couillon, fit Norma, tu vas tomber !

Ce qui arriva, Peter basculant par-dessus le dossier du canapé pour heurter le plancher de la tête, et se mettre aussitôt à chanter. Sheena et Norma le hissèrent sur ses pieds et le firent asseoir de force dans un fauteuil, Norma s'installant sans façon sur ses genoux pendant que Sheena prenait place à l'autre bout de la pièce, plantant sa petite cuiller dans le pot de glace avec des précautions disproportionnées.

– Chérie…, chuchota Peter contre la poitrine de Norma qui lui donna une claque pas trop sévère derrière l'oreille en lui disant de bien se tenir, car si c'était ce qu'il cherchait, elle avait autre chose à sa disposition.

Effectivement. Et quand Sheena, finalement, en eut assez de rester là, à les regarder faire semblant de ne pas se peloter, elle s'en alla, passant nonchalamment à côté d'eux, et elle éteignit la lumière avant de sortir.

– Peter, pas ici…, murmura Norma.

– Alors, dit Peter, allons au lit.

Oh, mon Dieu, pensa Norma, cela fait combien de temps ?

Les yeux ouverts, elle restait au lit, Peter dormant près d'elle comme un bébé, la bouche légèrement ouverte tout près de son sein. Les larmes qu'elle verserait plus tard, Norma les retenait, de peur de le réveiller, d'avoir à expliquer ce qu'elle-même ne parvenait pas à comprendre.

D'où qu'il tienne cette habileté qui rendait ses mains magiques, Peter ne l'avait pas perdue pendant tout ce temps passé loin d'elle. Il ne voulait rien lui dire, ou bien peu de choses, sur ces années intermédiaires, sur la raison pour laquelle il semblait aujourd'hui si délabré, si malade, si squelettique. Il avait une cicatrice incurvée, au bas de la poitrine, des marques en quinconce, pâles, où l'on avait ôté les points de suture. Une meurtrissure, ancienne, jaunâtre, bien incrustée dans sa cuisse gauche.

Tout doux contre sa peau, Peter remua et Norma lui caressa la tête, le peu de cheveux qu'il lui restait ; ils étaient soyeux comme ceux d'un bébé. Mon Dieu, pria Norma, il ne faut pas que je pense à Nicky, ne me laisse pas penser à lui. Ni à Michael, mon adorable nouveau-né.

Ne me laisse pas penser à ça.

À rien de tout ça.

Avec précaution, elle se tourna sur le côté, et fit

courir son autre main sur le flanc de Peter, sa fesse maigrelette, les bosses de ses vertèbres formant une arête le long de son épine dorsale courbe. Elle posa sa tête près de celle de Peter et ferma les yeux, cherchant le sommeil.

24

Le jeune examinait le contenu de l'assiette d'un œil soupçonneux. Un sandwich-saucisse, quelque peu – et même beaucoup – maltraité pendant le transport, collé par une sauce marronnasse à la serviette en papier ultra-fine qui l'enveloppait.

– Quoi ? fit Divine, avec à peine un soupçon, pour le moment, d'agressivité dans la voix.

– Quoi ? dit le jeune en écho.

Il pouvait avoir n'importe quel âge entre dix-sept et vingt-cinq ans, et déjà il avait affirmé en avoir vingt et un, puis dix-neuf. Son visage était entouré par une ébauche de barbe pauvrette, quelques pustules virant au rouge sous sa pommette droite, des boutons d'acné groupés en masse au-dessus de son nez et sur toute la largeur de son front. Un petit anneau en or transperçait la partie supérieure du lobe de son oreille gauche. Il portait une veste de treillis, un pantalon de coton gris, plusieurs tee-shirts enfilés l'un sur l'autre, celui du dessus affichant cette exhortation : Atomisez les baleines !

À côté de Divine, veste déboutonnée, le dernier bouton de sa chemise défait au-dessus du nœud de sa cravate en laine, Millington restait sur son quant-à-soi et ne disait rien.

– C'est bien ce que t'as demandé, non ? fit Divine. Un sandwich-saucisse.

– Pas comme celui-là.

– T'aimes pas la sauce, ou quoi ? Si t'aimes pas la sauce, retire-la.

– La sauce, c'est pas un problème. Elle est bonne, la sauce.

– Alors, c'est quoi ?

– Les oignons.

– Quels oignons ?

– Justement.

Se penchant en avant, saisissant délicatement la moitié supérieure du petit pain entre le médium et le pouce, Divine la souleva.

– Y a pas d'oignons.

– C'est ce que je voulais dire.

– Vous ne croyez pas…, dit Millington, poussé à sortir de sa réserve, tapotant l'extrémité d'une cigarette sur la table, … lorsque ce débat culinaire sera clos, que nous pourrions commencer ?

– Tu vas manger ce truc ? demanda Divine, désignant le sandwich. Ou pas ?

Le jeune secoua la tête.

Faisant glisser l'assiette vers lui, Divine rouvrit le sandwich, saisit la saucisse, la trempa dans la coulée de sauce puis, une lueur de défi dans le regard, la porta à sa bouche.

– Dernière chance ?

Trop tard. La saucisse disparut dans sa bouche. Deux, trois bouchées, et il n'en resta rien, sauf un morceau de cartilage qu'il extirpa minutieusement d'entre ses dents et remit dans le petit pain qu'il balança aussitôt, serviette en papier comprise, dans la poubelle métallique posée près de sa chaise, où il atterrit avec un bruit sourd mais satisfaisant.

– Cet interrogatoire, dit Millington qui venait de mettre en route le magnétophone, débute à quatorze heures vingt-trois. Sont présents l'inspecteur Millington, l'inspecteur adjoint Divine, et M. St John.

Par pure politesse, Divine refoula un rot.

Millington se pencha un peu plus vers le jeune.

– Veuillez décliner votre nom.

– Vous le connaissez, mon nom.

Bon sang, pensa Divine, il va recommencer son cirque. Comme avec les oignons, jusqu'au bout.

– Votre nom, répéta Millington.

– John Anthony Lawrence St John.

Divine réprima un reniflement de mépris.

– Adresse ?

– Je n'en ai pas.

– Adresse ?

Un bref instant, le regard du jeune s'illumina.

– Là où je pose mon chapeau, c'est chez moi.

Quel petit trou-du-cul, pensa Divine.

– Dites-nous, fit Millington d'un ton encourageant, où vous avez posé votre chapeau samedi soir.

Reg Cossall et son équipe frappaient aux portes avec zèle. Jusqu'à maintenant, on les avait pris pour des Témoins de Jéhovah, des Adventistes du septième jour, des notaires venant pour la succession d'oncles ou de tantes éloignés, et les techniciens de la compagnie d'électricité qui avaient appelé pour dire qu'un ouvrier avait tranché les câbles d'un coup de pelle et que le courant ne serait pas rétabli avant une heure ou deux. Une fois réglés ces problèmes d'identification, ils avaient en général eu affaire à des gens étonnés, compréhensifs, qui leur avaient accordé la plus grande attention, mais sans leur donner de pistes sérieuses.

– On a bien entendu du bruit, non, Geoff ? Un raffut épouvantable. Je me rappelle qu'on a éteint la télé, qu'on est sortis pour aller voir. (C'était une forte femme d'une cinquantaine d'années, répondant à Cossall, en personne, accompagné d'un jeune adjoint ; à l'arrière de leur maison, sur les quais, passait le sentier près duquel on avait découvert le corps d'Aston.) Geoff ? (Elle paraissait agitée, ses mains plongeant dans les poches rapportées de son tablier rouge et vert pour en ressortir aussitôt, son esprit, peut-être, à moitié préoccupé par ce qu'elle avait laissé sur le feu.) Il était quelle heure, Geoff ? Pas loin de onze heures, c'est ça ? Vers onze heures du soir ?

Geoff apparut dans le vestibule, un morceau du *Telegraph* en éventail sur l'avant-bras, les lunettes descendues jusqu'au bout du nez.

– Des voyous, voilà ce que c'est. Des voyous, et c'est tout. C'est comme ça tous les samedis soir, maintenant ; ils sortent du pub, ils braillent, ils s'apostrophent, ils chahutent. Et les grossièretés qu'ils débitent, c'est à ne pas croire. Mais ce n'est que de la graine de voyous, rien de plus. Cette engeance que vous autres, dans la police, vous laissez faire régner la terreur dans les rues, pour que les gens comme nous soient obligés de rester chez eux, enfermés à double tour.

Au lieu de faire quoi ? se demanda Cossall. De descendre à la discothèque, pour faire gambiller Bobonne sur la piste, boire un ou deux verres de cherry, et de la ramener vite fait à la maison pour une partie de jambes en l'air sur la moquette du salon ? Leur moquette, il aurait parié qu'elle n'avait connu que le shampooing au citron suivi d'un bon coup d'aspirateur depuis qu'elle avait été posée.

– Et en ce qui concerne l'heure, monsieur, demanda Cossall. Pourriez-vous être un peu plus précis ?

– Comme vous l'a dit ma femme, aux environs de onze heures. Onze heures trente. Vous pouvez vérifier avec le programme de la télé, le *Match du jour*, c'est ce qu'on regardait. Cet Écossais, Hanson, il joue un peu trop les Monsieur-je-sais-tout, à mon goût. Et on ne comprend pas la moitié de ce qu'il dit.

C'était la même histoire à chaque fois : un groupe de jeunes avait fait un chahut monstre sur les quais entre onze heures et onze heures et demie, mais après cela, ils étaient partis, traversant les terrains de jeux, selon plusieurs témoins, en direction des Meadows. Et bon débarras. Deux ménages mentionnèrent une voiture de sport dont le conducteur avait fait rugir le moteur vers minuit ; un autre semblait se souvenir d'une moto au pot d'échappement percé. Il pouvait s'agir du même bruit.

Ce que cette première pêche aux renseignements n'avait pas réussi à remonter à la surface, c'était le moindre élément en rapport avec l'agression de Bill

Aston ; mais ce n'était qu'un début, Reg Cossall le savait bien. Une fois que les affichettes seraient en place dans les bars, que les médias locaux auraient fait leur travail, ce serait différent, il en était sûr. Un homme sauvagement agressé à cent mètres de chez eux, à peine plus loin d'une route très fréquentée, quelqu'un avait forcément vu ou entendu quelque chose, cela tombait sous le sens.

Soudain, il se mit à faire chaud. Dans le bureau de Resnick, du moins. Une grosse mouche bleue, paresseuse, obèse, était sortie de son long sommeil et bourdonnait à présent d'un coin de la pièce à l'autre, se cognant obstinément avec un bruit mat contre la vitre à travers laquelle on ne voyait pas grand-chose d'intéressant.

– C'est tout ? Il n'y a rien d'autre ?

Resnick laissa tomber la dernière liasse de documents sur le reste de la pile.

Khan réagit à cette critique implicite en tirant sur les poignets de sa chemise, en se redressant sur sa chaise.

– En ce qui concerne les interrogatoires préliminaires, oui. Retranscrits à partir des enregistrements.

– Préliminaires ? Vous comptiez interroger à nouveau certaines de ces personnes ?

– C'était une possibilité, monsieur l'inspecteur principal. Au cas où cela se serait révélé nécessaire.

– Et ?

Khan s'essuya les paumes sur ses jambes de pantalon ; il faisait chaud, ici, et il commençait à transpirer. Bientôt, pensa-t-il, il allait sentir l'odeur de sa propre sueur ; bon sang, ce qu'il détestait ça !

– Excusez-moi, inspecteur, je ne saisis pas très bien ce que vous me demandez.

– Je vous demande, dit Resnick en s'efforçant sans succès de ne pas laisser percer son irritation, si ces interrogatoires complémentaires étaient prévus de façon précise, si l'inspecteur Aston avait l'intention de questionner une seconde fois certaines de ces personnes ?

– Non, inspecteur, finit par répondre Khan. Pas à ma connaissance.

– Aucune hypothèse n'est avancée, dans ces documents, sur les raisons qui ont poussé Nicky Snape au suicide.

– Non, inspecteur.

– Et ils n'incriminent personne.

– Pardon ?

– La responsabilité du drame n'est imputée à aucun membre du personnel. Personne n'est incriminé.

– Non, inspecteur. C'est bien ça.

Est-ce vraiment ça ? se demanda Resnick. Peut-être que oui. À la quatrième tentative, il réussit à hisser la partie inférieure de la fenêtre suffisamment haut et il utilisa son journal pour chasser la mouche vers l'extérieur.

– Quel est votre sentiment personnel sur la question ? Avez-vous l'impression que toutes les personnes interrogées ont répondu franchement, qu'elles ont bien dit la vérité ? Qu'elles n'avaient rien à cacher ?

Le caleçon de Khan commençait, sensation désagréable, à lui coller à la peau ; il fallait qu'il arrête de se soulever de son siège pour tirer dessus.

– Inspecteur, je ne suis pas sûr…

– De comprendre où je veux en venir ?

– Non, non. Je crois que je comprends très bien. Mais…

– Mais Bill Aston était un officier supérieur, et il vient d'être assassiné dans des circonstances tragiques.

– Oui.

– Et vous ne voulez pas paraître déloyal.

– C'est exact.

Écartant suffisamment de paperasses pour dégager un coin de son bureau, Resnick fixa le jeune officier ; il attendit que Khan le regarde à son tour.

Quand ce fut fait, Resnick dit :

– Selon vos propres termes, ce que ces documents représentent, c'est la base d'un rapport préliminaire. Ils ne contiennent rien qui permette d'affirmer que, s'il avait vécu, l'inspecteur Aston n'aurait pas mené ses investigations plus loin. Il m'a personnellement confié, par exemple, qu'à son avis le personnel de surveillance a pu manquer de rigueur la nuit où Nicky est mort. Paul Matthews et Elizabeth Peck, je crois.

Khan acquiesça d'un signe de tête.

– Vous étiez présent à leurs interrogatoires ?

– Oui, inspecteur.

– Et quel est votre sentiment ? Pensez-vous qu'ils aient pu avoir quelque chose à cacher ?

– Matthews, il était nerveux. Il bégayait tout le

temps, vous voyez. Enfin, bégayer, ce n'est pas exactement le terme, il butait sur les mots, plutôt.

– Et la femme ? Elizabeth Peck ?

– Sur la défensive. C'est l'impression qu'elle m'a donnée. Irritée, aussi, comme si elle ne trouvait pas du tout normal qu'on l'interroge.

– Très bien. (Resnick s'était levé de nouveau.) Voilà ce que vous allez faire. Essayez de savoir à quel moment l'Inspection des services sociaux a l'intention de publier son rapport. Étant donné ce qui est arrivé à l'inspecteur Aston, vous pourrez peut-être découvrir dans quelle direction va pencher leur conclusion, et s'ils estiment avoir de bonnes raisons de s'inquiéter ou pas. Ensuite, contactez Jardine. Dites-lui que nous allons très certainement avoir besoin de revenir interroger son personnel. Essayez de ne pas le prendre à rebrousse-poil, de ne pas lui flanquer la frousse. Vous pourrez toujours prétendre qu'il y a quelques détails que nous avons besoin de tirer au clair. Dans les circonstances actuelles, il devrait accepter cette explication. D'accord ? Vous saurez vous débrouiller ?

Pour la première fois, Khan se sentit capable de sourire.

– Oui, inspecteur. Bien sûr.

– C'est bien. (Et, au moment où Khan ouvrait la porte :) Il se peut qu'il n'y ait aucun lien entre l'agression de Bill et cette enquête. À quatre-vingt dix-neuf pour cent, il n'y en a aucun. Pas le moindre. Mais nous devons nous en assurer.

25

Resnick remarqua que Lynn semblait porter davantage de maquillage, une touche de couleur, bleu-vert, au-dessus des yeux. Du rouge à lèvres, discret, léger, mais présent. Un haut fin à col montant sous une veste à carreaux en tissu léger, une jupe confortable. Une fois qu'elle eut ouvert la portière de la voiture, elle ôta sa veste et la posa sur la banquette arrière. Du côté passager, Resnick boucla sa ceinture. Il se demanda si elle voyait de nouveau quelqu'un, si elle avait rencontré un homme ; peut-être commençait-elle à peine à se sentir mieux dans sa peau. Il espéra que c'était le cas. Elle n'en méritait pas moins.

Un léger réglage du rétro, et ils se mêlèrent à la circulation, se dirigeant vers le centre-ville et la sortie sud menant au pont.

– Son épouse, demanda Lynn. La veuve de Bill Aston, comment est-elle ?

Resnick la décrivit : une femme plutôt petite, pas spécialement dynamique, mais sachant écouter. Dans les rares occasions où il l'avait rencontrée en société, à des soirées de la police, elle était surtout restée dans l'ombre de son mari, mais à chaque fois qu'il était allé chez eux, c'était elle, plus détendue, qui avait assuré la majeure partie de la conversation,

Bill s'effaçant à l'arrière-plan, débarrassant la table, s'assurant que les verres étaient bien remplis.

– Une femme agréable, dit Resnick. Directe, sensée.

– Des enfants ?

– Deux, je crois. Non, trois. Adultes, qui ont quitté la maison. Il y en a un qui est parti quelque part, en Australie, ou au Canada. (Il semblait se souvenir que l'un d'eux était marié, mais il ne se rappelait plus lequel.) Vous savez, je ne le connaissais pas si bien que ça. Encore moins sa famille. Ces dernières années, nous ne nous étions pas vus souvent.

Lynn hocha à peine la tête, consacrant toute son attention à la voiture, devant elle, qui ne semblait pas parvenir à décider dans quelle file elle était censée rouler. Trent Bridge n'était plus qu'à quelques centaines de mètres. On apercevait déjà l'endroit où le corps d'Aston avait été découvert, encore sous surveillance, encore interdit au public.

– Nous n'avons toujours pas trouvé d'arme, de quelque sorte que ce soit ?

– Pas pour le moment.

Le niveau du fleuve était impressionnant, et il coulait très vite sous le pont.

Le jeune homme qui leur ouvrit la porte ressemblait assez à son père pour que Resnick ne se pose pas de questions sur son identité. Terry Aston avait hérité de son père la même expression, la couleur de ses yeux, un front qui se dégarnissait déjà de la même façon ; il avait gardé de sa mère suffisamment de gènes pour être plus petit, plus carré, plus solidement planté sur ses jambes. Il était venu avec sa femme et leur fils de dix-huit mois depuis l'endroit où ils vivaient, juste à côté de Bedford. Terry, informaticien de profession, également brasseur à ses heures, et ornithologue par passion ; sa femme, Moira, secrétaire juridique, qui faisait encore de l'intérim à dix livres de l'heure les matins où Steven était chez la nourrice.

Terry Aston serra la main de Resnick, acceptant ses condoléances, adressa un signe de tête un peu gauche à Lynn Kellogg, et conduisit les deux officiers de police à travers la maison jusqu'au salon.

– Je vais dire à maman que vous êtes là.

Resnick avait pensé que Margaret Aston serait peut-être au lit, à se reposer, quelque part dans le noir, seule avec ses pensées. Mais à travers les portes-fenêtres, il la vit se pencher pour étêter une rose, son petit-fils derrière elle, courant et tombant les bras en croix dans l'allée de graviers. Étouffant dans l'œuf sa crise de larmes, Margaret le souleva dans ses bras et le serra contre elle, murmurant des paroles de réconfort dans ses cheveux blonds, jusqu'au moment où sa mère survint en hâte et le prit à son tour, le soulevant à bout de bras pour transformer ses larmes en rire. Écrasés contre la poitrine de Margaret, les pétales de la rose blanche tombèrent çà et là sur le sol.

– Inspecteur Resnick ?

La jeune fille qui venait vers lui depuis la porte devait avoir dix-neuf ans, peut-être vingt, mais semblait plus jeune, ses cheveux blonds attachés souplement derrière la tête, portant une chemise crème sous une salopette délavée ; le regard qu'elle posait sur Resnick était vif et presque amusé, la main qu'elle lui tendait était douce et menue.

– Vous ne vous souvenez pas de moi, n'est-ce pas ?

Resnick la regarda de nouveau.

– Vous êtes Stephanie ?

– Pas mal. En fait, c'est Stella. Mais je continue à croire que vous ne vous souvenez pas réellement de moi.

Resnick secoua la tête.

– Vous êtes venu ici avec Papa. Je crois que j'avais onze ans, quelque chose comme ça. Peut-être douze. Je me rappelle vous avoir tarabusté toute la soirée pour savoir comment une femme pouvait entrer dans la police. Je ne vous lâchais plus. C'était le seul métier qui m'intéressait, à ce moment-là, je n'avais que ça en tête, et Papa, eh bien, il refusait de m'en parler. Il me disait que c'était la dernière chose au monde que je devrais faire. Ce n'est pas un métier pour une fille, voilà ce qu'il me disait, je m'en souviens ; ce n'est pas pour les filles. (Stella se tourna vers Lynn.) Vous pensez qu'il avait raison ?

– Ça dépend.

– De quoi ?

Lynn se rendit compte qu'elle ne le savait pas avec certitude. S'il existait une réponse simple, celle-ci ne lui venait pas à l'esprit.

– Ça dépend, je suppose, du genre de femme que vous êtes. Et puis, nous avons toutes des idées différentes, n'est-ce pas, sur ce que le travail devrait être.

– Et les femmes.

Sans répondre, Lynn regarda Stella. Il y avait un sourire, indubitablement, aux commissures de ses lèvres, au coin de ses yeux.

– Mais ça vous plaît ? demanda Stella. Vous aimez ce que vous faites ?

– La plupart du temps, oui.

– Bien. Ça doit être épouvantable, d'être coincée dans un emploi qu'on déteste. Où l'on s'ennuie de neuf heures à cinq heures.

– Eh bien, fit Lynn avec un sourire, ce n'est certainement pas le cas en ce qui nous concerne.

– C'est encore une carrière que vous envisagez ? demanda Resnick. D'entrer dans la police ?

Stella rit.

– Je crois que toute la propagande de Papa a fini par fonctionner. (Elle regarda Lynn presque comme si elle s'en excusait.) Il pensait que c'était un métier d'homme, je le crains. Pour les hommes d'un mètre quatre-vingts et davantage. (Elle eut un sourire un peu mélancolique.) Il était un peu traditionaliste, Papa, quant à la répartition des tâches entre les sexes.

Resnick sonda son visage, à la recherche d'un signe trahissant ce qu'elle ressentait, en parlant de son père de cette façon. Elle se forçait à le faire, pensa-t-il, elle s'obligeait à parler de lui sur ce ton pour le maintenir en vie.

– Que faites-vous ? demanda Lynn.

– Des études dans un institut d'agronomie.

– Vous vous destinez à l'agriculture ?

Stella secoua la tête.

– Les arbres. Voilà ce dont j'aimerais m'occuper

plus tard. Travailler dans la sylviculture. Faire pousser des arbres. Par centaines. Par milliers.

Lynn souriait franchement.

– Quoi ? demanda Stella. Qu'est-ce qu'il y a ?

– Je me demandais où placer la sylviculture dans la liste des métiers traditionnellement réservés aux femmes. À un rang pas très élevé, je suppose.

– Papa disait que l'envie m'en passerait. (Stella rit de nouveau.) Que c'était une phase que je traversais. Pauvre Papa, il ne comprenait pas vraiment. Ni ça, ni beaucoup d'autres choses.

Elle souriait à Lynn quand sa mère entra dans la pièce.

– Toute cette gaieté, dit Margaret Aston, je me demandais ce qui pouvait bien la motiver.

Stella recula d'un pas, dans un silence coupable ; son sourire disparut. Alors que Resnick s'avançait vers elle pour la saluer, les bonnes intentions de Margaret s'évaporèrent, et la façade qu'elle affichait bravement s'effondra en un torrent de larmes.

– Excusez-moi…, dit-elle à plusieurs reprises, tandis que Resnick, indécis, maladroit, se balançait d'un pied sur l'autre, lui tendant un mouchoir qu'elle refusa. Je n'arrêtais pas de me répéter que je devais éviter ça, me donner en spectacle.

– Maman, dit Stella, il n'y a pas de honte à pleurer.

Sa mère se tamponna les yeux avec un mouchoir en papier humide, se moucha, repoussa machinalement ses cheveux.

– J'aurai bien le temps de pleurer plus tard. Ce n'est pas pour ça que Charlie est venu, n'est-ce pas,

Charlie ? (Elle renifla.) Je suis sûre qu'il a des questions à poser, je n'ai pas raison ? Du travail à faire.

– Maman…, commença Stella.

– Non. C'est ce que ton père aurait voulu. Hein, Charlie ? C'est ce que Bill aurait voulu qu'on fasse.

Ils étaient sortis dans le jardin ; la maison était trop étriquée pour Margaret, trop étouffante, trop remplie des souvenirs de son mari, du rire aigu de son petit-fils et de ses larmes subites. Elle leur avait dit tout ce dont elle se souvenait, la plupart des choses qu'ils voulaient savoir. La baignade matinale de Bill, les expéditions qu'ils avaient faites ensemble au supermarché, puis à la jardinerie, plus tard dans la journée. La lettre de Nuneaton, invitant Bill à prêcher dimanche en quinze ; les coups de téléphone de Stella et de leur second fils, celui qui vivait en Australie, et la communication que Bill avait prise dans le couloir, quelqu'un que Bill avait rappelé ensuite, à propos du travail qu'il faisait pour l'église, supposait-elle, mais Bill n'en avait rien dit.

Parvenus à présent près de la haie au fond du jardin, Margaret, Resnick et Lynn se figèrent un moment en un tableau silencieux, tandis qu'autour d'eux le bourdonnement électrique de tondeuses invisibles s'élevait et se mêlait au grondement assourdi d'un avion passant au-dessus d'eux.

– Il était furieux, Charlie, vous pouvez comprendre ça. Depuis quelques années. Il avait le sentiment qu'on le méprisait ; il s'était dévoué corps et âme pour faire son métier du mieux possible, et on ne voulait plus de lui. C'est pourquoi on le cachait dans cet endroit sinistre. Un bureau aux portes toujours fermées. (Elle sourit.) Vous le connaissiez, Charlie, mieux que la plupart. Il voulait être sur le terrain, il voulait qu'on lui confie des missions à accomplir. De vraies missions. Un travail qui ait un sens. C'est à cela qu'il croyait. Il estimait que cela avait de l'importance, le travail qu'il accomplissait. Que cela pouvait changer les choses. (Elle se tourna à demi, secouant la tête.) Mais cela ne signifie plus rien, cependant, n'est-ce pas ? Plus maintenant. Ce à quoi l'on croit. C'est dépassé. Les convictions. Les valeurs. C'était un dinosaure, Bill. Voilà ce qu'il était ; sa présence les gênait.

– Margaret, ce n'est pas…

– Sa présence les gênait, et c'est pour ça qu'ils l'ont enfermé dans un placard en attendant qu'il meure.

– Margaret…

– Et aujourd'hui, ceci…

– Bien sûr, nous…

– Toute cette… (Elle lui faisait face de nouveau, les yeux irrités non par le chagrin, mais par la colère.) Toute cette agitation, ce gigantesque déploiement de moyens, et vous tous qui courez dans tous les sens comme des poulets sans tête. Qui a fait ça ? Qui a fait ça ? Mais c'est tragique ! C'est épouvantable ! Bien sûr, que c'est épouvantable. Bill était mon mari. Mais c'est ce que vous avez toujours souhaité.

– Margaret, vous savez que ce n'est pas vrai.

– Ah, bon ? En ce qui vous concerne, peut-être pas. Pas vous, personnellement. Mais tous les autres, tous ces brillants jeunes gens – et ces jeunes femmes – avec leurs attitudes de jeunes gens brillants et leurs diplômes de sociologie. Ils se fichent bien de lui. Tous autant qu'ils sont.

– Madame Aston, dit Lynn, nous trouverons celui qui a fait ça. Nous le trouverons.

Margaret la regarda, longuement, fixement, cette jeune femme qui aurait presque pu être sa fille, si sincère, qui croyait à ce qu'elle disait.

– Et si vous le trouvez, dit Margaret, qu'est-ce que ça changera ? Qu'est-ce que ça pourra bien changer, maintenant ?

Resnick attendit qu'ils fussent remontés dans leur voiture.

– Cet appel, celui dont elle ignore l'origine. Faites-vous communiquer le numéro, à tout hasard.

26

John Anthony Lawrence St John se révéla avoir abandonné ses études alors qu'il préparait une licence en mathématiques appliquées à l'université de Bristol – Oxford et Cambridge mises à part, l'une de celles dont l'accès était le plus difficile. Son directeur d'études était persuadé que John Anthony Lawrence aurait décroché une mention « Très bien » ; un an de plus pour la maîtrise, puis un doctorat. Une bourse de recherche à sa disposition s'il la demandait. Avant cela, il avait terminé son cycle secondaire dans le Buckinghamshire, dans un lycée prestigieux, par un bac avec mention. Un parcours exemplaire, couronné de lauriers de bout en bout.

– Ce qui me tue, fit Divine, avec des atouts pareils, un cerveau comme le sien, pourquoi est-ce qu'il fout tout en l'air ?

Divine se trouvait à la cantine avec Graham Millington. Il s'expliquait avec une portion d'œufs au bacon avec frites et haricots, la saucisse raflée un peu plus tôt lui ayant plus qu'ouvert l'appétit. Devant lui, Millington attaquait systématiquement une tourte à la viande et aux pommes de terre qui était restée trop longtemps dans le micro-ondes et dont l'intérieur avait à présent une consistance bourbeuse.

– Ça t'aurait plu, à toi ? demanda Millington. D'être bardé de diplômes ?

– Mon cul !

– Ma foi, dit Millington, je suppose que c'est un point de vue comme un autre.

Divine fit descendre une copieuse bouchée d'œufs et de haricots avec une gorgée de thé.

– À la façon dont je vois les choses, lui qui est tellement plus intelligent que moi, il devrait faire marcher sa cervelle pour gagner un gros tas de pognon, non ? Dix fois plus que toi ou moi. Au lieu de ça, je me crève la paillasse à gagner des clopinettes, une fois que tu retires toutes les déductions, la sécurité sociale, les impôts, et tout le reste, et une partie de ce qu'on me prend, ça sert à payer son chômage parce qu'il est trop feignant pour bosser.

– C'est son choix, dit Millington.

– De vivre à nos crochets, à toi et à moi ? Oui, merci bien !

Millington écarta son assiette et tendit la main vers son paquet de cigarettes. L'un des petits miracles de la vie, pensait-il, quelle que soit la quantité de radiations ou de je ne sais quoi dont on bombarde ces tourtes dans un micro-ondes, il y reste toujours quelques bouts de cartilage, intacts, comme des perles.

– La seule chose qui nous intéresse, dit-il, c'est que ça tient debout, ce qu'il nous a raconté sur la découverte du corps. Alors, on le remercie pour son aide, et on le fout dehors.

– Ouais. (Divine hocha la tête.) Ça me fait d'autant plus mal au cœur.

*

La brigade fluviale avait mobilisé deux plongeurs qui travaillaient depuis leur vedette, fouillant la Trent en amont et en aval du pont à la recherche d'une ou de plusieurs armes possibles. Jusqu'à maintenant, ils avaient remonté deux tabourets, du modèle utilisé par les pêcheurs, plusieurs cannes hors d'usage, le cadre rouillé d'une bicyclette Raleigh, un panier à pique-nique, quatre couteaux d'aspect malsain (la lame de l'un d'eux, ébréchée, étant entamée de plusieurs éclats triangulaires), un tricycle pour enfant, des patins à roulettes, divers ustensiles de cuisine, un classeur métallique contenant encore une cinquantaine de dossiers, probablement poussé jusqu'au bas de la pente depuis l'hôtel du comté par un gratte-papier mécontent, et un fusil à deux coups et à canon scié qui se révélait du plus grand intérêt pour les inspecteurs enquêtant sur le braquage d'une banque de Gregory Boulevard, survenu trois mois plus tôt. Rien qui ait pu être utilisé dans l'agression de Bill Aston.

Le laboratoire de l'Identité judiciaire avait récolté un nombre suffisant de fragments d'os brisés provenant du crâne de la victime pour acquérir la certitude que l'arme utilisée était un objet verni, très probablement une batte de base-ball. Même dans ce pays où ce sport était relativement peu pratiqué, le choix d'un tel instrument devenait de plus en plus la norme.

Et du sang : minuscules, difficiles à détecter au premier abord, il y avait quelques échantillons d'un second groupe sanguin, mêlés à celui d'Aston. Dès qu'il serait convenablement isolé, on pourrait le comparer à ceux recensés par la banque nationale de l'ADN fondée récemment et qui s'enrichissait chaque jour. Les hommes de l'Unité de soutien avaient passé le terrain au peigne fin. Les crottes de chiens, les mégots, les paquets de cigarettes vides, les cartons de pizzas à emporter, les préservatifs usagés et autres articles du même genre exceptés, ils n'avaient découvert que deux objets potentiellement intéressants : une cassette audio TDK de 90 minutes, sans étiquette, qui semblait contenir une sélection plutôt arbitraire de repiquages de morceaux de « heavy metal », et un gant de cuir pour la main gauche, de grande taille, très usé, éraflé au bout des doigts et lisse à l'endroit de la paume. Ces deux éléments subissaient en ce moment des tests complémentaires.

L'équipe de l'Identité judiciaire avait fourni à Naylor les relevés, presque tous partiels, de vingt-sept paires de traces de pas dans les environs immédiats de l'agression. Un diagramme montrant le positionnement de celles-ci était encore en cours d'achèvement, mais paraissait montrer que sur les vingt-sept, neuf étaient manifestement présentes près de l'endroit où le corps était tombé ; parmi ces neuf, cinq semblaient avoir plus ou moins tourné autour. Les empreintes de trois d'entre elles avaient été laissées par des chaussures de sport, l'une par des brodequins à semelles épaisses, la dernière, probablement, par des chaussures de ville à semelle en caoutchouc.

Comme la secrétaire de Phyllis Parmenter avait réussi à le faire lanterner pendant une bonne partie de la journée, Khan s'était installé dans le bureau d'accueil de l'Inspection des services sociaux, avec un exemplaire d'un roman de Vikram Seth long de quinze cents pages, psychologiquement préparé à une longue attente.

La femme officier de police qui venait de prendre congé de Cossall et s'éloignait de lui avait « un cul comme celui d'une dinde en cloque ». Les propres termes de Cossall, encore qu'il les avait gardés pour lui, buvant sa pinte à petites gorgées ; tous ces interrogatoires – le patron du bar, les serveurs –, ça donnait soif. Et puis, quand il s'agissait des femmes engagées dans la police, de nos jours, il valait mieux garder sa langue dans sa poche.

Cossall connaissait un inspecteur, dans l'un des commissariats de la périphérie, qui s'était permis un mois plus tôt une remarque innocente sur une femme officier dont les oreilles traînaient par là. Moins d'une heure après que celle-ci eut officiellement porté plainte, le pauvre bougre avait été suspendu de ses fonctions, en attendant une enquête de l'Inspection des services. C'était le signe, pensait Cossall, qu'il ne fallait pas plaisanter avec le cycle menstruel de ces dames.

Pas plus tard que ce matin, il avait lu dans le journal que pour la première fois de l'histoire, une femme avait été nommée chef de la police, dans le Lancashire. Elle frisait la cinquantaine et, comme c'est bizarre, elle était diplômée de l'Université pour tous. Et dans quelle discipline ? En psychologie. Cossall avait lu qu'elle toucherait un salaire annuel de plus de soixante-dix mille livres. Soixante-dix mille. Et qu'elle disposerait d'un budget de près de cent cinquante millions. Quel pourcentage de cette somme allait servir à ouvrir des crèches, voilà ce qu'il aurait aimé savoir. À financer des consultations d'assistance et de conseils ? À engager un décorateur un peu tantouse qui mettrait des rideaux et des meubles raffinés dans les salles d'interrogatoire, pour créer une atmosphère de confiance ?

À propos, qu'avait-elle dit, au juste, que le journal citait mot pour mot ? « Notre société n'a jamais été un univers d'hommes, c'est seulement une illusion que les hommes entretiennent. » Eh bien, non, c'est là qu'elle se trompait : Cossall ne se faisait pas d'illusion, il *savait*. Jusqu'au moment, du moins, où il passerait la main, où il irait travailler pour une de ces sociétés de surveillance, c'était son univers à lui.

Et si cet officier de sexe féminin parvenait un jour au sommet de la hiérarchie, il allait falloir que l'administration lui paie un fauteuil renforcé. Encore que, pensa Cossall, je ne dirais pas non si elle me proposait de l'enfiler par-derrière. Elle avait des beaux nibards, aussi, genre Dunlopillo renforcé, il se vautrerait volontiers dessus. C'est ce qu'il s'était dit quand il l'avait vue, dix minutes plus tôt, entrer dans le bar à sa recherche, tandis qu'il s'humectait les amygdales entre deux visites de pubs, puisqu'il devait voir tous les établissements de London Road, entre Trent Bridge et la ville. Des bars pour amateurs de foot, la plupart ; bondés le samedi soir quand l'une des deux équipes, Nottingham Forest ou Nottingham County, jouait à domicile.

– Alors, qu'est-ce que vous êtes en train de me dire, ma petite ? avait demandé Cossall. Le patron refuse de vous parler, c'est ça ?

– Oh, pour parler, il parle, pas de problème. Il parle à vous soûler un régiment de Polonais. Ce qui m'ennuie, c'est ce qu'il refuse de me dire. (Pas la moindre hésitation, répondant du tac au tac, allant droit au but, c'est ce que Cossall aimait en elle. Elle était du coin, en plus. Cet accent. Mansfield, un bled dans ces eaux-là.) Tenez, par exemple, il y a deux carreaux fendus, vous voyez ? Rafistolés avec du ruban autocollant, comme s'il allait bientôt les faire changer. Donc, c'est arrivé il n'y a pas longtemps, d'accord ? Et quand j'ai jeté un coup d'œil dans l'arrière-cour, j'ai vu deux chaises, là, deux chaises cassées, qu'on avait balancées. Seulement, quand j'ai voulu en savoir plus, sur les carreaux et sur les chaises, rien à faire, il n'a pas desserré les lèvres, pas un mot. Alors, j'ai pensé que vous, en revanche, vous arriveriez peut-être à lui faire cracher le morceau.

Cossall hocha la tête.

– D'accord, merci. J'y vais tout de suite. (Il lui fit un clin d'œil.) Je vous paierais bien un verre, ma petite, seulement, vous êtes en service.

Elle baissa le ton pour que personne, au comptoir, ne puisse l'entendre.

– Si je n'y étais pas, je m'en serais bien payé un toute seule, mais merci quand même, mon chou, merci bien.

Cossall se retint de sourire jusqu'à ce qu'elle lui

tourne le dos, puis il la suivit des yeux jusqu'à la porte, elle et son cul comme celui d'une dinde en cloque.

Venant de la rue, il entra dans le bar principal du pub ; deux hommes en bleus de travail étaient assis près de la fenêtre du fond. Des Irlandais, devina Cossall sans savoir qui ils étaient ; quelque chose dans leur teint, leurs fronts larges et hauts, l'ondulation naturelle de leurs cheveux sur le devant. C'était donc dans un pub irlandais, qu'il venait d'entrer ?

Il écarta un tabouret haut du comptoir, suffisamment pour s'y asseoir. Dans la salle voisine, il aperçut par la porte latérale un jeune Noir en tee-shirt blanc et dreadlocks, short long et ample et chaussures de basket, qui s'entraînait au billard. Non, c'était un pub où l'on prônait l'égalité des chances.

– Qu'est-ce que ce sera ? demanda le patron qui venait d'apparaître à l'extrémité du comptoir et s'approchait lentement de lui.

C'était un homme grand et mince, à la face plate, comme écrasée, ressemblant plus à un dessin d'enfant qu'à un vrai visage.

Cossall passa sa commande et regarda l'homme tirer une pinte de bière, lui montrant sa carte de police quand il posa le verre devant lui. D'un geste généreux, le patron du pub repoussa l'argent de Cossall.

– J'ai vu quelqu'un de chez vous, tout à l'heure, dit le patron.

Cossall hocha la tête.

– Parlez-moi de samedi soir.

D'où il était assis, il voyait les deux vitres fendues signalées par l'officier de police, couvertes d'une toile d'araignée de ruban adhésif, près de l'endroit où les deux ouvriers étaient assis.

– Je lui en ai déjà parlé.

Cossall goûta sa bière, fit une grimace et secoua la tête.

– Si vous lui aviez tout dit, vous ne seriez pas devant moi, en ce moment, à me regarder dans le blanc des yeux. Et si vous ne me le dites pas, ce soir vous pourrez en regarder deux autres dans mon genre ; et demain, il y en aura quatre, et ainsi de suite. (Il reposa son verre.) Ce n'est pas ce que vous souhaitez.

Le patron se força à rire.

– Tout ça pour un carreau fendu et quelques chaises bancales ?

Cossall se pencha suffisamment pour que l'homme sente son souffle sur son visage.

– L'un de nos officiers a été tué, à quelques centaines de mètres d'ici. Samedi soir.

– Mais ça n'a rien à voir avec ça.

– Et si, fit Cossall, vous me laissiez en juger par moi-même ?

Le patron poussa un verre contre le doseur et se servit une bonne dose de Jameson's ; il en but une gorgée avant de parler, un coude en appui sur le comptoir.

– Il y a des jeunes qui viennent ici, de temps en temps, vous savez, les jours de match. Des skinheads, pour la plupart. Ils font du raffut, ils jurent comme des charretiers, mais ils dépensent beaucoup, alors, en général, je laisse faire. Mais cette semaine, un skin a commencé à s'engueuler avec l'un des Irlandais qui viennent ici tout le temps. Un habitué, en somme. Ma foi, s'il y a quelque chose que ces mômes-là ne supportent pas, encore moins que les Noirs, même, c'est les Irlandais. La haine totale. Trêve de l'IRA ou pas, ça ne change foutrement rien. Et ça leur donne une excuse. À un moment, ces deux-là commencent à se chercher des poux dans la tête, à se bousculer, se flanquer des gnons, vous savez comment ça se passe ; l'instant d'après, les copains du skin s'y mettent aussi, et en rien de temps, le pub tout entier ressemble au dernier round d'un combat de Frank Bruno, ça pleuvait de partout. (Il but une nouvelle gorgée de whisky et s'essuya la bouche du dos de la main.) Je doute que ça ait duré plus de dix minutes, au maximum.

– Vous avez signalé l'incident ? Appelé la police ?

– Pour risquer ma licence ? Ça n'en valait pas la peine. C'est pour ça que je n'ai rien voulu dire, tout à l'heure.

– Vous avez déjà reçu des mises en garde, alors ?

– Une fois ou deux.

Cossall opina.

– Ces jeunes, vous les connaissez assez bien pour savoir leurs noms ?

Lentement, le patron secoua la tête.

– Vous avez remarqué où ils sont allés en partant de chez vous ?

– Non. Mais j'ai l'impression qu'ils sont partis vers le fleuve.

– Mais ce n'est qu'une impression ?

– J'en ai peur, oui.

Cossall but une dernière gorgée de bière et repoussa son verre sans le finir.

– Tenez. (Il prit une carte dans sa poche de poitrine et la posa sur le comptoir.) Si vous entendez un nom, ou s'il y en a un qui vous revient en mémoire, appelez-nous. (Il fit un clin d'œil.) Cela plaidera en votre faveur, pas contre vous. Ça ne peut pas vous faire de mal, hein, d'avoir quelqu'un de votre côté ?

Le patron suivit Cossall des yeux jusqu'à ce qu'il eût franchi la porte, vida le fond de son verre de whisky et s'en autorisa un autre. Il n'était pas plus prêt à compter sur un flic comme Reg Cossall, se dit-il, qu'à parier qu'il gagnerait à la loterie sans acheter de billet.

27

Resnick revenait du bureau du commissaire principal quand Lynn l'intercepta, pour lui soumettre l'analyse des déplacements et des contacts de Bill Aston pendant les vingt-quatre dernières heures de sa vie.

– Tout est là-dedans, pratiquement…, dit-elle froidement, sans vraiment regarder Resnick en face. Il ne reste qu'un ou deux blancs à combler.

Resnick jeta un coup d'œil rapide à la première feuille.

– Vous avez vu quelque chose qui pourrait nous aider ?

– Je crains que non. Des expéditions au supermarché et à la jardinerie, c'est à peu près tout. La piscine. La promenade des chiens.

Resnick hocha la tête, parcourant le reste. Un jour de la vie d'un homme très ordinaire, pas particulièrement intéressant. Ce qui était intéressant, chez Aston, c'est qu'il était mort. La façon dont il était mort.

– D'accord. Merci.

– Une dernière chose, dit Lynn. Vous vous rappelez m'avoir demandé de retrouver la trace de cet appel qu'Aston a passé le jour de sa mort ? Celui dont sa veuve ignorait le destinataire.

Resnick la regarda, attendant la suite, et Lynn lui mit dans la main un morceau de papier plié en quatre. Il l'ouvrit, regarda d'un air songeur le nom inscrit dessus, puis le replia avant de le glisser dans sa poche de poitrine.

– Il y a eu deux autres appels, aussi. Sans réponse, mais les numéros ont été enregistrés au bureau d'Aston.

– D'accord. C'est parfait. (Puis, comme Lynn se détournait :) Vous allez bien ?

Elle hocha la tête, évitant toujours de le regarder directement.

– J'aimerais prendre une heure de liberté, plus tard, pour convenance personnelle.

– Très bien.

Ils poursuivirent chacun leur chemin, Resnick longeant le couloir vers le local de la PJ, Lynn se dirigeant vers l'escalier. Toute autre question mise à part, pensait Resnick, elle a raison sur un point – ces troubles psychiques qui la hantent, ça ne semble avoir aucune incidence sur son travail.

La réunion avec Skelton n'avait pas été encourageante. L'un de ses plus sérieux espoirs reposait sur la possibilité que le second échantillon sanguin relevé sur les vêtements d'Aston, le sang qui n'était pas celui d'Aston, se révèle appartenir à quelqu'un de connu. Mais Jane Prescott avait consulté les archives des Renseignements généraux, elle avait fait des comparaisons avec tous les échantillons connus et analysés. Rien. Aucune similitude. Ce qui laissait les empreintes de pas, la cassette et – le plus improbable de tous les éléments improbables – la batte de base-ball. Après quoi, ils en seraient réduits aux informations reçues, à la recherche d'un témoin qui en ait vu ou entendu davantage que tous ceux qui s'étaient manifestés jusqu'alors. Les appels transmis par les médias avaient suscité des réactions, bien sûr, et celles-ci étaient traitées par l'ordinateur central, les plus prometteuses étant ensuite laborieusement vérifiées. Mais jusqu'à maintenant…

Pur accident, l'assassinat de Bill Aston ? Une malheureuse victime que le hasard avait placée au mauvais endroit au mauvais moment ? Ou bien existait-il un mobile plus spécifique ? Resnick pensa de nouveau au nom que Lynn lui avait donné, et il fut content d'avoir déjà organisé une rencontre avec Khan pour parler de l'enquête sur Nicky Snape. S'il y avait un lien entre les deux affaires, il allait devoir le tirer au clair.

Reg Cossall l'attendait dans son bureau, se servant d'une tasse à thé vide comme cendrier. Avec un soupçon d'ostentation, Resnick débloqua le verrou de la fenêtre à guillotine et souleva la moitié inférieure au maximum, avant de s'asseoir et d'inviter d'un geste Cossall à faire de même.

– Ce n'est peut-être rien du tout, Charlie…

– J'en doute, Reg. Sinon, tu ne serais pas là.

Cossall afficha brièvement son sourire en coin, puis il fit le récit de son entretien avec le patron du pub de London Road, l'embellissant de quelques fioritures d'ordre scatologique. Un flic malin, ce Reg, pensait Resnick, un homme qui ne se privait pas d'afficher ses préjugés, une lueur d'acier dans le regard comme pour vous mettre au défi de les lui reprocher. Un homme comme Aston – même âge, même ancienneté – on avait pratiquement réussi à s'en débarrasser, à le noyer dans la masse. Mais Cossall était trop précieux, son expérience trop grande, son taux de réussite trop élevé.

– Je suis retourné voir ce type, sur les quais, qui se plaignait parce que le vacarme de samedi soir avait gâché son match de foot à la télé. Il n'est pas catégorique, mais les jeunes qu'il a vus chahuter, ça pourrait bien être les mêmes que ceux du pub. Ce n'est qu'une possibilité, remarque. Il y a deux autres dépositions que je fais vérifier en ce moment, nous aurons peut-être une confirmation.

Resnick retourna cette information dans tous les sens. C'était très probable, en effet.

– Cette bagarre au pub, cette rixe, peu importe comment on l'appelle. Il n'y a pas une petite chance qu'on ait repéré l'un des jeunes avec quelque chose qui ressemble à une batte de base-ball ?

Cossall plissa les yeux et secoua la tête.

– J'ai bien peur que non. Mais on peut miser sur cette explication, à mon avis. D'autant qu'on n'a pratiquement rien d'autre. Ces types, guère plus que des mômes, qui sortent du pub, bien remontés par la bagarre, bien beurrés, aussi… Peut-être que Bill leur a dit quelque chose, tu sais comment il était. Avec son côté méprisant, moralisateur, il n'a pas pu se contenter de leur dire de la mettre en veilleuse, de se tenir correctement. Il a dû prendre ça de haut, certainement. Je l'imagine très bien. Pas toi ?

Si. Si, Resnick l'imaginait très bien aussi. Plus d'une fois, il avait vu à l'œuvre Bill Aston et ses manières moralisatrices. Il avait le sermon facile, le vieux Bill.

– Tu veux creuser la question, demanda Resnick, ou quoi ?

Cossall se carra contre le dossier de sa chaise, la fumée de sa cigarette s'élevant en volutes entre les doigts de sa main repliée.

– Comme je te l'ai dit, il y a plusieurs pistes que je suis en train de vérifier. Mais écluser toutes les infos que crache l'ordinateur, ça ne me laisse pas beaucoup de temps.

– Je vais en toucher deux mots à Graham, voir s'il peut t'aider. Mais ce patron de bar, tu penses que si on le bouscule un peu, ça lui déliera la langue ? Tu crois qu'il pourrait savoir exactement qui ils sont, ces jeunes ?

– Possible. Et je ferai ce que je pourrai. (Cossall lui adressa un clin d'œil.) Dans les limites du règlement.

– Divine a un copain dans l'Unité de renseignements sur les milieux du football, dit Resnick, alors que Cossall se dirigeait vers la porte. C'est un contact dont nous pourrions sans doute tirer profit. Ces jeunes en question, ils sont peut-être connus de ce service-là.

– S'ils le sont, fit Cossall avec un sourire, je doute fort qu'ils deviennent supporters de Nottingham County, hein ? Tu toucheras déjà ta retraite avant qu'ils te laissent seulement entrer sur le stade.

Avec un rire narquois, Cossall s'éloigna, laissant

Resnick debout près de son bureau, se représentant le groupe de jeunes supporters qu'il avait vus lors du dernier match auquel il avait assisté. Alignés au dernier rang des tribunes, un drapeau anglais déployé sur le mur derrière eux, le poing brandi en direction du camp adverse, l'un d'eux dissimulant son visage dans un passe-montagne. Il entendait encore leurs voix juvéniles, décuplées par la colère : « Pas de reddition ! Pas de reddition ! »

Cela ressemblait davantage à un reportage d'actualités tourné en Irlande du Nord, un rassemblement loyaliste, qu'à une rencontre par ailleurs pacifique de fin de saison entre deux clubs tombés dans les profondeurs du classement de la première division [1].

Deux des téléphones du local de la PJ étaient utilisés quand Resnick traversa la salle, en retard pour son rendez-vous avec Khan, et quand le troisième sonna, ce fut Lynn, de retour au bureau, qui décrocha.

– Lynn Kellogg, police judiciaire. (Pas particulièrement aimable, elle fonctionnait en pilotage automatique, aujourd'hui. Puis, tendant le combiné à Resnick :) Pour vous.

Il désigna le cadran de sa montre et secoua la tête.

Lynn reprit l'appareil et demanda qui voulait lui parler.

---

1. La *First Division* anglaise est l'équivalent de la D2 française. *(N.d.T.)*

– Hannah Campbell…, annonça-t-elle, couvrant le microphone de la main.

Surpris d'entendre son nom, Resnick sentit qu'il se mettait à rougir. Il s'avança vers le téléphone puis, changeant d'avis, s'arrêta net.

– Dites-lui, fit-il, que je la rappellerai plus tard.

– Plus tard cet après-midi, ou bien…

– Probablement dans la soirée.

À présent, Lynn le regardait d'un œil intéressé.

– Dois-je demander à quel numéro ?

– Non…, répondit Resnick par-dessus son épaule, s'éloignant déjà. Pas la peine.

Lynn le demanda malgré tout, question de procédure. Resnick descendait déjà l'escalier, deux marches à la fois, furieux contre lui-même de se sentir gêné, se rappelant sans plaisir quelle impression cela faisait d'avoir vingt-trois ou vingt-quatre ans.

Pour son entretien avec Resnick, Khan avait mis un blazer léger en laine, bleu et noir, un pantalon marron clair, des chaussures marron bien cirées. Sa cravate, d'un rouge profond, mat, presque rouille, lui avait été offerte par Jill un mois après leur second rendez-vous, celui où ils avaient couché ensemble pour la première fois.

– En quel honneur ? lui avait-il demandé d'un ton amusé.

– Disons que c'est un anniversaire, si tu veux.

– Pour bien débuter ce que nous avons l'intention de faire durer, c'est ça ?

– Quelque chose comme ça.

Un mois plus tard, c'est lui qui avait offert à Jill une minuscule culotte blanche avec des petits nœuds sur le côté, bleus, avait-il dit, assortis à la couleur de ses yeux.

Jill lui avait donné un coup de poing, avec une force étonnante, sur le haut du bras ; tellement fort qu'il en avait gardé la trace pendant des jours.

– J'ai les yeux marron.

Khan avait ri.

– Comment veux-tu que je le sache ? D'une façon ou d'une autre, ils sont fermés, d'habitude.

Cette fois, il avait bloqué son coup de poing au creux de sa paume. Ils étaient assis dans le salon de Jill, la télévision et la stéréo éteintes toutes les deux pour qu'ils puissent entendre ses enfants, si l'un d'eux venait à se réveiller et à vouloir descendre.

Khan repensait à ces instants, à présent, à ce qui s'était passé ensuite, au fait qu'il était possible, jusqu'à la dernière seconde, de garder le silence, quand il vit Resnick se hâter de descendre l'escalier et de franchir la porte donnant sur la réception. Khan s'était imaginé qu'ils parleraient ici, dans l'une des salles, temporairement vides, du commissariat central, mais Resnick insista pour qu'ils se rendent à pied jusqu'au marché couvert tout proche, Resnick n'étant pas vraiment disposé à parler avant d'avoir avalé son premier expresso et commandé le second. Khan, guère porté sur le thé ou le café, se contenta de rester assis et d'observer l'activité ambiante, de regarder le spectacle en attendant.

– Bon, finit par dire Resnick. Où en sommes-nous ?

Khan lui raconta que Phyllis Parmenter lui avait donné une centaine de bonnes raisons pour lesquelles il était impensable de divulguer les conclusions du rapport de l'Inspection avant que ce dernier ne soit publié, avant de laisser entendre, de façon plutôt pesante, que de son point de vue il n'y avait pas eu de manquements graves aux règles de sécurité, ni d'autre raison au suicide de Nicky Snape que son propre déséquilibre mental.

– Et Jardine ?

– Sur la défensive, globalement. Parfois au bord de l'agressivité, l'instant d'après se mettant en quatre pour proposer son aide.

– En ce cas, il ne verrait pas d'objection à ce que nous réinterrogions les deux personnes de service cette nuit-là ?

– Aucune, mais... (Khan sourit.) ... Paul Matthews est en congé maladie, quelque chose d'assez grave, il ne sait pas combien de temps il restera absent, et la jeune femme, Elizabeth, euh..., Peck, elle est en congé annuel.

– Depuis quand ?

– Le week-end dernier, apparemment.

Le second expresso de Resnick suivit de près le premier.

– Allons-y, dit-il. Je crois que nous devrions rendre visite à M. Jardine.

– Vous voulez lui téléphoner d'abord ? Je pourrais...

Mais Resnick partait déjà.

– On va lui faire la surprise.

Des échos de Blur et de Nirvana, reconnaissables pour Khan sinon pour Resnick, se glissaient sous une douzaine de portes. Avec force jurons et éclats de rire, deux jeunes jouaient au billard dans l'une des grandes salles du rez-de-chaussée, tandis que d'autres, assis autour de la table, les regardaient en attendant leur tour. Dans la salle de télévision, sur un poste à grand écran (acheté avec les bénéfices d'une brocante récente et d'une compétition de course à pied financée par des sponsors), d'autres pensionnaires enfoncés dans des fauteuils minables regardaient une cassette retraçant les meilleurs moments de la saison précédente du club de Nottingham Forest. Une bonne chose que ce ne soit pas Nottingham County, pensa Resnick, ils auraient à peine eu le temps de s'asseoir qu'ils se seraient jetés sur la télécommande pour rembobiner la bande.

Jardine ne les fit patienter que cinq minutes, puis il salua Resnick, le gratifiant d'une poignée de main énergique et d'un accueil étonnamment chaleureux.

– Je crains que nous n'ayons pris un mauvais départ, la dernière fois, inspecteur. Mettons cela sur le compte de la tension créée par le drame, vous voulez bien ? Mais entrez donc, entrez donc. Asseyez-vous, je vous en prie. Inspecteur, euh…, monsieur l'inspecteur adjoint, que puis-je vous proposer ? Thé ? Café ? Eau minérale ?

L'un comme l'autre, Resnick et Khan déclinèrent son offre. En s'asseyant, Khan sortit son calepin de sa poche intérieure et ôta le capuchon de son stylo. Les veines qui sillonnaient le visage de Jardine, pensa Resnick, étaient encore plus apparentes qu'auparavant. Il laissa son regard passer de nouveau en revue les photos fixées au mur ; il y en avait au moins une par année.

– Eh bien, il semblerait, même si cela n'est encore qu'officieux, bien sûr, mais il semblerait que le rapport nous déchargera de toute responsabilité. Quand je dis « nous », je parle de tout le personnel de cet établissement. (Jardine les gratifia de son plus beau sourire de style « relations publiques », celui qu'il réservait en temps normal aux éventuels parents de milieu aisé ou aux élus locaux en visite.) J'ai parlé à Mme Parmenter il y a une heure à peine. C'est un pur hasard, en fait. J'ai l'impression qu'elle rendra sur nous un rapport favorable. (Brusquement, il se pencha en avant, les bras posés sur le plateau de son bureau, l'air grave, à présent, son sourire effacé.) Bien sûr, cela ne diminue en rien l'abomination de la mort de ce garçon.

S'il s'attendait à un acquiescement, une manifestation de bienveillance, voire des félicitations, il fut déçu ; Resnick se laissa aller en arrière contre le dossier de son siège et se croisa les jambes, des plis profonds marquant le pantalon de son costume.

Rendu nerveux par le regard de Resnick, le directeur chassa d'une pichenette les pellicules tombées sur son épaule, se tira sur le lobe de l'oreille. Ses yeux allèrent de Resnick à Khan, revinrent sur Resnick.

– Le, euh…, l'inspecteur adjoint Khan m'a expliqué qu'il y avait des questions auxquelles vous aimeriez sans doute que je réponde…

– Votre personnel.

– Pardon ?

– Des questions auxquelles j'aimerais que votre personnel réponde.

– Bien sûr, si…

– M. Matthews et Mme…, Mlle Peck.

L'une des mains de Jardine gifla l'air en direction de Khan.

– Comme je l'ai expliqué à votre jeune collègue ici présent, malheureusement, ils ne sont disponibles ni l'un ni l'autre pour le moment…

– Malheureusement ?

– Excusez-moi, je…

– Vous avez dit : « malheureusement ».

– Oui, je…

– Pas « heureusement » ?

Jardine parut avoir soudain du mal à trouver son souffle.

– Inspecteur, je ne vois pas…

– Mlle Peck, elle est en vacances ?

– Oui, elle prend une partie de ses congés annuels.

– C'est prévu depuis longtemps ?

Jardine tourna partiellement la tête vers le tableau blanc fixé au mur derrière lui, couvert d'annotations et de flèches, portées nettement à l'aide de feutres de différentes couleurs.

– En général, ces questions-là se règlent, vous savez, en début d'année.

– Il n'y avait donc rien de soudain dans sa décision de prendre un congé maintenant ?

– Oh, non.

Aux yeux de Resnick, l'inscription en vert

indiquant son absence paraissait remarquablement récente ; il haussa un sourcil en direction de Khan, et l'inspecteur adjoint consigna une remarque dans son calepin.

– Vous n'avez aucune idée, je suppose, de la raison pour laquelle Mlle Peck a décidé de prendre ce congé ? Un voyage à l'étranger, peut-être ? À moins qu'elle soit chez elle, à repeindre sa salle de bains, quelque chose de ce genre ?

Jardine secoua la tête.

– Les membres de mon personnel, leurs vies privées…

Il haussa les épaules, comme si cela ne le concernait pas le moins du monde.

– Et M. Matthews ? demanda Resnick, toujours détendu, savourant tout à fait la situation, la gêne de Jardine, la savourant d'une façon qui ne lui était pas habituelle, et ne comprenant peut-être pas pourquoi. Je crois savoir qu'il est en congé maladie ?

– Je le crains.

– Maux d'estomac ? La grippe ? Quelque chose de plus grave ?

Jardine accordait plus d'attention encore à son oreille ; quand sa main, sans le vouloir, effleura ses cheveux, elle provoqua une nouvelle chute de pellicules.

– De quel genre sont ses ennuis de santé, monsieur Jardine ?

– Il me semble que le certificat médical parlait d'épuisement nerveux.

– Provoqué par ce qui est arrivé ici même à Nicky Snape ?

– Le certificat ne fournissait aucun détail…

– Mais c'est probablement là qu'il faut en chercher la raison, vous ne croyez pas ?

– Je ne sais pas s'il est prudent d'échafauder des hypothèses…

– Si un membre de votre personnel était contrarié de façon inhabituelle, cela ne vous échapperait pas. C'est lui qui a découvert le corps, n'est-ce pas ? Ce matin-là, quand je lui ai parlé, il m'a semblé bouleversé.

– Naturellement. Paul est un homme qui prend son métier très à cœur. Entièrement dévoué à sa mission. (L'espace d'un instant, le regard de Jardine se braqua, anxieux, vers Khan, comme irrité par le mouvement de son stylo.) Un drame pareil, cela ne pouvait que l'affecter.

Resnick hochait la tête, en signe d'acquiescement.

– Alors, il n'y a rien d'autre, pas d'autre raison qui vous vienne à l'esprit, pas d'autre cause qui pourrait expliquer que M. Matthews souffre de… – quelle était la formule ? –, … d'épuisement nerveux ?

– Non.

– Il ne redoutait pas, par exemple, les conclusions de l'enquête ?

Jardine secoua la tête.

– Il n'avait aucune raison de les redouter. Il le savait. Et à juste titre. Comme je le disais, Mme Parmenter…

– Je pensais à l'enquête de police. Menée par l'inspecteur adjoint Khan, ici présent. Par l'inspecteur Aston.

– Certainement pas.

– Et Mlle Peck, à votre connaissance, elle n'était pas particulièrement inquiète de ce que l'inspecteur Aston aurait pu découvrir ?

– Si elle l'était, elle ne m'en a jamais fait part. Bien au contraire, en fait. Après son interrogatoire, si je me souviens bien, elle m'a dit que cela n'avait pas été aussi terrible qu'elle le redoutait. (Jardine se sentait de nouveau suffisamment à l'aise pour tenter un autre sourire.) En grande partie, j'en suis sûr, grâce à la présence de votre jeune collègue.

Resnick hocha la tête.

– Je vois. Vous n'avez aucune idée, en ce cas, de ce qui l'a poussée à laisser par deux fois des messages au bureau de l'inspecteur Aston, ni de la raison pour laquelle, quand elle est enfin parvenue à le joindre chez lui, le jour où il est mort, ils ont apparemment parlé pendant près de trois quarts d'heure ?

La tête de Jardine plongea en avant, et il ferma les yeux. Espèce de vieux roublard, pensait Khan en regardant Resnick, tu l'avais bien masqué, ton coup fourré de dernière minute.

– Monsieur Jardine ? fit Resnick.

Sur la tempe de Jardine, une veine s'était mise à battre.

– Je regrette, je ne sais absolument rien à ce sujet. (Il soutint le regard de Resnick pendant plusieurs instants.) Je ne sais même pas si c'est vrai.

– Je vous serais reconnaissant, dit Resnick en se levant, de bien vouloir communiquer à l'inspecteur adjoint Khan les adresses personnelles aussi bien de M. Matthews que de Mlle Peck. Vous pourriez aussi bien lui donner celles de tous les autres membres du personnel, par la même occasion. Je ne peux vous dire avec certitude à combien d'entre eux je vais avoir besoin de poser des questions, et cela me fera gagner du temps. Oh, et si vous pouviez me faire photocopier ce certificat médical dont nous parlions ?

Furieux, mais peu sûr de lui, Jardine brûla ses dernières cartouches.

– Inspecteur, je ne vois pas ce qui vous donne le droit…

– Monsieur Jardine… (Resnick se pencha vers lui, le dominant de sa hauteur, sa propre colère prenant le dessus.) Non seulement un gamin est mort alors que vous en aviez la responsabilité, mais un officier de police, celui qui enquêtait sur ce décès, a été assassiné. Vous ne trouvez pas que cela me donne suffisamment de droits ?

28

Les premières fois où Lynn avait vu Petra Carey, cela s'était passé à l'hôpital, dans le service psychiatrique, une aile lugubre située à l'arrière du bâtiment, près des cuisines. Après cela, les rendez-vous avaient eu lieu dans la grande maison victorienne que la thérapeute partageait avec plusieurs confrères ; les séances en groupe se tenaient dans les salles du rez-de-chaussée ; les consultations individuelles, à l'étage.

La pièce où elles se retrouvaient était disposée de telle façon que Lynn était assise face à une haute fenêtre, trop haute pour qu'elle puisse voir autre chose que les dernières branches des arbres, de l'autre côté de la rue large, des morceaux de toits, le ciel. Elle voyait un grand pan de ciel. Le fauteuil de Lynn était confortable, mais pas trop, avec des accoudoirs en bois poli et un dossier qui s'incurvait vers l'arrière, un siège convenablement rembourré. Petra Carey était assise sur le côté, dans un fauteuil semblable placé à angle droit. Entre les deux femmes, une table basse carrée, sur laquelle il y avait toujours des fleurs ; aujourd'hui, c'étaient des tulipes jaunes, qui penchaient déjà la tête au bout de leurs cols de cygne. Tulipes ou pas, pensait Lynn, la pièce sentait toujours la rose. Était-ce le parfum de

Petra Carey, ou bien quelque chose qu'elle vaporisait dans l'atmosphère ?

Parfois, quand l'une ou l'autre parlait, Lynn tournait la tête vers la thérapeute, mais, en général, elle regardait droit devant elle, suivant des yeux les lentes métamorphoses du kaléidoscope des nuages.

– Eh bien, Lynn, comment allons-nous, aujourd'hui ? Comment vous sentez-vous depuis notre dernier rendez-vous ?

Toujours la même manœuvre pour commencer, et toujours une pause, qui semblait à Lynn anormalement longue, avant qu'elle se décide à répondre. Elle était tellement consciente de la fragilité du sol sur lequel elle s'apprêtait à poser le pied.

– Bien. Je vais bien. Du moins, c'est ce qu'il me semble.

– Désirez-vous me raconter ce qui vous est arrivé ? Ce qui vous a fait changer d'opinion ?

Petra Carey, supposait Lynn, avait un peu plus de la trentaine, seulement quelques années de plus que Lynn elle-même, bien que, probablement sans que ce soit voulu, en sa présence Lynn se sente jeune, beaucoup plus jeune. Lynn était sûre que la pièce y était pour quelque chose, ce sentiment de venir là comme pour répondre à une convocation. Cela lui rappelait ses années d'école – la situation, plus que la pièce elle-même. Ces fins de trimestre où elle n'avait pas donné satisfaction ; vous savez, Lynn Kellogg, nous attendions beaucoup mieux de votre part.

Pendant que Lynn élaborait sa réponse, la

thérapeute attendit patiemment, faisant tourner autour de son annulaire son alliance large.

– L'affaire sur laquelle je travaille en ce moment, finit par dire Lynn. Le policier qui vient d'être assassiné. C'est ça. Il y a un rapport avec ça.

Petra hocha la tête.

– Continuez.

Lynn lui parla de sa visite à la famille de la victime en compagnie de Resnick, et des réactions de Margaret Aston – sa colère, et la façon dont même celle-ci semblait maîtrisée. Et la fille, Stella, leur racontant qu'elle avait voulu entrer dans la police quand elle était plus jeune ; pour suivre, supposait Lynn, les traces de son père. Mais c'est à Resnick qu'elle avait posé des questions. Et à présent elle étudiait la sylviculture, la fille d'Aston, impatiente de partir de chez elle pour aller faire pousser des arbres.

Chose rare, Petra Carey sourit.

– Quoi ?

– Rien, non, continuez.

– Mais qu'est-ce qu'il y a de drôle ?

– Il n'y a rien de drôle.

– Alors, pourquoi riez-vous ?

– Je souriais.

– À cause de quoi ?

Prenant son alliance entre le pouce et l'index, Petra Carey la fit tourner autour de son doigt.

– Il y a tellement de choses, là-dedans, dans cette histoire.

– Dites-moi, demanda Lynn.

Mais la thérapeute secoua la tête.

– Ce n'est pas de cette façon que l'on procède.

Et une fois que Lynn eut recommencé à parler, à analyser la situation à mesure qu'elle la décrivait, elle crut comprendre ce qui avait amusé Petra Carey. Tout était là, ou une grande partie, du moins, toutes ces choses qui l'inquiétaient. Qui la rongeaient. Qui la minaient sans cesse depuis que ce salaud, ce malade l'avait séquestrée ; la première fois qu'il lui avait adressé directement la parole, alors qu'elle sortait de l'hôpital où son père était soigné pour un cancer. Son père dont elle redoutait qu'il fût en train de mourir. Et voilà que Bill Aston, qui avait à peu près l'âge de son père, était réduit en bouillie, laissant sa femme et sa famille se tirer d'affaire sans lui. Sa femme et sa fille. Sa fille qui voulait entrer dans la police. « Oh, Lynnie ! » Lynn se rappelait l'exclamation désapprobatrice de sa propre mère. « Non. Non, je t'en prie. » Et, contrairement à Stella Aston, elle l'avait fait malgré tout, elle avait continué sur sa lancée et elle s'était engagée. Et son père était tombé malade, et à présent il connaissait une rémission. Lynn et sa mère s'attendant, sans rien dire, à ce que son cancer se manifeste à nouveau.

– Oui, avait dit Petra Carey lorsque Lynn eut fini de parler, bien sûr, vous avez raison. Ce n'est pas étonnant que cela vous ait troublée, toutes ces similitudes, ces échos. Vos craintes au sujet de la santé de votre père ; la peur qu'il meure et vous quitte. Cette culpabilité qui vous poursuit parce que vous êtes allée à l'encontre de leurs souhaits en vous engageant dans la police, comme si ce choix, d'une certaine façon, avait contribué à la maladie de votre père.

Elles avaient déjà débattu de ce sujet, à maintes reprises, le retournant dans tous les sens – le sentiment de culpabilité de Lynn –, la thérapeute s'efforçant de lui faire admettre qu'elle n'était aucunement responsable du cancer de son père, qu'il n'y avait pas de rapport de cause à effet. La maladie de son père échappait au bon vouloir de Lynn, elle n'était pas en son pouvoir.

– Quoi d'autre ? demanda Petra Carey.

Atténués, venant de l'extérieur, des sons électroniques, mélodieux, flottaient jusqu'à elles. L'un de ses confrères, avait-elle expliqué, aimait avoir recours à la musique avec ses patients, les faire s'allonger sur le divan, les yeux fermés, pour qu'ils s'imaginent de retour dans la matrice originelle.

– Comment ça, quoi d'autre ? s'étonna Lynn.

Pas de réponse ; dans un silence relatif, l'horloge continuait d'égrener les secondes. Cinquante minutes, ce n'était pas si long. Pendant les vingt premières minutes, en fait, le temps paraissait long ; l'aiguille semblait à peine bouger, comme si tout tournait au ralenti, s'arrêtant presque. Et puis les vingt dernières minutes défilaient à toute allure. Toujours. Accablée par l'obligation de dire quelque chose, Lynn se bloquait parfois.

– Qu'y a-t-il d'autre, demanda Petra Carey, de commun à ces deux histoires ? Cet homme sur la mort duquel vous enquêtez, et votre histoire personnelle. Existe-t-il un facteur commun dont nous n'ayons pas encore parlé ?

– Je suppose que vous faites allusion à *lui*,

n'est-ce pas ? Mon patron. Voilà où vous voulez en venir.

Lynn était proche de la colère, à présent, le rouge lui montait aux joues.

– L'inspecteur Resnick.

Lynn détourna les yeux.

– La fille, demanda Petra Carey, Stella, je crois. Quels sont ses rapports avec Resnick dans cette histoire que vous m'avez racontée ?

– Je suppose qu'elle avait de l'admiration pour lui. Je veux dire, c'est à lui, pas à son père, qu'elle a demandé des renseignements sur la police. Bien que son propre père soit policier.

– Et comment expliquez-vous cela ?

Secouant la tête, Lynn sourit ; à peine, autour des yeux.

– Parce que c'est son père. Elle le voit tout le temps. Il est toujours là. Il est banal.

– Et Charlie Resnick ?

– Il est différent. Il vient de l'extérieur. Il est plus… Oh, je ne sais pas, fascinant, je crois qu'on pourrait dire. Moins ordinaire.

– Mais Resnick et son père, ils avaient à peu près le même âge ?

– Oui, dans les mêmes eaux.

– Et Stella avait quel âge ?

– Onze, douze ans.

– Vous pensez qu'elle avait pu s'amouracher de lui ?

– Bon, ça suffit.

Piquée au vif, Lynn se pencha en avant dans son fauteuil, regardant directement la thérapeute.

– Oui ?

– Je sais ce que vous essayez de me faire dire.

– Et qu'est-ce que c'est ?

– Écoutez, je n'ai plus douze ans.

Léger haussement d'épaules de la thérapeute, un sourire désarmant.

– Et je ne suis pas amoureuse de mon patron. C'est tellement ridicule. Ce n'est pas ça. Ce n'est pas ça du tout.

– Très bien, dit Petra Carey d'un ton encourageant. C'est quoi, alors ?

– Ce n'est rien du tout.

La pendule indiquait qu'il ne restait que deux minutes ; c'était l'une des règles de Petra Carey, elle ne dépassait jamais le temps imparti.

– Je ne vois pas, disait Lynn, pourquoi il faut que nous en revenions toujours à la même chose.

– C'est vous qui avez raconté cette histoire. (Calme, la thérapeute souriait.) C'est ce dont vous aviez envie de parler aujourd'hui.

Elle était debout, à présent. La séance était terminée. Mais Lynn continuait de la fixer, obstinément, depuis son fauteuil.

– C'était à cause de mon père, parce que j'ai peur qu'il meure. C'est cela qui m'y a fait penser. Voilà pourquoi.

– Je le sais bien. C'est évident.

– Alors, quoi ?

La thérapeute se tenait près de la porte, montrant ostensiblement la pendule. La colère, la détresse se lisaient clairement sur le visage de Lynn et dans la façon dont elle se leva de mauvaise grâce de son fauteuil et prit son sac et son manteau.

– Dans votre histoire, dit Petra Carey, la fille, pour on ne sait quelle raison, n'est peut-être pas capable d'exprimer son amour pour son père, tout son amour, alors, elle l'offre à l'ami de celui-ci, en compensation. Un homme qui est comme son père, une version idéalisée de son père. Cela fait partie du processus normal, quand un enfant grandit. Il grandit, et il s'éloigne. Les petites filles adorent leur père. Normalement, elles le remplacent un jour par un autre homme. Parce que, arrivé à un certain âge, cet amour du père, une partie de cet amour, est associé à un sentiment de culpabilité. La société considère cet amour comme déplacé. Mais si cet autre homme, celui à qui elle, la fille, veut donner son amour, ressemble trop à son père, elle peut se retrouver victime du même tabou. Elle se retrouve en proie à un sentiment de culpabilité. Et la culpabilité est un sentiment destructeur. Il nous ronge de l'intérieur, il nous rend incapables d'agir.

Dehors, des gens circulaient dans l'escalier. Lynn passa devant la thérapeute, se dirigeant vers la porte ouverte.

– Je vous verrai à la même heure la semaine prochaine, dit Petra Carey. Si vous avez besoin de me voir avant, téléphonez-moi.

La musique, d'où qu'elle fût issue, s'était arrêtée. En descendant l'escalier recouvert de moquette, Lynn tourna la tête. La porte de la thérapeute était déjà refermée.

29

Hannah avait élaboré des stratégies afin de ne pas penser à lui, à cet homme grand et massif aux yeux tristes. Aujourd'hui, en classe, cela n'avait pas été trop difficile. Les exigences de trente adolescents au même moment, si souvent avides de n'importe quoi sauf de savoir, ne lui avaient guère laissé de temps pour rêvasser. Ses tentatives pour entraîner les anciens camarades de classe de Nicky dans une discussion sur la politique des sexes, fondée sur le cri de Lady Macbeth : « Privez-moi ici de ma féminité ! », avaient lamentablement échoué. Mais lorsque, travaillant avec sa classe de première sur l'une des nouvelles de Jayne Anne Phillips qu'elle préférait, dans laquelle une ancienne danseuse rend visite à son père mourant, elle se surprit à penser, non à la retenue et à la maîtrise de l'écriture, mais à la grâce surprenante avec laquelle Resnick pouvait traverser une pièce, elle sut, retenue ou pas, qu'elle l'appellerait à la première occasion. Et quand ce qu'elle obtint fut la voix péremptoire de Lynn Kellogg l'informant que l'inspecteur était occupé et qu'il essaierait de la rappeler plus tard, Hannah se dit qu'elle n'avait que ce qu'elle méritait.

Où était donc passé son calme habituel ?

De retour chez elle, Hannah arrosa ses bacs à

fleurs et les paniers suspendus de la cour, arracha quelques mauvaises herbes autour des arbustes récemment plantés sur un côté de son petit jardin de devant, et se demanda si elle n'allait pas tondre le gazon ; finalement, elle prépara sur un plateau un thé à la menthe et des biscuits au citron qu'elle avait achetés en rentrant du travail, et s'installa sur le perron, un lainage autour des épaules, pour lire Marge Piercy. Les efforts que l'héroïne était prête à consentir pour conserver un mari qui la trompait sans cesse avec des femmes plus jeunes mirent Hannah dans une telle colère qu'elle en oublia de se demander si la colère, justement, n'était pas le sentiment que l'auteur cherchait à provoquer en elle.

Quand le téléphone la fit rentrer, une part d'elle se prit doucement à espérer, mais ce n'était que sa mère, et quand les deux femmes eurent parlé assez longtemps pour que Hannah se rende compte qu'elle n'écoutait plus, qu'elle n'avait en fait rien entendu de ce que sa mère disait depuis cinq minutes, elle inventa un prétexte pour raccrocher.

Elle sortit du congélateur un gratin de champignons et le mit dans le micro-ondes. Après s'être servi un verre de vin, elle commença à dresser une liste de toutes les petites bricoles qu'elle devait faire ce soir, une autre de tous les amis qu'elle devait appeler.

Considérant le prix qu'il avait coûté, le vin était étonnamment bon. Le gratin de champignons, comme d'habitude, était délicieux. Souhaitant avoir un peu de pain pour l'accompagner, et regrettant de ne pas en avoir acheté sur le chemin du retour – les biscuits provenaient de l'épicerie du coin, qui ne proposait que du pain industriel pré-tranché qu'il valait mieux éviter –, elle trouva au fond du placard des crackers d'avoine, suffisamment bien enveloppés pour avoir encore du goût.

Les deux premières personnes qu'elle appela étaient apparemment sorties, et Hannah déclina leur invitation à parler après le bip sonore ; le troisième numéro était occupé ; le quatrième, pour une raison quelconque, n'était plus attribué. Dans le salon, elle zappa pendant cinq bonnes minutes avant d'éteindre le téléviseur. Il était trop tard ou trop tôt pour prendre un bain. Elle allait lire encore un peu, écouter de la musique. La façon dont elle se conduisait était extraordinaire ; d'accord, elle avait couché une fois avec cet homme, mais cela ne s'était pas exactement passé comme pour Paul sur le chemin de Damas. Pas de révélations bouleversantes, pas d'éclairs aveuglants. Simplement, il lui avait fait l'amour de façon compétente, confortable. Elle pensa à arrêter le CD de Gregson et Collister avant d'en arriver à *Last Man Alive* [1], mais elle se rendit compte qu'elle avait écouté trois fois de suite *Baby, Now That I've Found You* [2] –, pas la version originale, ancienne, par un groupe pop qu'elle se rappelait vaguement avoir entendu quand elle était gamine, mais une nouvelle interprétation, dans le style country, chantée par Alison Krauss. Maintenant que je t'ai trouvée, dum, di-dum, dum, dum, da-dum, je vais faire ma vie autour de toi. La folie, Hannah en était persuadée,

1. « Le dernier homme vivant. » *(N.d.T.)*
2. « Chérie, maintenant que je t'ai trouvée. » *(N.d.T.)*

pouvait survenir de cette façon. Il était temps de prendre un long bain chaud, avant de se coucher de bonne heure.

Elle versait dans la baignoire la mousse à la pêche et à la crème de miel quand le téléphone sonna de nouveau.

– Oh, dit Hannah en rougissant. C'est toi. (Puis :) Oui, d'accord. (Et :) Tu veux venir ici ? (Et :) Non, non, une demi-heure, c'est parfait. À tout à l'heure, alors. Au revoir.

Mon Dieu, Hannah, se dit-elle en vérifiant la température du bain, tu ne serais pas un peu trop complaisante ?

En fait, il s'écoula près d'une heure avant que Resnick ne se fasse déposer en taxi près de l'entrée du parc de loisirs et qu'il ne remonte le chemin de terre enveloppé de brume, passant une fois de plus devant la maison où était morte Mary Sheppard. Il y avait tellement d'endroits, dans cette ville, que Resnick préférait ne pas voir, sans jamais parvenir à chasser leurs images de son esprit.

La porte d'entrée de Hannah était ouverte, et Resnick eut aussitôt une poussée d'adrénaline, imaginant un intrus, un cambriolage, pire encore. Mais non, c'était seulement Hannah, chassant un chat roux hors de son étroit vestibule, l'animal s'arrêtant sur le perron pour lui lancer un regard mauvais, les oreilles plaquées sur le crâne.

– Il n'est pas à toi, je présume ?

Hannah frissonna ostensiblement.

– Je ne supporte pas les chats, je le crains.

Celui-ci en particulier. (Tout en parlant, elle détaillait Resnick, ses efforts pour avoir l'air décontracté, chemise bleu pâle, les deux premiers boutons défaits, pantalon gris clair, veste sombre en tweed qui avait connu des jours meilleurs.) Une nuit, je me suis réveillée, il n'y a pas si longtemps, cette satanée bestiole avait réussi je ne sais comment à s'introduire dans la maison et à y rester. En tout cas, j'ai entendu un bruit, à peine perceptible, tu sais, mais comme s'il y avait quelqu'un d'autre dans la chambre, qui respirait, et il était là, étendu de tout son long sur le lit, les pattes en éventail, dormant profondément.

– Il y a des gens, dit Resnick, qui considéreraient ça comme un honneur. (Sa remarque ne produisit pas l'effet escompté, elle ressemblait plutôt à une réplique lourdingue, comme si elle sortait de la bouche de quelqu'un comme Divine.) Le chat, je veux dire…, poursuivit Resnick pour sauver la situation, … il devait se sentir à l'aise, en confiance.

– Oui, eh bien, quand il s'agit de partager mon lit, dit Hannah, j'aime choisir moi-même.

Resnick se pencha vers l'animal, qui restait assis là, indifférent, à faire sa toilette. En le regardant caresser la tête du chat, Hannah l'imagina vêtu d'un costume ample en lin, fripé et un peu déformé, couleur crème, ou, plutôt, sable ; c'était ça, couleur sable.

Elle eut un sourire ironique.

– Apparemment, tu ne partages pas mes sentiments ? Envers les chats ?

– Il y a quelque chose, chez eux, que l'on n'a pas de mal à aimer : leur indépendance, je pense.

(À présent, le chat roux ronronnait puissamment, un peu de salive coulant de ses babines.) Je veux dire, ils acceptent vos caresses, tout ce que vous pouvez leur donner, mais quand c'est terminé, ils s'en vont. Cela ne semble pas les chagriner que vous ne vous occupiez plus jamais d'eux par la suite.

Ce ne serait pas une mauvaise définition, songea Hannah, si on l'appliquait aux hommes. À certains, du moins, qu'elle avait connus.

– Tu en as un toi-même ?

Il eut ce petit sourire avec les yeux.

– Quatre.

– Quatre chats ?

– C'était plutôt accidentel. Je n'ai rien fait pour que cela arrive.

Hannah s'esclaffa.

– Personne ne peut avoir quatre chats par accident.

– Eh bien…

– Et combien d'entre eux partagent ton lit ?

– Oh, un ou deux.

Dieu merci, c'est toi qui es venu chez moi, ce soir, pensa-t-elle. Mais elle se contenta de dire :

– Et si tu entrais ?

La bouteille de vin était déjà débouchée. Ils s'installèrent dans le petit salon de devant, rendu plus petit encore par la présence de Resnick, et bavardèrent à bâtons rompus. Resnick lui demanda comment s'était passée sa journée. Il lui demanda si elle avait entendu parler de ce policier qu'on avait retrouvé, assassiné, près du fleuve, et quand elle lui dit, oui, elle était au courant, vaguement, il lui apprit que c'était l'affaire dont il s'occupait à présent.

– C'est ce que tu fais tout le temps ? Ce genre d'enquête ?

– Sur des meurtres, tu veux dire ?

Hannah hocha la tête. Cela expliquait peut-être ce regard, vaguement hanté, au fond de ses yeux.

– Pas toujours, expliquait Resnick. En dépit de ce qu'on peut lire, ils ne sont pas si nombreux. Mais, oui, je suppose, oui, j'enquête assez souvent sur des meurtres.

Hannah s'avança un peu sur son siège.

– Mais cela ne te mine pas, à la longue ? Je suis sûre que si.

Elle faisait un rapprochement avec Macbeth, si éperdument plongé dans le sang.

– Parfois. Ça dépend.

Ce qui minait Resnick, ce qui le touchait vraiment, c'était l'ensemble, tout ce dont il était témoin. La façon dont les gens pouvaient se conduire les uns envers les autres, les choses qu'ils étaient capables de faire ; les choses qu'ils pouvaient être poussés à faire dans des situations extrêmes – par la culpabilité, l'impuissance, la pauvreté, l'amour.

– On s'habitue à tout, c'est ce que tu veux dire ? On… Quel est le terme ? … On s'aguerrit. On finit par être blindé, je suppose.

Resnick se demanda si c'était bien ce qu'il avait envie de faire, débattre de ce problème.

– Jusqu'à un certain degré, oui, sinon, on ne pourrait pas faire ce métier.

Il avait envie de traverser la pièce et de la toucher,

mais, en dépit de ce qui s'était passé la fois précédente, il ne savait pas comment. Il se demandait s'il était coupable de regarder trop fixement sa bouche. Il posa plutôt les yeux sur le verre qu'il tenait et but une nouvelle gorgée de vin.

Hannah était émue par cette timidité, chez lui.

– Cent sous pour tes pensées, Charlie. C'est ce que me disait mon père.

– Ton père t'appelait Charlie ?

– Non. (Elle rit.) Tu sais ce que je veux dire.

Resnick pensait le savoir, en effet.

– Mon père aussi me disait ça, fit-il. Sinon que c'était en polonais. Mais je suppose que ça signifiait plus ou moins la même chose.

– Alors, à quoi pensais-tu ?

Il ne dit rien.

– Pas au meurtre ?

– Non.

Il secoua la tête.

Hannah posa son verre et se leva.

– Du moment que tu ne penses pas qu'à chaque fois que tu viendras ici, la première chose que nous ferons, c'est nous vautrer sur un lit.

– Non. (Il regarda sa bouche de nouveau, ouvertement cette fois.) Ce n'est pas ce que je pense.

– Bien.

Elle lui tendait la main.

Il eut conscience qu'elle remuait près de lui, il sentit le contact de son épaule, chaude et douce, alors qu'elle se retournait. Dans la pénombre de la chambre, il regarda sa montre et fut surpris de voir qu'il n'était guère plus de deux heures du matin. Il lui semblait avoir dormi pendant des heures.

En silence, Hannah glissa ses jambes de dessous la couette et se redressa sur son séant. Elle laissa échapper un petit cri quand Resnick tendit la main pour lui toucher le dos, les nœuds de ses vertèbres sous sa peau. Passant le bras derrière elle, Hannah referma ses doigts autour du poignet de Resnick.

– N'arrête pas. Je ne fais pas ça pour que tu t'arrêtes.

Il posa les lèvres sur le dos de la main de Hannah, sur l'espace séparant ses omoplates, sur sa nuque ; elle lâcha son poignet et lui caressa la poitrine.

– J'allais aux toilettes, dit-elle. (Puis, près de la porte :) Je peux te rapporter quelque chose ?

Il la regarda, nue sous la lucarne, sans aucune gêne, à présent, le triangle sombre de sa toison qu'il pourrait couvrir d'une seule main. Entièrement, commenta en silence une partie de son cerveau, cette partie du corps d'une femme à laquelle habituellement il ne prêtait pas attention.

– De l'eau, autre chose ?

– Un verre d'eau, ce serait parfait.

Assis tous les deux dans la cuisine, ils trempaient des biscuits dans leur thé, satisfaits de rester là sans parler, du moins, pas beaucoup, Resnick, habillé, n'ayant plus que sa veste à mettre, Hannah drapée dans sa robe de chambre, les débuts, déjà, de ce qui ressemblait à la routine.

– Que se passe-t-il… ?

Elle posa un doigt en travers de sa bouche.

– Pas maintenant, Charlie. Pas maintenant.

Du regard, il lui demanda pourquoi.

– S'il doit se passer quoi que ce soit, nous aurons bien le temps.

À point nommé, se fit entendre le moteur d'un taxi s'approchant de l'arrière de la maison.

– La prochaine fois, tu aimerais peut-être venir chez moi ? Je pourrais préparer un petit dîner, quelque chose comme ça.

Il enfilait sa veste d'un mouvement d'épaules.

Hannah sourit.

– Tous ces chats…

– Ils ne sont pas toujours là tous les quatre en même temps.

– Oh ! Je suppose que ça rend la chose possible.

À la porte, elle s'avança pour l'embrasser sur la joue, et il tourna habilement la tête pour recevoir son baiser sur la bouche. Au bout du chemin, le chauffeur de taxi actionna deux fois son avertisseur.

– Je croyais que c'était interdit par la loi ? dit Hannah avec un sourire.

– De s'embrasser ?

– De klaxonner la nuit.

Pendant un instant, il lui caressa le sein à travers le tissu doux de sa robe de chambre.

– Il faut que je parte.

– Oui.

Penchant la tête, il l'embrassa à l'endroit où sa main s'était posée.

Elle le regarda s'éloigner vers le jour naissant, et déjà palpitaient en elle ces signes avant-coureurs d'une tristesse familière.

30

Pour Kevin Naylor, c'était une mauvaise journée. Cela avait commencé ce matin, quand Debbie était sortie de la salle de bains, sans dire un mot, mais l'expression de son visage était suffisamment éloquente pour qu'il comprenne tout de suite. Debbie avait ses règles. Ponctuellement, au jour dit.

– Deb…

Mais elle l'avait écarté d'un geste, ouvrant le frigo pour rester plantée devant, la tête penchée, le regard perdu entre les yaourts aromatisés, le reste de tarte au citron, la laitue et le fromage sous film transparent, fixant ce qu'elle ne pouvait plus y voir.

– Deb…

– Laisse-moi, tu veux ? Laisse-moi tranquille, c'est tout !

Et c'est ce qu'il avait fait, ingurgitant sa dernière lampée de thé, raflant une tranche de pain grillé qu'il grignota en rejoignant sa voiture. La circulation était une horreur comme chaque matin à la même heure, et pendant tout le trajet l'accusation muette de Debbie le lancina, comme si tout était de sa faute.

– On pourrait peut-être consulter un docteur, s'était-elle déjà risquée à proposer une fois, alors que leurs efforts ne donnaient rien. Pour qu'il voie s'il y a quelque chose, tu sais, qu'il pourrait faire.

– Pas question que j'aille chez le docteur, avait répliqué Kevin. Va te faire foutre, avec ton docteur !

– Avec lui, ou par lui ? demanda Debbie, narquoise. Peut-être qu'il s'y prend mieux que toi.

– Ça reste à voir…, avait dit Kevin, mais avec un sourire.

Et il était passé aux actes, mais ça n'avait rien changé, ni sur le moment, ni depuis.

– Ne t'inquiète pas, lui avait-elle dit la veille au soir en prenant sa verge dans ses mains. Tu te fais trop de soucis, avec ce problème, je crois que c'est ça l'explication. Je viens de lire un article, tu sais, dans *Cosmopolitan*, qui explique que l'anxiété, c'est… Comment dit-on ? Inhibant.

Par moments, Kevin se demandait si ce n'était pas vrai ; après tout, à l'époque où faire un bébé était le cadet de leurs soucis, ils n'avaient pas eu la moindre difficulté. Et ils avaient connu deux années de nuits blanches pour s'en souvenir.

Et comme si tout cela ne suffisait pas, il y avait ce rapport, là, qui l'attendait sur son bureau : l'analyse des traces de pas relevées autour du corps d'Aston. La chaussure de ville, pointure 42, avait été réparée récemment à l'aide d'un patin de caoutchouc et d'un demi-talon collés, comme on en posait dans une vingtaine de boutiques de ressemelage instantané dans cette ville ou dans n'importe quelle autre. Anonymat garanti. Le brodequin était de la marque Caterpillar, pointure 44, très usé. Huit points de vente ici même, Dieu seul savait combien de paires ils en avaient écoulées. Et la chaussure de sport – une Nike pour activités en salle, badminton ou squash, elle présentait un motif en forme de haricot, sculpté en profondeur, sous la plante du pied, et un autre dessin, similaire, mais ressemblant à un cœur allongé, sous le talon. Relativement neuve, ou, du moins, peu utilisée. Le modèle avec un éclair de couleur sur le côté, une partie striée juste au-dessus du talon. *Fabriqué en Thaïlande.* Pointure américaine : 12, britannique : 11, européenne : 46. L'une des séries les plus vendues chez Nike.

– Nom de Dieu ! fit Naylor, repoussant le rapport à l'autre bout du bureau.

– Qu'est-ce qu'il y a ? demanda Divine, passant près de lui pour se rendre aux toilettes.

– Rien. Rien du tout.

– Comme tu voudras.

Naylor s'assit, fit tourner un crayon comme une toupie sur l'enveloppe qui avait contenu le rapport, le ressortit pour le relire, regardant les dessins plus attentivement, cette fois, puis empoigna son téléphone et commença à composer un numéro.

Grimaçant, Divine se tenait tout contre l'urinoir, tâchant sans succès de ne pas prêter attention à la sensation de brûlure qu'il éprouvait quand il essayait de pisser. Même quand il ne la ressentait pas, ce qui avait été plutôt rare au cours des trente-six dernières heures, il n'arrivait pas à la chasser de son esprit.

Si cette petite pute ramassée derrière l'Orchidée lui avait refilé une chaude-pisse, il la retrouverait pour lui flanquer une torgnole avant de l'envoyer chercher de la pénicilline.

Bon sang ! Aïe ! Bordel de merde, ça faisait mal.

Presque autant, mais pas tout à fait, que la fois où il s'était réveillé tôt le matin pour aller au radar se soulager la vessie, et qu'il avait vu, clairement, même pour ses yeux embrumés, des filets de sang flotter dans son urine. Et ce n'était pas à ce moment-là qu'il avait vraiment eu mal, mais un peu plus tard, à la clinique, au service des maladies vénériennes. Il s'était retrouvé, allongé sur le dos, entre les mains d'un infirmier, un petit salopard joufflu – noir, en plus, une sacrée cerise sur ce putain de gâteau – qui lui avait dit sans cesser de sourire un instant : « La mauvaise nouvelle, c'est que ça va faire mal. On n'y peut rien. Mais la bonne nouvelle, c'est que ça ne sera pas long, vous ne croirez même pas que c'est déjà fini. » Et avant que Divine pût protester, il le manipula un peu, avant de lui enfoncer dans l'urètre une aiguille en forme de parapluie qu'il ressortit peu après. « Voilà, terminé. » Souriant toujours, il avait tapoté l'épaule de Divine, et pendant un instant Divine crut qu'il allait lui donner un bonbon pour avoir été sage ; Divine, étendu là dans un box étroit, qui n'arrivait pas à croire ce que sa bite venait de subir.

Encore que, s'était-il dit, pantalon remis et prenant un air brave pour remonter la file des patients qui attendaient leur tour, ça aurait pu être pire. Une simple urétrite non gonococcique, sans plus. Pas comme quelques-uns de ces pauvres types, regardez-les bien, si ce n'était pas le sida cette fois, ce serait sans doute pour la prochaine. Malgré tout, à enfiler des tantouses, ils n'avaient que ce qu'ils méritaient. Divine frissonna en remballant son engin dans son caleçon avant de fermer sa braguette. Qu'un mec puisse prendre son pied à fourrer sa queue dans le cul d'un autre type… Rien que d'y penser, il avait envie de gerber.

Quand Divine revint dans le local de la PJ, Millington s'interrompit au milieu d'une interprétation poignante de *When I Fall in Love* pour lui rappeler qu'ils devaient lever le camp dans une dizaine de minutes, pour aller voir un bonhomme qui tenait un bar. Cependant, si Reg Cossall n'avait pu tirer du patron aucun nom ni signalement précis, Millington doutait fort qu'ils parviennent à faire mieux que lui. Mais c'était un terrain qu'il fallait couvrir. Du bon travail d'enquêteur de base, classique et sans surprise, c'est avec ça qu'on obtenait des résultats. Enfin, parfois…

Shane Snape avait signé une décharge pour sortir de l'hôpital, et pris un taxi dans Derby Road, près du rond-point de l'université. Son visage portait encore des ecchymoses et ses côtes allaient devoir rester bandées pendant deux ou trois jours, mais à part cela, il se sentait en meilleure forme qu'il n'aurait peut-être dû l'être, après le tabassage qu'il avait subi.

Norma l'accueillit en lui donnant un baiser et en le serrant contre elle, ce qui le fit grimacer de douleur. Quant à Peter, il sourit et tendit le bras depuis le canapé où il était assis pour serrer la main de Shane et lui souhaiter la bienvenue. Comme s'il était chez lui, l'enfoiré, pensa Shane.

– Il reste encore combien de temps ? demanda Shane à Norma, dans la cuisine, sans prendre la peine de baisser le ton.

– Allons, mon chou, sois pas comme ça.

– Comment veux-tu que je sois, merde !

Moins d'une demi-heure plus tard, Shane ressortait, sans répondre aux questions de sa mère qui voulait savoir où il allait et à quelle heure il pensait rentrer. Il prit un premier bus pour le centre-ville, puis un autre pour Ilkeston ; il lui fallait un peu plus de dix minutes pour aller à pied de l'arrêt du bus jusqu'à l'endroit où habitait son copain Gerry Hovenden.

Hovenden était l'un des types avec qui Shane traînait, avec qui il buvait le week-end ; un bon pote. Quand Shane tourna le coin de la rue, Hovenden était devant chez lui, à quatre pattes sur un bout de couverture imbibé d'huile, penché sur le pot d'échappement d'une moto qu'il réparait.

– Hé, fit Shane, ça avance ?

– Doucement. Et toi, comment tu vas ?

Shane sourit.

– Doucement, aussi.

Il resta planté un moment sur le bout de gazon pelé du jardin de devant, feignant de s'intéresser au bricolage de Gerry.

– Pas la peine de te demander de t'y mettre. (Hovenden sourit.) De donner un coup de main.

– Pas vraiment.

– Entre, si tu veux. Y a personne. Tu sais où sont les trucs.

Hovenden habitait là avec son père, sa mère étant partie cinq ans plus tôt dans un foyer pour femmes battues avant d'aller s'installer, à Birmingham, avec un chauffeur de poids lourds qui roulait dans toute l'Europe et qui détestait Gerry. Depuis le départ de sa mère, son père avait pris pour maîtresse une femme qui travaillait à la jardinerie locale et passait plus de temps dans sa propre maison qu'ici même. En plus, dans son boulot, il faisait les trois-huit. Si bien que, la plupart du temps, c'était comme si Hovenden vivait là tout seul.

C'était une maison des années cinquante, à toit plat, dans une cité délabrée de logements sociaux, où quelques maisons seulement avaient été rachetées par leurs occupants. La municipalité, comme d'habitude, avait pris du retard sur les travaux d'entretien, la peinture s'écaillait sur les châssis des fenêtres, et quand la pluie s'amassait en quantité suffisante sur le toit, elle finissait par trouver le moyen de passer au travers.

Shane alluma la télé et passa à autre chose sans vraiment regarder l'écran. Il y avait quatre boîtes de bière dans le frigo. Il en ouvrit une et s'assit sur le rectangle de mousse plié en deux qui servait de canapé. Quelqu'un bavassait sans arrêt à la télé, Shane ne se donnant toujours pas la peine de le regarder. Il attira à lui une poignée de bandes dessinées et commença à les feuilleter ; trouvant un *Judge Dread*, il le lut d'un bout à l'autre. Quand il le remit en dessous de la pile, il trouva – qu'est-ce que c'était que ce truc ? – pas une B.D., mais une sorte de fanzine. Un magazine. *L'Ordre*. La couverture montrait une grosse tête de mort blanche sur fond noir. Un vieux truc de Gerry du temps où il était motard, pensa Shane. Quand il avait les cheveux longs et que son cuir puait l'huile de vidange parce qu'il ne le nettoyait jamais. Mais à l'intérieur, au-dessus d'une photo montrant une foule de jeunes massée devant des grilles en fer, il lut : *L'Holocauste est un tas de bobards. Les experts du C18 examinent le mythe*.

Comme il commençait à lire l'article, Hovenden rentra dans la maison, s'essuyant les mains sur un bout de chiffon.

– Oh, fit-il en voyant ce que Shane avait dans les mains. T'as trouvé ça.

– Je savais pas que tu faisais de la politique, dit Shane.

– Oui. (Gerry Hovenden haussa les épaules.) À l'occasion.

Tandis qu'il faisait la queue devant le comptoir de la sandwicherie, Resnick passa en revue une journée globalement infructueuse. Avec Khan, il était allé en voiture à Colwick pour rendre visite à Paul Matthews. Au début, la maison leur avait semblé tellement silencieuse qu'ils l'avaient crue vide, mais la mère de Matthews avait fini par sortir, franchissant la barrière latérale menant à l'arrière de la bâtisse. Un petit bout de femme, menue comme un oiseau, en robe jaune. Paul, leur apprit-elle, avait été terriblement bouleversé par ce qui était arrivé – ce pauvre, pauvre garçon. Resnick supposa qu'elle voulait parler du fils de Norma et non du sien, mais il n'en était pas sûr. Le médecin lui avait donné un arrêt de travail, pour épuisement nerveux, oui, c'est ça, l'avait renvoyé chez lui avec un traitement en lui conseillant de se reposer. En le lui ordonnant, même. Paul était parti chez une de ses tantes qu'il aimait beaucoup, au Pays de Galles, sur la côte sud, à Rhossili Bay. Resnick connaissait peut-être ? Ah ! Ravissant, encore un peu sauvage, vous savez. Et d'un calme, à cette époque de l'année. C'est tellement vivifiant, l'air de la mer.

– Elle est daltonienne, dit Khan quand ils furent remontés dans la voiture.

– Pardon ?

– Elle est daltonienne. Chaque parole qu'elle a prononcée vous était directement destinée. Je crois qu'elle n'a même pas vu que j'étais là.

Elizabeth Peck n'était pas là non plus. Sa maison, l'une de ces constructions nouvelles pseudo-géorgiennes près de Wilford Lane, était bouclée à double tour. Volets fermés, rideaux tirés, alarme enclenchée, non pas une, mais deux serrures de sûreté à la porte d'entrée. Les voisins la connaissaient, mais pas très bien ; ils savaient, l'un d'eux au moins, qu'elle était partie. En vacances. Il ne savait pas où. Ni quand elle risquait de revenir.

Resnick avait envisagé de dépêcher Khan vers les lointains rivages du pays de Galles pour qu'il parle à Matthews, mais pour l'instant, il préférait garder cette cartouche-là au sec tout en économisant sur les frais de déplacement par-dessus le marché. C'était à Elizabeth Peck qu'Aston avait parlé, et à présent, c'était elle que Resnick avait envie d'interroger. Ce dont il chargea Khan, ce fut d'établir si elle possédait ou non une voiture ; ensuite, d'interroger les agences de voyage, l'aéroport des East Midlands, la gare, pour voir s'il pouvait apprendre où elle était allée, et, éventuellement, quand elle reviendrait.

Avant que Resnick ne pût emporter son sandwich dans la quiétude toute relative de son bureau, Naylor l'intercepta, et un mince espoir éclaira enfin sa journée.

– Ces histoires de chaussures, patron, pas très probant, c'est le moins qu'on puisse dire. Mais j'ai demandé au labo d'examiner les traces une fois de plus, et il y a un élément qui est pratiquement établi. L'individu qui portait des brodequins, on peut dire, d'après ses mouvements, les variations dans la pression et tout le reste, que c'est lui qui a provoqué le plus de dégâts, qui a porté les coups vraiment puissants qui ont achevé Aston, c'est personne d'autre.

– Bien joué, mon petit. C'est du bon travail.

Il s'apprêtait à mordre dans son sandwich, une coulée de mayonnaise vagabonde déjà sur la manchette de sa chemise, quand Millington frappa et entra.

– Ça a marché, Graham ?

– Pas très bien, il prétend toujours ne connaître aucun nom, mais il a accepté de venir au commissariat central regarder quelques photos, on aura peut-être des résultats de cette façon. En revanche, j'ai parlé à des habitués qui étaient là samedi quand la bagarre a éclaté. Ils ont confirmé que ces types qui ont joué les gros bras ont assisté au match dans l'après-midi. Des supporters assidus, semble-t-il.

– Bien, Graham. Dites à Mark de prendre contact avec son copain de l'Unité de renseignements sur les milieux du football, pour organiser une réunion.

Millington avait à peine franchi la porte que Lynn

entrait. Résigné, Resnick remit le sandwich dans son sac en papier et le rangea dans son tiroir.

– J'ai passé en revue cette chronologie que j'ai établie, annonça Lynn. Les vingt-quatre dernières heures d'Aston. Et il y a un intervalle dont je ne suis pas sûre. Il vous a rencontré à La Perdrix vendredi soir pour parler de Nicky Snape, et il n'est rentré chez lui qu'assez tard, entre onze heures trente et minuit, m'a dit Mme Aston.

– Et je l'ai quitté vers neuf heures et demie, assis devant un fond de verre de bière.

Lynn hocha la tête.

– Selon Mme Aston, il est resté avec vous toute la soirée. Il l'a précisé expressément.

Resnick haussa les épaules.

– Elle a pu se tromper sur l'heure.

– C'est possible. Ou bien, Aston a pu lui mentir.

Resnick regarda Lynn d'un air grave.

– En ce cas, il devait avoir une bonne raison de le faire.

– Je pensais, dit Lynn, avant de creuser la question, refaire un saut chez Mme Aston pour lui parler de nouveau, voir si elle dit toujours la même chose. Si vous n'y voyez pas d'inconvénient.

Resnick tendait déjà la main vers le téléphone.

– Je vais l'appeler d'abord, puis je viendrai avec vous. Nous pourrons le lui demander ensemble.

31

Stella Aston leur ouvrit la porte, vêtue d'un jean et d'un pull trois fois trop grand ; ses cheveux pendaient, encore humides, sur ses épaules, tout juste lavés et imparfaitement séchés. Elle les accueillit en souriant et s'écarta pour laisser Resnick et Lynn entrer, mais il y avait derrière son sourire une fatigue qu'elle ne pouvait masquer.

– Maman se reposait, dit-elle. Venez donc jusqu'à la cuisine. Elle s'habille. Je suppose qu'elle n'en a pas pour longtemps.

Stella prépara du café instantané, bavardant avec Lynn de façon un peu guindée. Resnick, à l'écart, regardait le jardin à travers la fenêtre. Bien que cela, imaginait-il, eût été fait peu de temps auparavant, le gazon allait bientôt avoir besoin d'être tondu de nouveau.

Quand Stella apporta sa tasse de café à Resnick, Lynn la suivit des yeux, sans savoir exactement ce qu'elle essayait de déceler en elle, un changement d'expression, la façon dont elle souriait. *Vous pensez qu'elle avait pu s'amouracher de lui ?* – les paroles mêmes employées par Petra Carey. Ma foi, pourquoi pas ? C'était arrivé à d'autres, Lynn en était sûre. Brièvement, les doigts de Stella, sûrement par accident, effleurèrent le dos de la main de Resnick. *Les petites filles adorent leur père. Normalement, elles le remplacent un jour par un autre homme. Mais si cet autre homme ressemble trop à son père, la petite fille se retrouve en proie à un sentiment de culpabilité*. Encore les paroles de Petra Carey.

Satanée Petra Carey ! Ce que je pourrais faire, pensa Lynn, c'est annuler mon prochain rendez-vous, ne plus y retourner du tout.

Le temps qu'ils finissent leur café, Margaret Aston était descendue et les attendait dans le salon, les rideaux presque entièrement tirés. Quelle que fût la quantité de poudre et de fond de teint qu'elle avait utilisée, elle n'était pas parvenue à masquer à quel point elle s'était, ces derniers jours, laissée aller à son chagrin.

– Margaret, demanda doucement Resnick, vous êtes sûre que vous pourrez supporter ceci ?

– Oui, Charlie. Je vous remercie. Ça ira.

Assise sur la moquette près de sa chaise, Stella leva le bras et tapota la main de sa mère.

– Madame Aston, commença Lynn, vous vous rappelez qu'il y a eu un coup de fil que votre mari a passé, en fin d'après-midi, samedi ?

– Oui, bien sûr. Quelqu'un a téléphoné, et Bill a rappelé cette personne depuis le vestibule.

– Pourquoi a-t-il fait ça ?

Margaret Aston secoua la tête.

– Ils n'avaient pas terminé leur conversation, je suppose.

– Oui, mais pourquoi aller dans le vestibule ? Pourquoi ne pas rappeler de l'endroit où il était ? Du poste même sur lequel il venait de prendre la communication ?

Margaret Aston parut perplexe ; son regard passa de Lynn à Resnick, puis revint sur elle.

– Je veux dire, persista Lynn, cela n'aurait-il pas été plus simple ?

– Je n'ai vraiment pas réfléchi à la question, mais Bill avait ses raisons, je suppose.

– Qu'est-ce que tu faisais, maman, à ce moment-là ?

– Oh, je ne sais pas, ma chérie. Je lisais, sans doute. Oui, c'est ça, un livre de la bibliothèque, je ne me rappelle plus…

– Et voilà, c'est ça votre réponse, dit Stella. Papa ne voulait pas gêner maman dans sa lecture. Rien d'alarmant là-dedans.

Resnick et Lynn échangèrent un regard.

– Je ne pense pas que vous puissiez vous rappeler, madame Aston, à qui votre mari parlait ? Vous n'avez pas su me le dire la première fois où je vous ai posé cette question.

Elle secoua la tête.

– Comme je vous l'ai précisé à ce moment-là, Bill ne me l'a pas dit. Mais ce devait être quelqu'un de l'église, j'en suis sûre. Depuis des années, il était prédicateur laïque. Et plutôt connu, n'est-ce pas, Charlie, vous devez le savoir. Il était connu pour ça.

Acquiesçant d'un signe de tête, Resnick se pencha légèrement en avant dans son fauteuil.

– Je me demande, Margaret, si le nom d'Elizabeth Peck vous dit quelque chose ?

Elle y réfléchit quelques instants.

– Non. Non, je ne peux pas dire que je connaisse ce nom. Mais je présume que vous allez m'apprendre que c'est à cette personne que Bill parlait, n'est-ce pas ?

Resnick hocha la tête.

– C'est son numéro qu'il a appelé.

– Alors, qui est-ce ? demanda Stella, un soupçon d'agitation dans sa voix juvénile.

– Une travailleuse sociale. Elle est employée au foyer où Nicky Snape est mort.

– Eh bien, voyons, c'est évident ! dit Margaret Aston, saisissant la balle au bond. Voilà pourquoi elle désirait parler à Bill. À cause de l'enquête. Et pourquoi il a pris ses précautions pour lui parler en privé. De façon confidentielle. Il était très scrupuleux sur ces questions-là, Bill, même vis-à-vis de moi. Charlie, vous devez le savoir aussi bien que moi.

– Le problème, Margaret, c'est que cela rend d'autant plus difficile à comprendre pourquoi il avait accepté d'avoir une longue conversation en privé avec l'un des principaux témoins. Surtout que cette conversation était, sans équivoque possible, tout à fait officieuse.

– Oh, non, je suis sûre qu'il aura laissé un compte rendu, au moins.

– Je crains que non. J'ai passé en revue tous ses papiers, ses carnets, tout. Je n'y ai rien trouvé indiquant qu'une telle conversation ait pu avoir lieu.

Margaret Aston soupira ; elle semblait s'être ratatinée encore un peu plus dans son fauteuil.

– Stella, ma chérie. (Elle toucha l'épaule de sa

fille.) Je me sens très fatiguée. Je me demande si tu pourrais m'aider à remonter me coucher. Charlie, vous m'excuserez, je le sais.

Resnick et Lynn se levèrent tandis que Stella aidait sa mère à sortir de son fauteuil. Resnick ouvrit la porte, et au moment où Margaret, appuyée au bras de sa fille, passait devant lui, il lui posa une dernière question.

– Un détail, Margaret. Quelle heure était-il quand Bill est rentré vendredi soir ?

Elle s'arrêta.

– Près de minuit. Moins le quart, moins dix. Vous devriez le savoir, Charlie, il était avec vous. Je me souviens qu'il est rentré et qu'il est monté à ma chambre. J'étais couchée, à cette heure-là, bien sûr. Il a frappé doucement à ma porte pour s'assurer que je ne dormais pas encore. Il s'est assis sur le lit un moment et il m'a tenu la main, il m'a dit qu'il avait passé une excellente soirée. Charlie, il avait eu beaucoup de plaisir à parler avec vous. Cela se voyait sur son visage, j'y retrouvais cette vie qui l'animait autrefois. Il y avait longtemps que je n'avais pas fait ça, ma chérie, m'a-t-il dit. Charlie Resnick et moi, dans ce bar, on a fait la fermeture ensemble. Il a ajouté : cette nuit, je vais bien dormir, et il m'a embrassée là, sur le dessus de ma tête, avant de me souhaiter bonne nuit.

Contrairement à son habitude, Resnick prit les clés et s'installa au volant. Moins d'un kilomètre plus loin, il mit son clignotant et se gara devant un petit alignement de boutiques. Lynn pensait qu'il avait l'intention de descendre de voiture, pour acheter un journal, ou de la bière. Mais, moteur au ralenti, il resta à sa place, les bras posés sur le volant.

– Vous pensez qu'elle ment ? finit-il par demander. Qu'elle nous cache quelque chose ?

– Non.

– Elle dit la vérité, alors ?

– Oui. La vérité telle qu'elle la voit. Tout ce qu'elle sait, oui.

Resnick laissa échapper un long soupir.

– Ce serait peut-être plus facile si elle mentait, si elle savait qu'il se passait quelque chose.

– Et c'était le cas ?

Alors que Resnick se tournait vers elle, un quinquagénaire sortant de chez le marchand de journaux s'arrêta et regarda la voiture, prenant son temps avant de s'éloigner lentement, le *Post* roulé dans sa main. Resnick le vit et se demanda à quoi ils ressemblaient, Lynn et lui-même, encore un couple mal assorti, surpris au milieu d'une liaison, l'un des deux déjà marié, probablement lui.

Il avait assez souvent observé des couples, lui aussi, il était vite parvenu, parfois à tort, à la même conclusion. La plupart du temps, pourtant, il ne s'était pas trompé : des amants pris dans la toile glacée, poisseuse, qu'ils avaient eux-mêmes tissée.

– Vous pensez que c'est cette femme-là ? Peck ?

– Comment ça ? demanda Resnick.

– Enfin, vous savez…

– Qu'il avait une liaison ? Bill ?

– C'est bien ce que vous imaginiez, non ? C'est le raisonnement que vous teniez.

– Mais avec Peck ?

– Pourquoi pas ?

Resnick secoua la tête, fut à deux doigts de sourire.

– Il la connaissait depuis moins d'une semaine.

Ce fut au tour de Lynn de sourire.

– Voyons, fit-elle. Combien de temps cela prend-il ?

Au lieu de répondre, Resnick se tourna vers le pare-brise et regarda au travers. Ce à quoi il pensait, ce qu'il voyait, c'était sa première rencontre avec Hannah, quand elle avait traversé la cour du collège vers sa VW rouge un peu cabossée, s'arrêtant pour parler à deux élèves, ferme mais compréhensive ; la façon, après qu'ils eurent parlé, dont elle avait posé son cartable sur le toit de la voiture avant de se tourner vers lui, cet éclair roux, visible dans le mouvement de ses cheveux. Son sourire.

Combien de temps cela prend-il ?

Pendant une courte période – cela remontait à combien ? Quatre ans ? Un peu plus ? –, c'est à Rachel Chaplin qu'il aurait pensé à cet instant, après une telle question. Pendant un long moment, avant Rachel et après, il aurait pensé à Elaine.

– Cela dit, fit-il, je doute fort que Bill ait trouvé le temps, pendant l'enquête, de lui parler seul à seule.

– L'interrogatoire ?

Resnick secoua la tête.

– Khan y a assisté de bout en bout.

– Alors, elle l'a appelé au sujet de l'enquête, pour lui dire quelque chose, peut-être, dont elle ne s'était pas senti le courage de parler pendant l'interrogatoire.

– Parce qu'elle avait peur ?

– C'est possible, oui. Ou peut-être s'agissait-il de quelque chose qu'elle ignorait avant, qu'elle venait seulement d'apprendre.

– Alors, pourquoi diable Bill, contrairement à ses habitudes immuables, ne l'a-t-il pas noté quelque part ?

Ils échangèrent un regard, chacun dans son coin, à l'avant de la voiture. Trois gamins, dont un qui n'avait pas beaucoup plus de sept ou huit ans, passèrent devant eux en roller-blades, tête baissée, balançant leurs bras dans un style très professionnel.

– Vous pensez que c'est quelque chose de personnel, n'est-ce pas ? dit Lynn.

– Je ne sais pas. Je suppose que oui, mais je ne vois toujours pas comment cela aurait pu marcher. Pour se retrouver où ? Et quand ?

– Peut-être, dit Lynn, ce n'était pas, comment dire, une liaison. Du moins, pas encore. Et s'ils s'étaient simplement découvert, en quelque sorte, des affinités ? Quelque chose qu'ils commençaient à peine – je ne sais pas comment dire ça – à explorer ?

– Quoi ? Dans sa propre maison, en plein week-end, avec sa femme dans la pièce d'à côté ?

– Est-ce que certaines personnes ne trouveraient pas ça excitant ? La possibilité d'être découverts ?

Resnick eut un geste vague, les mains ouvertes.

– Je ne saurais pas vous dire.

– Et en ce qui concerne Bill Aston ? Vous le connaissiez suffisamment pour vous prononcer ?

Il secoua la tête, énergiquement.

– Pas son genre.

– Sa femme et lui, ils avaient chacun leur chambre, n'est-ce pas ?

– Oui.

– Ils dormaient dans des lits séparés.

– Oui.

– Vous savez depuis combien de temps ?

– Un bon moment, je crois. Je ne suis pas sûr. Mais en soi, cela ne signifie rien.

Lynn sourit.

– Cela a forcément une signification.

Resnick en savait quelque chose. Certains soirs, après qu'il eut découvert qu'Elaine avait un amant, il était resté allongé, dans le lit conjugal, incapable de trouver le sommeil, terrifié à l'idée que par accident ou par habitude ils puissent se toucher, incapable d'effacer les images trop réalistes que son esprit faisait jaillir.

Que s'était-il passé, se demanda Resnick, dans la vie des Aston, Dieu seul savait combien d'années plus tôt ?

– C'est une histoire de cul, alors ? dit Lynn. Si cela n'avait pas de rapport avec l'enquête, c'est une histoire sexuelle. (Elle eut un sourire triste.) D'une façon ou d'une autre, c'est généralement ça. (Puis, la voix soudain étranglée :) Ça a failli me coûter la vie.

– Dans votre cas, c'était différent. Vous aviez affaire à un psychopathe.

Lynn tournait la tête, mais il l'entendit clairement quand même.

– N'oubliez pas, au début, j'avais envie de lui.

Il conduisit en silence, après cela, retournant vers le centre-ville. Il passerait à La Perdrix, pour demander si le personnel se rappelait combien de temps Aston était resté dans le bar ce soir-là. L'esprit en ébullition, Lynn gardait les poings serrés, se mordillant l'intérieur de la lèvre.

– Vous avez du travail qui vous attend au commissariat, ou vous voulez que je vous dépose près de chez vous, ça ne fait pas un grand détour ?

Pour la première fois depuis qu'ils étaient repartis, Lynn osa le regarder en face.

– Arrêtez-vous ici, dit-elle.

– Je ne peux pas, pas ici. Je vais aller jusqu'à…

– Charlie, arrêtez-vous ici !

Depuis combien de temps – si elle l'avait jamais fait – ne l'avait-elle pas appelé Charlie ?

Sensible à la gravité de son exigence, Resnick tourna à gauche, puis à droite et se gara dans l'une de ces rues étroites et pavées qui traversaient les halles aux fleurs et aux légumes. Un regard, puis il coupa le moteur et attendit.

De nouveau, Lynn ne le regardait pas franchement, pas encore ; elle avait du mal à respirer de façon régulière.

– Ce n'est pas… Je crois qu'il n'y a jamais de bon moment.

Ne sachant pas, ou sachant à moitié, ce qui allait suivre, redoutant de l'entendre, Resnick sentit son estomac se glacer ; un bref instant, il ferma les yeux.

– Vous vous souvenez, dit Lynn, après mon enlèvement, quand vous m'avez sauvée, tout ça, je vous ai dit quelque chose un jour, pendant que nous prenions un café, je…

– Oui, je crois me rappeler, continuez.

Ce qu'il avait eu envie de dire, c'était : Arrêtez !

– Je vous ai dit que j'avais ces… Je ne sais pas comment les appeler… Ces rêves, ces cauchemars, ces fantasmes. Vous, mon père, lui, mon ravisseur. Tout cela mélangé ensemble. Ils étaient provoqués par ce qui m'était arrivé, bien sûr, par ce qui aurait pu m'arriver. Ce qui me serait arrivé si vous…

– Ce n'était pas moi seulement.

– Si vous ne m'aviez pas sauvée. Cette façon de dire les choses paraît mélodramatique, je sais, mais c'est ce que vous avez fait.

– Lynn. (Il se pencha un peu plus vers elle, même si elle gardait la même position, le corps, le visage tournés de façon à ne pas lui faire face.) Vous auriez pu être sauvée par n'importe lequel des douze officiers présents. Le hasard a simplement voulu que ce soit moi.

Elle s'esclaffa ; un rire brusque, sonore.

– Quoi ?

Décontenancé, Resnick se recula de nouveau.

– C'est ce que je dis à ma psy.

– Et qu'est-ce qu'elle en pense ?

– Ce qui aurait pu se passer n'a aucune importance. Ce qui en a, c'est que c'était vous.

Il scruta son visage grave, encore un peu rond, bien qu'elle n'eût jamais repris le poids qu'elle avait perdu ; cheveux bruns et courts, de grands yeux marron.

– Je suis heureux, dit-il d'une voix calme.

Heureux que vous en soyez sortie indemne. Heureux que ce soit moi qui vous aie sauvée.

– Oui. Oui, je sais. (Elle parlait d'une voix si basse que ses mots furent presque noyés par le bruit des voitures qui passaient à chaque extrémité de la rue.) Du moins, je crois le savoir.

Un élan poussait Resnick à lui prendre la main, son instinct lui soufflait de n'en rien faire ; en fait, ce fut Lynn qui prit la sienne.

– Charlie, il faut que je finisse par y voir clair. Je veux dire, c'est idiot, je ne peux pas continuer comme ça. La façon dont je me comporte, ces derniers temps, à marcher sur des œufs dès que je vous croise, au moins c'est l'impression que cela me donne.

– Très bien. (Resnick hocha la tête.) Que voulez-vous faire ?

– Rien. Je ne pense pas que vous me compreniez. Je n'ai pas envie de *faire* quoi que ce soit. Il n'y a rien à faire.

– Mais, alors…

Elle lui pressa la main une fois, puis la relâcha.

– J'avais seulement besoin de vous dire, de vous raconter ce qui se passait dans ma tête, pas dans les moindres détails, ce serait stupide, mais je voulais que vous sachiez que j'ai eu ces pensées, à votre sujet…

– Ça n'a pas d'importance.

– Charlie, je m'imaginais en train de faire l'amour avec vous, mais je sais que ça n'arrivera pas. Seulement dans mon esprit.

– Lynn…

– Je crois que je n'ai même pas envie que ça arrive. Pas vraiment. Je le sais. Mais il fallait que je le dise. Il fallait que je vous en parle. Parce que si j'avais gardé tout ça en moi plus longtemps, j'aurais explosé. (Lentement, elle enfouit son visage dans ses mains.) Je vous demande de m'excuser.

– Vous n'avez aucune raison de me le demander.

– Vraiment ?

Elle le regardait, à présent.

– Non.

Il faisait chaud dans l'espace confiné de l'habitacle. De quoi vous rendre claustrophobe. Resnick sentait la transpiration s'amasser au creux de ses paumes, entre ses jambes, humectant ses cheveux sur sa nuque. À part une sorte de panique généralisée, il n'avait aucune idée précise de ce qu'il ressentait.

– Bien. (Lynn rit brusquement.) Ma psy sera satisfaite.

– Tout déballer au grand jour…

– Oui.

– Pour s'en débarrasser une bonne fois.

Elle se tourna vers lui et il crut qu'elle allait lui prendre la main de nouveau. Il se cabra intérieurement, ne sachant pas comment il réagirait si elle le faisait. Mais elle changea de position de nouveau et se pencha en avant, le visage tout près du pare-brise, pour regarder la rue.

– C'est ce que vous désirez ? s'entendit demander Resnick. Vous en débarrasser une bonne fois ?

Elle se retourna vers lui, surprise.

– Bien sûr. Quel intérêt de garder tout ça en moi ?

Une voiture passa trop vite à l'autre bout de la rue, ses fenêtres ouvertes répandant un flot de musique.

– Aucun, dit Resnick.

Lynn se dit qu'elle pourrait sortir de la voiture et marcher, sans but précis, seulement marcher. Mais elle resta assise là, et lui aussi, attendant que leurs respirations retrouvent leur régularité, que Resnick se sente en mesure de démarrer la voiture pour regagner la ville.

– La Perdrix, dit-il. On pourrait y passer avant que je vous dépose.

Le barman de La Perdrix se rappelait l'ami de Resnick. Il avait commandé une autre demi-pinte de blonde après le départ de Resnick, mais il l'avait laissée sur la table, à peine entamée, quand il était parti à son tour. Un quart d'heure plus tard, vingt minutes au maximum.

De retour chez lui, Resnick nourrit ses chats machinalement, se fit du café fort qu'il emporta dans le salon où il resta jusqu'au matin, froid et intact. Pendant ce qui lui parut un temps assez long, il scruta ses rangées d'albums et de disques compacts, mais il ne vit rien qu'il eût envie d'écouter.

Le silence, donc, sinon que les paroles de Lynn s'insinuaient dans ses pensées, quels que fussent ses efforts pour les repousser. *Charlie, je m'imaginais en train de faire l'amour avec vous, mais je sais que ça n'arrivera pas. Seulement dans mon esprit*.

Resnick traversa la pièce jusqu'au téléphone et composa un numéro.

– Je me demandais si je pouvais venir te voir, dit-il.

– Je regrette, Charlie. (La voix de Hannah semblait distante, fatiguée.) Pas ce soir, d'accord ?

– Bien sûr. C'est juste une idée. Pas de problème.

La Stolichnaya était dans le freezer. Il se demanda ce qu'il restait dans la bouteille, combien de temps cela lui durerait ?

32

La première chose que Resnick reconnut, chaude et douce, tout contre son oreille, fut une patte de chat. La seconde, quelques instants plus tard, proche et bizarrement étouffée, fut la sonnerie du téléphone. Et la troisième, dont il prit conscience avec une précision douloureuse quand il souleva Bud avec délicatesse pour l'ôter de son chemin et qu'il posa prudemment les pieds par terre, ce fut qu'il avait, pour la première fois depuis des mois, une gueule de bois de dimensions royales. Il cligna les yeux pour mieux voir le réveil : six heures quarante-neuf. Il aurait dû être debout depuis longtemps. Plus fort, à présent, le téléphone sonnait toujours. Craignant le pire, sans savoir exactement en quoi ce pire consistait, il le souleva vers son oreille.

– Oui. Allô.
– Charlie, c'est toi ?
– Je pense que oui.
– Je t'ai réveillé ?
– Pas vraiment, non.
– Tu vas bien ?
– Hem, pourquoi ?
– On dirait que tu parles depuis le fond de l'océan.
– J'ai dormi un peu profondément, c'est tout.
– Écoute, Charlie, je peux te voir aujourd'hui ?

Pas pour longtemps ; à l'heure du déjeuner, peut-être. Pendant vingt minutes, une demi-heure. Je crois que nous avons besoin de parler.

Pas de réponse.

– Je pourrais te retrouver quelque part.

Resnick aurait bien voulu ne pas avoir dans la tête un sac de ciment qui bascule doucement de droite à gauche.

– Attends, laisse-moi te rappeler… Si, je le ferai. Ce matin. Bientôt. Tu pars de chez toi dans combien de temps ? … Bon, je te rappelle avant. Probablement pendant la prochaine demi-heure.

Sous la douche, pendant que l'eau ruisselait sur les plis et les steppes de son corps, il ne cessa de se demander ce qui avait poussé Hannah à l'appeler de si bonne heure, ce dont elle avait envie de lui parler de façon si urgente. Et quand il fit mousser le shampooing dans ses cheveux, son crâne douloureux le fit frémir, et une fois de plus il redouta le pire.

Il n'était pas le seul à avoir pris une cuite la veille. L'entrée du commissariat était encombrée de types à l'ivresse plus ou moins avancée, beaucoup arborant des ecchymoses et des estafilades spectaculaires, la plupart parlant en même temps. Et fort. Un officier en tenue et deux de ses subalternes tentaient patiemment d'en faire le tri.

Resnick se fraya un chemin à travers la cohue, en veillant bien à ne pas glisser dans une flaque de sang. Du couloir, sur sa droite, lui parvint la voix du responsable du bloc cellulaire, passant un savon sévère à l'un de ses pensionnaires de la nuit précédente parce qu'il avait vomi dans sa cellule. Une version aigrelette de *Little Brown Jug* provenant de l'escalier alarma Resnick : Millington allait probablement afficher toute la journée son insupportable bonne humeur. Effectivement, c'était lui qui descendait les marches, sourire en place sous la moustache, heureux de faire partager au monde entier la magie des meilleurs morceaux de ce bon vieux Glen Miller. Comme l'avait annoncé Divine quelques instants plus tôt dans le local de la PJ, il y avait quelqu'un qui avait tiré son coup, ce matin, pas d'erreur !

– Le patron vous demande, annonça Millington avec désinvolture. Le nouveau est là-haut avec lui. Du moins, je suppose que c'est le nouveau. Oh, et puis, j'ai organisé une réunion. À onze heures. Avec ce type de l'Unité de renseignements sur les milieux du football. D'accord ?

Resnick poursuivit son ascension. Dans les toilettes, il fit couler le robinet d'eau froide et s'aspergea le visage à plusieurs reprises avant de suivre le couloir jusqu'au bureau de Skelton.

– Charlie, entrez, entrez. (Assis derrière sa table de travail, Skelton exsudait une bonhomie calibrée sur mesures.) Je vous présente l'inspecteur adjoint Vincent.

La première impression qu'en eut Resnick fut celle d'un homme plutôt grand, approchant de la trentaine, d'un mètre quatre-vingts environ, rasé de près, ses cheveux noirs coupés très court ; il portait un costume clair, froissé, mais contrairement à celui de Resnick, parce que la mode le voulait ainsi, une chemise vert olive et une cravate noire.

– Voici l'inspecteur principal Resnick. Chaque jour, vous prendrez vos ordres auprès de lui.

Les deux hommes échangèrent une poignée de main, celle de Vincent, décontractée, confortable, restant discrète.

– Carl Vincent, monsieur l'inspecteur principal. Heureux de faire votre connaissance.

Resnick hocha la tête et se recula, Vincent le regardant toujours droit dans les yeux.

– Comme vous le savez, Charlie, Carl vient de Leicester pour travailler chez nous. C'est un peu comme s'il passait dans la division supérieure, hein, Charlie ? En quelque sorte.

Seulement si vous êtes supporter de Nottingham Forest, pensa Resnick.

– Je l'ai mis au courant, pour l'assassinat d'Aston, Charlie, dans les grandes lignes. Je sais que vous voulez le mettre au travail le plus vite possible.

– Oui, monsieur le commissaire.

Il y avait un sourire dans le regard de Vincent, à présent, tandis qu'il observait Resnick, curieux de savoir comment celui-ci se comportait en présence d'un supérieur, le jaugeant.

– On a du nouveau, Charlie ? Quelque chose que je pourrais transmettre au quartier général ? Ces hooligans dont parle Reg Cossall dans son rapport, ce sont toujours nos candidats les plus sérieux ?

Resnick se demanda s'il devait mentionner ses soupçons concernant Elizabeth Peck, mais il jugea préférable d'attendre que ceux-ci soient confirmés ou infirmés par des éléments nouveaux.

– Il semblerait, oui. Nous avons une réunion, ce matin, avec l'Unité de renseignements sur les milieux du football, nous verrons bien si cela fait progresser l'enquête.

– Vous me tiendrez au courant ?

– Dans les plus brefs délais.

Dans le couloir, Vincent emboîta le pas à Resnick.

– Vous avez trouvé à vous loger ? demanda Resnick.

– Pas encore. J'ai pensé que je pourrais faire la navette depuis Leicester pendant un moment, pour me laisser le temps de me retourner. Le trajet n'est pas si pénible quand on connaît les horaires.

– Vous pourriez en toucher deux mots à notre administratrice. En général, elle est bien renseignée.

– D'accord, merci. Je n'y manquerai pas.

– La réunion va commencer d'une minute à l'autre. Je vous présenterai, je vous trouverai quelque chose à faire pour vous mettre le pied à l'étrier.

– D'accord, répéta Vincent. (Il sourit.) Ce n'est jamais facile, hein ? Les débuts. Les premiers jours. Quand il faut trouver ses marques.

– Vous vous débrouillerez très bien.

– Je ferai de mon mieux.

À la porte du local de la PJ, Vincent hésita.

– Je me demandais, comment dois-je vous appeler ? Chef ? Patron ? Monsieur l'inspecteur principal ?

– Ce qui vous paraîtra le plus naturel.

Le silence régnait dans la salle quand ils y entrèrent.

Divine choisit un sandwich au bacon, avec de la sauce, du pain grillé, un thé avec deux sucres et une barre chocolatée pour plus tard. Naylor et Lynn Kellogg étaient déjà assis à une table près de la fenêtre, vers le fond de la cantine. L'air était chargé de fumée de cigarette, lourd du bruit des conversations.

– Bon…, fit Divine, posant tasse et assiette sur la table avant de caler le plateau contre le pied de celle-ci, où il ne resta qu'une seconde avant de tomber par terre. Qu'est-ce qui se trame, ici, c'est ce que j'aimerais savoir.

– On parle de l'épisode d'hier soir d'*EastEnders*, répondit aimablement Naylor. Qu'est-ce que tu veux savoir ?

– C'est la conspiration du silence, c'est ça, ou quoi ?

– Qu'est-ce que tu veux dire ?

– Tu sais foutrement bien ce que je veux dire.

– Mais encore ?

Divine fit un geste en direction de la porte, derrière lui.

– Ce type. Vincent. Pourquoi personne n'a dit un seul mot, bordel, sur le fait qu'il est noir ?

– Il est noir ? demanda innocemment Lynn.

– On a pensé que tu ne t'en rendrais pas compte, Mark, dit Naylor, d'un ton amusé. Je suppose que c'est pour ça.

– De toute façon, reprit Lynn, il n'est pas vraiment noir. Plutôt une sorte de marron clair chocolaté.

Naylor acquiesça.

– Milky Way.

– Vous avez raison, fit Divine en mâchant un bout de sandwich au bacon, tournez ça à la plaisanterie, pendant que vous y êtes.

– Oh, Mark, dit Lynn, arrête un peu.

– Écoutez. (Sa voix prenait de l'ampleur à chaque seconde.) S'il y avait quoi que ce soit, quoi que ce soit d'autre, qui le fasse sortir de l'ordinaire…

– Comme quoi ? demanda Naylor.

– Je ne sais pas, n'importe quoi. Bon, supposons que ce ne soit pas un mec, que ce soit une femme…

– Un travelo, tu veux dire ?

– Non, crétin, une vraie femme…

– Eh bien, voilà qui sortirait de l'ordinaire, effectivement, commenta Lynn. Vous n'avez qu'à regarder autour de vous.

– C'est ça. Exactement. S'il avait un pied bot, ou s'il avait deux têtes, n'importe quoi de ce genre, on en parlerait, pas vrai ? Mais, non, qu'il soit noir, c'est différent, on n'en parle pas. Personne n'est censé remarquer quoi que ce soit, que dalle. Alors, le patron nous le présente, bienvenue dans notre équipe. Et c'est tout.

– Ma foi, à quoi tu t'attendais ? « Je vous présente Carl Vincent, et au cas où vous ne l'auriez pas remarqué, il est noir » ?

– Pourquoi pas ?

– Bon sang, Mark !

– Parce que, Mark, dit Lynn d'une voix égale, ça n'a pas d'importance.

– Mon cul !

– Quoi ?

– Tu m'as bien entendu, mon cul ! Bien sûr, que ça a une sacrée importance.

– Mark, fit Lynn, ce que tu peux dire comme âneries, parfois !

– Ah, ouais ? (Divine s'était levé, à présent. Penché vers elle, index brandi devant son visage.) Eh bien, écoute-moi un peu. Ça a de l'importance pour lui, tu peux en être sûre. Et je vais te dire autre chose, ça a de l'importance pour moi.

La voix de Divine, sa colère à peine maîtrisée, provoquèrent un brusque silence, pendant lequel Carl Vincent s'approcha nonchalamment, portant une tasse de café et deux toasts beurrés.

– Je peux me joindre à vous ?

– Avec plaisir, dit Lynn.

– Bien sûr, fit Naylor. Approche-toi une chaise.

Divine avala rapidement une gorgée de thé et rafla ce qu'il restait de son sandwich au bacon. S'asseyant sur la chaise libérée, Vincent tourna la tête pour regarder Divine partir.

– Il y en a un comme lui dans chaque commissariat, dit-il en secouant lentement la tête.

– Un seulement ? s'étonna Lynn. La situation s'améliore.

L'Unité de renseignements sur les milieux du football n'avait jamais eu autant de travail que dans les années quatre-vingt, quand de soi-disant associations de jeunes gens consacraient beaucoup de temps et d'argent à promouvoir la violence au sein et aux alentours des plus grands stades. Souvent, ils s'abstenaient d'assister au match proprement dit, pour piéger par surprise des groupes de supporters de l'équipe adverse, à la gare, avant ou après la partie. Incognito, des officiers de police passèrent des mois à se constituer une couverture valable avant d'infiltrer les plus dangereux de ces groupes – Chelsea Headhunters, Arsenal, Oxford, Portsmouth, Millwall.

Quand la transformation des stades, ne comportant désormais que des places assises, menaça l'un des passe-temps les plus populaires – c'était en fait une attaque frontale et brutale contre les quartiers réservés des supporters locaux –, alors que la hausse incessante du prix des billets en interdisait l'accès à de nombreux jeunes, les fans de foot purs et durs bien décidés à semer la pagaille suivirent les équipes nationales à l'étranger. Et l'Unité les suivit. Les renseignements sur les fauteurs de troubles furent communiqués aux polices nationales des autres pays, et même si la violence fut endiguée dans certaines proportions, elle ne cessa pas. Les bars et cafés saccagés, les canons à eau et les charges à la matraque en témoignaient.

– Tenez, dit Trevor Ulman, regardez ça.

Resnick et son équipe fixèrent l'écran où, sur une bande vidéo un peu pâlichonne, une masse de jeunes scandant des slogans, la plupart en manches de chemise, drapeaux britanniques brandis, surgissait d'un café pour déferler sur une vaste place publique, malgré les efforts que faisaient les policiers en tenue, fortement débordés en nombre, pour les en empêcher. Même les policiers à cheval, frappant avec leurs longues matraques, n'arrivaient pas à décourager les supporters anglais qui couraient sur les pavés, franchissaient les lignes de tram, bien décidés à punir les fans locaux à coups de poing, à coups de pied, ou les deux à la fois.

– Maintenant, regardez bien, dit Ulman.

La caméra cadra en gros plan un groupe de cinq jeunes tandis que ceux-ci poursuivaient, faisaient tomber, puis criblaient de coups de poing et de pied – surtout de pied – le garçon isolé qui constituait leur proie. Ulman fit un arrêt sur image juste avant qu'un brodequin entre en contact avec la tête de la victime.

– Là ! dit-il, montrant l'écran. Le jeune qui balance ce coup de pied. Membre des Chelsea Headhunters, un groupe très lié à Combat 18. Je vous en dirai plus à ce sujet dans une minute. Mais regardez bien, ce type qui a un gros ventre, sur la gauche – il appartient à la Leicester Baby Squad. Et celui-ci, qui se penche pour balancer un coup de poing – plus près de nous, un membre du Forest Executive Crew.

Ulman écrasa sa Silk Cut et en alluma une autre, à l'aide d'un briquet plat en or à la flamme dangereusement haute.

– C'était il y a deux ans, à Rotterdam. Mais le second film est plus récent. Février de cette année. Je n'aurai sans doute pas besoin de vous dire où il a été tourné.

– À Dublin, fit Divine avec une pointe de dégoût.

– Exact. Un match amical entre la république

d'Irlande et nous, écourté à cause de scènes comme celle-ci.

L'écran, en couleurs cette fois, montrait un homme dans la tribune supérieure, le visage, à part les yeux, dissimulé par un passe-montagne foncé ; il se leva, tourna le dos à la caméra pour faire face à la foule, et fit un signe en levant les bras. Aussitôt, ce fut l'émeute. Les hooligans levèrent le poing, agitèrent des drapeaux britanniques, ouvrirent la bouche pour hurler : « Pas de reddition ! Pas de reddition à l'IRA ! », puis ils commencèrent à arracher des morceaux de gouttière qu'ils lancèrent sur la foule des spectateurs, en contrebas, que rien ne protégeait.

– Combat 18 ? demanda Resnick.

– Précisément.

– Mais vous n'êtes pas en train de nous dire, demanda Millington, que tous les occupants de cette tribune à Dublin, que ces voyous que vous nous avez montrés semant la panique en Hollande, sont tous politisés ?

– Eh bien, dit Ulman, je doute qu'ils soient tous des membres du Parti national britannique à jour de leur cotisation. Mais ce n'est pas de cette façon que ça fonctionne. (Penchant la tête en arrière un moment, il expulsa en direction du plafond un rond de fumée presque parfait.) Combat 18, même si le Parti national britannique s'efforce de faire croire le contraire, c'est une milice. Écrivez une lettre au *Post* pour protester contre un rassemblement fasciste, collez une affiche de la Ligue anti-nazis derrière votre fenêtre, et les types du C18 viendront vous rendre visite.

» Maintenant, en ce qui les concerne, les stades constituent une pépinière ; ils utilisent le football pour diffuser leur propagande, enrôler de nouveaux convertis qui s'intéresseront à leurs idées juste assez longtemps pour aller faire le coup de poing à Dublin, à Rotterdam, à Oslo. Après quoi le C18 obtient un maximum de publicité, et ils peuvent se faire mousser dans leur magazine – *L'Ordre* –, en se glorifiant des résultats obtenus.

» La différence, c'est que leur racisme est réel : ils y croient. Pour les autres, la plupart d'entre eux, leur racisme est irréfléchi. Ils sont du genre à jeter des bananes aux joueurs noirs de l'équipe adverse, à sauter en l'air en poussant des cris de singes, mais sans faire attention au fait qu'ils ont – quoi ? – trois ou quatre Noirs dans leur propre équipe. Probablement, ils ne s'estiment pas racistes du tout. Et si l'on va au fond des choses, ils ne le sont sans doute guère plus que la plupart d'entre nous. C'est un sentiment qui est enraciné en eux. Difficile de s'en débarrasser.

Millington bascula sa chaise en arrière.

– Cette attitude anti-irlandaise, ça correspondrait bien à ce que nous a raconté le patron, dans ce bar auquel on s'intéresse.

– Effectivement. Bien que, il faut le noter, nous n'ayons jamais entendu dire que le bar en question soit un lieu de rendez-vous pour les charmants jeunes gens dont nous parlons. Cependant, les habitudes changent. C'est dans le domaine des choses possibles. Ce qui m'est impossible, du moins tant que vous ne me soumettrez pas un signalement ou un nom, c'est de vous dire si ces jeunes qui ont déclenché une bagarre le soir où Aston a été tué sont connus de nos services ou pas.

– En revanche, dit Resnick, si nous avions des détails sur des types du coin qui auraient le profil voulu, ce serait une bonne façon de démarrer.

– Certainement. Aucun problème. (Ulman sortit deux grandes enveloppes de sa mallette et les passa à Resnick.) La qualité de certaines photos laisse à désirer, elles ont été agrandies à partir d'une image vidéo, mais les autres, celles que nous avons prises nous-mêmes, sont tout à fait correctes. Vous trouverez aussi de brèves descriptions, là-dedans, des listes de complices connus, des adresses, bien que celles-ci se périment assez vite.

– Et certains de ces individus, demanda Resnick, appartiennent à Combat 18 ?

– Quelques-uns. Il faudra que vous demandiez à la Section spéciale. Ils sont bien renseignés sur le sujet.

Resnick hocha la tête et remercia Ulman pour son aide. Prendre contact avec la Section spéciale, cela figurait déjà sur sa liste de priorités. Mais cela attendrait son retour, après la pause déjeuner.

33

L'air était frais et limpide, le ciel d'un bleu presque uni. Ils longeaient l'allée traversant le haut du cimetière, près du mur de brique rouge qui le séparait de la route. Des anges de pierre les fixaient de leurs yeux vides. *Ainsi que Flora, âgée de quatre mois. Agnes Hilda Jane, épouse du précédent. Laissez venir à moi les petits enfants. Partis pour un monde meilleur*. Au-dessous d'eux, à travers un dédale de pierres tombales de dimensions plus modestes et d'épitaphes gravées avec soin, le sol s'aplanissait, avant de s'élever de nouveau avec les arbres et les buissons de l'Arboretum.

Resnick avait acheté chez le traiteur des sandwiches et des parts d'une tarte plutôt riche à la noix de pécan ; dans son sac, Hannah apportait du jus d'orange, des yaourts aux myrtilles, des serviettes en papier, des cuillers en plastique : tel était l'arrangement sur lequel ils s'étaient mis d'accord.

– Tu connais les meilleurs endroits où amener une fille, Charlie. Je te reconnais cette qualité.

Resnick vérifia, mais elle souriait ; il y avait, du côté droit de sa bouche, ce pli auquel il commençait à s'habituer.

– Tu veux t'asseoir ?

Hannah regarda sa montre.

– Marchons encore un peu. Il te reste assez de temps ?

– Pas de problème.

Ils franchirent la grille et traversèrent Waverley Street, passant entre la volière et le petit bassin entouré d'une clôture basse et incurvée, pour suivre le sentier qui montait en serpentant vers le kiosque à musique, entre les parterres de fleurs printanières, pourpre et or.

Hannah donna son approbation à son choix de sandwiches, rien de trop exotique, blanc de dinde fumé aux canneberges, œufs mayonnaise avec du cresson. Resnick, pris de panique au dernier moment à l'idée que Hannah pût être végétarienne, s'était dit que, de cette façon, au moins, ils pourraient manger un sandwich chacun. Mais Hannah avait planté ses dents de bon cœur dans sa moitié de sandwich à la dinde, et Resnick avait réussi, davantage par chance que par discernement, à intercepter une giclée de mayonnaise sur le dos de sa main avant qu'elle n'atterrisse sur sa chemise. Il se dit qu'il pourrait laisser Hannah remporter le second yaourt pour son thé.

– Ils sont bons, ces sandwiches, dit Hannah.

Un peu plus bas, à mi-pente, trois Pakistanais en bras de chemise avaient déplié un journal dans l'herbe et l'utilisaient comme tapis pour jouer aux cartes. La bouche pleine, Resnick hocha la tête en signe d'acquiescement.

– Tu manges toujours aussi bien ?

– Si c'est ça, manger bien, alors je suppose que oui.

Hannah enfonça une paille dans une brique de jus d'orange.

– J'imaginais les policiers, je suppose, mangeant des frites avec tous les plats. Ou alors, des currys, tard le soir, tu sais, dans ces gargotes où, quel que soit celui que tu choisis, ils ont tous le même goût.

Reconnaissant la description, Resnick sourit.

– Ça m'arrive aussi. Parfois. Ça dépend.

Pivotant sur le banc, elle le regarda.

– Il y a une chose que tu ne sais pas faire, Charlie, c'est essuyer un refus.

Il cligna des yeux.

– Tu veux parler d'hier soir ?

– Oui, oui.

– Qui aime ce genre de chose ? Qui est capable de bien le prendre ? J'avais seulement envie de te voir, c'est tout.

Secouant lentement la tête, Hannah dit :

– Charlie, tu étais déprimé. Je ne sais pas pourquoi…

– Je…

– Et ça n'a pas d'importance, je n'ai pas besoin de le savoir. Mais tu étais chez toi, seul, déprimé, et tu as décroché ton téléphone. Appelons Hannah, elle va me remonter le moral, me changer les idées pendant quelques heures. Ce n'est pas ça ? Je ne dois pas en être très loin, en tout cas.

Resnick reposa sur le banc le morceau de sandwich qu'il n'avait pas encore mangé, l'appétit coupé, culpabilisé par cette vérité que Hannah venait d'épingler.

– Je ne pensais pas… Je veux dire, c'est donc si répréhensible ?

Brièvement, en douceur, elle lui toucha la main, le dessus de son poignet.

– Je ne suis pas une cellule d'écoute pour dépressifs, Charlie. Ce n'est pas ce que j'ai envie d'être. Je ne vais pas rester près de mon téléphone, en attendant ton appel, pour que tu puisses te soulager des tensions et du stress d'une dure journée.

– Ce n'est pas comme ça que je voyais les choses, dit-il.

Et elle le crut sincère.

– L'autre soir, la dernière fois que nous nous sommes vus, tu m'as demandé – je crois que tu allais me demander – ce qui se passait. Entre nous. Et je t'ai fait taire ; le moment me semblait mal choisi. Et je t'ai dit que s'il y avait une chose que je ne souhaitais pas voir arriver, c'est que nous tombions dans une sorte de routine qui ferait que tu n'aurais qu'à me téléphoner pour me voir, et qu'à chaque fois que tu viendrais, cela se terminerait au lit.

– Mais ce n'est pas…

– Ce qui se passe… ?

– Je ne le pense pas, non.

– Oh, Charlie.

Hannah tourna la tête vers la roseraie, sur la pente opposée, les canons noircis rapportés de Crimée. Dans l'esprit de Resnick, une partie de lui-même disait, ça suffit, arrête ça tout de suite, tu n'es pas obligé de subir ce genre de chose, lève-toi et va-t-en.

– Je ne sais pas…, dit Hannah, se tournant de nouveau vers lui, lisant l'inquiétude dans son regard,

… je ne sais pas si cela va nous mener quelque part. Mais j'ai un passé, Charlie, tout comme toi. (Elle eut un sourire, presque narquois.) Peut-être pas aussi lourd. Mais je prends mes précautions. Je sais que je peux ne pas toujours sembler l'être, mais je suis prudente, à ma manière. Et il y a une chose que je ne suis pas prête à devenir, c'est un petit coin bien propre de ta vie. L'endroit où tu peux aller pour te débarrasser d'un peu de passion, de tout ce qui est en trop, tout ce que tu n'arrives pas, pour une raison ou une autre, à éponger pendant le restant de ta journée. (Elle secoua la tête.) Je ne sais pas si ce que je dis a un sens ; je ne sais pas si je me suis exprimée clairement.

Il la toucha, alors, en haut de l'épaule, son petit doigt posé sur le cou de Hannah ; avec les autres doigts, il décrivit de petits cercles sur sa peau. Sa peau qui était si douce.

Hannah attendait qu'il dise quelque chose, qu'il réagisse.

– Alors, qu'est-ce que tu veux faire, Charlie ? demanda-t-elle.

– Maintenant, tu veux dire ?

Elle sourit.

– Non, pas maintenant.

– Eh bien, je suppose que ça dépend, tu sais, de toi.

– Mon Dieu, Charlie !

– Bon, je veux continuer à te voir. Je veux… J'aimerais trouver une solution, une façon de nous voir qui te paraîtrait viable…

– Tu ne souhaites pas me cacher ?

– Non.

– Ta liaison secrète ?

Un signe de dénégation, énergique.

– Non.

– Bien. On dîne ensemble, alors. Vendredi soir.

– D'accord. Où… ?

Mais Hannah ramassait déjà ses affaires, chassant les miettes tombées sur sa jupe, se préparant à partir.

– Tu choisis. Appelle-moi, et dis-moi où tu veux qu'on se retrouve. D'accord ?

– Oui, oui. Bien sûr, c'est parfait.

– Ce yaourt, dit Hannah en le tendant vers lui. Tu le veux, ou pas ?

– Probablement pas.

Avec un petit geste pour accepter le cadeau, elle le laissa tomber au fond de son sac.

– Ce sandwich, en revanche, tu ne vas pas le laisser ?

– Je le mangerai sur le chemin du retour.

– Tu vas avaler ça tout seul ?

– Écoute, dit Resnick avec le sourire. À propos des habitudes dont on pourrait se passer – moi, du moins… Si tu arrêtais de me materner ?

Quand Resnick revint à la PJ, Khan l'attendait, le nez plongé dans un numéro du *Daily Mail*. Naylor parlait au téléphone, près du mur du fond. Dès qu'il vit Resnick, Khan se hâta de replier son journal et de le poser à côté de lui.

– Elizabeth Peck, monsieur l'inspecteur. Elle a réservé une place pour un circuit touristique, par American Express. Un de ces tarifs réduits disponibles à la dernière minute. Un voyage en Espagne, avec visite de deux villes, Barcelone et Madrid.

– Bien. Ça ne devrait pas être trop difficile de retrouver sa trace.

Khan fronça les sourcils.

– C'est ça le problème, je le crains. L'agence s'est montrée efficace, elle m'a mis en rapport avec l'hôtel, celui où elle était censée descendre à Madrid.

Le mot « censée » démoralisa Resnick.

– Elle a bien pris l'avion, il n'y a pas de doute, elle a pris sa chambre à l'hôtel en arrivant. Elle s'est inscrite à une excursion en car pour le lendemain, un genre de visite guidée, mais après ça, il semblerait qu'elle ait disparu.

– Et le voyagiste, il a signalé le fait à la police espagnole ?

Khan secoua la tête.

– Apparemment, ils ne sont pas trop inquiets. Elle a laissé un mot pour le guide, disant qu'elle n'avait pas de réclamations à présenter concernant le voyage, mais que ce n'était pas, tout simplement, ce qu'elle avait espéré. Elle préférait quitter le groupe, terminer la semaine toute seule.

– Elle a quitté l'hôtel ?

– L'après-midi même.

– Ce qui veut dire qu'elle pourrait se trouver n'importe où à l'heure qu'il est.

– Vous pensez qu'on devrait prendre contact avec la police de Madrid, inspecteur ? Interpol, peut-être ?

Se donnant le temps de la réflexion, Resnick se

dirigea lentement vers la bouilloire, la soupesa pour s'assurer qu'elle contenait suffisamment d'eau, et la mit à chauffer.

– Je crois que ce que nous allons faire, c'est vous envoyer à Rhossili Bay, finalement. (Il y eut une sonnerie discrète alors que, à l'autre bout de la salle, Naylor raccrochait le téléphone.) Kevin peut venir avec vous. Débusquez Paul Matthews, voyez ce qu'il peut vous dire sur Elizabeth Peck, s'il sait pourquoi elle était si pressée de parler à Aston. Si vous partez maintenant, vous pouvez arriver là-bas avant ce soir. D'accord ?

– Oui, inspecteur.

Khan avait promis à Jill de l'emmener au Cookie Club, mais il trouverait un moyen de se faire pardonner. De plus, ils sortaient ensemble depuis assez longtemps, à présent, pour qu'elle s'habitue au fait qu'avec un boulot comme le sien, les projets devaient parfois être changés à la dernière minute.

– Kevin, demanda Resnick, vous vous débrouillez, en gallois ?

Divine montait l'escalier en trombe, comme un Rottweiler géant au regard braqué sur les cuisses charnues et dénudées d'un intrus. Il était tellement pressé de trouver Resnick qu'il percuta un Millington à l'air perplexe, qui se creusait la tête pour se rappeler ce que Madeleine lui avait demandé d'acheter sans faute avant de rentrer.

– Doucement, gamin ! s'exclama Millington, entraîné dans un demi-tour involontaire et se frottant le bras. Pourquoi tu as le feu aux fesses, d'un seul coup ?

– Le patron, fit Divine hors d'haleine. Il est encore là ?

– Il est parti voir l'inspecteur principal Woolmer, de la Section spéciale. Il était encore là il y a une minute. Tu pourrais peut-être le coincer au parking si tu te dépêches.

Divine ne se le fit pas répéter deux fois. Dévalant les marches quatre à quatre, il ressortit du commissariat et agita les deux bras alors que Resnick mettait son clignotant pour s'engager dans Derby Road.

– Vous avez gagné à la loterie, Mark ? demanda Resnick en baissant sa vitre.

– C'est la cassette, patron. Celle qu'on a trouvée sur les quais, près du corps d'Aston.

– De la musique, non ? Heavy metal, c'est bien ce que vous avez dit ?

Divine avait encore du mal à retrouver son souffle.

– Oui, bon, on l'a envoyée quand même à un de nos spécialistes, à tout hasard. Ce qu'il a trouvé, enregistré par-dessus, mais pas très bien, c'est des morceaux de discours. Un type qui délire sur les droits acquis des citoyens anglais, le pouvoir blanc, et des trucs débiles du même genre.

– Eh bien, fit Resnick avec un sourire ironique, je suis content que vous trouviez ça débile, Mark. Allez, vous feriez mieux de monter.

Chesney Woolmer était le gradé en charge de la Section spéciale locale, deux inspecteurs et une douzaine d'officiers subalternes sous ses ordres.

Affable, bien qu'un peu brusque, c'était un homme corpulent au front dégarni. Il écouta la version nettoyée de la cassette, une quinzaine de minutes de harangues bornées qui se terminaient par des acclamations diverses et une version encore moins homogène du *God Save the Queen*.

– Sa Majesté, commenta Woolmer, serait stupéfaite, et choquée, de savoir combien d'inepties odieuses on débite en son nom.

Resnick lui demanda s'il reconnaissait la voix.

– Pas à première écoute. De plus, la qualité laisse beaucoup à désirer. Mais si vous pouvez me la confier, je vais demander à quelques-uns de mes gars de se pencher sur la question. Pour la comparer à ce que nous avons.

– Et il n'y a pas moyen de savoir où elle a été enregistrée ?

Woolmer secoua la tête.

– Un type quelconque avec son petit magnéto, à un rassemblement du Parti national britannique, ou d'un groupe du même genre. Dans la région, peut-être, mais comment le savoir ? D'autant que le discours est assez anodin, selon leurs critères.

– Nous n'avons aucun moyen de prouver que la cassette a été perdue par les gens qui ont agressé Aston, mais, toutes choses égales par ailleurs, cela semble probable. La coïncidence serait trop énorme pour qu'on n'en tienne pas compte.

– Bon, fit Woolmer en prenant sur son bureau plusieurs feuilles perforées sorties de son imprimante, ce que je peux vous donner, c'est une liste des activistes d'extrême droite notoires de la région.

Mansfield, Sutton, Ilkeston, Heanor, c'est sans doute là que vous avez le plus de chances de trouver vos clients. Si certains d'entre eux sont liés au C18, la liste le précise. Comparez-les aux autres noms qu'aura recrachés l'enquête, vous allez peut-être décrocher le gros lot. Sinon, il reste encore la piste des supporters de foot.

Resnick prit la liste et la passa à Divine.

– Si nous décidons de foncer dans cette direction, d'aller frapper à quelques portes, de voir quel genre de lièvre on peut soulever de cette façon, vous pensez que nos trouvailles pourraient avoir un quelconque intérêt pour vous ?

Woolmer sourit.

– Nous sommes toujours reconnaissants, Charlie, pour les quelques miettes qu'on nous lance au passage.

– Ah, je pensais plutôt à une participation active.

– Des hommes à nous, prêtés en renfort ?

– Seulement pour un jour ou deux, ceux dont vous pourriez vous passer.

– Appelez-nous demain matin, à la première heure. Si je peux vous envoyer quelqu'un, du moment que je n'ai pas besoin de le faire travailler en heures supplémentaires, je vous le dirai. (Woolmer afficha un large sourire.) Je ne laisse jamais passer une occasion d'étriller nos amis les prosélytes de la suprématie blanche. (Il accompagna Resnick et Divine jusqu'à la porte.) La dernière fois, nous avons découvert du matériel pour fabriquer des bombes, et un fusil de fabrication russe qui était arrivé jusqu'à

Mansfield Woodhouse en passant par l'Iran et un groupe paramilitaire d'Irlande du Nord anti-IRA.

Gerry Hovenden réduisit les gaz et fit prendre à sa moto le virage large qui se terminait devant la maison où habitait Frank Miller. Deux ans plus tôt, Frank et lui passaient leurs samedis au foot, surtout quand l'équipe jouait à l'extérieur, c'étaient les matches qu'ils ne voulaient surtout pas manquer. Quelques bières avant que la partie commence, et beaucoup plus après le coup de sifflet final. Des types qu'on retrouvait. De temps en temps, ça tournait à l'aigre, et dans ces cas-là, ça valait largement le déplacement – ce Frank, il ne connaissait pas sa force.

– On y est.

Ôtant son casque, Hovenden désigna d'un signe de tête un bâtiment de deux étages, en brique, dont la porte d'entrée ouvrait directement sur la rue. Sur la vitre dépolie de la porte, une inscription peinte à la main invitait les visiteurs à faire le tour par-derrière.

Shane, tenant à la main le second casque que Gerry lui prêtait à chaque fois, attendit que son ami hisse sa moto sur sa béquille.

– Frank ?

Hovenden poussa la porte de derrière, et celle-ci, non verrouillée, s'ouvrit aussitôt. Quel crétin serait assez stupide pour cambrioler Frank Miller ?

– Frank ? C'est Gerry.

– Par ici.

De la musique provenait du devant de la maison, une guitare rock.

Hovenden entra, invitant – d'un signe de tête – Shane à le suivre. La pièce de derrière était la cuisine, une poêle noircie et cabossée sur la cuisinière, des tasses et des assiettes débordant de l'évier. De vieux journaux étalés sur la table, d'autres empilés par terre. Une étagère pleine de livre sur la SAS et les Malouines, la Seconde Guerre mondiale.

– Un mec qui aime lire, hein ? demanda Shane.

Hovenden ne répondit pas.

Frank Miller était debout au milieu du salon de devant, nu jusqu'à la ceinture, le dos et les bras couverts de tatouages – saint George, un drapeau britannique. Il avait repoussé contre le mur le seul meuble de la pièce, un canapé en cuir sur lequel un de ses copains huissier lui avait fait un prix. Avant leur arrivée, il faisait une série de pompes, sur une main, puis sur l'autre. Il y avait un téléviseur sur le plancher, un magnétoscope, une stéréo Marantz à quatre éléments avec des enceintes fixées très haut sur les murs. En ce moment, la chaîne passait le CD de Saxon, *Gods of War*[1].

Miller baissa le volume, mais pas beaucoup. Il sourit à Hovenden, salua Shane en hochant brièvement la tête.

– Bière ? demanda-t-il.

– Ouais, fit Hovenden. Merci.

– Et si tu allais nous chercher des canettes, hein, Shane ? Dans le frigo.

À la seconde où Shane quitta la pièce, Frank

1. « Les dieux de la guerre. » *(N.d.T.)*

agrippa Hovenden à l'entrejambe et commença à exercer une torsion.

– Qu'est-ce qui se passe, entre vous deux, hein ? cracha Miller. Vous vous collez au train, sans arrêt, comme deux petits pédés.

– Frank, lâche-moi, bordel ! (Hovenden avait déjà les larmes aux yeux.) C'est pas ça du tout, je te jure.

– Vaudrait mieux pas.

– Vaudrait mieux pas quoi ? demanda Shane, adossé au chambranle, trois boîtes de Special entre les mains.

– Rien. C'est pas tes oignons.

Shane le fixa droit dans les yeux, Miller soutenant son regard. Espèce de gros porc, pensait Shane, tu t'imagines que j'ai peur de toi, comme tous les autres. Et un de ces jours, il faudra bien que t'apprennes que, justement, c'est pas vrai.

– T'as un problème ? demanda Miller, avançant vers lui d'un demi-pas.

– Peut-être bien, ouais.

– C'est quoi, alors ?

– Ça, dit Shane en désignant les haut-parleurs d'un mouvement de tête. C'est pas autre chose qu'un putain de boucan.

– Non. (Miller rit.) Ça, c'est Saxon. C'est les meilleurs.

Mais il baissa le son un peu plus et Shane lui lança une bière et ils burent tous les trois et ils commencèrent à parler et d'un coup, tout allait bien.

34

Plusieurs jours après le début de l'enquête, les photos du corps roué de coups de Bill Aston couraient le risque de n'être plus guère qu'un élément du décor de la salle des opérations, méritant à peine un second regard. Mais à présent, grâce aux informations concrètes fournies par la Section spéciale et l'Unité de renseignements sur les milieux du football, aux suspects potentiels à cerner, l'adrénaline coulait de nouveau, le moral était en hausse, les voix fougueuses et sonores. En plus du groupe normalement affecté à l'enquête sur le meurtre, il y avait six officiers de la Section spéciale, six de plus de l'Unité de soutien, une douzaine d'autres prélevés dans les autres services – parmi eux, deux des Mœurs, dont Sharon Garnett.

Sur la carte montrant un rayon de cinquante kilomètres autour de la ville, on venait de placer de nouvelles épingles de trois couleurs distinctes : bleues pour la région de Mansfield au nord, vertes pour Ilkeston à l'ouest, rouges pour les adresses situées à l'intérieur des limites de la ville même. En compagnie de Lynn Kellogg, Sharon Garnett allait travailler avec Reg Cossall dans l'équipe verte ; Graham Millington supervisait la rouge ; Chesney

Woolmer, invité par Resnick à assister au briefing, commanderait la bleue.

– Certains des individus que nous allons interroger, dit Woolmer, vous surprendront peut-être. Vous en verrez qui ressemblent à un brave agent d'assurances respectueux des lois, marié à une secrétaire qui travaille à mi-temps, un petit couple en accord avec les statistiques, dont le nombre d'enfants est de deux virgule quelque chose. Sans doute très différents de ce à quoi vous vous attendez. Cela ne veut pas dire qu'ils ne soient pas abonnés à un magazine qui explique pas à pas comment confectionner une lettre piégée et vous suggère à qui l'envoyer. En d'autres occasions, en ouvrant la porte vous découvrirez trois énormes bergers allemands et un type avec un bide de buveur de bière, couvert de tatouages, qui pend par-dessus la ceinture de son jean, et vous penserez, d'accord, je sais à qui j'ai affaire, encore un gros crétin. Méfiez-vous. Ce sont des individus – certains d'entre eux – capables d'animer un réseau de personnes partageant leurs convictions, un réseau qui ne couvre pas seulement notre pays, mais une grande partie de l'Europe aussi. Ne les sous-estimez pas. Et ne tournez pas le dos à ces satanés chiens.

Resnick s'avança pendant que l'assistance s'esclaffait.

– N'oubliez pas que nous n'avons pas de mandats, dans cette affaire, nous n'entrons pas en force chez les gens. Ce que nous faisons, c'est poser des questions, établir des liens – où étaient-ils la nuit où Aston a été assassiné, où sont-ils allés boire, avec qui ?

– Mais s'ils vous laissent entrer chez eux, reprit Woolmer, s'ils vous y invitent, ouvrez l'œil. Tout ce qui peut présenter un intérêt quelconque pour la Section spéciale, je veux que vous me le signaliez.

– Très bien, fit Resnick. D'autres questions ?

Il n'y en avait pas. En moins de trois minutes, la salle se vida. La seule question qui subsistait était celle qui lancinait Resnick. Il savait qu'une bonne partie des éléments de l'enquête orientaient les conclusions vers une agression brutale, aléatoire : les traces de pas en spirale, la nature des coups portés. Et il semblait certain qu'il y avait eu une bande de jeunes probablement ivres, sans doute violents, dans les environs à l'heure dite, et pourtant… Et pourtant, il ne pouvait se défaire de l'idée selon laquelle ce qui était arrivé à Bill Aston avait son origine dans quelque chose de plus spécifique, de plus personnel qu'un assassinat perpétré au hasard, dont il n'aurait été victime que parce que le destin et les circonstances l'auraient voulu ainsi.

Resnick examina une fois de plus les photos granuleuses, en noir et blanc, affichées au mur. Était-ce seulement une raison d'ordre sentimental qui le poussait à croire que le meurtre d'Aston avait une raison et un but, cela et rien de plus ? Il regarda sa montre : Khan et Naylor n'allaient pas tarder à prendre contact avec Paul Matthews. Il restait des pistes à explorer.

Khan et Naylor avaient passé la nuit dans une chambre d'hôtes à Swansea, près des anciens docks, à présent transformés en une élégante marina toute neuve entourée d'immeubles d'habitation aux couleurs vives et de monuments classés. Leur logeuse avait tenu à leur servir des œufs au bacon accompagnés de pain aux algues. « C'est une spécialité, voyez-vous. C'est local. » Quoi qu'ils mettent dedans, pensa Naylor, ce n'est pas du pain. C'était noir, plutôt gluant, avec un goût qui rappelait de façon suspecte celui des bulots. Dès qu'ils franchirent la porte pour se retrouver dehors dans le clair soleil d'une journée de printemps, ils virent distinctement à l'horizon aussi bien la mer que les collines. Rhossili Bay se trouvait à vingt-cinq kilomètres de là, au bout de la péninsule de Gower.

La tante de Paul Matthews ne les déçut pas. Sa maison se trouvait au bout d'un chemin raviné près de Llangennith, à la lisière nord des collines de Rhossili. Deux voitures rouillées gisaient sur le flanc, déjà cernées par les orties de la saison nouvelle. Une camionnette, sans immatriculation, mais apparemment en état de marche, était garée le long de la barrière latérale, derrière laquelle un colley blanc et noir grondait en montrant les dents aux deux policiers.

La tante sortit dans la cour, ses pieds chaussés de pantoufles dispersant une colonie de poulets. Le visage tanné et ridé au-delà de son âge, ses cheveux pauvres s'échappant d'un chignon malingre, elle portait un tablier orné d'un motif floral et marmonnait en gallois.

– Vous ne seriez pas perdus, des fois, dit-elle, passant à l'anglais.

Quand ils l'eurent assurée qu'ils n'étaient pas perdus le moins du monde et qu'ils lui eurent expliqué la raison de leur visite, elle insista pour les faire asseoir et leur préparer du thé. Paul, dit-elle, était parti de bonne heure, vers la baie, sans doute ; c'est ce qu'il avait fait presque tous les jours depuis qu'il était arrivé.

– Il ne va pas bien, ce garçon, leur confia-t-elle. Il n'est pas bien dans sa tête. Oh, je ne veux pas dire qu'il est fou, entendons-nous bien. Ce n'est pas ça. Mais il est perturbé. (Elle leur sourit, pleine d'espoir.) Si vous pouviez faire quelque chose pour lui, le tranquilliser un peu.

Ils le trouvèrent au sommet d'un haut mur de falaises. Les mouettes, portées par les courants ascendants, passaient au-dessus de sa tête avant de plonger vers l'endroit où elles faisaient leur nid, sur la paroi presque verticale.

Pendant un moment d'angoisse, Naylor crut qu'il s'apprêtait à sauter dans le vide, mais il se contentait de rester planté là, fixant la tache sombre d'un pétrolier glissant lentement le long de l'horizon, du nord vers le sud.

– Monsieur Matthews…, dit Khan d'une voix calme, craignant de le faire sursauter. Paul.

Il ne parut pas surpris de voir Khan surgir en pareil endroit. Il les salua, Naylor et lui, d'un simple signe de tête, et se remit à contempler la mer. Le vent commençait à fouetter la crête des vagues pour leur arracher des croissants d'écume. À l'horizon, le navire semblait avoir à peine bougé.

– Paul ? Paul, je vous présente mon collègue, l'inspecteur adjoint Naylor. Il faut que nous parlions.

– Mais nous avons déjà…

– Il faut que nous vous posions d'autres questions.

– Au sujet de Nicky ?

– Oui.

Matthews regarda, au-delà du bord de la falaise, la ligne aussi fine qu'un trait de crayon séparant la mer du ciel.

– M. Jardine, il est au courant ?

– Que nous sommes ici ?

Matthews hocha la tête.

– Non. Tout ce que vous direz, cela restera entre nous. Je vous en donne ma parole.

– Parce qu'il m'a prévenu, il nous a tous prévenus, que nous ne devions rien dire, rien dire du tout, hors de sa présence ou de celle d'un avocat. Il…

– Mais il n'est pas là, Paul, dit Khan d'une voix rassurante. Regardez autour de vous. Il n'en saura jamais rien.

Matthews les emmena à une buvette isolée, guère plus qu'une cabane, en fait, dont la peinture blanche s'écaillait, tenue par son propriétaire qui avait quitté Camberwell, au sud-est de Londres, pour s'installer là au moment de prendre sa retraite. À présent, il vendait des boissons en canettes portant des noms dont ni Khan ni Naylor n'avaient jamais entendu parler, et du thé qu'il préparait dans une grande théière en argent cabossée.

Ils s'installèrent dehors sur des bancs branlants, à l'abri de la fraîcheur du vent.

– Je n'arrête pas de penser à lui, dit Matthews. Je le vois partout.

– Nicky, vous voulez dire ? Nicky Snape ?

– C'est moi qui l'ai trouvé, vous comprenez. C'était moi, c'est sur moi que c'est tombé.

– Je sais, acquiesça Khan.

– J'aurais dû le dépendre. La serviette, j'aurais dû la desserrer autour de son cou. J'aurais dû le décrocher. (Ses yeux, pareils aux ailes d'un petit oiseau noir, n'étaient jamais au repos.) J'avais peur. J'étais terrifié. Je ne pense pas que vous puissiez comprendre.

– Si, Paul, dit Khan. Si, nous pouvons comprendre.

Matthews le regarda dans les yeux et y lut son mensonge.

– Ça n'a pas d'importance, plus maintenant.

– Paul, commença Naylor, nous voulions vous demander…

– Je l'ai tenu, vous savez. J'ai fait ça. Je l'ai tenu. Contre moi, comme ça. (Il écarta les bras puis les referma précautionneusement dans le vide, entourant la forme imaginaire du jeune garçon, tendrement, pour le plaquer contre sa poitrine.) Il était encore tiède.

Naylor lança un regard à Khan.

– Il était encore vivant ? demanda-t-il.

Des sanglots étouffés sortirent de la gorge de Matthews, de son nez, tandis qu'il secouait la tête de droite à gauche de plus en plus vigoureusement, sur un rythme de métronome, comme s'il pendait au bout d'une corde.

– Je ne sais pas…, dit-il, répétant à l'infini : … je ne sais pas, je ne sais pas, je ne sais pas.

Gêné, Naylor sortit un paquet de Kleenex au format de poche et en donna un à Matthews, puis un autre, tandis que Khan, rentrant dans la buvette, commandait du thé, avec du sucre cette fois.

Dix minutes plus tard, ils marchaient, Khan près de Matthews, Naylor quelques pas en arrière. C'est le genre d'endroit où je devrais amener Debbie, pensait Naylor, si sa mère veut bien garder la petite un week-end ; un coin comme celui-ci, loin de tout, c'est ça qui nous changerait. Une vraie détente.

– Elizabeth Peck, elle était de service cette nuit-là ? demandait Khan. Vous étiez de garde tous les deux, c'est ça ?

– Oui, bien sûr. Nous avons déjà vu tout ça en détail. Vous le savez.

– Et c'est elle qui a appelé les secours, je crois que c'est ce que vous avez dit ?

Matthews hocha la tête, oui, oui.

Ils grimpaient de nouveau, sur le sentier passablement érodé, la terre paraissant presque blanche en bordure des champs.

– Vous n'avez pas la moindre idée, Paul, n'est-ce pas, de ce qui a pu pousser Elizabeth Peck à joindre l'inspecteur Aston ? Chez lui. En privé, je veux dire.

Matthews s'était arrêté, et Naylor, qui rêvassait encore un peu, faillit le percuter.

– Elizabeth, vous ne savez pas de quoi elle aurait pu vouloir lui parler ?

Matthews semblait éberlué, incapable de voir clairement. Vers l'ouest, un groupe de mouettes harcelait bruyamment un corbeau solitaire.

– Elle a fait ça ?

– Oui. Et la conversation a duré un bon moment, apparemment. Quel qu'en ait été le sujet, ils ont trouvé beaucoup de choses à dire. Nous nous demandions si vous aviez une idée de ce dont ils auraient pu parler ?

– Je crois, dit Matthews, que je ferais mieux de rentrer, maintenant. Je ne peux pas marcher trop longtemps. Je ne vais pas très bien, vous comprenez. Le docteur… C'est pour ça que je suis ici. Ma tante…

Il se remit en route, retournant sur ses pas, dans la direction d'où ils venaient ; Naylor, qui se trouvait sur son chemin, ne semblait pas pressé de s'écarter.

– Que savait-elle, Paul ? Au sujet de ce qui est arrivé à Nicky ? Quelque chose qu'elle ne nous avait pas dit auparavant, certainement.

Matthews secoua la tête et tenta vainement de forcer le passage, mais juste à sa gauche, il y avait le bord de la falaise, et de l'autre côté, il y avait Khan, les bras croisés, le sourire aux lèvres.

– Paul ?

– Quoi ? Je…

– Vous pouvez nous le dire. Ce dont Elizabeth a pu parler avec l'inspecteur Aston – dites-le nous maintenant, Paul. Qu'a-t-elle pu lui raconter ? Que savait-elle ?

Matthews recula d'un pas, le dos à la mer. Un pied qui glisse sur l'herbe épaisse, les bras qui moulinent dans le vide, il était plié en arrière quand Naylor l'attrapa au vol, le ceinturant juste avant la chute, les deux hommes s'effondrant gauchement, les membres emmêlés, sur le bord du sentier, dans la végétation encore malingre du printemps.

– Bien joué, dit Khan à Naylor. (Puis, s'adressant à Matthews, l'aidant précautionneusement à se relever :) Ça va ? Vous devriez faire un peu plus attention, sur des sentiers étroits comme celui-ci. Un pied mal placé, et puis…

Il y avait de nouveau des larmes dans les yeux de Matthews, des larmes tenaces qui refusaient de tomber.

– Venez, fit Khan. Qu'est-ce que vous en dites ? Et si on redescendait ?

C'était, comme le dirait plus tard Reg Cossall devant une pinte de blonde, l'une de ces belles journées de printemps où même le plus grand poète aurait eu du mal à décrire les odeurs de vieux pets et d'haleines à la mauvaise bière qui les accueillaient derrière chaque porte.

Plutôt bien vu.

À leurs questions, on ne répondit que par un étalage de mauvaise foi, de vulgarité, de mensonges polis, d'innombrables injonctions à aller se faire foutre et à se mêler de leurs putains d'oignons, et, en une occasion, une cascade, depuis une fenêtre du premier, de ce qui ressemblait étonnamment à un seau de pisse tiède.

Au moins, cette dernière scène aurait convenu au talent d'un Geoffrey Chaucer.

Ou à celui de Mark Divine.

Divine, qui subit une longue harangue d'un chômeur de vingt et un ans, vivant avec une femme de dix-sept ans et leurs deux mômes dans un logement social à Kirby-in-Ashfield.

– Toi, dit-il en brandissant son index sous le nez de Divine, tu devrais avoir honte, tu le sais, ça ? À venir comme ça emmerder les gens parce qu'ils font preuve d'un peu de patriotisme. Parce qu'ils ont pas peur de se battre pour leur putain de pays, ouais. Tu comprends ce que je dis ? Tiens, regarde autour de toi, d'accord ? Toutes ces putains de boutiques, à qui elles sont ? À des Pakistanais, pas vrai ? Y a des Pakis et des nègres partout, t'as qu'à regarder, bordel. Et les Irlandais… Nom de Dieu, je peux pas les saquer, ces enfoirés d'Irlandais. Tous des faux-culs et des assassins, ces ordures. Je veux dire, bon sang, ce pays, c'était un pays puissant, avant, non ? Regarde une carte, regarde une putain de carte, un de ces jours, on possédait la moitié du monde, les trois quarts même, et maintenant, on n'est plus rien. Moins que rien. Et moi, les mecs comme moi, on est les seuls à redresser la tête, à ouvrir nos gueules. Parce qu'on y tient, tu comprends ? On y tient, à ce putain de pays. C'est notre putain de fierté, d'accord ? On y tient, et on a pas peur de le montrer, et toi, toi et tes copains, vous devriez être de notre côté, on devrait tous se serrer les coudes, pour que ce pays redevienne ce qu'il a été, ce qu'il pourrait être, s'il y avait pas tous ces négros, ces Pakis et ces juifs, et tout ce que vous faites, c'est venir nous faire chier. Vous devriez avoir honte, merde !

Les yeux lançant des éclairs, il se racla la gorge et cracha une grosse boule de salive qui tomba aux pieds de Divine. Divine, qui avait écouté ce discours, et qui pensait, bien qu'il n'eût aucune intention de le dire, que d'une certaine façon ce type n'avait pas tort.

Lynn Kellogg et Sharon Garnett avaient presque renoncé à réveiller les occupants de cette maison, l'avant-dernière de la rue, dont les vestiges de pelouse étaient noircis par de l'huile de vidange. Sharon faisait déjà demi-tour, invitant Lynn à partir, quand il y eut un bruit de pas et une voix étouffée de l'autre côté de la porte.

C'était une sorte de nabot en jeans et maillot de corps, qui se grattait et bâillait, clignant les yeux en découvrant la lumière du jour.

– Navrées de vous réveiller, dit Sharon en montrant sa carte et en présentant Lynn. Nous cherchons Gerry Hovenden. Ce ne serait pas vous, par hasard ?

Sans se rendre compte, peut-être, qu'il se grattait furieusement l'entrejambe, l'homme secoua la tête.

– Y a pas de hasard qui tienne. C'est mon gamin que vous cherchez, et il est pas là.

– Et il est où ?

– J'en sais foutrement rien.

Mais le bruit d'une moto qui s'approchait leur fournit la réponse qui leur manquait, Hovenden, un instant plus tard, passant sa jambe par-dessus sa machine, Shane déjà descendu de la selle, casque à la main, se disant, ces putains de flics, qu'est-ce qu'ils veulent encore, bordel ?

Ce fut bientôt clair pour tout le monde.

– Pouvez-vous nous dire, Gerry, demanda Lynn, où vous étiez samedi soir dernier ?

– À la maison, répondit-il sans hésiter.

– Samedi dernier, objecta son père, je t'ai pas vu de toute la soirée.

Le visage empourpré depuis le cou jusqu'à la racine des cheveux, Hovenden secoua la tête.

– À la maison chez Shane, c'est ce que je voulais dire. On a regardé deux cassettes et bouffé un curry, pas vrai, Shane ?

– C'est ça, dit Shane. Toute la soirée.

– Vous en êtes bien sûr ? dit Lynn, se rapprochant d'un rien pour le fixer sans ciller.

Mais Shane n'était pas prêt à se laisser intimider.

– C'est ce que j'ai dit, non ? Évidemment, que j'en suis sûr.

Ses petits yeux durs et froids mettaient Lynn au défi de le traiter de menteur.

– Eh bien, dans ce cas, dit Lynn, nous ferions mieux de noter votre nom et votre adresse, aussi. On ne sait jamais, on aura peut-être besoin de vérifier tout ça.

– Shane Snape, dit Resnick, voilà qui est intéressant.

Lynn et Sharon avaient fait leur rapport à Reg Cossall d'abord, puis à Resnick directement. Ils se trouvaient tous les trois dans le bureau de ce dernier, le ciel à travers la fenêtre s'obscurcissant lentement à l'approche du soir.

– Je l'ai vu arriver à l'arrière de la moto, en chair et en os, dit Lynn.

– Oui, ajouta Sharon. Il a fourni un alibi à ce Gerry Hovenden.

Resnick regarda les deux inspectrices, l'une après l'autre.

– Et vous ne l'avez pas cru ?

Sharon secoua la tête.

– Hovenden, certainement pas, dit Lynn. Il mentait comme un arracheur de dents, si vous voulez mon avis. Il avait quelque chose à cacher, je suis prête à le parier.

– Et il est sur la liste de la Section spéciale ? Comme activiste ?

Lynn fit la moue.

– C'est un marginal, en fait. Il n'appartient à aucun groupe extrémiste, pour autant que l'on sache. Il traîne avec eux, c'est tout. On l'a repéré à un ou deux meetings. Aucune activité criminelle dans ses antécédents.

– Bien, on va creuser la question. Dès qu'on aura des renseignements sur les autres, vérifiez les contacts de Hovenden avec le reste de la clique, voyez s'il a pu s'acoquiner avec d'autres suspects éventuels.

– Et pour Shane Snape ? demanda Lynn. Vous voulez qu'on suive la procédure normale, ou…

– J'irai peut-être faire un tour chez lui, dit Resnick. Lui dire deux mots moi-même.

– Bien. (Lynn hésita à la porte après que Sharon Garnett eut franchi le seuil.) À propos de l'autre soir, dit-elle à voix basse. Toutes ces choses que j'ai dites… Je sais que c'est difficile, je vous ai probablement compliqué la vie, mais ça n'aura aucune incidence… Je veux dire, on peut continuer à travailler ensemble, ça n'empêche rien ?

– Non, répondit Resnick. Bien sûr, il n'y a aucun problème.

– Vous en êtes sûr ?

– Sûr.

Le téléphone de Resnick sonna, et comme il tendait la main pour le décrocher, Lynn s'éclipsa et referma la porte derrière elle.

35

Il était un peu plus de sept heures du matin quand Resnick se rendit compte qu'il pensait à Hannah, qu'il pensait à elle depuis plusieurs minutes, depuis le moment, en fait, où il avait extirpé un Dizzy récalcitrant du fauteuil le plus confortable pour s'installer à sa place avec sa seconde tasse de café de la journée. Il la revoyait, assise sur ce banc de l'Arboretum, le visage tourné vers lui, le fixant de ce regard grave tandis qu'elle lui faisait la leçon sur la façon d'essuyer un refus. C'est son côté prof, pensa-t-il ; cet air sincère, profondément sérieux. Puis le téléphone sonna, et c'était elle. Resnick se sentit mal à l'aise, comme si, d'une certaine façon, le fait de penser à Hannah l'avait forcée à l'appeler.

– Charlie, il n'est pas trop tôt… ?

– Non, non, il y a un moment que je suis debout.

– Bien. Seulement… Écoute, pour ce dîner, vendredi. Tu n'as pas encore fait de réservation, n'est-ce pas ?

Resnick sentit une coulée d'air glacé s'engouffrer dans son estomac ; elle avait changé d'avis.

– Non, pas encore…, répondit-il, prudent.

– Ah, bien. Parce que…

– Tu as un imprévu de dernière minute.

– Non. Oui. Enfin, pas exactement.

Resnick fit un effort pour ne pas laisser percer sa déception. La dernière chose dont il eût besoin, c'était d'une nouvelle conférence sur l'art d'essuyer un refus.

– Ce n'est pas grave. On se verra une autre fois.

– Non, dit Hannah, ce n'est pas ça, vendredi me convient très bien. C'est seulement… Ma foi, je me sens un peu bête, après avoir fait toutes ces histoires pour que ce soit toi qui décides…

– Aucune importance, ça ne fait rien, je…

– Ce qui se passe, c'est qu'il y a ce film, au centre culturel Broadway…

Le contraire m'aurait étonné, pensa Resnick.

– … j'ai vraiment envie de le voir, et vendredi, c'est la seule possibilité qu'il me reste.

– Écoute…, dit Resnick, se faisant la voix de la raison. Il n'y a pas de problème, va voir ton film. On sortira ensemble un autre soir.

– Je pensais plutôt que tu viendrais peut-être avec moi.

– Ah !

– On pourrait manger un morceau après la projection, et même dîner sur place, ce n'est pas mauvais. (Elle retint son souffle, attendant une réponse qui ne venait pas.) Qu'est-ce que tu en penses ?

– Ce n'est pas, demanda prudemment Resnick, un autre film tunisien sur… Sur quoi, déjà ? Sur le silence ?

Hannah rit, juste un peu.

– Non, tu ne risques rien. C'est en anglais. Enfin, en américain. *Vania sur la 42e rue.*

Un souvenir s'anima dans les tréfonds du cerveau de Resnick.

– C'est les Marx Brothers, non ?

Hannah s'esclaffa.

– Pas exactement.

– Oh !

– Plutôt Tchekhov, il me semble. (Et avant qu'il pût ajouter quoi que ce fût :) Si tu es d'accord, on pourrait se retrouver là-bas ? Dans le foyer du cinéma. À huit heures et quart.

– Très bien.

– À vendredi, alors. Charlie ?

– Oui ?

– La prochaine fois, je te laisserai choisir. Promis.

Quand il se retourna, Dizzy avait saisi sa chance de récupérer le fauteuil, et il dormait là, roulé en boule, une patte devant les yeux.

– Si cette histoire se prolonge, Dizzy, mon ami, vu ses sentiments envers les chats, tes jours pourraient bien être comptés.

Quand Norma revint de ses heures de ménage du matin, elle trouva Sheena dans la cuisine, les pieds sur une chaise, fumant une cigarette, tandis que Peter faisait bouillir des œufs pour le petit déjeuner, le sien ou celui de Sheena, c'était difficile à dire. Au moins, le père et la fille étaient dans la même pièce et, même s'ils ne parlaient pas vraiment, ils ne hurlaient pas non plus.

– Ce bar, dit Norma en se débarrassant de sa veste pour la laisser tomber sur le dos d'une chaise, je ne sais pas si la bière était éventée hier soir ou quoi, mais le carrelage dans les toilettes pour hommes était dans un état, ce matin ! On aurait dit le lendemain d'une nuit de cauchemar dans une triperie.

– Merci, maman…, grimaça Sheena, éteignant sa cigarette. Merci de nous faire partager tes impressions.

– Oui, merci, chérie. (Peter sourit.) C'est exactement ce dont j'avais besoin pour me donner de l'appétit. J'aurais peut-être dû faire des œufs brouillés, finalement.

Sheena se pencha par-dessus l'accoudoir de son fauteuil et mima une nausée.

– Ce qui me ferait du bien… commença Norma en allumant une cigarette.

– C'est une cibiche et une bonne tasse de thé ! compléta Peter, rejoint par Sheena qui termina avec lui à l'unisson.

– Vous me paraissez bien joyeux, tous les deux, dit Norma.

Elle remplit la bouilloire au robinet de l'évier.

– On s'entend pas mal, pas vrai, Sheena ?

– Ouais, pas mal.

– Alors, il vaudrait mieux que je ne te demande pas, jeune fille, pourquoi tu n'es pas à ton travail ? Je risquerais de gâcher ta bonne humeur.

– Laisse-la tranquille, lui conseilla Peter.

Il se pencha sur la casserole d'eau bouillante et en sortit délicatement ses œufs pochés à l'aide d'une cuiller.

– Et que je ne te demande pas non plus, poursuivit Norma, d'où tu sors un autre blouson neuf ? Et ne gaspille pas ta salive à me dire qu'on te l'a prêté.

Ou que tu l'as acheté avec ta paye, parce que, avec le nombre d'heures que tu as faites ces derniers temps, c'est toi qui vas finir par leur devoir de l'argent.

– Norma, ma chérie, laisse donc.

– Toi, tu t'en fous, bientôt tu seras plus là. Mais c'est moi qui vais devoir mettre la main à la poche si elle se fait virer.

– Ouais, eh bien, dit Sheena en reniflant, ça montre que t'es vachement au courant, parce que c'est déjà fait.

– Quoi ! Espèce de gourde, qu'est-ce que t'as dans le crâne ? Qu'est-ce qui t'a pris de faire un truc pareil ?

– Moi, j'ai rien fait, d'abord. C'est à moi qu'on a fait quelque chose.

Sheena ôta ses pieds de la chaise pour les poser par terre, révélant une paire de bottines noires toutes neuves, qui brillaient encore de leur premier coup de brosse à reluire.

– Qu'est-ce que tu dis ? Et ces chaussures ?

– Quoi, ces chaussures ?

– Tu les as fauchées, voilà ce qu'il y a. Je vois pas d'autre explication. Toi et tes nouvelles copines tellement bien. T'as intérêt à faire attention, ma petite, sinon tu finiras en cabane.

– Ouais ? Comme si t'en avais quelque chose à foutre.

Norma se rapprocha pour la dominer de toute sa hauteur.

– Je te l'ai déjà dit, me parle pas sur ce ton.

– Non ? (Sheena, debout, tête en avant, tenait son visage à quelques centimètres de celui de sa mère.) Je parlerai sur le ton qui me plaît. J'ai pas de comptes à te rendre, tu sais.

– Ah, bon ?

Norma lui lança une gifle de toutes ses forces, et si Sheena s'était reculée au lieu de baisser la tête, elle l'aurait évitée. En fait, la main de sa mère la frappa sur la bouche, et elle trébucha en arrière, la lèvre en sang.

– Salope ! hurla Sheena. Vieille salope !

Norma poussa une exclamation à mi-chemin entre un hurlement humain et un cri de bête et se jeta sur Sheena, les deux poings en avant, Peter répétant sans cesse : « Sheena, Norma, arrêtez ! », en faisant de son mieux pour tirer Norma en arrière ; Sheena se couvrant le visage de ses deux bras, Norma pleurant, à présent, Norma et Sheena pleurant toutes les deux. « Sheena, Norma, arrêtez tout de suite ! » Peter poursuivit sa litanie jusqu'à ce que Norma se retourne contre lui et le repousse jusqu'à l'autre bout de la cuisine.

– Arrête de geindre, espèce de petit merdeux lamentable. Tu me tapes sur le système, quelque chose de gratiné, je te prie de croire !

Sheena profita de l'occasion et bondit hors de la cuisine, s'engouffra dans l'escalier et s'enferma dans la salle de bains, où elle s'assit sur les toilettes, se tenant les flancs, tremblant de rage et de peur.

Ce n'était pas elle qui avait volé les bottines, mais Diana, chez Dolcis, l'autre après-midi. Quant au blouson, elles étaient ensemble, toute la bande, en balade dans le centre-ville du côté de chez Debenham, quand elles avaient croisé une fille dans la rue, et Janie l'avait attrapée par les cheveux et lui avait dit de retirer son blouson, elle le voulait, et la fille, bien sûr, avait dit « pas question », alors Janie l'avait tirée par les cheveux plus fort encore et l'avait poussée contre le mur, et quand la fille avait rebondi, elle l'avait frappée en plein visage avec le talon de sa chaussure et lui avait dit de retirer ce putain de blouson, et bien sûr, pas de problème, la fille avait obéi, Janie s'inclinant devant elle en riant et en lui disant : « Trop aimable, merci beaucoup », lui flanquant un bon coup de pied avant de traverser la rue, sans courir ni rien, le blouson sur les épaules. En haut de la rue, Janie s'était arrêtée pour se regarder dans une glace, c'est nul, elle avait dit, ça me va pas du tout, cette merde, et elle l'avait lancé à Sheena, tiens, prends-le, sur toi, je suis sûre que ça en jette, et elle avait retraversé la rue en caracolant devant les voitures, en s'attendant à ce qu'elles s'arrêtent pour elle, ce qu'elles avaient fait, bien sûr.

Génial, s'était dit Sheena. Vraiment génial !

Et c'est ce qu'elle pensait encore en ce moment, assise sur le siège des toilettes, alors qu'elle sentait presque les bleus se former sur ses bras et son cou.

Khan et Naylor se placèrent à distance respectueuse du bureau de Resnick et lui relatèrent leur conversation avec Paul Matthews ; leur récit terminé, ils attendirent patiemment sa réaction. Il était intéressant de noter, avait pensé Resnick en les écoutant, à quel point ces deux-là étaient apparemment semblables et cependant différents : chez Naylor, on sentait que la déférence était naturelle, due en partie à un manque de confiance, alors que Khan semblait se retenir, ne voulant pas paraître trop autoritaire ni trop malin.

– Il pense qu'il aurait pu sauver la vie de Nicky Snape s'il avait agi plus tôt, c'est ça, le cœur du problème, donc ?

– Oui, patron, répondit Naylor. C'est l'impression que nous avons eue.

– Vous ne croyez pas qu'il puisse y avoir autre chose ?

Naylor secoua la tête, mais Resnick regardait Khan.

– Franchement, je ne crois pas qu'on aurait pu tirer autre chose de lui ce jour-là. Il était dans tous ses états. Mais je suis sûr qu'il ne nous a pas tout dit, ajouta Khan au bout d'un moment. Pas encore.

– Et vous pensez qu'il le fera ?

Khan hocha la tête.

– Je l'espère. Pour son bien comme pour le nôtre. (Il se permit un léger sourire.) Kevin ne sera pas toujours là pour l'empêcher de se jeter dans le vide du haut d'une falaise.

– Vous lui avez laissé votre numéro, au cas où il se déciderait à vous appeler ?

– Oui, inspecteur.

– Très bien. En attendant, intéressons-nous d'un peu plus près à Jardine. Fouillez un peu son passé. Les postes qu'il a occupés précédemment, tout ce que vous pourrez trouver. Voyons s'il n'a pas d'autres raisons de vouloir étouffer cette affaire. D'accord ?

Alors que les deux hommes faisaient volte-face

pour quitter le bureau, Naylor s'écarta machinalement pour laisser Khan franchir la porte le premier.

Ce fut presque une heure plus tard que Resnick rencontra Skelton en haut de l'escalier, Skelton revenant tout juste d'une réunion avec le divisionnaire adjoint. Ils discutaient de cette réunion quand Carl Vincent longea le couloir devant eux, se dirigeant vers la PJ.

– Comment ça se passe, son intégration dans l'équipe, Charlie ? demanda Skelton à voix basse.

– Il n'est là que depuis quelques jours, mais ça se présente bien, je crois.

– Pas de problème, alors ? En raison de la couleur de sa peau, je veux dire. Vous savez à quel genre de chose je fais allusion.

Resnick ne savait que trop bien comment cela se serait passé quelques années à peine auparavant : les persiflages permanents, les tables sans aucune place libre à la cantine, les références à voix haute aux nègres et aux bamboulas, aux bronzés et aux crépus, aux moricauds et aux singes, aux mal-blanchis et aux bougnoules. Aux Pakis. Et les blagues… Comment ça s'appelle, un nègre dans une maison de cinq pièces ? Un cambrioleur. Les bananes et les brochures touristiques vantant les voyages en Afrique, aux Antilles, les bulletins d'inscription entièrement remplis, tout cela et pire encore que les nouvelles recrues de race noire découvraient chaque jour. Une fois, suspendu au plafond des vestiaires, un drap percé de deux trous pour les yeux, genre

Ku-Klux-Klan. Cette époque exécrable qui n'était pas si lointaine.

– Aucun incident ne m'est parvenu aux oreilles.

Skelton hocha la tête, pensif.

– Et vous avez parlé à Vincent lui-même ?

– J'allais le faire. Je pars rendre visite à Shane Snape, pour vérifier un alibi qu'il a fourni à un de ses copains, j'ai pensé que je pourrais emmener Vincent avec moi. Je lui parlerai en cours de route.

– Ce que vous voulez dire, Charlie, c'est que vous avez pensé qu'il pourrait vous servir de chauffeur.

Resnick sourit.

– Par la même occasion.

Il y avait des travaux au sud sur la route d'Ilkeston, et un semi-remorque s'était retrouvé coincé en travers de l'entrée de Garden Street. Ils prirent donc à gauche en suivant Kimboulton Avenue, ils descendirent Ashburnham, passant devant la maternelle peinte de couleurs vives et le terrain de jeux, pour s'engager sur le boulevard et traverser le carrefour, aux feux de signalisation.

– Comment ça se passe pour vous, ici, alors, demanda Resnick, comparé à Leicester ?

Vincent sourit doucement, avec un haussement d'épaules éloquent.

– Vous avez été victime de harcèlement ?

Vincent le regarda, plus longtemps peut-être qu'il n'aurait dû le faire, vu qu'il était au volant.

– Vous voulez dire, à cause du fait que je suis noir ?

– C'est ce que je veux dire, oui.

– Ça va.

– Vous voulez dire qu'il n'y en a pas eu du tout, ou bien qu'il y en a eu mais que cela ne vous dérange pas ? Que vous pouvez faire face ?

– Personne n'a eu à mon égard de paroles déplacées, il n'y a pas eu de... Comment dit-on ? D'injures racistes. (Brièvement, cette fois, il jeta un coup d'œil vers le siège du passager.) Est-ce que vous vous attendiez à ce que je vous les signale s'il y en avait ?

– Oui, dit Resnick. Oui, j'y compte bien.

Vincent hocha la tête, réfléchissant à la question.

– Où doit-on tourner ? demanda-t-il. On ne doit plus être loin, non ? Sur la gauche, c'est ça ?

Ce fut Peter qui leur ouvrit la porte, un personnage tout frêle en maillot de corps et vieux pantalon de velours côtelé, presque absurde avec sa petite bedaine qui ressortait sous sa poitrine concave. Le temps que Resnick présente Vincent, et se présente lui-même, Norma était déjà là, emplissant le vestibule. De l'intérieur de la maison leur parvenait la retransmission de la course hippique de deux heures quinze à Doncaster.

– Comment ça va, Norma ? demanda Resnick d'un ton amical.

Norma se dit qu'il venait lui parler de Sheena, craignant que cette gourde se soit fait pincer au centre commercial de Broad Marsh, un surveillant furieux lui mettant la main au collet à la seconde où elle quittait le magasin. Mais non, pas cette fois.

– Votre Shane, dit Resnick. Il est ici ?

Shane occupait la place qui était la sienne lorsqu'il se trouvait à la maison, étalé sur le canapé devant la télévision, une canette de Carlsberg à portée de la main. La plupart du temps, s'il ne touchait pas le gagnant au pari mutuel, son cheval ne finissait pas très loin derrière.

Il tourna la tête pour poser sur Resnick un regard froid, inexpressif ; il enregistra la présence de Vincent et l'ignora aussitôt. Les traces de la raclée qu'il avait reçue des mains des frères Turvey commençaient à s'estomper, mais elles étaient encore visibles.

Resnick désigna le téléviseur d'un signe de tête. Vincent contourna le canapé et baissa le son ; un cheval à muserolle blanche semblait gagner avec sept ou huit longueurs d'avance.

– Ce copain à toi, dit Resnick, Gerry Hovenden.

– Ouais ? Qu'est-ce qu'il a, Gerry ?

Shane regardait l'écran, les derniers chevaux franchissant la ligne.

– Pour samedi soir dernier, tu lui as fourni un alibi.

– Et alors ?

– Je pensais que, maintenant qu'il n'était plus là, tu pourrais changer d'avis. Te rappeler les choses d'une autre façon.

– Vous n'êtes pas en train de dire que j'ai menti ?

– La loyauté, fit Resnick, c'est une chose étrange.

– M'man ? dit Shane, se soulevant sur un coude, haussant la voix, la tête tournée vers la cuisine. J'étais où, samedi soir dernier ?

– Ici, répondit Norma sans qu'on le lui souffle en

revenant dans le salon. Ici, avec ce copain à toi. Gerry. Vous avez apporté ces vidéos, tu te souviens ? *Elm Street*, et puis une autre. Des horreurs ! (Puis, regardant Resnick :) Il était là, monsieur Resnick. Ils étaient là tous les deux.

Elle attendait qu'il la contredise.

Ce que fit Resnick, ce fut de se rapprocher de l'endroit où Shane était assis, et de s'asseoir à son tour, sur l'accoudoir du canapé.

– Tu t'intéresses aux mêmes choses que lui, Shane ? À part les films d'horreur, je veux dire. Combat 18 et tout le reste. Les mouvements extrémistes. Les rassemblements fascistes, les agressions racistes.

Brièvement, le regard de Shane alla se poser sur Vincent qui se tenait debout, à présent, décontracté, vers le fond de la pièce.

– Parce que si c'était le cas, j'en serais surpris. Je pensais que tu étais assez intelligent pour ne pas te laisser pigeonner par ce genre d'âneries.

Shane eut un mouvement circulaire des épaules avant de regarder de nouveau l'écran et le jockey vainqueur, qui descendait de cheval dans le paddock. Au bout d'un moment, il reprit la télécommande et remonta le son.

– Fais bien attention, dit Resnick qui s'était levé. Ne va pas te fourrer dans des ennuis dont tu pourrais te passer.

Shane ne broncha pas. Rien n'indiquait qu'il eût prêté attention ni même entendu le conseil de Resnick.

Norma raccompagna les deux policiers jusqu'à la porte.

– La petite vieille, dit-elle, celle que, vous savez, mon Nicky…

– Doris. Elle se rétablit doucement, Norma. Son état s'améliore. Celui de son mari aussi.

Norma hocha la tête.

– Bien. Voilà une bonne nouvelle, au moins.

Resnick et Vincent s'éloignèrent pour regagner leur voiture. Vincent déverrouilla les portières et les deux hommes montèrent dans le véhicule, sous les yeux de tous les gamins de la rue et de leurs parents, qui les surveillaient derrière leurs fenêtres.

– Mais bon sang de bon sang, glapit Norma aux oreilles de Shane à la minute où elle rentra dans la maison, qu'est-ce que t'es encore allé manigancer ?

– Du calme, dit Shane. Mon premier cheval de l'après-midi vient d'arriver, à vingt-cinq contre un.

36

Le hasard fit que ce fut Stella Aston qui répondit au téléphone quand Resnick appela ; oui, bien sûr, elle le retrouverait volontiers en ville, pourquoi pas au Town House ? Il connaissait ? Dans cette rue qui donnait sur Bridlesmith Gate. Low Pavement, c'était bien comme ça qu'elle s'appelait ?

C'était bien ça. Resnick arriva en avance. C'était l'un de ces établissements devant lesquels il était passé d'innombrables fois au cours des trois ou quatre dernières années. Des tables frêles en bois blond et des serveuses qui étudiaient la mode à l'université de Trent ; à moins que ce soient des élèves de Terminale, distillant en quantités égales leur bonne éducation et leur dédain. À l'intérieur, des jeunes gens au chic discret, dont les chaussettes et les sous-vêtements griffés, supposa Resnick, coûtaient plus cher que ce qu'il dépensait en une année pour s'habiller, se prélassaient, lunettes noires sur le nez, l'air décontracté. Une jeune maman élégante – ou bien était-ce la jeune fille au pair ? – faisait avaler ce qui ressemblait à du yaourt violet à un marmot dans une chaise haute. Une vieille dame, ses cheveux gris défaits autour de son visage ridé, était assise, l'air malheureux, devant les restes de son sandwich au pain grillé, paraissant se sentir aussi peu à sa place que Resnick lui-même.

– Une table pour une personne, monsieur ? demanda la serveuse, plutôt urbaine.

– Euh… J'attends quelqu'un.

Elle lança à Resnick un regard qui semblait signifier « à d'autres ! », et le consigna à une table placée près de la machine à café, où elle l'oublia aussitôt jusqu'à ce que Stella entre à son tour. Stella, portant un haut de couleur vive, un collant bleu, d'épaisses chaussures montantes, et une jupe si courte qu'elle méritait à peine ce nom.

Resnick se leva à demi pour l'accueillir, embarrassé par sa jeunesse et son aspect séduisant, conscient de ces regards posés sur eux à travers des lunettes noires, évaluant la nature de leur relation.

– Comment votre mère réagit-elle ? demanda Resnick lorsque Stella fut assise.

– Oh, vous savez, plutôt bien, tout bien considéré. Parfois, je me dis qu'elle ne se rend pas encore vraiment compte de ce qui lui arrive. Et cela durera peut-être tant que je serai près d'elle.

– C'est-à-dire, pendant combien de temps ?

– Il faudrait que je reparte, oh…, vers la fin de la semaine.

Resnick commanda un double expresso et Stella une eau minérale gazeuse et une part de gâteau au chocolat qu'on lui servit, appétissante mais minuscule, perdue au milieu d'une grande assiette blanche.

Pendant une dizaine de minutes, ils parlèrent de tout et de rien, Resnick se sentant suffisamment détendu, à présent, pour prendre plaisir à la compagnie de Stella, à cette façon qu'elle avait de rejeter la tête en arrière et d'éclater de rire en racontant une anecdote de sa vie à l'université. Les gens pensent que je suis son père, se dit-il, qui s'échappe de son travail pendant une heure pour la passer avec sa fille étudiante, pendant l'une de ses rares visites.

– Je ne sais pas comment vous appeler, dit soudain Stella. Je sais que mon père vous appelait Charlie.

– Charlie me convient très bien.

Mais elle secoua la tête.

– Pas assez sérieux.

– Parce que je suis sérieux, moi ?

– Vous ne l'êtes pas ? (Son gâteau terminé, elle le surprit en sortant un paquet de cigarettes de son sac, avec un signe à la serveuse pour avoir un cendrier.) Vous voyez, vous désapprouvez.

– Vraiment ?

– Oui. (Elle aspira longuement la première bouffée de fumée.) Vous pensez, une gentille jeune fille, qui s'inquiète pour l'environnement, elle devrait prendre soin de son corps de la même façon. Quelque chose comme ça, en tout cas.

Resnick supposa qu'elle avait peut-être raison.

– Vous n'êtes pas… Quel est le mot ? … futile, n'est-ce pas, Charlie ? Vous ne faites rien sans avoir une bonne raison.

Malgré lui, presque pour la contredire, Resnick s'esclaffa.

– Comment pouvez-vous le savoir ? Je veux dire, vous êtes là en face de moi, alors que c'est la première fois que nous nous revoyons depuis des années. Certainement la première fois que nous…

– Que nous sommes seuls.

– Que nous avons une vraie conversation…

– Et je vous analyse.

– Oui.

Elle sourit.

– Charlie, je ne m'intéresse pas qu'aux arbres. La raison pour laquelle nous sommes là, par exemple, elle n'est pas fortuite. Vous ne m'avez pas appelée sur un coup de tête. Encore que cela n'aurait rien de répréhensible, mais vous ne feriez pas une chose pareille. (Son sourire s'accentua.) Même si l'idée vous en venait, vous préféreriez vous abstenir. Trop de complications possibles.

Mal à l'aise, Resnick chercha la serveuse du regard.

– Vous voulez autre chose ? Je vais prendre un deuxième café.

Elle le regarda pendant qu'il passait sa commande, elle attendit que la serveuse débarrasse leur table.

– Alors ? J'ai raison, n'est-ce pas ?

Resnick se pencha en avant.

– Je voulais vous demander…

– Oui ?

– Vos parents, ils avaient chacun leur chambre.

– Oui. Les insomnies de mon père…

– Et cela remonte à quand ?

– Oh, je ne sais pas. À deux ou trois ans, peut-être. Mais pourquoi voulez-vous le savoir ?

– Vous étiez encore chez vos parents, à ce moment-là, quand ils ont pris cette décision ?

– J'étais en terminale, oui.

– Et vous souvenez-vous s'ils en ont parlé, s'ils ont expliqué pourquoi ils allaient faire ce changement ?

– Oui, comme je vous le disais, mon père, il n'arrivait plus à dormir convenablement, il a pensé que ce serait mieux pour maman, ils ont pensé tous les deux que ce serait… (Stella se tut brusquement et prit une autre cigarette ; il y avait des images qu'elle ne voulait pas voir prendre forme dans son esprit.) Vous pensez qu'il y avait anguille sous roche, c'est ça ? Vous croyez qu'il avait une liaison ? Mon père. C'est ça qui vous préoccupait, l'autre jour, toute cette histoire au sujet de ce coup de téléphone. Mon Dieu, Charlie ! Vous pensez qu'il avait une maîtresse.

Lentement, Resnick secoua la tête.

– Je n'en sais rien.

Stella secoua la tête à son tour et se mit à rire.

– Vous ne le connaissiez pas très bien, finalement. Mais ce n'était vraiment pas son genre. Je sais que vous n'attendiez pas d'autre réponse de ma part, mais c'est vrai. Il n'était pas comme ça, c'est tout. Toute autre considération mise à part, dans sa vie, il y avait cette énorme importance qu'il donnait à la religion. Ces sermons qu'il faisait. Même s'il avait eu des tentations, il n'y aurait jamais cédé. (Elle retint la fumée dans sa bouche, l'expulsant par les narines.) Si l'un des deux avait trompé l'autre, cela aurait plutôt été maman. Pas lui.

Ce fut au tour de Resnick d'être surpris. Pendant quelques instants, il essaya d'imaginer Margaret, cette petite bonne femme épaisse…

– Qu'est-ce qui vous fait dire ça ? demanda-t-il.

– Parce que c'est elle qui n'avait rien d'autre.

– Elle avait des enfants, elle vous avait, vous.

Stella s'esclaffa de nouveau, un rire fragile et rauque.

– J'avais dix-sept, dix-huit ans, mes frères étaient partis depuis longtemps. J'avais un petit ami, plus âgé que moi. On couchait ensemble. Ma mère et moi, on n'en a jamais parlé, mais elle devait être au courant. Ce n'est pas si difficile d'imaginer ce qu'elle pouvait ressentir, à savoir que sa petite fille faisait l'amour toutes les nuits et y prenait du plaisir, alors qu'elle… Il devait y avoir des années que papa et elle ne couchaient plus ensemble.

L'esprit de Resnick fonctionnait en surrégime.

– Ce que vous me dites…

– Est-ce que j'en suis sûre ? Non, pas du tout. Ce n'est certainement pas ce que je pensais à l'époque. Mais aussi, je devais être tellement plongée dans ce qui m'arrivait, à moi, je crois que maman aurait pu faire l'amour sur la table de la cuisine sans que je m'en rende vraiment compte. (Elle pouffa, soudain toute gamine de nouveau.) Enfin, si, je crois que je l'aurais remarquée.

Elle écrasa sa cigarette à moitié fumée.

– En ce qui concerne maman, vous n'aurez pas besoin d'en reparler ? De lui poser des questions, je veux dire ? Ce n'est sans doute pas vrai, pas vrai du tout. Un simple produit de mon imagination fertile, et de plus, même s'il y avait une part de vérité, ça ne peut pas avoir le moindre rapport avec ce qui est arrivé à papa, n'est-ce pas ? Je veux dire, comment est-ce que cela serait possible ?

Resnick secoua la tête.

– Je n'en sais rien. Mais vous avez raison. C'est difficilement concevable.

– Alors, vous ne lui direz rien, à ma mère ?

– Je ne pense pas.

Stella eut un large sourire et commanda un chocolat chaud.

– Vous remarquez une sorte de leitmotiv, ici ? demanda-t-elle. Chocolat chaud, gâteau au chocolat. (Puis :) Toutes ces fois où vous veniez à la maison avec papa, je tournais toujours autour de vous, je vous suivais de pièce en pièce. J'avais toujours envie que vous fassiez attention à moi, mais ça n'arrivait jamais.

– Je regrette, je…

– Je vous trouvais adorable. J'avais une photo de vous, découpée dans le journal. Je la gardais dans ma chambre, bien cachée, pour que personne ne la voie. Vous ne remarquiez même pas ma présence.

Resnick rougissait.

– Bon sang, Stella, vous aviez douze ans.

Stella s'esclaffa, renversant du chocolat sur la table.

– Je n'y peux rien, j'étais en avance sur mon âge. (Elle tamponnait la nappe avec sa serviette.) Maintenant, je vous ai choqué.

– Non.

– Si, je le vois bien. Toutes ces révélations

torrides sur les femmes de la famille Aston en une après-midi.

La serveuse épongea le chocolat avec un linge, marmonnant quelque chose au sujet du carrelage qu'elle allait nettoyer à la serpillière. Stella recula sa chaise, lissant sa jupe sur ses cuisses bleu roi.

– Je crois que nous ferions mieux de partir, non ? Avant de dévaster complètement cet endroit.

Resnick remercia la serveuse et régla la note.

Dans la rue pavée, en sortant, Stella prit le bras de Resnick pendant un moment.

– Dites-moi, Charlie – j'aime bien vous appeler comme ça –, vous avez une petite amie, ou quoi ?

Il lui fallut du temps pour répondre.

– Oui, dit-il. Du moins, je le crois.

– Ooh. (Stella rit.) Je m'en assurerais, à votre place. On ne sait jamais. Quelle qu'elle soit, elle ne voit peut-être pas les choses de cette façon du tout.

37

Il la vit tourner au coin de la rue pour s'engager dans Broad Street, hâtant quelque peu le pas, mais prenant malgré tout le temps d'examiner son reflet dans la vitrine d'un restaurant italien : veste en lin sur un haut bleu pâle, pantalon large en lin bleu foncé. Elle était, pensa Resnick, ravissante.

– Charlie, désolée d'être en retard.

– Non, c'est moi qui étais en avance.

D'une façon légèrement possessive, Hannah posa les lèvres sur sa joue.

– J'ai téléphoné avant de venir, dit-elle, pour réserver deux billets, à tout hasard.

Resnick plongea la main dans sa poche de veste, mais elle arrêta son geste, lui entourant le poignet de ses doigts.

– Je t'invite.

Ils prirent leurs places au moment précis où le film allait commencer. Une scène de rue qui semblait se passer, supposa Resnick, à New York : ça ne ressemblait guère à Alfreton Road. Des images trop clinquantes, trop criardes, trop rapides – toutes ces enseignes tapageuses et ces taxis jaunes. Mais bientôt la caméra suivit un groupe de personnes dans un endroit plus calme, l'intérieur d'un vieux théâtre, des hommes et des femmes habillés simplement qui se saluaient comme de vieux amis. Des acteurs, supposa Resnick. Hannah lui avait dit – c'était la seule explication qu'elle lui eût donnée à l'avance – qu'il s'agissait d'une troupe de théâtre répétant une pièce russe. Bien, pensa-t-il, nous y voilà.

Une homme d'une quarantaine d'années se plaignait à une femme plus âgée qu'il n'avait jamais cessé de travailler durement, d'occuper plusieurs emplois à la fois, à différentes heures de la journée. Quand ils s'assirent, elle lui demanda s'il voulait boire, et l'homme secoua la tête tristement, expliquant qu'il s'efforçait de ne plus boire de vodka au milieu de la journée.

Vodka : le mot éveilla l'attention de Resnick. Et tandis que le couple continuait de parler, leur façon de s'exprimer changeant à peine, il comprit peu à peu que ce qu'il entendait était en fait le début de la pièce. Sans prévenir, sans guère de préambule, la pièce en question avait commencé. *Oncle Vania*. C'était ce qu'ils regardaient, à présent.

Pendant près de deux heures, Resnick remua un peu dans son fauteuil – il n'avait pas assez de place pour ses genoux, le poids de son corps n'était pas réparti comme il l'aurait souhaité –, mais son attention se détourna rarement de l'écran. Et quand cela lui arrivait, c'était seulement pour voir Hannah, son profil tout proche, le degré de fascination que le film exerçait sur elle. Vers la fin, la façon dont elle sortit un mouchoir de son sac pour effacer ses larmes.

– Eh bien, Charlie, qu'en as-tu pensé ?

Ils redescendaient l'escalier, au milieu d'un

fourmillement de spectateurs, une nuée de conversations.

Ce qu'il en avait pensé ?

Qu'il les avait reconnus, ces gens, qui se querellaient interminablement au sujet de la propriété dans laquelle ils vivaient et travaillaient, des promesses vagues et jamais tenues, d'un amour longtemps tenu secret et qui se déclarait lorsqu'il était trop tard. Les plus grandes espérances de leurs existences leur avaient échappé parce qu'ils avaient eu peur d'agir. De parler. De dire ce qu'ils éprouvaient. Ces gens-là, il les connaissait.

– Je veux dire… (Ils étaient au rez-de-chaussée, à présent, la foule s'éparpillant autour d'eux dans toutes les directions.) Tu l'as aimé ? Le film ?

Souriant, Resnick surprit Hannah en lui prenant le bras.

– Oui, il m'a plu. Maintenant… (Il la fit pivoter en direction du café-bar.) … Tu ne m'avais pas dit qu'on pouvait dîner ici ?

Les clients étaient nombreux, mais ils trouvèrent une table près du mur du fond, et Resnick mangea des petits bouts de poulet mariné à l'ail, tandis que Hannah grignotait quelque chose d'épicé avec des poivrons rouges et des aubergines et parlait du film – Resnick se bornant, la plupart du temps, à l'écouter, à jeter à l'occasion un regard circulaire à la salle, à glisser un ou deux mots dans la conversation, à boire son vin à petites gorgées.

– Viens, dit-il quand ils furent ressortis, prenons un taxi. Je te raccompagne.

– La nuit est belle, dit Hannah. Nous pourrions marcher.

Ce qu'ils firent, traversant la place pour remonter Derby Road, Hannah lui posant des questions sur son mariage, sur ce qui s'était passé, sans qu'il se sente obligé d'en parler s'il n'en avait pas envie ou si cela le mettait mal à l'aise, cela ne la regardait pas, mais il en parla malgré tout, retraçant les lents glissements de sa relation avec Elaine d'une façon qui l'émut, comme elle avait été émue, un peu plus tôt, au cinéma. Son récit, lent, minutieux, suscita en elle le chagrin qu'il réveillait encore en lui, ce sentiment, toujours présent, d'avoir subi une perte ; et puis, il y avait cette générosité, finalement, avec laquelle il parlait d'Elaine, malgré le fait qu'elle l'avait quitté, qu'elle avait aimé un autre homme.

– Tu as parfois de ses nouvelles, Charlie ?

– Pas vraiment, non.

Ils traversaient la rue au feu rouge, devant le Savoy, presque arrivés, à présent, puisqu'ils n'avaient plus qu'à passer devant le petit hôtel et à tourner à gauche pour emprunter l'allée qui menait à la maison de Hannah en longeant le parc. Et ce fut dans cette allée, une cinquantaine de mètres plus loin, que l'homme sortit des buissons en trébuchant, juste devant eux, Hannah bondissant en arrière avec un cri étouffé, Resnick, instantanément sur ses gardes, traversé par une décharge d'adrénaline. L'homme vacilla, son visage pareil à une tache pâle et floue à la lumière des fenêtres du premier étage de la maison d'en face, puis il tenta de les dépasser en hâte, mais quand Resnick se déplaça pour lui couper la route et leva la main pour le retenir, il battit en retraite et se mit à hurler.

– Du calme, du calme…, dit Resnick, s'approchant prudemment de lui.

L'homme ne hurlait plus, à présent, mais il marmonnait, répétant sans arrêt la même chose, les mots s'enchaînant les uns aux autres.

– Écartez-vous-écartez-vous-écartez-vous…

Il bondit tout à coup, tentant de se glisser entre Resnick et la barrière, mais quand Resnick l'attrapa par le bras et le fit pivoter sur lui-même, il n'opposa aucune résistance et se mit à pleurer. Il y avait des coupures, Resnick s'en rendait compte, à présent, sur le haut de son visage, une profonde entaille au-dessus de son œil gauche, une éraflure sur toute la surface d'une de ses joues.

– Tout va bien, fit Resnick d'une voix calme. (Puis, avançant prudemment d'un pas de plus, il dit à l'inconnu :) Personne ne va vous faire de mal, calmez-vous.

– Qu'est-ce qu'on peut faire ? demanda anxieusement Hannah.

– Fonce jusqu'à chez toi. Appelle une ambulance.

L'homme se mit à hurler.

– Vas-y, insista Resnick alors que Hannah hésitait. Fais-le tout de suite.

– Pas l'hôpital, gémissait l'homme. Je vous en prie, pas l'hôpital.

– Pourquoi on ne l'emmène pas chez moi ? suggéra Hannah. Il pourrait s'asseoir une minute, se calmer. L'hôpital est juste au bout de la rue, après tout.

Resnick réfléchissait, il se posait des questions sur les blessures que l'homme portait au visage, sur ce qui avait pu les provoquer.

– D'accord, fit-il. C'est peut-être la meilleure solution.

Hannah passa devant lui pour se rapprocher de l'inconnu, qui frémit quand elle fit mine de le toucher, mais accepta finalement de marcher à ses côtés vers les maisons mitoyennes du bout de l'allée, avançant lentement comme si chaque pas lui coûtait.

Il était plus âgé que Resnick ne l'avait cru à première vue, dans les trente-cinq ans, lui semblait-il maintenant, vêtu d'un jean noir maculé de terre sur un côté et sous les genoux, d'une chemise noire sans col tachée de sang, de chaussures Nike Air blanches à bande bleue.

– Tenez.

Hannah venait vers lui avec un linge humide pour éponger la majeure partie du sang, l'homme étant assis devant sa table de cuisine, clignant des yeux, ébloui par la lumière.

Resnick stoppa Hannah en prononçant son nom, doucement, mais avec fermeté, et elle posa le regard sur lui, la tête penchée d'un air interrogateur.

– Mets des gants, dit Resnick. Des gants pour la vaisselle, quelque chose comme ça. À tout hasard.

Hannah hésita, prête à le questionner, à remettre en cause son conseil, puis elle fit ce qu'il disait.

Pendant qu'elle nettoyait les plaies de l'inconnu, Resnick prépara du thé.

– Comment vous appelez-vous ? demanda Hannah, et comme il ne répondait pas, elle ajouta : Moi, c'est Hannah. Hannah Campbell. Ici, c'est chez moi.

– Declan…, dit-il, si doucement qu'ils durent tendre l'oreille. Declan Farrell.

– Est-ce que vous voulez bien nous dire, Declan, fit Resnick en glissant une tasse de thé vers lui à travers la table, ce qui vous est arrivé exactement ?

Farrell remua lentement son sucre dans son thé, le regard sautant de l'un à l'autre, bougeant sans cesse sur sa chaise, changeant de position, vers l'avant, vers l'arrière, croisant et décroisant les jambes, tirant sur son pantalon, sans faire la moindre tentative pour porter la tasse à ses lèvres.

– Vous alliez nous dire, insista Resnick, comment ceci vous est arrivé.

Farrell ouvrit la bouche, se ravisa, commença à nouveau.

– Ce type… Ce type…

Il ferma les yeux, et se mit, presque en silence, à sangloter. Il portait une alliance, remarqua Resnick, large et ternie.

– Continuez, dit doucement Resnick quand les larmes eurent cessé. Ce type…

Farrell renifla bruyamment, fit la grimace, se massa doucement les yeux.

– J'étais dans le parc, commença-t-il avant de s'arrêter une seconde fois.

– Il n'est pas fermé, la nuit ? demanda Hannah. Le parc.

Farrell hocha la tête, bougeant de nouveau sur son siège.

– On peut entrer, c'est facile. En passant par-dessus les grilles. Les gens le font.

Resnick opina, s'avançant sur sa chaise ; il savait ce que les gens faisaient.

– Je crois, dit-il, que vous devriez nous dire ce qui est arrivé.

– J'étais dans le parc, je le traversais, pour prendre un raccourci, vous comprenez. Je sortais du pub, je rentrais chez moi. J'ai été pris d'une envie pressante. J'ai eu besoin d'aller aux toilettes. (Il marqua une pause et fixa le carrelage.) J'en sortais tout juste quand ce type, il… Il m'a foncé dessus avec ce truc, cette… Je ne sais pas ce que c'était, une batte, je suppose.

Resnick réfléchissait, fouillait ses souvenirs : *des taches de boue et d'herbe sur les vêtements du mort, une épaisse traînée de terre sur la paume charnue de sa main droite, un objet verni, très probablement une batte de base-ball.*

Farrell poursuivit :

– Il a commencé à me frapper ici, vous voyez. J'ai hurlé, j'ai essayé de m'enfuir, mais il ne voulait pas s'arrêter. Je ne pouvais plus courir, tout ce que j'ai pu faire, c'est me coucher par terre et me protéger la tête jusqu'à… jusqu'à ce qu'il cesse.

– Il a cessé de vous frapper, comme ça, sans raison ?

– À un moment donné, il me frappait, il

m'insultait, vous savez, il me traitait de salaud, et puis l'instant d'après, il n'était plus là. Je l'ai entendu partir en courant, mais j'avais trop peur pour regarder. Je suis resté une éternité comme ça, avant d'oser lever la tête. Et puis, quand je l'ai fait, eh bien, c'est à ce moment-là que je vous ai vu.

– Il ne vous a pas pris votre portefeuille, demandé de l'argent, rien de tout ça ?

Farrell secoua la tête, incapable de regarder Resnick en face plus de quelques secondes à la fois, se tortillant sur sa chaise.

Resnick se pencha légèrement vers lui et Farrell eut un mouvement de recul.

– Vous voulez un coussin ? proposa Resnick. Vous n'avez pas l'air à votre aise.

– Non, non, non, ça va. Il faudrait vraiment que… Ma femme, elle va s'inquiéter, vous comprenez…

Il s'était à moitié levé, à présent ; la chaise en bois sur laquelle il était assis était tachée de sang.

Sans quitter Farrell des yeux, Resnick montra à Hannah la porte donnant dans la pièce voisine.

– Appelle l'ambulance, dit-il. Puis le commissariat. Dis-leur de biper Graham Millington, qu'il prévienne Maureen Madden, puis qu'il me rappelle ici. Dis-leur qu'il s'agit d'une affaire d'agression et probablement de viol.

Dans le silence de sa maison, Hannah n'exprima son effarement que par son regard. Resnick lui prit la main et la tint un moment ; étrangement, ses doigts étaient glacés. Farrell restait assis, les yeux énergiquement fermés, les bras croisés sur sa poitrine comme si c'était la seule façon pour lui de rester entier.

Doucement, Hannah se leva et alla au téléphone, et quand Declan Farrell se mit à pleurer, des larmes qui ne cesseraient plus, Resnick le tint par les épaules jusqu'à l'arrivée de l'ambulance.

38

Maureen Madden était l'inspectrice responsable de l'unité d'accueil pour les victimes de viols, une structure qui avait fait ses preuves, destinée à faire en sorte que lesdites victimes se sentent plus à l'aise que dans les locaux brutalement fonctionnels d'un commissariat traditionnel. Fauteuils confortables, lumières tamisées, moquette, tableaux aux murs ; des salles entièrement équipées pour les examens médicaux étaient prévues. Depuis environ trois ans que Maureen travaillait là, elle n'avait jamais eu affaire à une seule victime de sexe masculin.

Et cette affaire-ci avait commencé d'une tout autre façon ; à l'hôpital, elle n'avait pas eu le temps de prodiguer autre chose que les conseils les plus rudimentaires avant que le médecin de garde n'effectue son examen. Maureen n'aurait su dire si Declan Farrell avait été soulagé que le médecin en question soit un homme, ou si, à ce moment-là, cela lui était déjà complètement égal. Elle ne savait pas clairement non plus comment il réagirait quand il parlerait avec elle, plutôt qu'avec un homme, de ce qui lui était arrivé. L'idée traversa son esprit de prendre contact avec un membre des Gays et Lesbiennes de la police, mais elle n'avait aucun moyen de savoir si Farrell était lui-même homosexuel. Marié, père de deux enfants…

Elle se demanda s'il le savait lui-même. Il les avait suppliés, lorsqu'ils avaient informé sa femme de l'endroit où il se trouvait, de ne pas lui donner de détails sur son agression.

À présent, Mme Farrell faisait les cent pas dans la salle d'attente, mâchant tablette après tablette de Dentyne, insérant des pièces dans l'automate pour obtenir des gobelets de thé tiède, et Declan soulageait peu à peu sa conscience à mesure que Maureen, patiemment, habilement, gagnait sa confiance.

Millington avait rameuté Naylor et Vincent, mais impossible de débusquer Divine. Rien de surprenant à cela. Un vendredi soir sur le coup de minuit, avait fait remarquer Millington, Mark devait être dans un tel état, de toute façon, qu'il ne leur aurait guère servi à grand-chose.

Les toilettes se trouvaient dans un coin du parc de loisirs, près de la grille de la lisière sud, dans l'ombre de l'église. Ils examinèrent l'intérieur, un grand urinoir d'un seul bloc sans séparations, et une seule cabine, en veillant bien à ne rien déranger qui puisse être mis à profit plus tard par le laboratoire de l'Identité. Le petit bâtiment bas empestait l'urine, ses murs étaient ornés de graffitis difficilement déchiffrables, et çà et là de slogans gravés dans le plâtre : *Vive Manchester United !* ; *Colleymore, t'es le meilleur !* (quelqu'un avait barré les deux derniers mots, remplacés par : *un branleur*), et *Les nègres, dehors !*

De nombreuses lumières brillaient encore aux fenêtres des maisons de Church Street et Church Grove, de même qu'au long de la Promenade. Ils entamèrent donc la lente et laborieuse corvée du porte-à-porte. Des agents en tenue, à l'aide d'un éclairage de secours, procédèrent à l'examen initial de la zone, principalement couverte de gazon, située entre les toilettes et l'endroit où Farrell avait franchi la clôture pour regagner le sentier où on l'avait découvert. Au lever du jour, on recommencerait l'opération de façon plus systématique, en l'étendant aux épais buissons bordant le mur de l'église.

– Charlie..., avait demandé Hannah, le visage encore pâle. Comment as-tu su ?

– Je ne l'ai pas su tout de suite. (Resnick avait haussé les épaules.) Pas avec certitude. Pas avant de voir le sang.

– Mon Dieu ! C'est abominable.

– Oui. (Il la tenait dans ses bras, à présent, ses cheveux contre sa bouche, une de ses mains posée sur sa poitrine.) Oui, je sais.

En fait, je ne sais pas, pensait-il. Pas vraiment. Je ne peux pas le savoir. Et j'espère bien, bon sang, ne jamais le savoir.

Le médecin était un jeune Australien, engagé pour un contrat à durée déterminée qui ne serait probablement pas renouvelé, bien que cela soit dû à un problème de financement et non à des carences professionnelles. La pièce dans laquelle il parlait à Resnick et à Maureen Madden était petite, peinte en blanc, équipée d'un plafonnier si puissant qu'il vous ôtait l'envie de lever les yeux. Par moments, l'élocution du médecin avait tendance à s'empâter, et Resnick aurait pu le soupçonner d'avoir bu s'il n'était pas si manifestement épuisé.

– Les coupures au visage sont globalement telles que vous les avez vues ; il a fallu plusieurs points de suture, et il ne va pas se regarder dans une glace avant un certain temps, mais à part ça, rien de grave. Il y a des signes, en revanche, de meurtrissures assez sévères sur le cou.

– Des marques de doigts ? l'interrompit Resnick.

Le médecin secoua la tête.

– Ça ressemble plutôt aux dégâts provoqués par une sorte de barre, quelque chose de dur, un genre de bâton, vous voyez, comme une canne. Appuyée fortement contre la gorge sous la pomme d'Adam.

– Pour tirer de force la tête en arrière ?

– Oui, probablement. Nous le saurons plus précisément quand les ecchymoses seront plus visibles. Mais, oui, ce pourrait être l'explication. (Il s'éclaircit la gorge, leva les yeux vers le plafonnier aveuglant, puis regarda le carrelage sous ses pieds.) Écoutez, je vous demande de m'excuser, j'ai l'impression de noyer le poisson, en ce moment.

– Ça ne fait rien, dit Maureen. Prenez votre temps.

Resnick se surprit à penser : est-ce qu'il serait si réticent si c'était une femme qu'il venait d'examiner ?

– Il y a eu pénétration, lui souffla Maureen.

– Oui. Sans aucun doute. Mais pas… (Pendant un instant, il croisa le regard de Resnick.) Je veux dire, c'est une agression sexuelle, évidemment, mais je pense qu'il y a eu recours à une sorte de…, enfin, d'instrument.

– Comment ça ? demanda Maureen. Un vibromasseur, vous voulez dire ? Un godemiché, quoi ?

Il secoua la tête.

– Je ne crois pas. Rien d'aussi adéquat. Cela aurait certainement mieux valu pour lui, du reste. Non, l'objet était assez gros, de cinq à sept centimètres de diamètre à son extrémité, solide, probablement cylindrique. Sans bords coupants, malgré tout, sinon les lésions auraient été encore pires qu'elles ne le sont. Mais quel que soit l'instrument utilisé, il a été manié avec une brutalité considérable. Il y a eu de nombreux déchirements du sphincter et des abords de l'orifice, et d'innombrables ruptures de vaisseaux sanguins le long du canal anal. (Il secoua la tête de nouveau.) Le pauvre gars, dit-il.

L'histoire que raconta Declan Farrell à Maureen Madden était la suivante : en rentrant du pub, il avait eu envie d'aller aux toilettes, et il avait escaladé la grille du parc. Facile, il l'avait déjà fait. L'homme était déjà dans les toilettes quand il était entré ; il se trouvait dans la cabine, si bien que Declan ne l'avait pas vu. Mais le type avait suivi Declan à l'extérieur, lui avait sauté dessus par-derrière. Il l'avait frappé en plein visage avec une sorte de matraque. Declan avait presque perdu connaissance. Le type l'avait forcé à s'agenouiller dans l'herbe, lui avait baissé son pantalon et son caleçon. Lui avait dit qu'il allait lui donner ce qu'il voulait. Ses propres termes : C'est ça que tu veux. Et puis… À ce moment de son récit, la voix de Declan s'était étranglée. Maureen lui avait tenu la main, lui disant : « C'est fini, Declan. C'est fini, maintenant. Tout va bien. »

– Il va falloir que je lui parle, Maureen, dit Resnick.

– Ce soir ?

– Le plus tôt sera le mieux.

Elle hocha la tête.

– Oui, je suppose. Tu veux que je sois avec toi ?

– S'il te plaît.

– Pas ici, alors. Ramenons-le à l'accueil des victimes.

Resnick acquiesça.

– Et sa femme ? demanda Maureen.

Resnick lui rendit son regard, sans ciller.

– D'accord, fit Maureen. Je vais lui parler avant qu'on parte.

Skelton était au commissariat quand ils arrivèrent, le gilet déboutonné, sans cravate ; en ancien non-fumeur converti, il avait toujours une cigarette à portée de la main.

– Alors, Charlie, ce nouvel exploit, nous pensons qu'il n'a aucun rapport avec l'agression contre Bill Aston ?

– Il est encore un peu tôt pour se prononcer.

– Mais cette affaire… C'est une histoire de drague entre tapettes qui a mal tourné, certainement ?

Joliment exprimé, pensa Resnick.

– C'est une affaire sexuelle, certainement, dit-il. D'un certain genre. La victime avait encore son portefeuille sur elle, on ne lui a rien volé. Mais dans quelle mesure était-elle consentante…

– Je pensais que nous parlions de viol ?

– Je veux dire, qu'il y ait eu ou non quelque chose entre eux auparavant…

– Tu me la montres, je te la montre, ce genre de truc ? On se tripote un peu dans les pissotières ?

– Quelque chose de ce genre, oui, monsieur le commissaire.

– Ça n'a guère d'importance, de toute façon, non ? Qu'est-ce que ça change ? Un peu d'exhibitionnisme dans les toilettes pour hommes, c'est un peu comme entrer dans un bar les seins à moitié à l'air – la provocation, ça n'entre plus en ligne de compte, dans les affaires de viol.

Resnick n'était pas du tout certain que ce soit vrai, aux yeux d'un jury du moins.

– Je vais l'interroger tout de suite, monsieur le commissaire. Je vous ferai un compte rendu dès que j'aurai terminé.

– C'est ça, Charlie. (Skelton fit un clin d'œil.) Allez jusqu'au fond des choses, hein ?

– Ce connard n'a eu que ce qu'il méritait, déclara Divine dont on avait fini par retrouver la trace après l'un de ces rares vendredis soir où il n'avait pas réussi à emballer. C'est clair. Il est parti draguer chez les petites frappes, et le résultat a dépassé ses espérances. Maintenant, il veut qu'on lui tienne la main et qu'on le console. Eh bien, sans moi, les gars ! Kev, pendant que t'es debout, sois sympa et apporte-moi une tasse de thé.

Declan Farrell avait refusé thé et café, n'avait rien voulu boire du tout. Il était assis entre Resnick et Maureen, immobile, dans la pièce silencieuse. Inerte. Sinon qu'il ne l'était pas, inerte ; c'est seulement ce qu'il aurait souhaité être.

– L'homme qui vous a agressé, demanda Resnick pour la troisième fois. Que pouvez-vous nous dire à son sujet ?

Quatorze heures deux.

– Sa voix, son aspect…

– Je ne l'ai pas vu.

– Vous avez entendu sa voix. Il vous a parlé au moins une fois, vous l'avez dit.

Nerveux, Farrell touchait les points de suture qui dessinaient des dents de scie au-dessus de son œil, la plus vilaine de ses coupures et la plus profonde, vers laquelle ses doigts revenaient sans cesse, comme une langue qui ne peut s'empêcher de sonder une dent cariée. Il portait des vêtements d'emprunt qu'on lui avait trouvés à la hâte, tandis que les siens, soigneusement étiquetés, étaient emballés et expédiés au laboratoire.

– Du sperme ? avait demandé Resnick au médecin.

– Pas vraiment. Il n'y en a pas autour de la zone de pénétration. Une trace à l'intérieur de ses vêtements, probablement le sien.

Le sien ?

– Pourquoi n'essayez-vous pas de vous concentrer, dit Resnick, sur la voix ?

Comme si je pouvais l'oublier, pensa Declan. Comme si je pouvais espérer un jour ne plus l'entendre dans ma tête : *C'est ça que tu veux, mon salaud. Espèce d'enculé !*

– La voix, insista Resnick, elle était jeune ou vieille ?

– Jeune..., répondit Farrell, si doucement que les deux officiers durent se pencher vers lui pour l'entendre. Du moins, je crois... Oh, mon Dieu, je ne sais plus, je ne sais plus.

– Un accent ? Avait-il un accent ?

Une éternité avant que Farrell réponde, puis :

– Oui, peut-être.

– Local ?

– Plus ou moins. Je veux dire, de la région, oui, mais pas très marqué.

– Y a-t-il autre chose, demanda Maureen, que vous pourriez ajouter pour nous aider, au sujet de la voix ?

Farrell se les repassa dans sa tête, ces six secondes, encore et encore, en boucle.

– Elle était rauque.

– Rauque ?

– Un peu enrouée.

– Comme s'il était enrhumé, ce genre de voix ?

Farrell leva les yeux, le regard fixe.

– Comme s'il était excité, dit-il.

Trois heures moins dix-sept.

– Declan, dit Resnick, personne ne vous juge, ici, vous le savez. Maureen et moi, nous ne sommes pas là pour émettre une critique sur ce que vous faites. Quoi que vous ayez fait. Ce n'est pas de cela qu'il s'agit.

– Alors, de quoi s'agit-il ? demanda Farrell dans un cri soudain et inattendu. Pourquoi est-ce que je ne peux pas tout simplement rentrer chez moi ? C'est ça, ce que je veux.

– Ce dont il s'agit, dit Maureen, en partie du moins, c'est de faire en sorte que l'individu qui vous a fait subir cette épreuve ne puisse la faire subir à quelqu'un d'autre.

Farrell avait les larmes aux yeux de nouveau ; elles venaient et s'arrêtaient si fréquemment, à présent, qu'il se donnait rarement la peine de les sécher.

– Vous êtes sûr, Declan, que vous ne le connaissiez pas, cet homme ?

– Je vous l'ai dit, je vous ai dit que je ne l'ai même pas vu. Comment est-ce que je pourrais savoir si je l'avais déjà rencontré ?

– Mais vous étiez déjà venu dans cet endroit ? demanda Resnick. Dans ces toilettes ?

– Bien sûr que oui.

– Je veux dire, pour trouver quelqu'un. Pour une rencontre à caractère sexuel.

– Non.

– Declan…

– Non ! Je vous l'ai dit, je ne suis pas homo, je ne suis pas pédé, je ne suis rien de ce que vous imaginez que je suis.

– Declan, je vous en prie…

Il s'était levé, à présent, et se dirigeait vers la porte. Vivement, Maureen jeta un regard à Resnick, voulant savoir si elle devait lui barrer la route.

– Declan, dit Resnick, je pense que vous étiez déjà venu dans ces toilettes, après la fermeture du parc, sans doute à la même heure. Je pense que parfois vous aviez de la chance, vous rencontriez quelqu'un qui vous plaisait, parfois non, vous renonciez et vous rentriez chez vous. Quant à l'individu enfermé dans la cabine, vous avez dû imaginer, je suppose, qu'il était venu là pour les mêmes raisons que vous. Cela dit, je ne sais pas ce que vous avez fait, s'il y a eu ou non un échange de signes entre vous, si vous vous êtes exhibé devant lui à travers un trou de la porte, un trou dans le mur. Mais quand vous êtes ressorti dans le parc, vous avez dû penser qu'il allait vous suivre et c'est ce qu'il a fait. Et, Declan, rien de tout cela ne me regarde, je vous assure. Mais ce qui s'est passé ensuite, oui, ça me regarde. Cet homme, quel qu'il soit, vous a agressé avec une brutalité inimaginable. Et comme l'a dit ma collègue, nous voulons nous assurer qu'il ne reste pas en liberté, qu'il ne puisse pas faire la même chose de nouveau. À quelqu'un d'autre. Et comme vous savez ce que cela signifie, Declan, vous voulez certainement, vous aussi, qu'il soit arrêté. C'est pourquoi je vous demande, s'il vous plaît, de nous aider de votre mieux.

Après avoir hésité quelques secondes, Declan Farrell ouvrit la porte et sortit. Maureen regarda Resnick et secoua lentement la tête, puis ferma les yeux.

Quand Carl Vincent entra dans le bureau de Resnick, il avait l'air un peu fatigué, comme un homme qui a passé une nuit blanche et n'a pu grappiller qu'une demi-heure de sommeil, affalé sur une table de cantine. Il n'y avait que deux ou trois taches sur son costume en tissu léger, récoltées pendant la fouille du parc, et son col était quelque peu de guingois, mais par ailleurs il semblait tenir le coup.

Bien mieux, en tout cas, que Resnick lui-même.

– Carl, que puis-je faire pour vous ? demanda-t-il.

– Pour cette affaire d'hier soir, j'ai entendu dire que vous ne voyez aucun lien avec l'assassinat d'Aston.

– C'est à peu près ça.

Vincent aspira une longue bouffée d'air.

– Écoutez, monsieur l'inspecteur, j'aurais peut-être dû vous le dire plus tôt, mais je l'ai vu il y a un an, Aston, dans un club homo à Leicester.

Pendant une seconde, la veine visible sur la tempe de Resnick parut s'arrêter de battre.

– Qu'est-ce que vous dites ?

– Je dis qu'Aston était homosexuel.

39

Cela ne faisait que quelques minutes, mais Resnick avait l'impression d'être assis là depuis une éternité.

Il y a un an… un club à Leicester… homo.

Il n'y avait pas que de la fatigue, mais aussi de l'anxiété dans les yeux de Vincent.

– Ce club, finit par demander Resnick, vous y étiez en service commandé ?

Fugitivement, Vincent ferma les yeux, et quand il les posa sur Resnick de nouveau, celui-ci n'y vit aucune tentative de dérobade, aucune fourberie.

– Non, monsieur l'inspecteur.

Resnick respira bruyamment, la bouche ouverte.

– Vous feriez mieux de vous asseoir, dit-il.

Vincent passa une jambe par-dessus l'autre, les décroisa, ses mains posées juste au-dessus de ses genoux.

– Et l'inspecteur Aston, demanda Resnick, on ne peut pas imaginer non plus qu'il s'y soit rendu en service commandé ?

Vincent secoua la tête.

– Vous êtes sûr ? Catégorique ?

– Il est parti avec quelqu'un, répondit Vincent.

Resnick voyait la veuve d'Aston, son petit corps replet boudiné dans une robe noire, sa voix rageuse dans l'air calme de l'après-midi. *Vous le connaissiez, Charlie, mieux que la plupart.*

– Et il n'est pas possible que vous vous soyez trompé ? Que vous ayez mal interprété la situation ?

Mais Vincent secouait déjà la tête.

– Il y a un an, dit Resnick.

– La raison pour laquelle je m'en souviens, c'est que quelqu'un me l'a montré du doigt. Quelqu'un que je connaissais, un collègue. Il l'avait vu dans un stage quelconque, je crois. Aston. Il savait qu'Aston venait d'ici, de cette brigade. Il m'a dit qu'il l'avait déjà croisé, une fois ou deux, à Leicester.

– Vous ne lui avez pas parlé ?

Pendant un instant, Vincent sourit.

– Il n'était pas mon genre.

– Mais vous êtes homosexuel ?

– Ça ne veut pas dire que tous les hommes me plaisent, vous savez.

– Je sais, fit Resnick. Mais ce que vous me dites, c'est que vous êtes homosexuel, mais que vous ne le criez pas sur les toits ?

– C'est ça.

Resnick secoua la tête.

– Ce qui me tracasse vraiment, c'est pourquoi vous ne m'avez pas parlé d'Aston plus tôt ?

Vincent ne répondit pas tout de suite.

– Parce que je n'étais pas sûr que ce soit lui. Je veux dire, je ne connaissais pas son nom. Et la photo… (Resnick le regardait fixement, attendant qu'il lui dise toute la vérité.) Non, d'accord, j'ai cru le reconnaître, j'ai fait le rapprochement, mais à ce moment-là, cela semblait n'avoir aucun rapport… Je ne voyais pas en quoi cela aurait pu apporter quelque chose à l'enquête sur l'assassinat d'Aston. Qu'il ait été homo ou pas, cette histoire de sexualité ne semblait pas être un problème.

– Sinon en ce qui concernait la vôtre.

– Pardon ?

– La vôtre. Votre sexualité.

– Écoutez…

– Non, c'est vous qui allez m'écouter. (Resnick était penché en avant, à présent, la tête légèrement penchée sur le côté, l'index prêt à être brandi.) La raison qui fait que vous ne m'avez pas communiqué cette information plus tôt est purement personnelle. Elle est de votre seul fait. En révélant les penchants d'Aston, vous révéliez les vôtres. En gardant le silence, vous vous protégiez vous-même.

Quelque peu étouffé par la porte, leur parvenait le bruit incessant des conversations téléphoniques, des sonneries qui retentissaient ici, puis là.

– C'était un problème pour moi, oui, finit par dire Vincent.

– *Le* problème.

– Non, monsieur l'inspecteur. Si tel était le cas, je ne me serais jamais dévoilé maintenant. J'aurais gardé le silence, en espérant que cela n'ait pas d'importance, ou bien que, si cela en avait, on l'apprendrait d'une autre façon. Mais dès que j'ai entendu, voyez-vous, hier soir, ce qui est arrivé à ce type dans le parc, il n'était plus question que je me taise.

– Même si cela entraînait pour vous l'obligation de révéler votre nature de cette façon ?

Vincent secoua la tête.

– Je suis flic, comme vous.

Pas tout à fait comme moi, pensa Resnick.

– Carl, dit-il, peu m'importe ce que vous faites au lit et avec qui vous le faites. (Resnick n'était même pas sûr que cela fût vrai.) La seule chose qui m'importe, c'est que cela n'affecte en rien, lorsque vous êtes ici, la qualité de votre travail, la façon dont vous faites votre métier. Et ce qui vous a empêché d'agir comme vous auriez dû le faire, ce n'est pas le fait que vous soyez homosexuel, c'est que vous ayez gardé le secret à ce sujet. C'est cela que je vous reproche.

Vincent étouffa un rire.

– Vous pensez que je devrais le faire savoir ?

– C'est à vous d'en décider.

– Mais c'est ce que vous dites.

Signe de dénégation de la part de Resnick.

– Ce que je dis, c'est que, tant que vous ne l'aurez pas fait, il y aura d'autres incidents comme celui-ci, des choix personnels que vous vous sentirez obligé de faire. Et vous les ferez pour vous protéger, pour préserver votre secret, au détriment de votre travail.

– Excusez-moi, dit Vincent, mais je trouve ça un peu dur à avaler.

– Que je souhaite que vous soyez franc au sujet de vous-même ? Que vous disiez la vérité ?

– Que mon supérieur hiérarchique me dise froidement qu'il est de mon devoir de claironner que je suis homosexuel.

– Je ne crois pas que je pourrai avoir confiance en

vous, en votre jugement, pas totalement, si vous ne le faites pas.

– Et si je le fais ?

– Votre instinct est excellent, vous semblez savoir parler aux gens, travailler dur. De toute évidence, vous êtes intelligent. (Il haussa les épaules.) Je ne vois pas pourquoi vous ne feriez pas un bon enquêteur.

– Vous me garderiez dans votre équipe ?

Resnick réfléchit plus longtemps qu'il n'aurait probablement dû le faire.

– Oui, pourquoi pas ?

Vincent sourit, ravi comme un gamin qui vient de recevoir un prix, un peu gêné ; il plaqua ses mains l'une contre l'autre et se rejeta en arrière dans son fauteuil.

– Je ne sais pas… (Ouvertement, cette fois, il rit.) Vous trouvez que ce n'est pas déjà assez difficile d'entrer dans la police quand on est noir, sans avoir besoin de se déclarer homo en plus ?

Skelton venait de passer vingt-quatre heures pénibles. Sa fille lui avait téléphoné en plein dîner pour lui dire qu'elle comptait abandonner ses études universitaires pour s'enrôler dans une équipe d'assistance médicale bénévole au Zaïre ; sa femme, avec qui les échanges, ces derniers temps, se résumaient à des grommellements et des mots collés sur la porte du frigo, s'était lancée dans une harangue visant à définir un nouveau mode de vie selon les termes duquel Skelton allait devoir laver tout seul ses caleçons ; et puis, il y avait eu ce branle-bas de combat pour une histoire de tapette qui s'était fait violer dans le parc de Lenton.

Et maintenant, ça.

– Bon sang, Charlie ! Ils sont partout !

Resnick ne fit pas de commentaire.

– Aujourd'hui, on ne peut plus allumer la télévision sans voir un trou-du-cul qui quémande l'égalité des droits pour les homosexuels. Ce qui me frappe, c'est que ce sera bientôt nous qui allons avoir besoin de droits supplémentaires. Et dans les feuilletons, c'est le même refrain : des types qui se tiennent la main et qui meurent du sida dans *EastEnders* ; des lesbiennes en-veux-tu-en-voilà dans *Brookside*. Et la BBC – la BBC, notez bien, pas Channel 4 – qui vient de lancer… Comment ça s'appelle ? *Gaytime TV*. Comme s'il s'agissait d'une gigantesque farce. Et les gens normaux, Charlie, qu'est-ce qu'il leur est arrivé ? Les gens normaux avec des familles normales, c'est ce que j'aimerais savoir.

Ce qu'il leur est arrivé, pensa Resnick, c'est qu'ils sont devenus des Bill et Margaret Aston ; ou qu'ils sont devenus des Jack Skelton.

– Et je le prenais pour un type bien, ce Vincent, dit Skelton.

– Ce qu'il est…, fit Resnick, récoltant un regard en biais.

Skelton tripotait des paperasses sur son bureau, qui n'était plus aussi méticuleusement rangé qu'autrefois.

– Vous pensez vraiment, Charlie, que cela change radicalement les choses ?

– Ce que cela change, peut-être, me semble-t-il,

c'est que cela nous aide à expliquer certains points qui jusqu'à présent n'avaient guère de sens. L'assassinat d'Aston présenté comme une agression banale. Quel que soit votre degré d'ébriété, si vous cherchez une proie facile, pourquoi choisir un homme robuste de plus d'un mètre quatre-vingts ? Et puis, il y a la force employée. Beaucoup plus importante qu'il n'était nécessaire, même en tenant compte du fait que Bill s'est défendu. Ces coups portés au visage et à la tête, ce n'est pas l'appât du gain, ce n'est pas de la colère ordinaire, c'est de la rage.

– Quelqu'un qui voulait casser du pédé, alors ? C'est notre explication.

Resnick soupira.

– C'est plausible, étant donné ce que nous savons. Si Bill allait jusqu'à chercher l'aventure, de temps à autre, dans les toilettes publiques, cela a pu commencer de cette façon. Vous devez reconnaître, s'il avait ce genre de penchants, que les occasions ne lui manquaient pas. Toutes ces soirées où il sortait, très tard, pour promener ses chiens ; des petits chiens comme ça, on peut les laisser dans la voiture.

– Allons, Charlie, c'est de la conjecture, et rien de plus.

– Nous savons qu'il allait à Leicester, dans des endroits publics, qu'il rencontrait des hommes. Dans d'autres villes aussi, peut-être. (L'expression de Skelton, tandis qu'il écoutait Resnick, était celle de quelqu'un qui vient de mordre dans une pêche et découvre que l'intérieur est pourri et immangeable.) Mais plus près de chez lui – si l'envie lui en prenait –, où pouvait-il aller ? Ni dans un bar, ni dans un club, ici en ville, le risque était trop grand. Mais un endroit plus anonyme, dans le noir ? Il pouvait tenter le coup. Les toilettes du rond-point d'Ollerton, le parc de Titchfield à Mansfield, la bibliothèque Sherwood peut-être. Et où, à part ça ?

– Pratiquement n'importe où, de nos jours !

– L'endroit le plus proche de chez lui, les toilettes pour hommes sur les quais. Peut-être l'un de ceux qui l'ont agressé l'a vu là-bas, à l'intérieur, ou rôdant autour.

– Même si c'était vrai – et je ne vous accorde pas un instant que cela puisse l'être, je ne sais pas quoi penser de ce ballon d'essai que vous lancez là –, cela ne prouve pas qu'il y ait un lien avec l'affaire d'hier soir. Ce qui est arrivé à Bill, Dieu merci, ce n'était pas la même chose.

– La colère était la même, dit Resnick. La rage. Ce qui leur est arrivé à tous les deux, c'était de l'ordre du châtiment. Sexualité mise à part, les mêmes principes étaient en jeu : la domination et la douleur.

Skelton se leva et se tourna à demi vers la fenêtre : les mêmes immeubles, les mêmes véhicules, les mêmes gens arpentant les mêmes rues, mais sous la surface des choses, son univers était sens dessus-dessous.

– Une fois que la presse se sera emparée de l'affaire, Charlie…

– Je sais.

– Sa pauvre femme et sa famille…

– Oui.

– Bon sang, Charlie, je suis allé à l'église un jour

où il prêchait, et j'ai vu Billy Aston en chaire déblatérer sur « le salaire du péché ».

Et parmi ses citations préférées, pensa Resnick, y avait-il aussi : « Que celui qui n'a jamais péché jette la première pierre » ?

Le briefing organisé par Resnick touchait à sa fin. Ses révélations sur Aston avaient suscité des réflexions outrées ou incrédules exprimées à haute voix. Resnick avait attendu qu'elles s'estompent pour continuer. Bien qu'on ne puisse parler de certitude, certaines des empreintes de brodequins relevées dans le parc correspondaient au moins partiellement à celles trouvées sur les quais. Quant à l'arme… Il n'était pas impossible que l'instrument utilisé, à la fois pour frapper Farrell et pour le sodomiser, soit la batte de base-ball qui avait tué Aston.

– C'est du productivisme ou je ne m'y connais pas, marmonna Divine, utiliser un outil de travail par les deux bouts.

– Donc, nous allons revérifier toutes nos archives, tous les rapports concernant des incidents à caractère homophobe, agressions, plaintes déposées et suivies d'effet, tout ce qui peut se recouper avec ce que nous savons de nos amis nationalistes. D'accord ? Et maintenant, avant que vous vous dispersiez, l'inspecteur adjoint Vincent a quelque chose à dire.

Quand Carl Vincent s'avança, Resnick vit sa main droite trembler le long de son flanc. Mais il s'exprima d'une voix égale et claire.

– Il me semble important que vous sachiez,

particulièrement dans le cadre de ces deux enquêtes qui nous occupent, que je suis homosexuel. (L'espace d'une seconde, il sourit presque.) Je suis gay.

40

Ils étaient assis, dans le quasi-silence de la pièce close, les rideaux une fois encore soigneusement fermés, un tissu à motifs sur lequel des feuilles marron et or tombaient doucement vers le sol. Dehors, dans la rue, s'élevait par intermittence le vacarme d'un marteau-piqueur ; des ouvriers creusaient des tranchées pour prolonger un réseau câblé, ouvrant le quartier sur un univers plus vaste. Margaret Aston paraissait toute petite dans son fauteuil Parker Knoll préféré, acheté à une époque où le bois véritable et un solide savoir-faire d'artisan étaient des qualités reconnues et admirées. Stella – pas de sourire pour lui aujourd'hui – était partie à l'instant même où il était arrivé, et Resnick avait attendu que Margaret négocie l'escalier et le laborieux passage – refusant son bras – qui menait à ce qu'elle appellerait toujours la salle de séjour.

Brusquement, le marteau-piqueur se tut, et il n'y eut plus de palpable dans la pièce qu'un sentiment de perte et de regret, la respiration languissante de Margaret. En moins de deux semaines, elle avait vieilli de dix ans.

– Margaret…

Quand elle parla, ce ne fut pas à lui, bien qu'elle sût qu'il était là, et à chaque fois qu'il bougea, aussi peu que ce fût, elle fit une pause, ses doigts tirant sur le fil qui dépassait du galon ornant son accoudoir.

– C'était après que les garçons eurent quitté la maison. Stella, elle était encore ici, mais… (Margaret laissa échapper le premier d'une longue série de soupirs.) … elle avait un petit ami, et elle trouvait de bonnes raisons pour ne pas rentrer. De simples prétextes, je le savais bien ; elle inventait n'importe quoi pour pouvoir passer la nuit avec lui. (Nouveau soupir, nouvelle traction sur le fil, autre soupir.) Elle avait découvert le sexe, ma fille, comme nous le faisons tous un jour, et elle ne pensait plus à rien d'autre. Ils venaient ici l'après-midi, quand Stella aurait dû être au lycée, ils montaient s'enfermer au premier, puis ils repartaient à toute vitesse, pouffant et souriant bêtement, à la minute où je rentrais. Sans aucune honte. Même avec un père comme Bill, ma Stella ignore ce que c'est que la honte. (Elle leva les yeux.) Je me demande, Charlie, si c'est si grave que ça ?

Un silence avant qu'elle ne poursuive.

– Parfois, je montais dans sa chambre et j'y restais un moment. Au lieu d'ouvrir les fenêtres en grand, je les fermais soigneusement. Pour conserver les odeurs. Vous savez quel sentiment cela provoque en vous, Charlie ? Quand les enfants que vous avez portés et élevés atteignent l'âge où ils découvrent le plaisir physique ?

Resnick hocha brièvement la tête.

– Non, non, bien sûr, Charlie. Vous ne pouvez pas savoir. Vous ne le saurez peut-être jamais. Alors, je vais vous le dire – tout à coup, vous vous sentez vieille, usée. Mais cela a un autre effet, également. Cela fait qu'une partie de vous-même, cette partie-là, se réveille enfin. Les images de ces deux corps entremêlés sur ce lit – je vous choque, Charlie ? – les jambes de cette jeune fille qui autrefois avaient entouré ce corps pitoyable qui est le mien, elles s'étaient enroulées autour de lui, ce jeune homme insouciant, là sur ce lit.

Resnick regarda les feuilles des rideaux, figées dans leur chute, le long rai de lumière oblique en forme d'éventail.

– J'avais un corps à nouveau, Charlie, ma fille m'avait rendu mon corps, et qu'est-ce que j'allais en faire ? Bill et moi, nous n'avions plus de rapports depuis des années. Pratiquement plus depuis la naissance de Stella. Et pendant tout ce temps, je m'étais couchée près de lui chaque soir, et pas une seule fois cela ne m'avait préoccupée. Mais maintenant… (Ses doigts tirèrent plus nerveusement sur le fil.) J'ai fait tout ce qu'une femme, même une femme comme moi, vieille et grosse, est censée faire. Je suis allée chez le coiffeur, au salon de beauté, je me suis fait – comment dit-on ? – relooker. J'ai acheté de nouveaux vêtements, des chemises de nuit en satin, des sous-vêtements en soie dans lesquels je donnais l'impression, et c'est ce que je ressentais aussi, d'être déguisée. Je l'ai supplié, Charlie, je l'ai imploré. Je n'avais plus aucune dignité. J'avais besoin qu'il me fasse l'amour, que quelqu'un me fasse l'amour. (Le fil qu'elle tordait entre ses doigts céda brusquement.) Je voyais dans ses yeux que la seule idée de me toucher lui soulevait le cœur. Il m'a dit qu'il s'installait de l'autre côté du couloir, dans l'une des chambres vides. Il avait du mal à trouver le sommeil et il pensait que s'il avait un lit pour lui tout seul, cela serait préférable. Pour nous deux.

Elle se ratatina un peu plus encore dans son fauteuil.

– C'est à ce moment-là qu'il a commencé à sortir. Pas très souvent, au début, et puis de plus en plus fréquemment. Il allait nager tous les soirs. Du moins, c'est ce que je croyais. Et jusqu'à deux fois, pendant le week-end. Il a seulement besoin, je pensais, de sortir de la maison, de prendre ses distances vis-à-vis de moi, de ce que je lui ai fait subir. (Elle jeta un regard rapide à Resnick.) Je me sentais coupable, voyez-vous, je pensais que j'avais été injuste envers lui. En formulant mes exigences. (Elle trouva un nouveau bout de fil et commença à le triturer entre le pouce et l'index.) Au bout d'un moment, il a commencé à sortir tard le soir aussi, pour promener les chiens. J'ai bien cru, l'idée m'a traversé l'esprit une fois ou deux, qu'il avait une liaison avec l'une de ces dames bien pensantes de l'église. Et puis, quand vous êtes venu ici me poser des questions sur cette femme qui l'a appelé, je me suis dit, oui, oui, pas de problème, c'est bien ça.

Elle regarda Resnick, ses yeux mornes rendus brillants par l'évocation de cette trahison.

– Mais ce n'était pas ça, n'est-ce pas ? C'était bien autre chose.

Il crut qu'elle allait pleurer, à cet instant, mais si elle était au bord des larmes, celles-ci ne se décidaient pas à jaillir. Dehors, les travaux avaient repris.

Margaret avait dit ce qu'elle avait à dire, et à présent c'était fini. Resnick restait assis en face d'elle, pris au piège dans cette pièce close, s'efforçant d'être patient, de ne pas remarquer que le dessous de ses cuisses commençait à s'ankyloser.

LE POLICIER ASSASSINÉ : VICTIME DE SES PENCHANTS HOMOSEXUELS ? s'interrogeait la manchette du journal. *Des révélations stupéfiantes confiées en exclusivité aujourd'hui à notre reporter…* Il y avait des photos de Bill Aston en uniforme ; une autre, de piètre qualité, montrant le visage ébahi de Margaret Aston devant sa porte, se tournant vers la rue. Une photo de famille, achetée ou volée, de Declan Farrell avec sa femme et ses enfants. *Le commissaire principal Jack Skelton s'est refusé aujourd'hui à confirmer ou à démentir que l'un des inspecteurs adjoints travaillant sous ses ordres…*

Hannah appela Resnick chez lui, mais il n'y était pas, bien sûr ; elle laissa un message pour lui au commissariat demandant qu'il lui téléphone le soir même s'il trouvait le temps. Chez elle.

– Ce qui me tue, fit Divine en attaquant sa tourte et sa double ration de frites, c'est qu'il puisse même y avoir des pédés parmi ces types-là. Je les croyais tellement occupés à entretenir le vieux mythe, nos frères noirs, tous montés comme des bourricots, que la dernière chose au monde qui me serait venue à l'esprit, c'est que l'un d'eux avoue être de la jaquette qui flotte.

– Tu crois que ce n'est pas autre chose, alors, Mark ? demanda l'un des agents en tenue pour le pousser un peu. Les grosses queues ? Un mythe ?

– Comment est-ce que je pourrais le savoir, bordel ?

– Si tu joues finement, dit l'agent, ça pourrait être une occasion en or de le découvrir par toi-même.

Parfois, dans l'appartement de Diane, Sheena s'occupait du bébé, Melvin, si longtemps qu'elle en oubliait tout le reste. Surtout quand elles avaient fumé de l'herbe. Les autres, pas Sheena, elles avalaient des pilules, aussi. Sheena se contentait des joints que Dee-Dee lui avait appris à rouler – une technique que Dee-Dee ne tenait pas de son père le pasteur pentecôtiste. L'herbe, par contre, elle venait du frère de Diane – de la jamaïcaine. C'est lui qui le disait, et ce n'est pas elle qui aurait pu le contredire. Mmm… En tout cas, jamaïcaine ou pas, elle était bonne. Sheena était assise par terre, contre le bout du canapé, la tête appuyée au mur, le petit Melvin avec son pouce planté au coin de la bouche, pleurnichant juste un peu, les yeux fermés, pendant que Sheena le berçait. Cette musique qui passait sur la chaîne, une cassette qu'Irena avait piquée dans un magasin… Mouldy ? Non, Moby, c'était ça. Moby avec sa drôle de petite figure de lutin, ses yeux noirs braqués sur vous au milieu de tout ce bleu. Une robe safran comme si c'était un krishna ou quelque chose comme ça. Et de l'eau partout : c'était ça, tout ce bleu qu'on voyait autour de lui. De l'eau. Moby au milieu, qui se noie lentement. Sheena se demanda à quoi ça pouvait ressembler, d'être au milieu de l'eau. De se noyer. De se noyer lentement. Une voix de fille chantait : *Quand il fait froid, j'ai envie de mourir*.

– Allez ! Bougez-vous le cul, merde !

Sheena entendit Janie crier depuis l'autre bout de la pièce. Janie en caleçon noir, Doc Martens, blouson de cuir noir, une bouteille d'Absolut à la main.

Et Lesley juste à côté d'elle, en bottes et minijupe noire à mi-cuisses. Irena, accroupie dans un coin, cherchant quelque chose dans le sac à dos noir et violet qu'elle trimbalait toujours, étala sur la moquette tout ce qu'il contenait puis remit tout en place. Tracey n'avait pas fini de remonter son jean quand elle sortit des toilettes.

– Diane ! hurla Janie pour couvrir le son du radiocassette posé sur la table.

Le tempo était plus rapide, à présent, comme celui d'une musique pour danser, *chaque fois que tu me touches j'ai l'impression qu'il m'en faut plus*. Diane, plongée dans le rythme, commença à bouger, un coup de hanche sur le côté et voilà qu'elle se trémousse, les autres filles se mettant à rire, et Diane qui en rajoutait, jouant la comédie.

– Diane, tu veux arrêter cette merde ? Je vais pas attendre des plombes !

Diane se contentait d'agiter les bras, maintenant, un sourire aux lèvres, le regard un peu vague ; finalement, Dee-Dee lui prit les bras et lui plaqua les poignets contre les flancs, lui demandant d'arrêter son cirque. Et Diane hocha la tête, oui, Dee-Dee, oui.

Dee-Dee s'approcha de l'endroit où Sheena était assise, ouvrant mollement la bouche en mesure avec la musique, sa voix de crécelle chantant les paroles, tenant le joint éteint entre ses doigts, Melvin bavant sur son T-shirt mollasson, sur son soupçon de poitrine d'adolescente.

– Sheena, tu te réveilles, maintenant. Tu t'occupes de lui, d'accord ? Melvin. Tu le quittes pas des yeux. Tu le nourris quand il se réveille. Sheena, tu entends ce que je dis ?

– Ouais, ouais, pas de problème. D'accord.

– Vaudrait mieux qu'il y en ait pas, de problème, c'est tout.

Dee-Dee se redressa, tira sur l'ourlet de sa jupe en jean. Avec Diane partie comme elle l'était, c'était aussi bien que Sheena soit là pour garder le petit Melvin, veiller à ce qu'il ne manque de rien.

– Elle va bien ? demanda Janie en regardant en direction de Sheena.

Les autres filles se massaient près de la porte.

– Elle ? fit Dee-Dee. Ça va, je viens de lui demander.

Janie s'esclaffa.

– Elle m'a l'air aussi nerveuse qu'une bouse tiède.

Et elle claqua la porte derrière elle et suivit les autres sur le palier, vers l'ascenseur qui allait être encore en panne.

Norma avait acheté le journal en rentrant à la maison, et jeté un rapide coup d'œil à la première page en cherchant ses clés pour ouvrir sa porte.

– Peter ? Hé, Peter, mon chou ? Viens donc regarder ça.

Mais Peter n'était pas là, ni au premier ni au rez-de-chaussée. Sa tasse et l'assiette dont il aimait se servir pour ses tartines, celle avec trois cercles concentriques jaunes et légèrement craquelée au centre, avaient été rincées sous le robinet et mises à sécher dans l'égouttoir.

– Peter ?

Il n'avait rien apporté avec lui en venant, ce n'était donc pas la peine de regarder si ses affaires avaient disparu.

Norma remplit la bouilloire, changea d'avis, et prit une des canettes de Tennents que Shane gardait au frigo. Elle avait chaud ; elle ouvrit la porte du jardin derrière laquelle le chien gémissait. Il y avait des crottes en piles régulières, blanchies au soleil, près du portail. Norma s'assit avec son journal, sa bière et une cigarette, et commença à lire.

À l'heure du dîner, Peter serait de retour, elle en était sûre.

Ce que Gerry Hovenden aimait faire, c'était soulever de la fonte pendant au moins une heure chaque après-midi. Oh, il changeait bien d'activité de temps en temps : la machine à ramer, l'un des vélos d'appartement ; il avait même essayé l'aérobic, une fois, mais il s'était senti ridicule, à sauter en l'air au milieu de toutes ces bonnes femmes avec leurs bandeaux et leurs petites bouteilles d'eau, leurs justaucorps bicolores qui leur remontaient dans la raie des fesses. Non, il préférait les haltères, puis le bain de vapeur, et après ça une bonne douche, froide puis chaude, chaude et puis froide. Et pour finir, une friction à la serviette éponge.

Certains jours, comme cet après-midi, il arrivait à décider Shane à l'accompagner. Ça coûtait que dalle quand on pointait au chômage. Shane, avec un teeshirt déchiré et un short d'emprunt, la sueur coulant à flot, lui piquant les yeux. Shane, il en faisait toujours trop, il ne savait pas s'arrêter.

– Dis donc, fit Gerry sans interrompre son développé. T'as entendu parler de ce type qui s'est fait violer dans le parc de Lenton ?

– Il a bien dû le chercher, non ?

– Probable.

– Eh bien, il a eu ce qu'il méritait, ce con.

– Ouais, acquiesça Hovenden. T'as raison.

Il regardait la sueur ruisseler sur le ventre plat de Shane, rendant sa peau luisante, accrochant des gouttelettes dorées aux petits poils qui plongeaient vers le bas en dessinant un arc.

Le responsable adjoint du rayon vidéo assura sa cliente potentielle qu'il n'y avait aucun problème : de temps en temps, les machines effectuaient une sauvegarde, il n'était pas possible d'obtenir immédiatement l'autorisation de la compagnie qui avait émis la carte de crédit, et elle devait comprendre, pour une somme de cette importance, près de six cents livres pour un téléviseur dernier cri à écran 16/9 de 71 centimètres, eh bien, la procédure habituelle voulait que, etc., etc.

Sally Purdy attendait, dans sa vieille veste de l'armée de l'air qui sentait le porto et une robe qui balayait la moquette quand elle marchait, cachant ses vieilles tennis. Sally, persuadée que si elle pouvait seulement installer une télé correcte dans ce squat où elle créchait, ça changerait beaucoup de choses, elle en avait marre de passer des siècles assise sur un banc avec une bande de vieux alcoolos, elle allait se reprendre en main, commencer une nouvelle vie.

Seulement, sans un avis d'imposition ou quelque chose de similaire pour vérifier son adresse, la location-vente était hors de question. Elle connaissait pas mal de gens, dans son quartier, qui pourraient lui trouver une télé pas chère, mais ce ne serait jamais un appareil comme celui-là.

Sally se voyait bien regarder la télé tout l'été, Wimbledon et Ascot dans toute leur gloire, ces chapeaux incroyables que les spectatrices mettaient pour le deuxième jour des courses à Ascot, le « Ladies' Day », de quoi rêver. Et les comédies musicales, elle adorait les comédies musicales, les anciennes, pas les nullités comme *Grease*, mais les vraiment vieilles : *Comment épouser un millionnaire*, *Beau fixe sur New York*. Elle était sûre d'avoir bien imité la signature, elle s'était tellement entraînée, des dizaines et des dizaines de fois.

– Oui, madame. (Le type revenait, maintenant, costume et chemise rayée, la cravate du magasin, tout sourire.) Veuillez accepter mes excuses pour cette attente. (Espèce de lèche-cul, pensa Sally.) Maintenant, si je peux vous expliquer comment vous rendre au comptoir d'enlèvement des colis au sous-sol, le temps que vous récupériez votre voiture pour vous y rendre, votre téléviseur sera emballé et prêt à être emporté.

Voiture ? Qu'est-ce que c'est que cette histoire de voiture ?

– Je pensais, dit Sally, que vous pourriez me livrer, non ?

– Certainement, madame. Disons, mardi ou jeudi de la semaine prochaine.

Pas question, Ducon !

– Et un taxi ? dit-elle. Je vais en chercher un, et je rapporte la télé chez moi en taxi. C'est simple, non ?

– Absolument.

Avec son sourire onctueux, il lui expliqua comment se rendre au comptoir des livraisons.

Le temps que Sally Purdy se rende à la station de taxis la plus proche et revienne en voiture devant la porte marquée Livraisons, deux policiers en uniforme l'attendaient à l'intérieur.

– Désolé, mon vieux, dit l'un d'eux au chauffeur de taxi tandis que son acolyte embarquait une Sally réticente vers la voiture de police, si vous voulez récupérer le prix de votre course, il va falloir faire un saut jusqu'au commissariat et remplir un formulaire.

Pendant qu'ils accomplissaient les formalités d'interpellation, Sally Purdy les agonit tous d'injures, depuis l'officier responsable du bloc cellulaire jusqu'au dernier agent en tenue.

C'est ce même officier qui avait repéré, en triant les objets que Sally avait en sa possession, en particulier une collection de cartes de crédit contenue dans un portefeuille fixé par un velcro à l'intérieur de sa robe, le nom et la signature de William Aston sur l'une d'entre elles.

Ce fut Lynn Kellogg qui reçut l'appel. Un quart d'heure plus tard, Kevin Naylor et elle avaient Sally en face d'eux dans une salle d'interrogatoire, magnétophones en marche, les cartes de crédit étalées devant eux comme pour une patience.

– Celle-ci, Sally, dit Lynn. Aston. Tu nous dis où tu l'as trouvée, et on pourrait se montrer gentils pour les autres.

– Gentils comment ?

– Plus gentils, fit Naylor, que tu ne le mérites.

Elle n'eut pas besoin d'y réfléchir trop longtemps.

– Shane. Je l'ai eue par Shane.

– Shane Snape ? demanda Lynn, ayant du mal à croire qu'ils puissent avoir autant de chance.

– Non. Gary Cooper-de-mes-deux, qu'est-ce que vous croyez ?

41

– Cet interrogatoire, annonça Resnick, commence à dix-sept heures vingt-sept.

Ils avaient coincé Shane à deux rues de chez lui, les gains qu'il venait de toucher au pari mutuel dépassant de sa poche arrière. « T'as vraiment du pot, Shane, y'a pas de doute », lui avait dit le type derrière le guichet avec un sourire lugubre en comptant les billets. « T'es un sacré veinard. »

Divine et Naylor étaient partis en éclaireurs dans une voiture banalisée, Millington et Carl Vincent cinquante mètres derrière. Deux voitures de police attendaient devant la maison, deux agents en tenue dans la ruelle, à l'arrière. Sur le pas de sa porte, Norma Snape les insultait à tue-tête.

Shane avait balancé son sac contre la poitrine de Naylor, qui avait reculé en titubant, le souffle coupé, contre un mur de jardin, tandis que Divine s'approchait de lui, les bras écartés.

– Allez, viens, mon pote. Tu veux tenter ta chance ? Je t'attends.

Les doigts de Divine faisaient signe à Shane de s'approcher, l'invitaient à la bagarre. Divine, de toute évidence, n'attendait que ça. Les deux hommes étaient de la même taille, Divine peut-être plus grand de deux ou trois centimètres, certainement plus lourd ; Shane probablement en meilleure condition physique, malgré les matches que disputait Divine de temps en temps dans son équipe de rugby.

– Ne fais pas l'idiot, petit, lança Millington depuis le bord du trottoir. Regarde autour de toi. Tu ne peux pas aller loin, et tu vas prendre des coups.

Une troisième voiture de police arrivait à toute vitesse depuis le bout de la rue, sirène hurlante.

Et Shane était resté figé, ne quittant pas vraiment Divine des yeux, pensant à la bagarre, ne demandant que ça, lui aussi, mais sentant que les effets de la première poussée d'adrénaline commençaient à s'estomper. Il savait qu'il aurait pu se le payer, ce connard arrogant, qu'il se le paierait un jour, sans problème, il en était sûr, mais il savait aussi que le moment n'était pas encore venu.

À l'instant même où il avait baissé les bras, Divine lui avait sauté dessus, brandissant une paire de menottes, et l'avait fait pivoter sur lui-même, le propulsant brutalement contre le flanc de la voiture la plus proche.

– Derrière le dos ! Les mains derrière le dos, toutes les deux ensemble !

– Je t'emmerde !

– Tout de suite ! J'ai dit tout de suite !

Divine l'avait plié en deux contre le toit de la voiture pendant que Naylor, qui avait récupéré et s'était rapproché d'eux, informait Shane de ses droits.

L'acier des menottes mordait les poignets de Shane, et pourtant il réussit à tourner le buste jusqu'à ce que son visage soit à quelques centimètres de celui de Divine, les yeux remplis de haine et durs comme de la glace.

– Un de ces jours, je vais te tuer !

La bouche et la joue de Shane étaient couvertes de salive.

– Mark ! (Millington bondit, agrippant l'épaule de Divine juste avant que celui-ci ne brise le nez de Shane d'un coup de tête.) Mark, laisse-le. Laisse tomber.

Et Divine, fusillant Shane d'un dernier regard, s'était écarté. Millington avait poussé Shane pour qu'il monte à l'arrière de la voiture, entre Naylor et lui-même, et il avait donné l'ordre à Vincent de démarrer vite fait. Divine pouvait rentrer seul.

– Il semblerait, dit d'un ton las l'avocat commis d'office, que mon client ait été physiquement menacé au moment de son arrestation.

– Il s'en est fallu d'un poil…, lui répondit Millington, de si près que l'avocat sentit l'haleine fraîche de l'inspecteur parfumée au peppermint, … que votre client ne soit inculpé de violence à représentant de la force publique dans l'exercice de ses fonctions. Vous pourriez peut-être réfléchir à ça.

Les questions seraient posées par Resnick et Millington, dans la salle d'interrogatoire A. La même table éraflée marquée de brûlures de cigarettes, la même odeur de tabac froid stagnant dans les coins, le sol gluant qui colle aux semelles, le craquement à peine audible de l'emballage en cellophane d'où l'on extrait laborieusement deux cassettes audio ; les mêmes mots, ou à peu près.

– Cet interrogatoire…

Au bout d'une heure à peine, l'avocat se pencha en avant et demanda une interruption.

– Mon client…

– Pas maintenant.

– Mon client…

– Pas tout de suite.

Resnick, lassé par les réponses constamment évasives de Shane, avait élevé la voix, laissant percer son irritation.

– Où as-tu trouvé cette carte ?

– Je sais pas de quoi vous parlez. Quelle carte ?

– La carte de crédit de l'inspecteur Aston. Sally Purdy dit que tu la lui as vendue dans l'arrière-salle d'un bar du boulevard.

– Eh bien, elle se trompe. Ou alors, elle ment.

– Et pourquoi elle mentirait ?

– C'est une salope. C'est ce qu'elle fait tout le temps.

– Quoi ?

– Regardez-la, regardez dans quel état elle est. Elle picole tellement qu'elle sait plus ce qu'elle dit. Elle reconnaîtrait même pas la vérité si elle lui sortait du trou du cul.

– Pas comme toi, hein, Shane ? (Millington relayait Resnick, allumant une nouvelle cigarette, souriant presque, une petite étincelle dans le regard.) Pour ce qui est de la vérité, tu es un véritable expert.

Shane soutint son regard, avec un air de défi. Et maintenant, on parle de quoi ?

– Samedi, il y a deux semaines, par exemple, toi et ton copain Gerry, vous étiez bien tranquilles à la maison avec ta mère et son coquin, en train de regarder des vidéos en famille.

– Et alors ?

– Des bobards.

Avec un sourire méprisant, Shane tourna la tête.

– Des bobards, Shane, du début jusqu'à la fin. (Millington sourit.) Tout ça, c'est du flan.

– Des conneries !

– Exactement !

Millington triomphait.

– Je vais te dire où tu étais, Shane, commença Resnick d'une voix ferme. Ce samedi-là, tu étais parti boire avec ton copain Gerry Hovenden et quelques-unes de ses fréquentations douteuses. Vous avez fait tous les bars entre London Road et le pont, vous étiez déjà bien énervés, les coups de poing commençaient à voler, et puis sur les quais, tous plus bourrés les uns que les autres, vous avez croisé l'inspecteur Aston qui promenait ses chiens, et vous lui êtes tombés dessus. Tous en même temps. Vous lui avez volé son portefeuille, son argent liquide, ses cartes de crédit, *dont celle-ci*, et vous l'avez laissé pour mort. Voilà où tu étais ce samedi-là.

Sans ciller, Shane regarda Resnick droit dans les yeux.

– Conneries, dit-il d'une voix calme.

– Pour quelqu'un qui n'est pas précisément un imbécile, fit Millington, ta conversation tend à être lassante.

– Alors, pourquoi vous arrêtez pas votre cirque ? Pourquoi vous me laissez pas partir ? Je sais rien sur cette histoire de carte de crédit, je sais rien sur ce type qui s'est fait tabasser sur les quais, je sais rien sur rien, compris ?

– Mon client…

– D'accord. (Resnick se leva d'un bond.) Vingt minutes. Pas plus.

– Il a sûrement droit à un repas ?

– Une demi-heure.

– Cet interrogatoire, dit Millington, suspendu à dix-huit heures trente-neuf.

– Vous croyez qu'il ment, Charlie ?

Skelton faisait les cent pas dans son bureau, entre la porte et sa table de travail. Il se sentait harcelé de toutes parts, harcelé par sa hiérarchie, harcelé par les médias locaux et la presse nationale.

– J'en suis sûr, dit Resnick. Mais je ne sais pas avec certitude à propos de quoi il ment.

– Bon sang, Charlie, ne tournez pas autour du pot. Qu'est-ce que vous voulez dire par là, à la fin ?

Resnick était debout, lui aussi. Il avait l'impression qu'il était resté assis trop longtemps, et qu'il allait sans doute devoir le faire de nouveau.

– Je lui ai craché le morceau, sur toute l'affaire, le meurtre d'Aston, le grand jeu. Il n'a même pas cillé. Je sais qu'il ne manque pas de sang-froid ; c'est le genre de type qui peut tout garder en lui sans rien laisser paraître, jusqu'au moment où une digue cède et il explose. Pourtant, un flic assassiné, il doit savoir qu'on ne va pas lui faire de cadeaux. Mais Shane, il aurait pu tenir une lame de rasoir contre sa propre gorge, il en serait sorti sans la moindre égratignure.

– Alors, pourquoi ment-il ?

– Je n'en sais rien.

– Cette histoire de carte de crédit, on a de quoi l'inculper ?

Resnick semblait avoir des doutes.

– On pourrait convoquer la fille au tribunal, lui faire prêter serment, sa parole contre celle de Shane.

– Avec les antécédents qu'elle a, le jury mettrait sa parole en doute même si elle leur donnait l'heure affichée à la pendule. Et Shane le sait bien.

– Il s'en sortira au bluff, alors.

– Il va essayer. Mais j'aimerais bien qu'on le garde au frais encore un moment. S'il n'était pas présent au moment où Aston a été tué, il connaît probablement quelqu'un qui l'était.

– Alors, il couvre quelqu'un d'autre ?

Skelton, de nouveau derrière sa table de travail, fit pivoter son fauteuil pour pouvoir se caler contre le dossier, les mains serrées autour des accoudoirs.

– C'est possible.

– Ce copain à lui, alors… Hovenden ?

Resnick hocha la tête.

– On va le coffrer. Puisqu'on ne peut rien tirer du premier, on va cuisiner un peu le second.

Mais Resnick secouait déjà la tête.

– Ce que j'aimerais mieux, si vous en êtes d'accord, c'est faire savoir à Hovenden qu'on a arrêté Shane. Le laisser mijoter un peu. Il aura d'autant plus de raisons, alors, de se demander ce que son copain Shane nous a dit exactement. Avec un peu de finesse, on arrivera peut-être à lui faire croire qu'il nous en a appris beaucoup plus que nous n'en savons.

– Il n'y a pas de risque qu'il s'évanouisse dans la nature ?

– J'en doute. Il doit savoir que ça attirerait l'attention sur lui plus vite que n'importe quoi d'autre. Mais on peut toujours le garder sous surveillance.

Skelton se releva de son fauteuil.

– Faites comme vous le sentez, alors, Charlie. Mais seulement pour le moment. Je vous donne vingt-quatre heures, maximum.

Resnick hocha la tête et se dirigea vers la porte. À présent que Shane s'était calé l'estomac, il serait peut-être mieux disposé. Resnick allait repartir à la charge.

– Dis-moi, Shane, elle a quelque chose contre toi ? Sally Purdy ? Quelque chose de personnel ?

Shane jeta un regard à Resnick et secoua la tête.

– Contre ta famille, alors ? Norma et elle, peut-être ? Une dispute quelconque, de l'histoire ancienne ?

– Ma mère lui adresserait jamais la parole, même pour lui donner l'heure.

– Qu'est-ce qui lui a pris, alors ? Elle a des tendances suicidaires ?

– Qu'est-ce que vous voulez dire ?

Resnick se redressa, les mains à plat sur le bord de la table.

– Je veux dire, pourquoi toi ? Elle se fait coincer, et il faut qu'elle donne un nom. Alors, tant qu'à mentir, parmi tous les noms qu'elle pourrait choisir, il faudrait qu'elle soit vraiment bête pour donner le tien. Qu'est-ce qu'elle croyait ? Que la prochaine fois que tu la verrais, tu lui glisserais un billet de cinq livres ? Merci d'avoir pensé à moi quand tu as parlé aux flics ? (Resnick secoua la tête, incrédule.) Non, Shane, la seule raison qu'elle ait pu avoir de te dénoncer, c'est qu'elle disait la vérité.

Il y avait un sourire, à présent, qui rôdait au coin des yeux de Shane, qui commençait à penser, ils n'ont aucune preuve, rien du tout, ce que je peux faire, maintenant, c'est respirer un peu et me marrer doucement.

– Monsieur Resnick, dit-il le plus poliment du monde.

– Oui ?

– Prouvez-le.

Ils essayèrent. Ils lui posèrent toutes sortes de questions. Comment Shane s'était-il procuré l'argent qu'il avait dans les poches (les chevaux) ; d'où il tenait l'argent liquide pour prendre ses paris (je fais la queue à la poste comme tout le monde pour toucher le mandat de mon chômage) ; ses relations avec Gerry Hovenden (on est copains, on fait de la muscu ensemble au gymnase) ; les contacts de Gerry avec des militants d'extrême droite (la politique, non, on n'en parle jamais, à quoi ça sert, les conservateurs, les travaillistes, c'est du pareil au même) ; ce qu'ils faisaient le soir où Bill Aston a été tué (on regardait des cassettes chez moi, faut que je vous le répète encore combien de fois).

Plus beaucoup.

Quand l'avocat demanda une pause repas pour son client et un temps de repos, Resnick accepta volontiers. Entre-temps, Lynn Kellogg avait téléphoné : Kevin Naylor et elle avaient parlé à Hovenden et lui avaient appris que la police avait arrêté Shane. Hovenden avait semblé nerveux, il donnait l'impression d'être sur le point de tenter quelque chose. Très bien, avait dit Resnick, ne le lâchez pas, surveillez-le. En cas d'urgence, vous pouvez me joindre chez moi.

Quand, finalement, ils relâchèrent Shane en l'avertissant qu'ils auraient besoin de lui reparler, le hasard voulut que Shane et Divine se retrouvent dans l'escalier en même temps, Shane descendant vers la sortie escorté par Millington, Divine regagnant le local de la PJ.

– N'oublie pas, dit Shane à voix basse quand ils se croisèrent, toi et moi, on se retrouvera bientôt.

– Oui, fit Divine. Tu peux toujours rêver.

42

Il était suffisamment tard pour que les réverbères, déjà allumés, se détachent nettement sur le violet du ciel qui s'assombrissait de plus en plus. Dans le local de la PJ, Khan et Naylor discutaient des mérites respectifs des différents restaurants indiens de la ville quand Resnick entra d'un pas décidé, fit un signe de tête dans leur direction, et traversa la salle pour passer dans son bureau.

– Le Shand, dit Khan en prenant un dossier sur sa table, pour un budget comme le mien, c'est le meilleur choix.

Instinctivement, il rectifia son nœud de cravate et se passa la main dans les cheveux avant de frapper à la porte de l'inspecteur.

– Jardine, monsieur l'inspecteur. Vous m'avez demandé de faire des recherches.

– Et ?

– Ça n'a pas été facile, de déterrer certains de ces documents, et je crains que ce soit un peu succinct par endroits. Et il y a encore un ou deux éléments que je devrai vérifier. Je…

– Khan ?

– Oui, monsieur l'inspecteur ?

– Venez-en au fait.

L'interrogatoire de Shane Snape, tout ce temps

perdu à tourner en rond sans arriver à rien, avait déjà bien entamé la patience de Resnick.

– Eh bien… (Khan ouvrit son dossier.) Avant d'être nommé à son poste actuel, Jardine a travaillé dans le Staffordshire et le Leicestershire. Dans l'assistance sociale classique, d'abord, mais très vite il a intégré l'équipe administrative d'un foyer surveillé.

– Le Staffordshire, dit Resnick, c'est là qu'il y a eu ce scandale à propos des gamins qu'on attachait à leurs lits, qu'on maintenait en isolement total ?

– Oui, monsieur l'inspecteur. Contrainte physique excessive. L'épinglage, c'est comme ça que ça s'appelait. L'un des foyers où Jardine a travaillé était impliqué dans l'affaire. J'ai ici une copie du rapport d'enquête. Mais comparé à certains autres membres du personnel, Jardine s'en sort plutôt bien. Le pire qu'on lui ait reproché, c'est qu'il devait être au courant de ces pratiques et qu'il n'a rien fait pour y mettre fin ni pour en informer ses supérieurs. Mais rien ne laisse penser qu'il y ait pris part directement.

» Peu de temps après, il est parti dans le Leicestershire. Une promotion. Et là, ça risque d'être plus intéressant. Il semblerait que pendant qu'il était responsable du fonctionnement de l'un de ces foyers pour enfants difficiles, il y ait eu des plaintes pour abus sexuels…

– Commis par Jardine ?

– Non, monsieur l'inspecteur. Par un membre du personnel.

– Ces plaintes, elles étaient fondées ?

Khan soupira et secoua la tête.

– Là encore, ce n'est pas très clair. L'homme mis en cause a prétendu qu'un petit groupe de gamins lui en voulait particulièrement et qu'ils avaient inventé cette histoire de toutes pièces pour se venger. Sur le plan médical, les rapports d'examens sont pour le moins vaseux. Il a été question de poursuites judiciaires, mais à ce moment-là l'individu incriminé avait démissionné, et en fin de compte, les plaintes ont été abandonnées.

Resnick se pencha au-dessus de son bureau.

– Et Jardine, qu'a-t-il trouvé à dire au sujet de cette affaire ?

Khan sourit.

– Plus ou moins ce qu'on pouvait espérer de sa part : les prétendus incidents, qui de toute façon n'avaient pas été avérés, auraient eu lieu avant sa nomination ; depuis qu'il était directeur de l'établissement, il avait institué un régime plus ouvert, sous lequel le personnel et les pensionnaires étaient encouragés à formuler publiquement leurs doléances. (Khan marqua une pause pour consulter ses notes.) « Je vous donne ma parole qu'aucun enfant placé sous ma responsabilité n'aura jamais la moindre crainte à avoir. » Entretien accordé au *Mercury* de Leicester en 1989.

Resnick se frotta les yeux avec la base de ses paumes.

– Il aurait peut-être dû essayer d'en convaincre Nicky Snape.

Khan ferma le dossier, le tourna dans l'autre sens, et le posa sur le bureau.

– Très bien, on va réinterroger Matthews. Voir

s'il est un peu plus décidé à parler. Il est encore au Pays de Galles, sans doute, mais il vaut mieux vérifier.

– Monsieur l'inspecteur, je me demande…

– Oui ? De quoi s'agit-il ?

– Eh bien, c'est seulement que… Il me semble que si je retourne le voir trop tôt, si je le bouscule de nouveau, tout ce qu'on y gagnera, c'est qu'il va se fermer comme une huître. Cela pourrait même suffire à le pousser au suicide.

– Qu'est-ce que vous proposez, alors ? Qu'on le laisse tranquille ?

– Non. Simplement, qu'on lui laisse un peu plus de temps. Même si ce n'est qu'un jour ou deux. Si on le laisse mariner encore un moment, il se pourrait même que ce soit lui qui vienne nous trouver.

– Vous trouver.

– Oui.

Resnick soupira. Quelques heures plus tôt, il avait adressé une requête semblable à Skelton, demandant à son supérieur de s'en remettre à son jugement.

– D'accord, quarante-huit heures. En attendant, comblez les trous de ce rapport. Si nous avons besoin de l'utiliser, assurons-nous qu'il est en béton.

Gerry Hovenden avait appris que Shane avait été interpellé pour un interrogatoire, mais qu'on ne l'avait pas encore relâché. Après être resté plusieurs heures à gamberger jusqu'à s'en rendre presque malade, il avait décidé de partir à la recherche de Frankie Miller pour lui demander conseil. Frank

Miller, le genre de type à qui on s'adresse quand on a une galère.

Miller était videur dans les boîtes de nuit, dans les pubs ; le temps qu'il arrive à se glisser dans un smoking au rabais ou dans une combinaison en faux satin brillant, un casque radio noir mat enfoncé sur le crâne comme une couronne d'épines, il était opérationnel. Visage souriant, la main levée – pas ce soir, amigo, fringué comme tu l'es, pas question, essaie plutôt la boîte du bout de la rue, un peu de patience, rangez-vous en ordre sur le trottoir et patientez un peu. Assez souvent, ils regardaient Frank – pas tellement grand, presque obèse, sûrement à court d'entraînement, pas loin de la trentaine –, et ils se disaient, espèce de gros porc, c'est pas toi qui vas me dire ce que je dois faire, où je dois aller, pas question. Frank adorait ça. Les mômes qui commençaient à l'injurier, qui faisaient les malins pour impressionner les pouffes rachitiques qu'ils sauteraient plus tard contre un mur avant d'acheter un curry à emporter dans une boutique qui fait nocturne et de se taper plusieurs bornes à pied pour rentrer chez eux. Il adorait cette expression sur leurs visages en sueur quand ils se décidaient enfin à le bousculer, à lui balancer un marron, et qu'il ne bougeait pas d'un poil. Frank, tout sourire avant de cogner à son tour.

De temps en temps, il devait le reconnaître, il se laissait un peu déborder par la situation ; dans ces cas-là, le patron du moment – sans rancune, hein, Frankie ? – était bien obligé de le virer. Pas de problème. Il y avait toujours un autre pub, une autre porte, un autre samedi soir. Sinon… Eh bien, il y avait d'autres boulots. Le copain d'un copain qui cherchait des gros bras, l'ami d'un ami. Frank avait un arrangement avec un type qui prêtait de l'argent, vous voyez, quand le banquier vous faisait la gueule, que l'office du logement vous réclamait des arriérés de loyer, que les huissiers étaient sur le point de débarquer. Bien sûr, le taux d'intérêt était élevé, à qui ils croyaient avoir affaire ? À S.O.S. Quart-monde de mes deux, ou quoi ? Frank avait un moyen de s'assurer que les gens remboursaient leur dette ; sinon, il savait leur faire prendre conscience de leur erreur.

Frank Miller ? Un peu brutal, mais sous sa rude écorce, un type plutôt convenable. Je vais vous dire, si j'étais dans la merde, c'est à lui que je demanderais un coup de main. Frankie. Un brave type, vraiment un brave type.

Frank était dans son pub habituel à Heanor, buvant tranquillement sa dernière pinte, quand Gerry Hovenden entra, en combinaison de cuir, son casque à la main.

– Qu'est-ce qui t'arrive, bordel ? demanda Miller. On dirait que les rats t'ont bouffé les couilles pour le petit dèj', et que maintenant ils s'attaquent au reste.

– C'est Shane…, répondit Hovenden, le souffle court, manquant faire tomber un verre de la table en s'asseyant.

– Qu'est-ce qu'il a, Shane ?

– Il est chez les flics. Ils l'ont serré cet après-midi.

– Et pour quel motif, bon Dieu ?

– J'en sais rien. J'en sais rien. J'ai pas eu l'occasion de lui parler, tu comprends ?

– Alors, calme-toi. C'est peut-être rien du tout. Tu sais comment ils sont, les flics. Shane, il a déjà fait de la taule, non ? Pour le moindre truc, ils peuvent décider de l'embarquer.

– Je sais bien, mais…

La main de Frank Miller agrippa comme un étau la cuisse de Hovenden, serrant le muscle derrière le genou.

– Il parlera pas, ton copain Shane. Et s'il parlait, qu'est-ce qu'il pourrait dire sans s'enfoncer lui-même dans la merde ?

Hovenden cligna des yeux, reprit son souffle, s'efforçant de ne pas accorder d'attention à la douleur, au pouce de Miller qui lui écrasait les chairs contre l'os.

– T'as confiance en lui, non ?

– Bien sûr.

– Ouais, ouais, ouais, bien sûr.

Miller desserra sa prise et frappa Hovenden au bras, deux fois, avec son poing, comme pour plaisanter.

– Y a pas à s'inquiéter, alors, hein ? (Il leva sa pinte.) Je t'en aurais bien payé une, mais le bar est fermé. Et puis, boire et conduire… Je voudrais pas que tu te plantes avec ta bécane. Ça serait une perte pour l'humanité, Gerry, si tu te cassais la gueule dans le virage de Cotmanhey et qu'on te retrouve dans le canal.

Resnick n'avait pas oublié le message de Hannah ; il s'était dit qu'il se ferait un sandwich d'abord, puis qu'il lui passerait un coup de fil. À peine rentré, le temps de libérer Pepper qui avait trouvé le moyen de rester coincé dans le panier en inox de la cocotte-minute, il changea d'avis et décida d'inverser les priorités. Le numéro de Hannah était occupé. Bon, passons au sandwich. Un peu de laitue, du concombre, du cresson ; du fromage de chèvre ; une boîte d'anchois qu'il ouvrit, vidant le surplus d'huile avant d'en écraser le contenu pour en faire une pâte épaisse avec du poivre noir et du basilic séché ; les dernières rondelles de tomates séchées, il les sortit du bocal et les coupa en lamelles. Des échos de Johnny Hartman, accompagné par Howard McGhee à la trompette, provenaient du salon. Son ami Ben Riley venait de lui envoyer le CD de New York, sans prévenir. *Charlie, venu ici en visite, je me suis laissé embarquer au ciné pour voir le nouveau film d'Eastwood, et je l'ai même aimé. Enfin, presque. En tout cas, on entend chanter ce type tout au long de la B.O., et je me suis dit que ça risquait de te plaire. En supposant que tu sois équipé de la technologie adéquate. Ton ami, Ben*. Ben, qui semblait s'acclimater de mieux en mieux à chaque carte postale, année après année. Et à présent, Resnick possédait la technologie requise.

Il coupa du pain, le recouvrit avec la laitue et les autres légumes, étala par-dessus le mélange à base d'anchois et les tomates séchées, terminant par de minces rondelles de fromage.

En attendant que le gril chauffe, il retourna au

téléphone ; toujours occupé. À la dernière seconde, il aspergea les deux tranches de pain de grosses gouttes d'huile d'olive épaisse et verte et, se léchant les doigts, il ouvrit une bouteille d'Old Speckled Hen prise dans le frigo.

Johnny Hartman, de sa voix profonde, chantait *They Didn't Believe Me*[1].

Cette fois, quand il essaya d'appeler, le téléphone sonna, sonna, sonna.

Pourquoi n'arrivait-il pas à imaginer Shane Snape se joignant à une bande de voyous pour qui casser du pédé était un sport licite ? S'efforçant de ne pas trop répandre son dîner sur le devant de sa chemise, il brisa un morceau de croûte de pain, s'en servit pour racler un peu de pâte d'anchois, et l'offrit à Bud qui miaulait. Coïncidence : au moment où la chanson se terminait, le téléphone sonna. Hannah, pensa Resnick, tendant la main pour décrocher ; c'est Hannah qui m'appelle. Sinon, ce pourrait être Lynn.

Ce n'était ni l'une ni l'autre.

– Monsieur l'inspecteur ? (La voix de Vincent, aussi reconnaissable, déjà, que celle des autres membres de l'équipe.) Monsieur, je crois que vous feriez mieux de venir.

L'homme assis dans le bureau de Resnick avait quarante-deux ou quarante-trois ans ; des cheveux châtain clair, très épais, un peu trop longs sur la nuque et qui auraient eu besoin d'un petit coup de ciseau, peut-être, à l'endroit où ils commençaient à

1. « Ils ne m'ont pas cru. » *(N.d.T.)*

faire des boucles autour des oreilles. Il avait une barbe bien taillée, soulignant le contour de la mâchoire ; des lunettes sans monture. Il portait ce qui semblait être un costume de bonne qualité, bleu marine, une rayure d'un bleu plus foncé côtoyant une rayure grise. Contrairement à ce que dictait la mode, son nœud de cravate précis était minuscule.

– Voici M. Cheshire..., dit Vincent, qui se tenait entre Resnick et la porte.

Resnick le salua d'un signe de tête et quand Cheshire tendit la main, il la lui serra, observant au passage son léger tremblement, ses traces de transpiration.

Resnick passa derrière sa table de travail et s'assit, faisant signe à Vincent de refermer la porte et de s'asseoir à son tour.

– Pourquoi ne racontez-vous pas à l'inspecteur, commença Vincent, ce que vous venez de me dire ? (Puis il ajouta :) Ne vous inquiétez pas, tout ira bien.

Cheshire s'exprimait d'une façon recherchée, avec un accent raffiné, dont avait pratiquement disparu toute trace de particularités locales qu'il ait pu avoir autrefois.

– Depuis que j'ai lu ce fait divers dans le journal, dit Cheshire, l'histoire de cet homme agressé dans le parc, j'hésite à venir vous voir. Voyez-vous, je n'étais pas sûr, je n'étais pas persuadé que c'était ce que je devais faire.

– Si vous avez des informations à nous communiquer, monsieur Cheshire, quoi que ce soit qui puisse nous aider dans notre enquête...

– Non. Non, voyez-vous... (Un regard nerveux

en direction de Vincent, qui hocha la tête de façon encourageante.) Ce n'est pas à ce sujet, du moins pas directement.

– Continuez.

– Il y a plusieurs mois, six pour être exact, six mois et sept jours, j'ai été agressé par un homme sur la Promenade, le long du parc, le même parc. (Cheshire ôta ses lunettes et pencha la tête vers l'avant et sur le côté, en appui sur sa paume.) J'ai été projeté au sol et presque étranglé par-derrière. On m'a menacé, m'expliquant ce qui m'arriverait si je criais… Et puis, de force… On m'a violé, inspecteur, voilà ce qui m'est arrivé. Il y a six mois, un peu plus de six mois.

Le silence régnait dans la pièce. On n'entendait que la respiration des trois hommes, couvrant un bourdonnement électrique à peine audible.

– Cet incident, dit Resnick, vous ne l'avez pas signalé à l'époque ?

Cheshire secoua la tête.

– Pas à votre médecin, à l'hôpital… ?

– Non.

– En avez-vous parlé à qui que ce soit ?

– Non, je n'en ai pas parlé.

– Ce n'est pas un problème, dit Vincent d'un ton rassurant.

– J'ai l'impression d'être accusé, ici.

– Non, dit Vincent en jetant un regard à Resnick.

– Non, monsieur Cheshire, confirma Resnick, ce n'est absolument pas le cas.

– Parce que si je n'avais pas estimé que c'était important, je ne serais jamais venu vous trouver.

Resnick opina.

– Nous comprenons cela. (Puis :) Et si vous venez nous trouver aujourd'hui, c'est parce que vous pensez que les deux agressions sont comparables ?

– Eh bien, oui.

– Qu'il est possible qu'elles aient été commises par le même individu ?

– Oui, bien sûr. Je veux dire, c'est assez probable, n'est-ce pas, tout compte fait ?

– Il y a quelque chose que je dois vous demander, monsieur Cheshire…, dit Resnick, se penchant légèrement en avant, les mains se rejoignant devant lui. Lorsque vous vous trouviez dans le parc ce soir-là, étiez-vous allé là-bas dans l'espoir d'une rencontre à caractère sexuel ?

– Écoutez, je regrette…

Cheshire était debout et se tournait vers la porte, Vincent à demi levé pour l'intercepter.

– Monsieur Cheshire, dit Resnick. Monsieur Cheshire, asseyez-vous, je vous prie.

Cheshire sortit un mouchoir de sa poche de veste. Il s'épongea le visage, se moucha, se retourna pour faire face à Resnick.

– Excusez-moi. (Il regagna son siège.) Et, oui, vos suppositions concernant les raisons de ma présence dans le parc cette nuit-là, elles sont exactes.

– Et ce n'était pas la première ni la seule fois que vous vous y rendiez dans des circonstances similaires ?

Lent signe de dénégation.

– Êtes-vous marié, monsieur Cheshire ?

Resnick jeta un coup d'œil à l'annulaire de sa

main gauche. La trace n'était plus visible à présent, mais la peau restait un soupçon plus pâle à l'endroit de l'alliance que sur le reste du doigt.

– Plus maintenant.

– Votre métier ?

– Je travaille pour une compagnie financière, prêts et retraites complémentaires.

– Et cet aspect de votre vie, personne d'autre ne le connaît ?

Cheshire évitait le regard de Resnick.

– C'est exact.

– L'individu qui vous a agressé, demanda Resnick, pouvez-vous le décrire ?

Cheshire secoua la tête.

– En aucune façon ?

Le silence fut long.

– Il était fort, finit par dire Cheshire. Très fort. J'ai pensé – évidemment, il n'y a aucun moyen d'en être sûr – j'ai pensé qu'il était peut-être sous l'influence d'une drogue.

– Pourquoi ?

– Sa force semblait presque surnaturelle, et sa colère... Je crois – j'ai cru – qu'il voulait me tuer. C'est ce qu'il avait vraiment envie de faire. Mais au lieu de cela, il... Il... Il a essayé de me faire le plus de mal possible.

Les lunettes de Cheshire lui glissèrent des doigts et il pleura. Les doigts croisés devant les yeux, il pleura. Après quelques instants, Vincent s'approcha et se posta tout près de lui, posant une main sur ses épaules. Ce ne fut que lorsque Cheshire commença à se ressaisir que Vincent regagna son siège. Resnick alla chercher un verre d'eau et Cheshire y trempa les lèvres, puis en avala une lampée, s'étrangla un peu, le remercia, essuya ses lunettes avec son mouchoir humide, les remit sur son nez, les ôta de nouveau.

– Je me demande, ajouta Vincent à voix basse, si je pourrais me permettre de vous poser une dernière question, concernant ce qui vous est arrivé ?

Cheshire hocha la tête.

– Allez-y.

– La pénétration, quand elle a eu lieu…

– Une bouteille…, dit Cheshire, fermant les yeux de toutes ses forces, se remémorant la scène. Il s'est servi d'une bouteille, puis il l'a brisée contre la grille du parc quand il a eu terminé.

43

Si Hannah s'était réveillée plus tôt que d'habitude ce matin-là, et si elle avait regardé par la fenêtre de sa chambre, elle aurait vu plusieurs hommes en salopette, à quatre pattes parmi les buissons qui poussent le long des grilles séparant le parc de la Promenade. Elle se serait demandé ce qu'ils cherchaient, au juste, avec leurs gants renforcés et leur luxe de précautions.

Levé lui-même de bonne heure, incapable de dormir, Resnick s'était rendu sur place en voiture et il était resté là, debout, les mains dans les poches, pendant que les officiers de police poursuivaient leur fouille. Il était présent quand l'un d'eux, l'air triomphant, découvrit un tesson de bouteille, brisé près du goulot, et à présent rempli à ras bord d'une matière sombre, des excréments, de la terre, ou les deux. À l'intérieur d'une concavité de forme ovale, il y avait des traces d'une substance desséchée qui était presque certainement du sang.

Le simple fait de se représenter ce qui s'était passé, d'imaginer comment de telles abominations pouvaient se produire, cela suffit pour que Resnick se retrouve à serrer les poings de toutes ses forces, enfonçant l'extrémité de ses doigts dans ses paumes. *Il s'est servi d'une bouteille, puis il l'a brisée contre la grille du parc quand il a eu terminé*. Qui, se demandait Resnick, l'individu capable de commettre un tel acte haïssait-il le plus, sa victime ou lui-même ? Lequel des deux avait connu la plus grande souffrance ?

Il se dirigea vers la courte rangée de maisons mitoyennes proche de l'église. Chez Hannah, aucune lumière ne brillait au rez-de-chaussée ; une seule était visible, très haut, vers le toit. Il fut tenté de frapper à sa porte, mais il savait qu'il la réveillerait pour rien ; il n'avait guère de temps à consacrer à quoi que ce soit qui ressemblerait à une conversation, et il ne voyait pas ce qu'il aurait pu lui dire à cet instant qu'elle aurait eu envie d'entendre.

Resnick regagna sa voiture et parcourut le court trajet le séparant du commissariat en suivant Derby Road. Millington et Carl Vincent étaient assis près d'un mur latéral du local de la PJ, Lynn Kellogg debout derrière eux. La dernière liste fournie par Jane Prescott, en provenance des Renseignements, était affichée sur l'écran de l'ordinateur : les noms des individus interpellés pour comportement violent lors de rassemblements récents pour les droits des homosexuels dans le centre-ville. Quatre inculpés pour divers désordres sur la voie publique, 1993, poursuites abandonnées avant le procès ; six individus officiellement mis en garde, trois inculpés, 1994, poursuites abandonnées ; quatre mis en garde, deux inculpés, 1995, poursuites abandonnées.

– On ne leur a vraiment pas fait de cadeaux, à ces types-là ! commenta Vincent avec une pointe de sarcasme, clairement audible, dans la voix.

– Des témoignages, dit Millington, pas de

préjudices. Regardez les chiffres concernant les excités de gauche qui tentent de saboter les réunions de droite, je parie que c'est exactement la même chose.

Vincent, sceptique, adressa un sourire amusé à l'inspecteur.

– Vous avez remarqué quelque chose d'intéressant, ici ? demanda Lynn en désignant l'écran avant de faire défiler la liste. Miller, Frank. Il apparaît trois fois en trois années. Le score parfait.

Resnick était venu les rejoindre.

– Miller, c'est le type que Hovenden est allé voir.

– Hier soir, dit Lynn. Exact.

La porte du bureau s'ouvrit et un Kevin Naylor ensommeillé entra, suivi de Divine qui avait déterré on ne savait où une part de pizza froide et la mangeait avec entrain.

– Bon, fit Resnick, tous les noms de cette liste, on va les comparer à ceux qu'on a déjà reçus de la Section spéciale, et les vérifier aujourd'hui même. L'hypothèse sur laquelle nous devons travailler, c'est que ce qui est arrivé à Farrell et Cheshire n'étaient pas des incidents isolés. Il a fallu six mois à Cheshire pour se manifester ; il y a sûrement d'autres victimes qui ne le feront jamais.

– Et nous considérons toujours, dit Millington, que ces incidents et l'assassinat d'Aston sont liés ?

– À part le fait, ajouta Lynn, que toutes les victimes sont homosexuelles ?

Resnick acquiesça.

– C'est mon sentiment. Alors, ce que nous allons faire, c'est passer à l'action, et vite, suivre la piste de ceux qu'on connaît. Snape – Hovenden – Miller, voilà la chaîne, et Hovenden pourrait bien être le maillon faible. Lynn et Carl, vous venez avec moi, on va le cueillir à froid si on peut. Graham, prenez Kevin et Mark, voyez ce que ce Miller peut nous dire pour sa défense ; nous n'avons toujours pas d'alibi satisfaisant pour lui au moment où Aston a été assassiné. (Il parcourut la pièce du regard.) Des questions, des remarques ?

– Simplement, dit Vincent, au cas où il s'agirait de l'un d'entre vous, j'aimerais remercier la personne qui a mis des préservatifs et de la vaseline dans mon casier. Une petite précision, cependant, une question d'éducation sexuelle qui a son importance : la vaseline avec un préservatif, c'est dangereux, elle dégrade le caoutchouc. Un gel spécial… (il lança un clin d'œil à Divine), voilà ce qu'il faut.

Kevin Naylor eut un rire ambigu ; consternée, Lynn secoua la tête.

– Le moment ne s'y prête pas, dit Resnick, mais si ce genre d'incident venait à se répéter, je chercherais personnellement le responsable, et il sortirait d'ici si vite que ses pieds ne toucheraient pas terre.

Impassible, Divine laissa tomber dans la poubelle la plus proche ce qui restait de sa pizza.

Resnick était à l'arrière, Lynn au volant. Elle roulait vite, sortant de la ville en direction du nord-ouest. Vincent, assis à côté de Lynn, était à moitié tourné vers Resnick.

– Les organisations homosexuelles locales, dit Resnick, il est tout naturel que nous les informions.

Si elles comptent dans leurs rangs des hommes victimes d'actes semblables, il faut qu'elles incitent ceux-ci à se faire connaître.

– Le problème, fit Vincent en se tournant encore plus vers l'arrière, c'est que la plupart des hommes qui pourraient être concernés ne militent pas dans ce genre d'association, de toute façon. Et même s'ils le faisaient… (Il secoua la tête.) Ils se méfient énormément de la police.

– Eh bien, dit Resnick, nous pouvons renforcer les patrouilles autour des toilettes publiques et des espaces verts…

Vincent s'esclaffa.

– Cela devrait faire sortir dans la rue pas mal de membres de la communauté gay, protestant contre une violation de leurs droits civiques.

– De quel droit s'agit-il ? demanda sèchement Lynn. Le droit d'aller mettre sa vie en danger ?

– Hé ! (Vincent sourit, se rencognant sur son siège.) Pas la peine de t'en prendre à moi. Je n'ai jamais dit que je partageais leur point de vue.

Lynn déporta la voiture pour doubler un camion de lait, changeant de vitesse en souplesse.

– Et ton point de vue personnel, Carl, quel est-il ?

– En ce qui concerne la drague dans les toilettes, tu veux dire ?

– Oui.

Il haussa les épaules.

– Ce n'est pas quelque chose que j'aurais envie de faire, ce n'est pas pour moi. Pas avec le métier que j'exerce. Mais je comprends que certains hommes en éprouvent le besoin.

– Mais pas toi ?
– Pas moi, non. En tout cas, plus maintenant.

Aucun d'entre eux ne parla de nouveau jusqu'au moment où Lynn mit son clignotant pour tourner à gauche et arrêta la voiture.

– C'est cette maison, là-bas.

Millington consulta sa montre ; il n'était pas encore sept heures. La rue était calme. Çà et là, dans la longue rangée de maisons délabrées, on en voyait une qui avait été retapée grâce à un coup de peinture fraîche, une paire de persiennes aux fenêtres du premier, une porte neuve avec un heurtoir en cuivre bien astiqué. Pas celle-ci. Il lut le panneau invitant les visiteurs à entrer par-derrière.

– Plus de bruit, maintenant. Pas la peine de le réveiller avant que ce soit nécessaire.

Une odeur aigre-douce émanait de l'arrière-cour, semblable à celle d'un égout qui refoule. Divine, toujours optimiste, approcha en douceur sa main du bouton de la porte, et à sa grande surprise, celui-ci tourna sans résister. Haussant un sourcil, il consulta en silence Millington, qui hocha la tête. Divine ouvrit la porte en grand et pénétra dans la maison. Un robinet gouttait sur l'entassement de casseroles qui menaçait de déborder de l'évier. Ils entendaient nettement, à présent, des ronflements, rauques et saccadés, en provenance de la pièce voisine.

Rideaux tirés, Miller s'était endormi sur le canapé. Une flottille de canettes vides s'éparpillait sur la moquette, une odeur épaisse de tabac froid plombait l'air. Le tee-shirt de Miller, sorti de son jean à la ceinture défaite et à la braguette à moitié baissée, était remonté, tout fripé, sur la bosse de son ventre. Il était étendu sur le dos, un pied touchant le sol, un bras rejeté en arrière, le visage sur le côté, tout contre le coussin, la bouche ouverte.

Satisfait qu'ils n'aient pas réveillé Miller, Millington désigna l'escalier, puis, dans le jardin, l'appentis qui menaçait de s'écrouler. Après tout, ils avaient trouvé la porte ouverte, et Miller n'avait pas exprimé d'objections à ce qu'ils jettent un coup d'œil.

En retard pour prendre son travail dans l'équipe du matin, le père de Gerry Hovenden partait de chez lui alors que Resnick et les autres s'approchaient.

– À l'intérieur…, dit-il d'un ton brusque, ralentissant à peine pour regarder la carte de police de Resnick. Il devrait être sorti de la salle de bains, maintenant, avec un peu de chance.

– Mais qu'est-ce que ça veut dire, bordel ?

Hovenden surgit dans le vestibule grand comme un timbre-poste, les cheveux mouillés, un vieux maillot de Nottingham Forest pendant par-dessus son caleçon, pieds nus.

– Inspecteur Resnick, police judiciaire. Inspecteur adjoint Vincent. Je crois que vous connaissez déjà l'inspectrice adjointe Kellogg.

Lynn lui adressa un sourire rapide, pas son meilleur.

– Je sais pas ce que vous croyez faire ici, brailla Hovenden, mais vous pouvez foutre le camp.

– Et si vous montiez, suggéra Vincent, pour finir

de vous habiller ? Le temps que vous redescendiez, je pense qu'on aura trouvé la bouilloire. Pour faire du café ou du thé.

Millington était dans la cuisine, feuilletant distraitement l'exemplaire fatigué que possédait Miller de *Par-dessus tout, le courage*, se demandant ce qui pouvait bien pousser quelqu'un à s'enrôler dans la SAS, quand Naylor lui fit signe de le rejoindre dehors. Là, dans un coin de l'appentis, se trouvait une paire de brodequins Caterpillar, pointure 44, aux semelles incrustées de boue.

– Il a dû faire un peu de jardinage, commenta Millington.

– On dirait.

Derrière eux, Divine apparut sur le pas de la porte.

– J'ai l'impression qu'il va se réveiller.

Millington sourit.

– Donnons-lui un coup de main.

Le CD de Saxon était encore dans le lecteur. Divine monta le volume à fond et démarra le disque. Miller, saisi, tenta de se redresser, perdit l'équilibre, et roula sur le plancher.

– Bonjour, Frank, articula Millington en agitant sa carte de police devant les yeux incrédules de Miller, c'est l'heure de se lever.

Hovenden avait passé un jean, des vieilles chaussures de sport sans lacets. Carl Vincent avait servi du thé dans des tasses que Lynn avait soigneusement rincées sous le robinet d'eau chaude.

– Ça doit être un sacré problème pour toi, dit

Resnick d'un air innocent avec un signe de tête en direction des pieds de Hovenden, de toujours trouver des chaussures à ta taille.

Hovenden s'assit gauchement et ne répondit pas.

– C'est du 46, n'est-ce pas ? demanda Resnick.

– Quoi ?

– La pointure ? C'est du 45, du 46 ?

– Qu'est-ce que ça peut foutre ?

– Rien. Histoire de causer, c'est tout.

– C'est du 46, bordel ! Du 46, vous êtes content ?

Resnick sourit.

– Tu sais, dit Lynn, on a parlé avec ton copain Shane.

– Et alors ?

– Alors ? Il nous a appris des choses intéressantes, c'est tout.

– Ah, ouais ? Sur mon compte, je suppose ?

Lynn le regarda, la tête penchée sur le côté.

– Et à ton avis, qu'est-ce qu'il aurait bien pu nous raconter sur toi ?

– Que dalle !

Lynn hocha la tête.

– Il nous a seulement parlé de la carte de crédit.

– Quelle carte de crédit ?

– Oh, celle qu'il a vendue à Sally Purdy.

– À qui ?

– Sally Purdy, répéta Resnick. C'est elle qui nous a dit qu'elle l'avait achetée à Shane.

– Mais de quelle putain de carte de crédit vous parlez ?

– Celle de l'inspecteur Aston, répondit Resnick.

– Tu sais, fit Lynn. L'officier de police qui a été assassiné.

– Le soir, précisa Resnick, où tu sembles ne plus te rappeler très bien où tu étais.

Hovenden se recula maladroitement contre le dossier de sa chaise.

– Quel soir c'était ?

Lynn dit, avec un demi-sourire :

– Tu vois, que tu ne te rappelles plus très bien.

– Non, écoutez. Écoutez. (Hovenden ne regardait aucun des trois policiers, il ne regardait rien, ni la table, ni le sol.) Cette nuit-là, je vous l'ai déjà dit, non ? La première fois. J'étais à la maison.

– Tu as changé de version, Gerry ? demanda Resnick. Parce que si c'est le cas…

– Chez Shane, j'étais chez Shane. C'est ce que je voulais dire.

– En affirmant que tu étais à la maison ?

– Oui.

– Tu ne voulais pas dire que tu étais ici ?

Hovenden regarda autour de lui.

– Dans ce trou à rats ?

– Ce Shane, alors, demanda Vincent en se penchant au-dessus de lui, il est quoi, pour toi ? Comme un frère ?

– Oui. Je suppose, ouais.

– Il n'est pas terriblement fraternel, ce Shane, fit Vincent. Il paraît qu'il a dit de ces choses, hier…

– Vous mentez.

– Ce n'est pas ce que j'appelle de l'amour fraternel, de te mouiller jusqu'au cou comme il l'a fait.

– Vous mentez !

Le visage de Hovenden était presque blanc sous l'effet de la tension.

– Qu'est-ce que tu dirais, demanda Lynn, si je t'apprenais qu'il affirme que c'est toi qui lui as passé la carte de crédit de l'inspecteur Aston ?

Hovenden bondit sur ses pieds, renversant sa chaise, le visage projeté en avant.

– Je dirais que vous êtes une salope et une mytho !

Vincent fit claquer deux fois sa langue contre son palais.

– Ce n'est pas une façon de parler à une dame.

– Je vous emmerde !

Resnick s'était levé, à présent, il était l'heure de partir.

– Tu as bu autant de thé que tu voulais, Gerry ? Ou tu veux finir ça avant qu'on parte au commissariat ?

– Arrêtez, avait hurlé Miller, ce putain de boucan !

– Tu t'inquiètes pour les voisins, Frank ? dit Millington. C'est sympa. On a besoin de bons citoyens comme toi.

– Saxon, quand même, fit Divine en ouvrant le tiroir à CD, je les ai toujours aimés. Je les ai vus au DeMonfort Hall, oh, ça doit faire six ou sept ans, maintenant. Toi aussi, tu es allé les voir ? J'ai eu des bourdonnements dans les oreilles pendant des jours.

Miller se tourna vers lui : qu'est-ce que ça voulait dire, tout ce cirque ?

– Mais après tout, c'est comme ça que tu les aimes, non ? Dans les oreilles ? En fait, je crois bien avoir trouvé une cassette à toi il y a un petit moment. Il y avait un bon bout de Saxon dessus, et du bon, d'ailleurs.

– Pas la peine d'espérer, je suppose, dit Miller, que votre trio comique va repartir en rampant comme il est venu ?

– Bien sûr que si, Frankie, fit Millington. Dès que tu seras prêt à nous suivre.

Miller grogna et se gratta énergiquement l'aisselle.

– Ah, bon ? Et c'est pour quoi, cette fois ?

– Quelqu'un a l'air d'en vouloir à nos amis de la communauté gay, expliqua Millington. Vu tes antécédents, tu as déjà donné dans ce genre de truc, en ton temps.

– Les pédés ? Ouais, pourquoi ? C'est tout ce qu'ils méritent, non ?

– Tu n'as pas besoin de prendre de veste, dit Millington en ouvrant la marche, mais si j'étais toi, je fermerais la porte à clé. On ne sait jamais, il y a des gens qui ne se gêneraient pas pour faire comme chez eux.

44

Khan s'était réveillé ce matin-là avec la jambe de Jill passée par-dessus la sienne, sa hanche plaquée contre lui. Il faisait suffisamment jour, dans la chambre, pour qu'il puisse voir la courbe de son dos et ses fesses rebondies quand il fit glisser le drap. Il lui restait quinze minutes avant de devoir partir au travail, vingt au maximum. Pour voir, il se raidit contre Jill et sentit une pression en retour. Il savait qu'il avait le choix entre deux solutions. La première, c'était de se pencher vers elle, déposer un baiser discret entre ses omoplates, libérer sa jambe et se glisser hors du lit. Il regarda la façon dont elle s'étirait, les jambes écartées, et il devina à quel point ce serait doux et chaud s'il faisait glisser sa main un peu plus haut le long de la cuisse de Jill. D'une voix ensommeillée, elle émit un gémissement de satisfaction quand il le fit ; l'affaire était entendue. Solution numéro deux. Vingt minutes, pensa-t-il, c'était jouable.

En fait, il lui en avait fallu à peine plus de quinze. Khan boutonnait sa chemise bleu pâle, un peu passée, à présent, celle que sa petite amie précédente lui avait achetée chez Next.

– Je suis sûre…, dit Jill, se redressant un peu sur le

lit, … que tu la portes uniquement pour me faire enrager.

Empoignant sa cravate, argentée avec une bande bleue, Khan s'esclaffa.

– Il faut bien que je trouve le moyen de te faire réagir, non ?

Elle lança un oreiller, et il se baissa, agrippant le bord de la couette.

– Non ! cria Jill. C'est interdit !

Et c'est à ce moment-là que le téléphone sonna, et Khan, en riant, alla répondre. Paul Matthews était nerveux, mais sa voix facilement reconnaissable, et le sourire de Khan s'élargit à mesure qu'il l'écoutait.

– D'accord, finit-il par dire. Donnez-moi vingt minutes, j'arrive.

Retournant dans la chambre, il embrassa Jill sur la bouche, langoureusement. Cinq minutes de plus, pensait-il, que je ne t'en ai accordé.

Étant donné la gravité des crimes concernés, le poids des éléments en leur possession, qui ne constituaient au mieux que des preuves indirectes, il avait été possible d'obtenir les mandats de perquisition indispensables. Ils disposaient de vingt-quatre heures, éventuellement extensibles à trente-six, pour inculper Miller et Hovenden ou pour les relâcher. Selon les termes de la nouvelle loi, il leur était permis de prélever des échantillons sur tous les suspects afin d'établir leur ADN ; ces échantillons seraient ensuite comparés à la nouvelle base de données de Birmingham. Le rapprochement avec l'ADN du sang trouvé sur le corps d'Aston serait crucial. Mais cela prendrait du temps.

– C'est pas possible, avait dit Miller à son avocat. Je peux pas croire qu'ils aient le droit d'exiger ça de moi.

L'avocat était désolé, mais sous la nouvelle loi, effectivement, ils pouvaient le faire.

– Et si je refuse ?

– Il faudra qu'on trouve un moyen, avait répliqué Divine avec un sourire gourmand, de se passer de ta permission.

Miller avait secoué la tête.

– Vous savez ce que ça veut dire, hein ? Cette histoire d'ADN, c'est comme les empreintes digitales, non ? Une fois que vous êtes dans leurs fichiers, ils vous cavalent au cul au moindre prétexte.

– Ça ne fonctionne pas de cette façon, dit Naylor. On ne conserve les échantillons que si la personne est effectivement condamnée, ou officiellement inculpée, pour un délit qui relève du casier judiciaire. Dans tous les autres cas, ils sont détruits.

Miller rejeta la tête en arrière et s'esclaffa.

– Autant croire au Père Noël !

– Ne me dis pas, fit Divine d'un air atterré, qu'il n'existe pas ?

La première chose que firent les hommes de l'Identité judiciaire en arrivant chez Miller, ce fut d'emballer et d'étiqueter soigneusement les brodequins trouvés dans l'appentis. Une voiture attendait, prête à les emporter au plus vite pour qu'ils soient analysés. La maison elle-même, en revanche, se révéla décevante. Certes, elle contenait bien d'anciens numéros de *L'Ordre* et quelques autres spécimens de l'attirail traditionnel du militant d'extrême droite, mais rien qui pût donner des sueurs froides à la Section spéciale. Dans un carnet d'adresses crasseux, ils trouvèrent plusieurs numéros de téléphone qui évoqueraient quelque chose pour Trevor Ulman et l'Unité de renseignements sur les milieux du football, mais, là encore, pas de grosses surprises. La collection de magazines porno consacrés aux femmes aux seins hypertrophiés avait beaucoup servi, mais comparée à certaines publications confisquées quotidiennement, c'était de la petite bière. Et ils ne découvrirent aucun objet susceptible de constituer une arme. Et rien qui ressemble à une batte de base-ball.

Dès que vous alliez au-delà de la pièce principale du rez-de-chaussée, la maison que Gerry Hovenden partageait avec son père était véritablement un dépotoir de premier ordre. Hovenden Senior était le genre de type qui ne jetait jamais rien, et à ses yeux, semblait-il, la première condition pour qu'un objet mérite d'être conservé était qu'il soit couvert de crasse. Il y avait une pellicule de graisse sur la rampe de l'escalier, sur toutes les étagères et les surfaces planes, sur tout ce qu'ils touchaient. Pièces de moteurs, vieux vêtements, journaux jaunis, rouleaux de fusible, cylindres de moto, talons de caoutchouc pour réparer des chaussures, burettes d'huile rance, westerns en livres de poche aux pages cornées, outils rouillés. Et, au milieu de tout ça, le gant – celui que Gerry avait balancé là, dans les tréfonds de cette pièce du premier qui servait de débarras, au milieu des toiles d'araignée et des cartons moisis, les crottes de rat et les poissons d'argent –, le gant de moto en cuir correspondant à celui trouvé sur les quais près du corps de Bill Aston. Le second de la même paire. Son semblable. Son jumeau.

La mère de Paul Matthews était assise à sa table de cuisine, ramassant des miettes autour d'une part de gâteau aux graines de carvi pour les porter machinalement à sa bouche.

– Soyez gentil avec lui, vous voulez bien ? Il n'a jamais voulu faire de mal à personne.

Matthews était au premier dans une chambre qui n'avait guère changé au cours des quinze dernières années. Des brevets de scoutisme accrochés au mur, à côté d'une photo en couleurs de l'équipe de Nottingham Forest de 1981 et d'une carte des Galles du Sud. Sur le rebord de la fenêtre, dans un cadre, un portrait d'un Paul souriant, un petit agneau nouveau-né dans les bras, sur le chemin longeant la maison de sa tante.

– Comment s'est terminé votre séjour ? demanda Khan. Vous allez mieux ?

Au bord des larmes, Matthews se détourna.

– Je suis content que vous ayez appelé, dit Khan à voix basse. Je crois que c'était la meilleure chose à faire. (Un silence, puis :) Vous vous sentirez mieux, quand vous aurez parlé. Quand vous aurez soulagé votre conscience.

– Je ne peux pas.

– Mais si, vous le pouvez. Ça va aller.

– Je ne peux pas tout vous dire. Je ne sais pas… Oh, mon Dieu !

– Ça va aller. (Khan posa la main sur la nuque de Matthews et l'y laissa.) Dites-moi simplement ce que vous pouvez.

Après quelques instants, Matthews fouilla sa poche à la recherche d'un mouchoir en papier et Khan ôta sa main, se cala contre le dossier de sa chaise, et attendit. Il crut que Matthews allait de nouveau s'effondrer et pleurer, mais le jeune homme resta simplement assis sur le bord de son lit, à raconter son histoire, celle qu'il avait répétée si souvent dans sa tête tandis qu'il arpentait les falaises, regardant les vagues se briser sur le rivage.

Il expliqua comment un groupe de jeunes, les plus âgés des pensionnaires, une demi-douzaine d'entre eux, avaient quitté la salle de télévision de bonne heure, le soir où Nicky était mort, se dirigeant vers la porte d'un air arrogant. Comment le plus grand d'entre eux, aussi grand sinon plus que Paul lui-même, était revenu nonchalamment vers lui, l'avait fixé en souriant, et lui avait conseillé de rester où il était, de continuer à regarder ce qu'il voulait – à moins qu'il ne préfère monter pour les regarder, eux.

Ensuite, ils étaient montés à la chambre de Nicky, tous les six, et ils avaient verrouillé la porte de l'intérieur. Et Paul n'avait pas su quoi faire. Il avait eu peur, il redoutait ces garçons, la façon dont ils se pavanaient dans le foyer comme en terrain conquis, se permettant de fumer, de jurer, et parfois il y avait ces drogues qu'ils se procuraient on ne savait où, et ils se moquaient de lui, ils l'injuriaient, le menaçaient, et Paul savait qu'il était trop tard pour redresser la barre, bien trop tard, et quand les cris provenant de la chambre de Nicky furent si forts qu'il les entendit du rez-de-chaussée, tout ce qu'il avait fait, c'est monter le son de la télé.

– Vous n'en avez parlé à personne ? demanda Khan après un silence.

– Non, pas tout de suite. Pas à ce moment-là.

– Mais plus tard ?

Matthews fermait les yeux.

– J'ai informé M. Jardine.

Quelque chose d'assez proche de la jubilation monta dans la gorge de Khan.

– Vous lui avez raconté ce que vous venez de me dire ?

Matthews hocha la tête.

– Paul ?

– Oui, oui.

– Et qu'a dit M. Jardine ?

Matthews rouvrit les yeux.

– Il m'a dit qu'il était inutile d'en parler à qui que ce soit, surtout dans le cadre de l'enquête. Il m'a dit que ça ne servirait qu'à salir l'établissement. Il m'a dit que de toute façon, ça n'avait aucun rapport avec le drame.

– Et les autres surveillants en service ? Elizabeth Peck ? Vous ne lui avez rien dit ?

Matthews appuya si fort le bout de ses doigts contre ses tempes qu'ils laissèrent des marques blanches et ovales quand il les retira.

– Elle n'était pas là. Pas toute la soirée. Pas avant

que je lui téléphone pour lui dire qu'elle ferait mieux de venir.

– Elle était chez elle, malade, ou quoi ?

Matthews secoua la tête.

– Elle était au travail. Elle a un deuxième emploi.

Khan se leva et s'approcha de la fenêtre. Sur le toit d'en face, un ouvrier était assis, un foulard aux couleurs vives noué autour de la tête ; il buvait du café apporté dans une thermos en lisant son journal.

– Ces jeunes, dit Khan en débouchant son stylo. Comment s'appellent-ils ?

Et Matthews le lui dit, martelant chaque nom comme un clou.

Resnick et Millington avaient décidé de cuisiner Hovenden en premier. Le gant qu'ils avaient trouvé chez lui ? Qui complétait celui trouvé près du cadavre ? Oui, avait reconnu Hovenden, c'était bien à lui, et alors ? Il l'avait mis au rancart des mois plus tôt, avant Noël, probablement, après avoir perdu le premier pendant une balade à moto à travers le Peak District. Fin novembre, ce devait être. Il y avait de la neige sur les cimes, il s'en souvenait. Ce qu'ils avaient trouvé près du fleuve, aucun rapport, ça n'avait rien à voir avec lui.

Resnick ne lui dit pas qu'en ce moment même, le laboratoire analysait les fibres corporelles contenues dans le gant trouvé près du corps d'Aston, des fragments de peau microscopiques, comparant leur ADN à celui de Hovenden. Cela pouvait attendre jusqu'à ce que la confirmation arrive ; avec les éléments en sa possession, Resnick avait de quoi le laisser passablement ébranlé.

– Très bien Gerry, dit-il, tu peux le prendre sur ce ton si ça t'amuse. On va aller bavarder avec ton copain Frank Miller, pour voir s'il peut nous éclairer un peu sur certains détails.

Hovenden eut un rire nerveux.

– Frank, il lèverait pas la patte pour vous pisser dessus si vous étiez en train de cramer.

– D'accord, Gerry, dit Resnick d'un ton affable. (Il se leva.) Comme tu voudras. Pour l'instant.

– Sale petit morveux ! dit Millington quand ils furent dans le couloir.

– Pure bravade, fit Resnick. Rien de plus. Derrière cette façade, ce garçon est malheureux.

– Il pense que son copain Frankie est sur le point de l'enfoncer, à votre avis ?

À la porte de la seconde salle d'interrogatoire, Resnick sourit.

– On va voir s'il a raison.

Frank Miller prétendait ne garder qu'un vague souvenir d'un samedi soir de beuverie. Ouais, ouais, ce bar-là, et puis un autre. Une pinte avec ce type, ici, et quelques autres avec des potes, ailleurs. Un plat à emporter sur le chemin du retour, un donner kebab, un curry, peut-être, ou un fish-and-chips. À bien y réfléchir, est-ce que c'était pas la nuit où il était pas rentré du tout ? Il avait dormi chez son beau-frère qui habite les Meadows, il avait partagé le plancher avec les deux Rottweiler de sa sœur, qui espérait bien qu'ils allaient faire des petits pour qu'elle puisse les vendre. Lui, Frank, ça le dérangeait pas, du moment qu'ils décidaient pas de s'y mettre pendant qu'il pionçait là. Et pourquoi est-ce que Resnick envoyait pas quelqu'un chez eux, pour avoir confirmation ?

Resnick n'était pas spécialement ravi ; encore un alibi dont la confirmation dépendait de parents proches qui préféraient certainement signer n'importe quel faux témoignage plutôt que de voir l'un des leurs finir en cabane.

– En attendant, fit Millington, pourquoi n'essaies-tu pas de nous parler de ça ?

Et avec un geste qui ne manquait pas d'emphase, il brandit les brodequins Caterpillar.

– Qu'est-ce qu'elles ont, ces godasses ?

– Eh bien, est-ce que tu les reconnais, pour commencer ?

Miller haussa les épaules.

– Il doit y en avoir des centaines de paires, comme ça, des milliers.

– Tu prétends que ce ne sont pas les tiennes ?

– Ce que je dis..., fit Miller, l'arrogance au bord des lèvres, ... c'est que j'en sais rien. Ça pourrait être les miennes, et puis ça pourrait bien être celles de quelqu'un d'autre.

– Tu veux peut-être en essayer une ? suggéra Millington.

– C'est quoi, ce cirque ? On rejoue Cendrillon, ou quoi, bordel ! Parce que si c'est ça, pour les deux mochetés de frangines, on a le bon casting, c'est moi qui vous le dis.

– On a trouvé ces brodequins, dit Resnick, dans ta cabane de jardin, ce matin.

– Vraiment ? Incroyable, non ? Je les ai cherchées partout, ces saloperies.

– « Ne t'inquiète pas des ânesses que tu as perdues il y a trois jours, dit Millington d'un air songeur, car elles sont retrouvées. »

Resnick lui lança un bref regard oblique. Dans la bouche d'un homme dont la seule expérience religieuse avouée semblait être une chanson de *Jésus-Christ, Superstar* interprétée par Petula Clark, une citation biblique était pour le moins inattendue.

Mais Millington n'avait pas terminé.

– Intéressant, aussi, ce qu'on a trouvé dessous. Ce genre de brodequin, tu vois. Avec toutes ces rainures et ces sculptures dans la semelle, tu serais surpris de savoir ce qui reste coincé dedans. (Il marqua une pause, examinant Miller avec attention, à présent.) Ou peut-être que tu ne serais pas surpris du tout.

Miller se répandit contre le dossier de sa chaise, tournant un instant la tête vers son avocat, un sourcil levé.

– Alors, dites-le-moi, fit-il.

Millington ouvrit d'une pichenette la couverture de son calepin.

– De la boue, pour commencer…

– Ah, ouais ? Putain, c'est une sacrée surprise, dit Miller.

Mais le cœur n'y était pas.

– De la terre, poursuivit Millington, de même composition que celle que l'on trouve sur la partie des quais où l'inspecteur Aston a été assassiné. Pas seulement ça, on a trouvé du sang, de petites traînées de sang en travers de la languette de la chaussure gauche, du sang du même type que celui d'Aston.

Le sang de Miller, quant à lui, désertait son visage.

– On a découvert autre chose, aussi, dit Resnick en se rapprochant de Miller. Une cassette contenant de nombreux morceaux d'un groupe nommé Saxon, un de tes préférés, je crois ? Et ce n'est pas tout. Il semble que le propriétaire de cette bande s'en était servi une première fois, pour enregistrer un discours à un rassemblement du Parti national britannique, à l'automne dernier. Ça ne doit pas être impossible de vérifier si tu y étais.

Miller resta un long moment assis sans bouger, les bras posés sur les genoux, fixant le plancher. Puis il releva la tête et dessina un O parfait avec les lèvres.

– Vous avez une cigarette ? demanda-t-il. J'ai besoin d'une clope.

Son avocat lui tapota le bras.

– Vous n'avez aucune obligation de parler de cela maintenant, pas sans en avoir discuté d'abord avec moi.

– Ce que vous pouvez faire, dit poliment Miller (poliment pour Miller), c'est aller vous faire foutre. Et plantez-moi encore une fois vos doigts dans le bras, et je vous les brise tous un par un. Compris ? Je connais mes droits mieux que vous.

Message reçu.

Un coup frappé à la porte fit sortir Resnick de la salle, et l'expression sur le visage de Naylor lui apprit la nouvelle plus vite que les mots.

– Merde ! fit Resnick.

C'était un mot qu'il employait rarement, ou en plaisantant. On avait pratiquement la preuve que le sang étranger trouvé sur le corps d'Aston ne provenait ni de Miller, ni de Hovenden.

Il retournait à la salle d'interrogatoire lorsque Khan apparut à l'autre bout du couloir, un sourire aux lèvres : les nouvelles n'étaient pas toutes mauvaises. Après l'avoir écouté, il envoya Kevin Naylor le remplacer auprès de Millington – il voulait confronter Jardine lui-même.

45

Le costume était différent, croisé, avec de larges revers, sombre avec de fines rayures, mais la quantité de pellicules tombées des cheveux grisonnants de Jardine était la même. Les veines de son nez ressortaient davantage, les coins de ses yeux étaient humides, couverts d'un voile jaune.

Il commença par tendre la main à Resnick, et quand celui-ci la refusa, il s'assit derrière son bureau et se croisa les bras sur la poitrine.

– L'inspecteur adjoint Khan et moi-même arrivons tout droit du commissariat, dit Resnick en prononçant chaque mot avec soin, où un membre de votre personnel, Paul Matthews, a fait une déposition concernant les événements qui ont précédé la mort de Nicky Snape dans cet établissement.

Jardine accusa le coup et se couvrit la bouche d'une main aux doigts écartés.

Resnick fit un signe de tête à Khan qui sortit de sa poche intérieure une enveloppe contenant plusieurs feuilles de papier.

– J'aimerais que vous lisiez cette déposition maintenant.

Jardine hésita avant de tendre le bras et de prendre le document de la main de Khan ; il évitait toujours de regarder directement l'un ou l'autre des deux policiers.

– Lisez-la, dit Resnick, jusqu'au bout, attentivement, avant de me faire part de vos réactions.

Le regard de Jardine se cabra à la fin du premier paragraphe, puis il reprit sa lecture. À la fin du deuxième paragraphe, il jeta un coup d'œil oblique vers le mur, les photos qui retraçaient sa carrière. Quand vint le moment où, l'ayant lue jusqu'à la fin, il repoussa la déposition vers l'autre bord de son bureau, il y avait des larmes dans ses yeux, mais pas suffisamment.

– Ce qu'affirme Matthews est essentiellement exact ?

Jardine hocha la tête ; oui.

– Il vous a dit que ces jeunes s'étaient rendus dans la chambre de Nicky le soir où il est mort ?

– Oui.

– Qu'à son avis, ils lui avaient fait subir des brimades, sinon bien pire ?

– Oui.

– Et qu'il avait la conviction que ces brimades étaient de nature sexuelle ?

– Il n'y a aucune preuve…

– Mais c'est bien ce qu'il vous a dit ?

– Oui.

– Le membre du personnel qui était de service ce soir-là ?

– Oui.

– Et vous n'avez rien fait.

Le regard de Jardine alla de Khan à Resnick. Il secoua la tête.

– Vous avez dit à Matthews de ne rien faire, de ne rien dire ?

– Oui.

– Pourriez-vous m'expliquer pour quelles raisons ?

Après un silence, Jardine répondit :

– Cela n'aurait fait que perturber le bon fonctionnement de ce foyer. Je ne voyais pas à quoi cela aurait pu servir.

– Et pourquoi donc ?

Jardine le regarda droit dans les yeux pour la première fois.

– Nicky Snape était déjà mort.

Se levant, Resnick récupéra le document sur le bureau.

– Des copies de cette déposition ont été envoyées au directeur des services sociaux, à Phyllis Parmenter, le membre de l'inspection des services sociaux qui a présidé à la première enquête, et au procureur de la Couronne. L'inspecteur adjoint Khan interrogera les jeunes nommés dans le rapport dès que vous aurez pris les dispositions nécessaires pour qu'un parent ou un représentant légal soit présent. Est-ce bien compris ?

Jardine acquiesça d'un signe, la tête basse une fois de plus, et Resnick, après un regard rapide vers Khan, les laissa seuls tous les deux. À présent que la corvée était terminée, il avait hâte de se débarrasser des relents de tristesse et de corruption de cette pièce, de cet homme, de cette institution.

Une nuit sur le mince matelas de la cellule du commissariat avait suffi à rendre Frank Miller raisonnable. Se dédouaner pour la présence du sang sur ses chaussures, des voix sur la bande, ça n'allait pas être facile, il le savait. Et tout ça pour quoi ? Pour sauver la mise à deux petits pédés – Frank était sûr qu'ils en étaient, même s'ils juraient le contraire –, deux lopes qui ne le méritaient même pas. Faire un faux témoignage pour des mecs pareils ! Pas question de se mouiller pour deux petits branleurs !

Alors, Miller commença à tambouriner la porte de sa cellule un peu avant sept heures, et à neuf heures il était de retour dans la salle d'interrogatoire avec Millington, Naylor, et un magnétophone. L'histoire qu'il leur raconta était la suivante : son beau-frère, Ian Orston, avait eu des mots avec certains des Irlandais qui fréquentaient ce pub de London Road, et il avait demandé à Frank et à quelques copains de venir l'aider à leur flanquer une raclée. Leur apprendre à avoir un peu de respect. Frank avait passé le mot à Gerry Hovenden qui, à son tour, avait enrôlé Shane. Mais Shane n'était pas venu, pas tout de suite. Et c'est Ian qui avait apporté la batte de base-ball, un cadeau de Noël de ses mômes.

Ils avaient foutu une branlée aux mecs dans le pub.

Frank ne se rappelait plus qui avait eu l'idée de descendre vers le fleuve, peut-être jeter un œil au TBI, mais c'est ce qu'ils avaient fait. Après la fermeture, ils avaient tous repassé le pont, bien beurrés, à ce moment-là, et plutôt bruyants, se poussant les uns les autres pour se marrer, parce qu'il n'y avait personne d'autre à pousser. Ian et lui-même étaient partis devant, pour aller chez Ian, qui habite aux Meadows, en suivant le chemin qui traverse le terrain de jeux, derrière les jardins du Mémorial. C'est quelque part dans les environs, de ce côté-là du fleuve, que les autres ont dû tomber sur Shane, qui était déjà en train de s'engueuler avec un type. Celui qui s'est révélé être un flic. Le pauvre mec !

En tout cas, ils gueulaient tellement fort, tous les deux, que Frank n'avait pas tout compris, sinon qu'il se rappelait que Shane avait accusé le type d'être pédé – ce qui était quand même un peu fort, s'était dit Frank, venant de sa part –, et d'avoir essayé de lui peloter les couilles dans les pissotières. L'instant d'après, ils lui sautaient tous dessus, en gueulant « Sale tapette », des trucs comme ça, en le bourrant de coups de pied.

Frank et Ian étaient restés en retrait, sur le chemin, à regarder le spectacle. Frank avait eu envie de se joindre à la fête, il n'avait pas peur de l'avouer, mais à la façon dont ils grouillaient tous autour du type, il n'y avait vraiment plus de place.

Et puis Shane s'était séparé du groupe, il avait foncé sur la batte de Ian. Il était revenu aussitôt dans la mêlée, et il avait frappé le mec en plein visage comme s'il avait envie de lui arracher la tête. À la fin, Gerry l'avait tiré en arrière. Il avait voulu rendre sa batte de base-ball à Ian, mais Ian avait dit pas question.

– Je me suis approché du type et je l'ai regardé, dit Frank. Un vrai carnage. (Il haussa les épaules.) Ça doit être à ce moment-là que j'ai récolté du sang sur les godasses.

– Et à aucun moment, pendant que ce massacre se déroulait sous tes yeux, demanda Millington, tu n'as levé le poing sous l'effet de la colère ni donné le moindre coup ?

– Moi ? fit Frank Miller. Pas un seul. Je vous en donne ma parole.

Et il sourit.

Hovenden nia tout, jusqu'au moindre mot. Le résultat des tests sur les fragments de peau trouvés dans le gant n'étaient pas encore revenus du labo.

– Laissons-lui le temps de ruminer un peu là-dessus, dit Millington.

– Ce Ian Orston, lui lança Kevin Naylor depuis le terminal informatique, il a des antécédents. Vous voulez que je le ramène, pour voir si sa version concorde ?

– Oui, occupe-toi de lui tout de suite. Emmène Carl avec toi, d'accord ? Et ouvrez l'œil, tous les deux.

Ils partaient quand Resnick revint, morose, l'œil triste. Millington attendit que le thé soit prêt pour lui donner tous les détails.

– Bien, Graham…, dit Resnick, réconforté. Allons chez les Snape, vous et moi, voir si on peut mettre la main sur Shane. Mark, Lynn, il vaudrait mieux que vous veniez avec nous.

Quand Norma ouvrit la porte à Resnick, en ce milieu d'après-midi, elle portait encore ce dans quoi elle avait dormi, une vieille robe de chambre mal fermée. Un regard à Resnick, et elle fit demi-tour pour rentrer dans la maison. Les rideaux du salon de devant étaient fermés et le téléviseur en marche. Norma avait une cigarette à la main, une autre, oubliée, se consumait à côté de son pain grillé froid.

– Norma, dit Resnick, que s'est-il passé ? Ça va ?

Elle le regarda comme si elle n'avait pas très bien entendu ce qu'il avait dit.

– Norma, c'est Shane. Il est là ?

Norma secoua lentement la tête.

– Nous avons un mandat pour fouiller la maison.

– Qu'est-ce que ça peut me faire ?

Resnick adressa un signe de tête à Millington et Divine, et ils foncèrent vers l'escalier. Il attendit que Norma se laisse choir sur le canapé et qu'elle baisse le son de la télé. Dehors, dans la cour, le chien aboyait frénétiquement pour qu'on le nourrisse.

– Je le fais entrer ? demanda Resnick.

Norma se moquait bien de ça aussi.

Resnick fit signe à Lynn de rester avec Norma pendant qu'il remplissait un bol de biscuits pour chien et qu'il ouvrait la porte, restant prudemment à l'écart quand le chien entra comme un boulet de canon. Il entendait Millington et Divine se déplacer d'un pas pesant au premier étage. De retour dans le salon, il s'assit en face de Norma, attendant que son regard accommode sur lui.

– C'est grave, cette fois, Norma. Cet alibi que vous lui avez fourni, à lui et à son copain, ça ne tient pas. (Norma cligna des yeux comme si elle ne comprenait que la moitié de ce qu'on lui disait.) Où est-il, Norma ? Shane. Où est-il, en ce moment ?

Les bruits de pas dans l'escalier furent suivis d'un

lent signe de dénégation de la part de Millington, son expression lui apprenant qu'ils n'avaient rien trouvé. Ni Shane, ni aucune espèce d'arme : il l'avait brûlée ou cachée, pensa Resnick. Il fut tenté de se représenter la batte flottant à la surface du fleuve, lancée dans l'eau après l'assassinat d'Aston et jamais retrouvée – sinon qu'il y avait eu par la suite l'agression contre Declan Farrell, et les sévices très particuliers qu'il avait subis. *Un instrument verni, lourd et dur*. Ils avaient fouillé sur huit cents mètres les bas-côtés de la ligne de chemin de fer, ils avaient cherché entre des pierres tombales envahies de végétation, dans des fourrés, des champs. Toutes les poubelles, la moindre arrière-cour, le moindre recoin.

Il a frappé le mec en plein visage, comme s'il avait envie de lui arracher la tête.

Resnick voyait Shane debout près du cadavre, la sueur coulant sur sa lèvre supérieure, le souffle court, la haine et la colère embrasant son regard.

Pourquoi ?

– Votre Shane, dit Resnick, quand il ne traîne pas avec ce Gerry, y a-t-il d'autres amis qu'il voit ? Plus particulièrement, je veux dire ?

Norma ne répondit pas.

– Des petites amies ?

– Sara Johnson, dit Norma avec mépris. Une traînée.

– Vous savez où elle habite ?

Norma n'en savait rien, et elle s'en fichait éperdument, mais elle pensait que Sara travaillait au centre commercial Victoria, à la cafétéria, quelque chose comme ça.

– Assurez-vous que la maison reste sous surveillance, dit Resnick à Millington quand ils furent ressortis. Côté rue et côté jardin. Et restez en contact avec le commissariat. Lynn, venez avec moi. Allons voir si nous pouvons trouver cette Sara Johnson.

Au bord du trottoir, il se retourna.

– Soyez vigilants, vous tous ; restez sur vos gardes. N'oubliez pas ce qu'il a peut-être fait. Il est jeune et il est fort, il ne se laissera pas prendre facilement.

– Qu'on me donne seulement une chance, fit Divine après le départ de Resnick. Shane Snape et moi, un contre un, on verra s'il est si difficile que ça à mater, à ce moment-là.

Une fois à la cafétéria, slalomant entre les caddies et les poussettes, Resnick se rendit compte qu'il avait déjà vu Sara Johnson ; c'est elle qui les avait servis, Hannah et lui, tout comme elle le faisait maintenant pour Lynn et lui-même, leur apportant des expressos bien serrés, forts, dans des petites tasses en carton. Ils s'identifièrent et demandèrent à Sara si elle voulait bien répondre à quelques questions. Ils emportèrent leurs cafés jusqu'à une table voisine et s'installèrent avec Sara, mignonne dans son uniforme rose, avec son visage finement sculpté, ses dix-sept ans.

Intimidée, elle alluma une cigarette et écarta la fumée de son visage d'un geste de la main.

– Je sais pas, dit-elle en réponse à la question de Resnick. J'ai pas vu Shane depuis une semaine ou plus, maintenant.

– Sara, vous comprenez qu'il s'agit d'une affaire importante ?

Le bout de sa langue pressa un moment le dessous de sa lèvre supérieure.

– Je suis pas une menteuse, vous savez.

– J'en suis sûr.

– Je l'ai pas vu. Et puis, c'est pas lui qui serait venu me trouver, si c'est ce que vous pensez.

Près d'eux, un homme vêtu d'un pardessus minable – autrefois somptueux, quand il appartenait à quelqu'un d'autre, mais il y avait bien longtemps – toussait continuellement contre le dos de sa main, une toux râpeuse, à vif, qui suffit à donner un mal de gorge à Resnick.

– Pourquoi dites-vous ça ?

– Parce qu'il serait jamais venu, voilà pourquoi. (Il y avait une certaine irritation, mêlée d'amusement, dans son regard.) D'abord, parce que mon vieux, il peut pas le saquer, il veut pas le voir à la maison, d'accord ? Et puis, lui et moi, c'est fini. Je l'ai largué. Le week-end d'il y a deux semaines, maintenant.

Resnick se rappela qu'il avait un expresso à boire.

– Pourquoi l'avez-vous laissé tomber, Sara ? demanda Lynn.

Penchant la tête en arrière, Sara expira une longue volute de fumée. Elle avait les ongles peints, remarqua Resnick, avec une sorte de vernis qui scintillait, comme ces paillettes dont les mômes aiment qu'on saupoudre leur glace.

– On est sortis, bon. Le samedi. Pour voir un film, je pensais, mais non, Shane, ça lui disait rien, alors on est montés au Malt House pour boire un verre. Ensuite, je sais plus. Au Dog and Bear ? En tout cas, après ça, on redescend vers la place du marché, et Shane, il appelle un taxi. Alors, je me dis, j'ai compris, sa mère doit être sortie, il m'emmène chez lui, comme d'habitude, comme s'il pensait qu'à ça. Les mecs, vous savez… Encore que, dans le cas de Shane, on peut se demander, des fois, pourquoi il se donne la peine d'essayer. Bref, je monte dans le taxi, et il me dit qu'il vient pas, il a promis à un pote de le retrouver. Il donne un billet de cinq livres au chauffeur et il lui dit de me ramener chez moi. Moi, il était pas question que je laisse passer un truc pareil. Je lui ai dit que si c'était comme ça, il pourrait peut-être passer tout son temps avec ces chers amis au lieu de le perdre avec moi. (Sara regarda Resnick et eut un léger haussement d'épaules.) Ça s'est terminé comme ça.

– Comment a-t-il réagi ? demanda Lynn. Quand vous lui avez dit ça ?

Sara jeta un regard derrière elle, vers le comptoir où elle travaillait. En la regardant, Resnick se demanda si elle savait à quel point elle était jolie.

– Ça lui a fait ni chaud ni froid, dit-elle. Je crois qu'il a jamais été amoureux de moi, de toute façon.

À la toux persistante de leur voisin s'étaient joints les hurlements aigus d'un jeune enfant, et Resnick s'attendait à ce qu'ils déclenchent les cris de la mère et l'inévitable claque. Des haut-parleurs invisibles diffusaient un orgue aux sonorités métalliques accompagné de percussions, qui enchaîna *The Skye Boat Song* et *How Are Things in Glocomorra ?*

– Écoutez, fit Lynn en baissant la voix, je ne voudrais pas être indiscrète, mais vous avez dit… Enfin, vous avez laissé entendre que faire l'amour avec Shane, ce n'était pas le rêve.

Sara rafla son paquet de Silk Cut et se tortilla sur sa chaise.

– Pourquoi vous avez besoin de me demander ça ?

– Sara, je suis désolée, je sais que c'est quelque chose de personnel, mais croyez-moi, nous avons d'excellentes raisons de vous poser cette question.

Elle tira une longue bouffée de sa cigarette et ferma les yeux un instant.

– On aurait dit, vous savez, qu'il en avait toujours envie, sauf qu'il arrivait jamais… Enfin, pas jamais, vraiment, mais… Au début, tout allait bien quand on… quand il… Écoutez, j'arrive pas à croire que je suis là en train de vous raconter ça, j'ai l'impression de me trouver à la télé, dans un de ces reality shows, vous savez ? Mais des fois, enfin, comment dire ? Ce qu'il était si pressé de commencer, il pouvait pas toujours le terminer. Ça vous va, comme ça ? (Elle écrasa sa cigarette et se leva en hâte, jetant un regard vers la machine à café abandonnée.) Maintenant, il faut que j'y aille, sinon je vais me faire virer. D'accord ?

– Oui, bien sûr, dit Lynn en se reculant sur sa chaise. Et merci, Sara.

Resnick la regarda s'éloigner. Le frottement soyeux de ses cuisses dans sa jupe rose… Pourquoi prêtait-il de nouveau attention à ce genre de détail, depuis qu'il connaissait Hannah ?

– Bon travail, dit Resnick à Lynn. Vous vous en êtes beaucoup mieux tirée que je ne l'aurais fait.

Lynn lui adressa un bref sourire et vida sa tasse. Ils trouvèrent un téléphone près de la sortie de Mansfield Road et Resnick appela le commissariat ; jusqu'à maintenant, il n'y avait aucun signe de Shane. Mais vingt minutes plus tôt, les fibres trouvées à l'intérieur du gant de cuir avaient été identifiées avec succès comme provenant de Gerry Hovenden. Rien ne pouvait plus les empêcher, à présent, de l'inculper du meurtre de William Aston.

– Bien, fit Resnick en transmettant la nouvelle à Lynn alors qu'ils se dirigeaient vers l'ascenseur. On y retourne prestissimo.

– Ce que vous voulez dire, commenta Lynn avec un sourire, c'est que vous voulez que je conduise. Une fois de plus.

46

Naylor et Vincent relevèrent Millington et Divine dix minutes avant six heures ; Millington, cependant, n'était pas spécialement pressé de rentrer chez lui – sa femme, il le savait, était fin prête pour l'un de ses cours du soir, et il n'aurait rien de plus excitant, pour égayer sa soirée, qu'un reste de lasagnes aux champignons, enveloppé dans un film transparent biodégradable.

– La fille, dit Millington. Sheena, c'est ça ? Elle est rentrée il y a une heure, et repartie il y a dix, quinze minutes. À part ça, calme plat.

Quand Vincent prit la place de Divine, les deux hommes parvinrent à se croiser sans échanger un regard.

– J'ai failli oublier…, dit Millington, passant la tête dans la voiture par la fenêtre la plus proche de Naylor. Comment ça s'est passé avec le copain de Frankie Miller, Orston ?

– Fermé comme une huître, au début, comme on pouvait s'y attendre. Une fois qu'il a commencé à parler, par contre, tout ce qu'il a dit concordait pratiquement avec la version qu'a donnée Miller des événements. Y compris le fait qu'ils sont tous les deux restés en retrait pendant que les autres massacraient Aston. Je lui ai demandé s'il n'avait pas été tenté de foncer dans le tas, d'essayer d'arrêter la boucherie, mais il a dit, non, c'était pas mes oignons. La seule chose qu'il regrettait, ce salopard, c'est que Shane ait utilisé sa batte de base-ball pour lui éclater la tête.

– On se demande où ils vont, non ? dit Millington. Les types comme lui.

– Ce qu'il lui faudrait, fit Divine, c'est prendre une bonne branlée, pour changer. C'est tout ce qu'ils sont capables de comprendre, ces gars-là.

Pendant que Naylor et Vincent étaient en faction à l'extérieur de la maison des Snape, et que Millington regardait une série policière en faisant glisser ses lasagnes avec une canette de Carlsberg, Divine tournait en rond dans son appartement, incapable de s'intéresser à l'une ou l'autre des vidéos qu'il avait louées, *Le Spécialiste* et *Highlander III*. La pizza qu'il avait commandée par téléphone était toujours dans son carton, complètement froide.

À dix heures et demie, il était tellement sur les nerfs qu'il composa le numéro de l'infirmière de l'hôpital qui avait consacré neuf mois à essayer de lui faire changer sa façon d'être et puis, alors qu'il y était presque parvenu, l'avait laissé tomber quand même. Dès qu'elle entendit la voix de Divine, elle raccrocha.

Une fois dans la voiture, il roulait déjà sur Radford Boulevard avant d'avoir pleinement conscience de sa destination et de la raison qui le poussait à s'y rendre.

Naylor était assis dans la Sierra banalisée, à

soixante mètres de la porte d'entrée, avec une vue imprenable sur la maison des Snape.

– Il faut vraiment que tu ne saches pas quoi faire, commenta Naylor quand Divine se glissa sur le siège voisin du sien.

– Je suppose, fit Divine. Il y a du nouveau ?

Naylor secoua la tête.

– Mme Snape est partie. Norma. Une de ses amies est venue la voir et elles sont ressorties ensemble. Elle avait un petit sac avec elle. Une valise, plutôt. Je lui ai demandé où elle allait, et elle m'a dit : chez cette amie, pour la nuit. J'ai noté l'adresse, au cas où.

– Tu ne penses pas qu'elle allait apporter en douce des vêtements propres à son fiston ?

Naylor s'esclaffa.

– Non, à moins qu'il mette des robes et des soutifs en dentelle.

– On ne sait jamais, de nos jours. À propos, où est passé notre Carl ?

Naylor désigna la maison.

– Il surveille la porte de derrière.

– Normal, c'est un spécialiste, commenta Divine.

Naylor le regarda d'un drôle d'air, mais ne releva pas. Il n'avait pas envie d'avoir une prise de bec avec Divine sur ce qui était politiquement correct ou pas.

Au bout de quarante minutes de conversation sporadique, Divine alluma une nouvelle cigarette et proposa :

– Pourquoi tu ne rentres pas chez toi, Kev ? Va tenir compagnie à Debbie. Ce n'est pas la peine qu'on reste là tous les deux.

– Non, ça va.

Mais quand Divine renouvela son offre vingt minutes plus tard, il accepta. Il sortait de la voiture quand Vincent apparut, débouchant de la ruelle et traversant la rue dans leur direction.

– Tu as vu quelque chose ? demanda Naylor, optimiste.

Vincent secoua la tête.

– Seulement l'arrière de la maison, toutes lumières éteintes. Les rideaux fermés à l'étage. Le seul bruit qu'on entend, c'est leur chien qui fait du raffut de temps en temps pour qu'on le laisse sortir.

– Mark, dit Naylor, si tu tiens vraiment à rester, pourquoi tu n'irais pas surveiller l'arrière de la maison un moment ? Comme ça, Carl pourrait prendre ma place, pour changer. Je vais rentrer chez moi pour un petit bout de temps. D'accord ?

Divine n'était pas enchanté de rendre un service quelconque à Carl Vincent, mais il accepta tout de même. Au moins, dans la ruelle, il pourrait se dégourdir les jambes s'il en avait envie, ça valait mieux que de s'ankyloser le cul dans la Ford. Et c'est ce qu'il fit : marcher, s'adosser au mur, allumer une cigarette ; rester un moment sans bouger, recommencer à marcher.

Il approchait de la maison, revenant de l'autre bout de la ruelle, quand il vit quelque chose bouger dans la cour. Une ombre, basse, contre le mur.

Divine attendit que sa respiration se calme, puis il avança doucement, attentif à ne pas traîner les pieds, à ne pas faire gicler un caillou, à ne pas trébucher. Le temps qu'il atteigne le portail, il avait compris que c'était le chien.

Très bien. L'air accumulé dans ses poumons en sortit brusquement, comme un gros soupir. Ce n'était que ce satané chien. Et puis, instantanément, ses paumes se mirent à transpirer. Le chien : le chien était enfermé, Carl l'avait dit. Il gémissait derrière la porte, pour qu'on le laisse sortir. Et s'il était dehors maintenant, c'est que quelqu'un était rentré.

Il souleva le loquet du portail et poussa celui-ci. Une demi-douzaine de pas, et il fut devant la porte. Tendant l'oreille, il n'entendit aucun son. Il s'attendait à ce qu'on ait reverrouillé la porte de l'intérieur, mais non. Au moment de passer de la cuisine dans la pièce voisine, il fit une pause et tendit l'oreille de nouveau, ne captant que le bruit de pompe de son propre cœur. La sueur sortait de son cuir chevelu, à présent, coulait le long de son cou. Retenant son souffle, il passa vivement dans le salon et attendit que ses yeux s'habituent davantage à la pénombre. Rien que de très banal.

Divine se tourna vers l'escalier.

Une seule fois, quand il hésita à mi-chemin du premier étage, il se posa la question qu'il se poserait mille fois par la suite : pourquoi n'avait-il pas demandé du renfort à Vincent avant d'entrer ?

Trois des quatre portes étaient ouvertes, partiellement du moins. Divine avait la bouche sèche et il se passa la langue sur les lèvres ; il commença à compter jusqu'à trois, mais à deux, il tourna la poignée et repoussa la porte le plus vite possible. Il alluma la lumière.

Une chambre de jeune fille, des posters de Take That et de Keanu Reeves sur les murs. Des peluches sur le lit. La petite armoire était bourrée de vêtements, certains sur des cintres, d'autres non.

Peut-être, pensa Divine, Vincent s'est-il trompé. Ce qu'il avait entendu, c'était le chien, dans la cour, faisant du raffut pour qu'on le laisse entrer.

Dans l'encadrement de la porte donnant sur la chambre voisine, il vit un lit à deux places, les draps et couvertures en tas. La chambre de Norma Snape, supposa-t-il. Des chaussures éparpillées sur le plancher, des vêtements empilés çà et là, des collants qui pendaient par-dessus le miroir de la coiffeuse – bon sang, quel fatras ! Il enjamba un jean qui traînait par terre et une chaussure à talon, et n'alla pas plus loin ; une sorte de pressentiment l'alerta, si bien qu'il tourna la tête vers un bruit qu'il devina plutôt qu'il ne le perçut, et se plaça en plein dans la trajectoire d'une batte de base-ball maniée avec toute la force d'un homme jeune, athlétique et au mieux de sa forme, s'efforçant d'expédier la balle bien au-delà des limites du terrain. Le craquement de l'os, quand la pommette de Divine céda, fut net et sonore, et tandis que le coup le catapultait vers le fond de la chambre, avant de perdre toute capacité auditive de cette oreille, il entendit Shane lui demander, le sourire aux lèvres :

– C'est ça, que tu cherchais ?

Divine rebondit contre le mur et Shane balança la batte de nouveau, le frappant verticalement à l'épaule, et lui fractura la clavicule.

– Je t'avais pas dit qu'on se retrouverait ?

Sans que Shane eût besoin de faire quoi que ce soit, l'une des jambes de Divine se déroba sous lui et il s'étala sur le plancher, hurlant de douleur quand son bras blessé heurta le pied du lit.

Shane l'agrippa par son autre bras, le col de sa veste et de sa chemise et le souleva, pour le jeter sur le monceau de draps.

Divine voulait crier, mais, inexplicablement, il ne savait plus comment faire. Shane, un genou sur le lit à côté de lui, passait la main sous son ventre, cherchant sa ceinture. Oh, non !

– Je t'avais pas dit que je t'aurais ?

Un coup sec, et les jambes de Divine se soulevèrent, tandis que son pantalon était baissé jusqu'aux genoux, suivi par son caleçon, Divine s'efforçant de se défendre, de se servir de ses coudes, de ses bras, l'arrière de sa tête, n'importe quoi, mais à chaque tentative la douleur qui le transperçait lui arrachait un cri, et bientôt Shane passa un bras autour de son cou et commença à le tordre en arrière, son autre main fouillant entre les cuisses de Divine, ses doigts commençant à forcer le sphincter contracté, sans cesser de répéter des mots que Divine entendait à peine.

– Pouffiasse ! Morue ! Salope ! C'est ça, c'est ça que tu veux, tu le sais bien.

Shane tira sur le devant de son jean, pour se libérer, puis il s'agenouilla au-dessus de Divine, un bras toujours serré tellement fort autour de son cou que Divine était au bord de l'évanouissement, souhaitant perdre connaissance, priant pour que cela arrive, se cabrant en arrière pour tenter de le repousser, essayant… Oh, mon Dieu ! La douleur fut brutale comme un coup de couteau, et aussi vive, et puis Shane se propulsa en lui en criant de plus en plus fort cette litanie d'insultes, de nouveau.

– Salope ! Pouffiasse ! C'est ça que tu veux, sale fiotte ! Vieille tantouse !

Shane se jeta sur Divine au moment de jouir, plantant ses dents dans la chair de son épaule, déchirant la peau.

Il n'enregistra le bruit de la porte d'entrée qui se refermait en claquant qu'avec plusieurs secondes de retard. Shane, s'écartant de Divine, agrippant la ceinture de son jean d'une main, tentait en vain de se couvrir et en même temps de récupérer la batte de base-ball qui s'était coincée entre le matelas et le pied du lit quand Carl Vincent entra en trombe.

Vincent, plongeant sur Shane la tête la première, lui percuta le sternum avec le haut de son crâne. La batte s'envola de la main de Shane qui tomba en arrière contre le mur, sous la fenêtre. Vincent le frappa, une fois, deux fois, puis planta la pointe de son coude en plein milieu du visage de Shane, avant de lui saisir le bras et de le forcer à se retourner, un genou lui écrasant le creux des reins, Vincent brandissant ses menottes, à présent, l'une d'elles se refermant autour du poignet de Shane et l'autre attachée à la canalisation du radiateur.

– Vous n'êtes pas obligé de dire quoi que ce soit..., commença Vincent. Vous n'êtes pas obligé de dire quoi que ce soit...

Mais il s'arrêta, ne souhaitant qu'une chose : que Shane, par pitié, tourne la tête et le regarde, qu'il le regarde pour lui donner une bonne raison de le frapper, de le frapper une fois de plus.

Puis Vincent se releva, laissant Shane enchaîné au radiateur, et s'approcha de Divine qui sanglotait sur le lit, qui sanglotait de honte et de douleur, et le recouvrit soigneusement avec l'un des draps, avec toute la prévenance dont il eût jamais fait preuve au cours de sa vie.

47

– Comment va-t-il ? demanda Hannah.

Ils étaient dans son petit jardin de devant, qui dominait le parc. C'était deux jours plus tard. À travers les arbres, la lumière rasante qui éclairait la pelouse commençait à décliner. Quelques vieux messieurs bavardaient dans une courbe du sentier, où ils s'étaient arrêtés un moment alors qu'ils promenaient leurs chiens. À l'autre extrémité, sur le terrain de jeu, s'élevaient puis s'estompaient les cris des derniers enfants encore présents. Quelques-unes des voitures roulant sur Derby Road en direction de la ville avaient allumé leurs phares.

Hannah était assise sur le pas de sa porte, installée sur une pile de coussins, adossée au chambranle, lorsque Resnick était arrivé. À côté d'elle, un verre de vin et une pile de cahiers. Dans sa main, un stylo. Quand elle avait entendu le portail et vu Resnick approcher, elle avait souri. « Laisse-moi seulement finir ça… », mais il lui avait fait signe de rester assise et l'avait contournée pour entrer dans la maison. La bouteille de vin débouchée, un sémillon chardonnay, était dans la porte du réfrigérateur, il l'en sortit, laissant la porte se refermer seule, et se tourna pour prendre un verre sur l'étagère.

Il y avait une carte postale, calée contre une pile de

bols blanc et jaune, une reproduction de tableau, supposa-t-il : un hôtel particulier en pierre ocre, un escalier assez haut qui mène à la porte d'entrée, et un couple sur le perron, lui en gilet, chemise blanche et cravate, elle en robe bleue, adossée à la courbe de la rambarde qui longe l'escalier. Au-delà de la maison, dans la partie droite du tableau, à moitié dans l'ombre, une étendue d'herbe incroyablement unie, et, plus loin, se dressant brusquement, un mur – est-ce un mur ? – et un somptueux bouquet d'arbres verts, dont le plus haut est éclairé par les derniers rayons du soleil. Cette lueur d'un orangé sombre sur la pierre, comprit Resnick, c'était l'effet du soleil couchant. Le soir tombait, et ces deux personnages regardaient en direction de la lumière.

Resnick retourna la carte pour voir qui était l'auteur de la toile, et avant qu'il pût le faire ou remettre la carte en place, il lut ces mots, tracés à l'encre violette d'une écriture maniérée et pas très claire : *Ça m'a fait plaisir de te revoir*, et : *Tu me manques*, et la signature : *Jim*. Le cachet de la poste était indéchiffrable, l'encre ayant bavé sur le timbre.

– Charlie, tu t'es perdu en route, ou quoi ?

Il prit la bouteille et le verre et ressortit.

– Divine, fit Hannah après avoir bu une gorgée de vin. Comment va-t-il ?

– C'est un gars solide. Ses os vont se ressouder.

Hannah le dévisagea, sondant la lassitude qui se lisait dans son regard.

– Ses os, oui, mais le reste ?

Resnick secoua la tête. Jusqu'à maintenant, Divine avait refusé de parler de ce qui s'était passé, que ce soit au médecin qui l'avait examiné, à Maureen Madden, à Resnick, à qui que ce soit. La déposition de Shane n'était encore que partiellement cohérente, mais ce qui paraissait certain, c'est qu'il avait rencontré Bill Aston dans les toilettes publiques, sur les quais, tard dans la soirée de vendredi, la veille du meurtre, et qu'il s'était passé quelque chose entre eux, quelque chose de sexuel, mais quoi exactement, et avec quel degré de consentement mutuel, c'était difficile à dire. Mais quand Aston était tombé de nouveau sur Shane le lendemain soir, sans doute par hasard, de nouveau sur les quais, et l'avait approché, Shane, furieux, avait réagi de façon violente, avait appelé ses copains, les avait encouragés à lui sauter dessus, cette vieille pédale, à le réduire en bouillie. Pour se marrer un peu.

En même temps que Gerry Hovenden, Shane avait été inculpé du meurtre de Bill Aston. Personnellement, il faisait l'objet de deux inculpations supplémentaires pour agressions à caractère sexuel, et d'une troisième pour violence et voies de fait ; on tenait en réserve l'inculpation pour viol.

À l'écoute de ce compte rendu, Hannah prit la main de Resnick et la pressa dans la sienne.

Pendant que Resnick et l'équipe s'occupaient de Shane, Khan n'avait pas chômé. Les tortionnaires de Nicky Snape avaient donné des versions divergentes des événements qui avaient conduit Nicky à se suicider. Impossible de savoir avec certitude jusqu'où étaient allées leurs menaces de brimades sexuelles, mais ce qui était clair, de façon pratiquement incontestable, c'est que s'ils n'avaient pas contraint Nicky à des pratiques sexuelles buccales ou anales ce soir-là, ils lui avaient bien fait comprendre qu'ils ne lui laisseraient pas le choix la prochaine fois. Khan avait aussi établi que pendant leur séjour au foyer, deux au moins des pensionnaires étaient sortis la nuit pour se livrer à la prostitution.

Et quand il était retourné interroger les voisins d'Elizabeth Peck, deux ou trois d'entre eux avaient affirmé l'avoir vue sortir de chez elle, le soir généralement, en uniforme d'infirmière, et rentrer tôt, entre six et sept heures du matin. Pas de façon régulière, mais un certain nombre de fois tout de même. Khan se renseigna auprès des hôpitaux, des agences d'intérim de la ville. Il était là pour l'attendre quand elle revint en voiture de l'aéroport des East Midlands. Il s'était garé le long du trottoir d'en face avec un exemplaire d'un Nancy Friday trouvé sur la table de nuit de Jill. *L'Empire des femmes*. Il avait laissé tomber le Vikram Seth.

Quand Elizabeth Peck engagea sa voiture dans l'allée privée de sa maison néo-géorgienne, sur le remboursement de laquelle elle avait trois mensualités de retard, il traversa la rue et lui proposa de porter ses bagages.

Au début, elle se montra cassante, hautaine, exigeant qu'on respecte des droits qu'elle n'avait pas. Par la suite, dans son salon à cheminée en pierre et fenêtres imitant les carreaux sertis en plomb, elle fit son mea culpa, ravalant ses larmes. Khan lui tendit plusieurs mouchoirs en papier et attendit qu'elle arrête de pleurnicher. Criblée de dettes, dans l'impossibilité de vendre la maison, même si elle l'avait voulu, sa valeur actuelle sur le marché étant très inférieure à ce qu'elle avait payé, elle avait commencé à travailler comme infirmière intérimaire à l'hôpital municipal, assurant des gardes de nuit le plus souvent, quand elle en avait le plus besoin et que les tarifs étaient les plus intéressants. Si ses obligations de service au foyer et ses gardes de nuit se chevauchaient, Paul Matthews la couvrait, signant la feuille de présence à sa place. La nuit où Nicky Snape s'était pendu, elle travaillait à l'hôpital, et Paul Matthews s'était trouvé seul sur place.

– Je n'éprouve pas, confia-t-elle à Khan, de réelle culpabilité. Je veux dire, que j'aie été là ou pas, il se serait suicidé de toute façon, non ? Ce n'est pas la vérité ?

Au commissariat, Resnick n'avait pas manqué de féliciter Khan pour la façon dont il avait mené sa partie de l'enquête, et l'avait assuré qu'il ferait part de sa satisfaction à Jack Skelton. Khan avait essayé de masquer son contentement, sans y parvenir tout à fait.

À ce moment-là, l'histoire de ce qui était arrivé à Divine, sous forme de rumeurs et de contre-rumeurs, avait ricoché aux quatre coins du commissariat, alors que Resnick et Millington s'efforçaient patiemment, depuis près de quatorze heures, d'obtenir des réponses précises de la part d'un Shane Snape hostile.

En dehors de ses heures de service, Carl Vincent avait pris sa voiture pour aller rendre visite à Divine dans sa chambre individuelle à l'hôpital. Divine s'était tourné contre le mur, avait fermé les yeux, et il était resté comme cela jusqu'au départ de Vincent, et même longtemps après.

Puis, le second matin, quand Resnick entra dans la salle d'interrogatoire, Shane, qui en avait longuement discuté avec son avocat, commença à leur raconter ce qu'il lui était arrivé lorsqu'on l'avait envoyé en foyer, quand il était gamin. Il leur parla du directeur adjoint du premier établissement où il était allé, qui donnait des cigarettes à Shane s'il lui laissait mettre la main dans son slip, et un billet de cinq livres tout neuf s'il voulait bien le laisser lui baisser son pantalon.

– Ce n'était pas le même homme ? demanda Hannah.

– Le même…

– Le responsable. Du foyer où Shane a subi des violences sexuelles. Le même que celui du foyer où Nicky est mort ?

Resnick secoua la tête.

– Ce serait trop simple, je le crains, dit-il avec un sourire amer. Ce genre de coïncidence n'arrive que dans les romans. Pas dans la vie réelle.

Ce qui arrivait dans la vie réelle, c'était que ceux qui détenaient le pouvoir maltraitaient trop souvent ceux qui ne le détenaient pas ; et que ceux qui étaient maltraités, maltraitaient les autres à leur tour. Ce qui arrivait, c'est que beaucoup de ceux qui, pour quelque raison que ce soit, grandissaient sans avoir une idée très claire de leur sexualité, parvenaient souvent à se faire du mal et à faire du mal aux autres en tentant de se montrer à la hauteur de ce qu'ils croyaient être la norme. Ce qui arrivait dans la vie réelle, pensa Resnick, c'était trop souvent un immense gâchis aux conséquences dramatiques.

Ils se faisaient face dans le lit de Hannah, leurs traits à peine distincts dans la lumière opaque de la lucarne.

– Du moment que tu restes jusqu'au matin, avait dit Hannah. Jusqu'à six heures, au moins.

À présent, elle lui demandait :

– Comment fais-tu pour supporter tout ça ? Toutes ces horreurs ?

Il soupira.

– Si je le savais ? Je suis allé voir Norma Snape, cet après-midi, avant de venir ici. Elle avait une amie qui lui tenait compagnie, et elle avait bu, ce qui, dans les deux cas, était sans doute aussi bien. Que peut-elle faire d'autre ? (Resnick toucha doucement l'épaule de Hannah du dos de sa main.) Il semblerait que le père de Nicky – celui qui avait refait surface, surgi de nulle part – soit reparti sans dire au revoir à personne. Norma ne comprend pas ce qui lui tombe dessus. Elle ne le comprendra peut-être jamais. (Il embrassa les doigts de Hannah quand elle les approcha de son visage.) D'abord, Nicky, et puis Shane. Comment pourrait-elle espérer comprendre ?

– *Tous mes jolis enfants*, dit Hannah.

– Mmm ?

– Rien. Une réplique, dans une pièce. (Puis :) Et toi ? Tu comprends ?

– Seulement qu'il n'existe aucune abomination qu'un individu donné hésitera à commettre contre autrui dans des circonstances favorables. Aucune.

– Ou défavorables, fit Hannah. Tu voulais sûrement dire, dans des circonstances défavorables.

– Oui. (Il fit passer son bras derrière elle, la main ouverte contre la courbe de son dos, et elle se glissa vers lui, le visage tout près de celui de Resnick.) Oui, je suppose que c'est ce que je voulais dire.

Au bout d'un moment, elle reprit :

– Si elles sont favorables, si tout va bien, est-ce que tu crois que, ce que les gens se font les uns aux autres, ça peut être positif ?

– Oui, dit Resnick en l'embrassant. Je le crois vraiment. Je veux le croire. (Hannah effleura la bouche de Resnick avec ses lèvres.) C'est, dit-il, ce que je veux croire.

Avant de partir, Peter avait écrit à Sheena une lettre qu'il avait laissée sur l'oreiller, dans sa chambre. Il n'y avait rien eu, pas de message, pas le moindre mot, pour Norma elle-même. Les yeux remplis de larmes tellement abondantes qu'elle n'y voyait plus très clair, Norma avait déchiré la lettre encore et encore jusqu'à ce qu'il n'en reste plus que des petits morceaux, illisibles, à part un mot par-ci, par-là, « Affectueusement » et « maison ». Norma avait ramassé les fragments, les avait jetés dans l'évier et brûlés. Il n'en restait plus que des cendres, à présent.

Sheena était rentrée à la maison en apprenant ce qui était arrivé à Shane, mais elle n'était pas restée. Sa mère qui braillait, qui gémissait, et qui voulait la prendre dans ses bras à tout bout de champ, elle ne supportait pas. Et puis, Rosa était venue voir sa mère, et c'était sa meilleure amie, après tout. Elle allait s'occuper d'elle, s'assurer que tout allait bien.

Quand Sheena retourna chez Diane, Dee-Dee venait d'acheter de l'acide, dix livres pour une petite plaquette, et Sheena arrivait juste à temps pour avoir sa part ; les autres étaient déjà bien parties, le bébé rampait entre elles avec sa couche sale et personne ne faisait attention à lui, jusqu'au moment où il commença à pleurer, et alors Diane le poussa vers Sheena ; elle lui dit de l'emmener dans la salle de bains et de le changer, et Sheena gloussa et fit ce qu'on lui demandait.

– Et magne-toi le cul, lança Dee-Dee. On est déjà en retard.

Elles devaient retrouver Janie en ville, près du bowling. Janie avait pris des amphètes ou quelque chose avant qu'elles arrivent, c'était pas possible autrement, elle était vraiment atteinte pour faire tout ce cirque et gueuler comme ça. Sheena la vit bousculer un mec, pas beaucoup plus âgé qu'elle, mais portant une sorte d'uniforme comme s'il travaillait là, qui gaspillait sa salive à dire à Janie qu'il fallait qu'elle s'en aille. Mais Janie lui rit au nez et puis elle le pelota entre les jambes, juste pour se marrer, pour voir ce qu'il allait faire.

Et le mec qui lui répétait que si elle partait pas il allait appeler la police, et puis après c'est Rosie qui l'agrippa par les revers et qui lui montra Sheena, lui disant, tu la vois, elle, eh ben son frère il vient de tuer un enfoiré de flic, alors fais gaffe. Et puis elles s'en allèrent quand même, parce qu'il était parti en courant se planquer dans les bureaux, il avait dû en pisser dans son froc, probable.

Et Diane avait gueulé depuis le comptoir à hamburgers :

– Hé ! Attendez une minute, bordel ! J'ai pas encore mes frites.

Mais Janie s'en foutait, et elles ressortirent en bousculant les gens, et elles descendirent la rue, bras dessus, bras dessous, bloquant tout le trottoir, en chantant à tue-tête une chanson débile.

Et puis il y eut ce type, juste un vieux, c'est Sheena qui le vit la première, qui traversait la rue en zigzag dans leur direction, bourré, le mec, il se planta devant Janie, avec un sourire jusqu'aux oreilles, chantant en même temps que les filles, malgré que ça soit pas du tout la même putain de chanson.

– Allez, viens, chérie ! Toi et moi, hein ? Toi et moi.

Et ce vieil alcoolo, il devait bien avoir quarante ou cinquante ans, il soulève sa chemise et il commence à frotter sa poitrine partout contre Janie.

– Viens, chérie, toi et moi.

Et c'est à ce moment-là que Janie sort ce tournevis qu'elle a dans sa veste, un simple tournevis, la lame cassée à mi-longueur et affûtée à la meule comme un poinçon, et elle le plante dans le gros bide plein de graisse du vieux dégueulasse, juste au-dessus de sa boucle de ceinture, et il tombe sur place, à genoux sur le trottoir, avec ce machin qui dépasse de son ventre, planté presque jusqu'au manche, et Janie, elle se marre, elle le montre du doigt, et le reste des filles, la plupart, elles partent en courant.

Diane est toujours devant le bowling, les frites lui glissent entre les doigts, et elle regarde Dee-Dee qui essaie d'entraîner Sheena.

– Enfin, bordel, qu'est-ce qui te prend ? T'es pas un peu malade, de rester là ? Allez viens, on fout le camp !

Et Sheena qui regarde, fascinée, la flaque de sang qui commence à grossir autour du ventre blanc du type, et Janie, qui a pété les plombs, à côté de lui, et qui se marre.

– Dépêche-toi, Sheena ! On se casse !

Et elles partent en courant, laissant Janie payer les pots cassés, alors qu'on entend une voiture de police qui s'approche à toute vitesse dans Canal Street, et Sheena, tandis qu'elle se laisse entraîner loin de la scène, se retourne et trébuche, et regarde derrière elle en pensant : putain, ça, c'est fort, c'est carrément fort. Je veux dire, ça en jette, non ? C'est vraiment génial, pas vrai ?

Rivages/noir

Dernières parutions

André Allemand
Au cœur de l'île rouge (n° 329)
Un crime en Algérie (n° 384)

Claude Amoz
L'Ancien Crime (n° 321)

Cesare Battisti
Dernières cartouches (n° 354)

William Bayer
Labyrinthe de miroirs (n° 281)

Marc Behm
Crabe (n° 275)
Tout un roman ! (n° 327)

Bruce Benderson
Toxico (n° 306)

Abdel H. Benotman
Les Forcenés (n° 362)

Stéphanie Benson
Un meurtre de corbeaux (n° 326)
Le Dossier Lazare (n° 390)

Michel Boujut
Souffler n'est pas jouer (n° 349)

Daniel Brajkovic
Chiens féroces (n° 307)

Wolfgang Brenner
Welcome Ossi ! (n° 308)

Yves Buin
Kapitza (n° 320)
Borggi (n° 373)

Edward Bunker
Les Hommes de proie (n° 344)

James Lee Burke
Le Bagnard (n° 272)
Une tache sur l'éternité (n° 293)

Dans la brume électrique avec les morts confédérés (n° 314)
La Pluie de néon (n° 339)
Dixie City (n° 371)

Jean-Jacques Busino
Le Bal des capons (n° 278)
La Dette du diable (n° 311)
Le Théorème de l'autre (n° 358)

Daniel Chavarría
Adiós muchachos (n° 269)
Un thé en Amazonie (n° 302)
L'Œil de Cybèle (n° 378)

Daniel Chavarría/Justo Vasco
Boomerang (n° 322)

George Chesbro
Les Cantiques de l'Archange (n° 251)
Les Bêtes du Walhalla (n° 252)
L'Odeur froide de la pierre sacrée (n° 291)
Le Second Cavalier de l'Apocalypse (n° 336)
Le Langage des cannibales (n° 368)
Veil (n° 369)
Crying Freeman (n° 403)
Le Chapiteau de la peur aux dents longues (n° 411)

Michael Collins
Rosa la Rouge (n° 267)

Robin Cook
Bombe surprise (n° 260)
Mémoire vive (n° 374)

Peter Corris
Le Grand Plongeon (n° 394)

Hélène Couturier
Sarah (n° 341)

Jean-Paul Demure
Fin de chasse (n° 289)
Les Jours défaits (n° 351)

Jean-Claude Derey
Black Cendrillon (n° 323)
Toubab or not toubab (n° 379)

Pascal Dessaint
Bouche d'ombre (n° 255)
À trop courber l'échine (n° 280)
Du bruit sous le silence (n° 312)
Une pieuvre dans la tête (n° 363)
On y va tout droit (n° 382)

James Ellroy
American Tabloid (n° 282)
Ma part d'ombre (n° 319)
Crimes en série (n° 388)

Kinky Friedman
Elvis, Jésus et Coca-Cola (n° 264)
Dieu bénisse John Wayne (n° 348)
N le Maudit (n° 385)

Barry Gifford
Rude journée pour l'Homme Léopard (n° 253)
La Légende de Marble Lesson (n° 387)

Alicia Gimenez Bartlett
Rites de mort (n° 352)

James Grady
Tonnerre (n° 254)
Steeltown (n° 353)

Russell H. Greenan
Un cœur en or massif (n° 262)

Salah Guemriche
L'Homme de la première phrase (n° 357)

Joseph Hansen
En haut des marches (n° 342)

John Harvey
Off minor (n° 261)
Les Années perdues (n° 299)
Lumière froide (n° 337)
Preuve vivante (n° 360)
Proie facile (n° 409)

Vicki Hendricks
Miami Purity (n° 304)

George V. Higgins
Paris risqués (n° 287)

Tony Hillerman
Moon (n° 292)
Un homme est tombé (n° 350)
Le Premier Aigle (n° 404)

Bill James
Retour après la nuit (n° 310)
Lolita Man (n° 355)

Thomas Kelly
Le Ventre de New York (n° 396)

William Kotzwinkle
Le Jeu des Trente (n° 301)
Book of Love (n° 332)

Terrill Lankford
Shooters (n° 372)

Michael Larsen
Incertitude (n° 397)

Dennis Lehane
Un dernier verre avant la guerre (n° 380)

Christian Lehmann
Un monde sans crime (n° 316)
La Folie Kennaway (n° 406)

Elmore Leonard
Punch Créole (n° 294)
Pronto (n° 367)
Les Chasseurs de primes (n° 391)

Bob Leuci
Odessa Beach (n° 290)

Ted Lewis
Plender (n° 258)

Jean-Patrick Manchette
La Princesse du sang (n° 324)

Dominique Manotti
À nos chevaux ! (n° 330)
Kop (n° 383)

Marc Menonville
Walkyrie vendredi (n° 250)
Dies Irae en rouge (n° 279)

Tobie Nathan
Dieu-Dope (n° 271)

Jim Nisbet
Sous le signe du rasoir (n° 273)
Prélude à un cri (n° 399)

Jack O'Connell
Porno Palace (n° 376)

Renato Olivieri
L'Affaire Kodra (n° 402)

Jean-Hugues Oppel
Ténèbre (n° 285)
Cartago (n° 346)

Abigail Padgett
Le Visage de paille (n° 265)
Oiseau de Lune (n° 334)

Hugues Pagan
Last Affair (n° 270)
L'Eau du bocal (n° 295)
Vaines Recherches (n° 338)
Dernière station avant l'autoroute (n° 356)
Tarif de groupe (n° 401)

Pierre Pelot
Natural Killer (n° 343)
Le Méchant qui danse (n° 370)

Andrea G. Pinketts
Le Sens de la formule (n° 288)
Le Vice de l'agneau (n° 408)

Michel Quint
Le Bélier noir (n° 263)
L'Éternité sans faute (n° 359)

Hugh Rae
Skinner (n° 407)

John Ridley
Ici commence l'enfer (n° 405)

Louis Sanders
Février (n° 315)
Comme des hommes (n° 366)

Budd Schulberg
Sur les quais (n° 335)

Roger Simon
La Côte perdue (n° 305)

Pierre Siniac
Le Tourbillon (n° 256)
Femmes blafardes (n° 274)
L'Orchestre d'acier (n° 303)
Luj Inferman' et La Cloducque (n° 325)
De l'horrifique chez les tarés (n° 364)
Bon cauchemar les petits... (n° 389)

Neville Smith
Gumshoe (n° 377)

Les Standiford
Johnny Deal (n° 259)
Johnny Deal dans la tourmente (n° 328)
Une rose pour Johnny Deal (n° 345)

Richard Stratton
L'Idole des camés (n° 257)

Paco Ignacio Taibo II
Pas de fin heureuse (n° 268)
Même ville sous la pluie (n° 297)
La Bicyclette de Léonard (n° 298)
Jours de combat (n° 361)

Ross Thomas
Crépuscule chez Mac (n° 276)
Traîtrise ! (n° 317)
Voodoo Ltd (n° 318)

Brian Thompson
L'Échelle des anges (n° 395)

Jim Thompson
Avant l'orage (n° 300)

Suso De Toro
Land Rover (n° 386)

Marc Villard
Cœur sombre (n° 283)
Du béton dans la tête (n° 284)
Made in Taïwan (n° 333)

Achevé d'imprimer en septembre 2001
sur les presses de l'Imprimerie
Maury-Eurolivres - 45300 Manchecourt
pour le compte
des Éditions Payot & Rivages
106, bd Saint-Germain - 75006 Paris

Dépôt légal : septembre 2001
N° d'imprimeur : 89779